L'enfant de Noël

---

Passion sous la neige

ANN MAJOR

# L'enfant de Noël

*éditions* Harlequin

*Titre original :* THE THROW-AWAY BRIDE

*Traduction française de* SYLVETTE GUIRAUD

HARLEQUIN®
est une marque déposée par le Groupe Harlequin

PASSIONS®
est une marque déposée par Harlequin S.A.

*Photos de couverture*

*Décor chambre enfant :* © BROOKE FASANI / GETTY IMAGES
*Matière :* © KIRSTY PARGETER / FOTOLIA



83-85, boulevard Vincent-Auriol 75646 PARIS CEDEX 13.

Service Lectrices — Tél. : 01 45 82 47 47
www.harlequin.fr

ISBN 978-2-2808-1114-9 — ISSN 1950-2761

# - 1 -

*Austin, centre du Texas.*
*Ranch d'Abigail Collins, aux environs de Bastrop, Texas*
*1er juin, tôt le matin*

Quand, poussée par le dépit, Abigail Collins était entrée dans ce bar, histoire de faire un tour de piste avec un ou deux cow-boys ombrageux et qu'elle avait fini au lit avec le type le plus assommant, le plus sécurisant, le plus coincé du lieu — et par-dessus le marché son plus proche voisin — elle ne s'attendait pas à des conséquences fracassantes… au lit ou après, car, question prudence, Storm le prévisible était un choix sûr.

Abigail sentit ses yeux la piquer, et ce n'était pas dû à la stalle de Coco qu'elle était en train de nettoyer. En réalité, elle souffrait d'un lamentable accès d'apitoiement sur elle-même.

Enfin quoi ! rageait-elle. Côté sexe, on pouvait s'attendre à ce que des managers aussi cyniques et ambitieux que Léo Storm fassent preuve de prudence, que leurs portefeuilles soient bourrés de préservatifs et qu'ils s'endorment une fois — et une seule — la chose faite.

A l'évidence, Léo Storm avait dû sauter le chapitre consacré à la question dans le manuel du parfait P.-D.G. Amant expert et plein d'ardeur, il avait au contraire réussi à lui donner le grand frisson et à la faire fondre entre ses bras. Elle s'était même à ce point laissée aller que le lendemain matin, elle en avait ressenti un grand mépris pour elle-même et en avait voulu à mort à Léo. Tous deux s'étaient même tant dépensés que durant plusieurs jours, elle en avait gardé une certaine sensibilité physique. Inutile d'ajouter que depuis, elle avait totalement évité Léo.

Et lorsqu'elle avait découvert qu'elle était enceinte — de lui — elle avait reçu le choc de sa vie.

« Tu peux obtenir tout ce que tu veux — aussi longtemps que tu es prête à en payer le prix », disait toujours sa mère. Restait un problème : il fallait passer à la caisse et Abigail n'en avait aucune envie.

Depuis la découverte de son état, la semaine précédente, et non sans une certaine honte, elle ne parvenait pas à refaire surface et ne cessait de s'apitoyer sur son sort, même si elle jugeait cela infantile.

Ce matin-là, et après s'être précipitée dès son réveil à la salle de bains, le désespoir s'était une fois de plus emparé d'elle. Après avoir rabattu le couvercle des W.C. et s'être affaissée dessus, elle s'était mise à pleurnicher comme un bébé. Un peu plus tard, elle avait eu une nouvelle bonne crise de larmes dans la douche.

Comme si des baquets pleins de larmes et de

regrets — sans oublier les lamentations — servaient à quelque chose ! Elle allait devoir affronter certains faits.

Enceinte ! Et de Léo Storm !

Elle, la « célibattante », véritable phénomène de contrôle de soi, fuyant à tout prix les engagements à long terme, quels qu'ils soient, depuis qu'elle avait tant souffert d'avoir été trompée par son petit ami Shanghai Knight.

Depuis l'adolescence, Abby n'avait eu que des relations passagères avec des cow-boys tels que Shanghai ; et aucune avec des commerciaux rasoirs, bosseurs, calculateurs, cupides et sans âme, comme Léo. En général, c'était elle qui assumait le rôle du cerveau et les cow-boys celui de Monsieur Muscles.

Abby s'humecta les lèvres et essuya la sueur de son front. Elle n'allait quand même pas se remettre à pleurer ! Cela suffisait. Elle était une grande fille. Elle était capable de gérer cette histoire. Elle devait le faire.

Raison pour laquelle elle allait aujourd'hui parler à Léo. Quand ce serait fait, elle irait sans aucun doute beaucoup mieux. Fermant les yeux, elle essaya de ne plus penser au visage blanc et tiré de Léo et à ses yeux brûlant de colère, la dernière fois qu'elle l'avait vu. Il était furieux contre elle. Et pas seulement furieux : il lui avait déclaré qu'il en avait fini avec elle.

En général, Abby trouvait du réconfort à être dans l'écurie avec Coco, sa douce jument palomino. Pas aujourd'hui. Pas quand elle avait si peur de se rendre à San Antonio pour avertir un certain manager macho et buté qui refusait désormais de prendre ses appels, qu'ils avaient un petit problème.

Chaque fois qu'elle se penchait pour soulever une autre pelletée de crottin et de paille souillée pour la jeter dans la brouette, la fermeture à glissière de son jean descendait un peu plus bas, lui rappelant leur problème commun et la fameuse nuit — cette unique nuit avec lui qu'elle avait tant essayé d'oublier.

De son côté, Léo n'avait pas du tout souhaité l'oublier. Il lui avait clairement laissé entendre qu'il la désirait plus que jamais. Et il y avait mis une résolution farouche, l'appelant chez elle et à son bureau. Il était passé aussi, mais à la fin, quand elle l'avait envoyé balader pour la dixième fois, il s'était mis dans une colère folle et lui avait posé un ultimatum.

Qu'elle avait ignoré.

Alors, après en avoir fini avec elle, il n'allait sûrement pas être très heureux d'apprendre que cette fameuse nuit était désormais en tout point aussi inoubliable pour elle qu'elle l'avait été pour lui.

Avec un lourd soupir, Abigail posa sa fourche contre la brouette et tira sur sa fermeture Eclair. Quand elle parvint enfin à la remonter, elle était tout essoufflée, et du coup renonça à fermer la ceinture. Elle avait acheté ce jean très serré mais comme elle avait prévu de perdre un ou deux kilos, elle ne s'en était guère soucié.

Inutile de compter les perdre de sitôt.

Au moment où elle se baissait pour ramasser la fourche, son portable vibra dans sa poche arrière.

Elle repoussa la fourche avec une telle force contre un tas de foin que, à l'extérieur de la stalle, Coco dansa sur ses antérieurs, faisant claquer ses sabots sur le sol en ciment.

Abby en fut tout affolée. Et si la grande chérie glissait à cause de sa négligence ?

— Doucement, ma fille, murmura-t-elle.

Et à cet instant précis, l'odeur de paille, d'urine et de cheval dans ce lieu clos lui retourna l'estomac.

Elle se prit à espérer contre tout espoir que Léo, enfin gagné par le remords, la rappelait comme le ferait tout être doué de raison. Peut-être même serait-il d'accord pour s'arrêter ce soir chez elle au ranch pour en parler. Autant elle redoutait d'aller le trouver, autant il lui serait agréable d'éviter de faire la route jusqu'à San Antonio avec l'humiliation de se frayer un chemin jusqu'à son bureau après qu'il lui avait fait savoir haut et clair qu'il ne voulait plus jamais la voir.

Bah ! Comment lui en vouloir ? Son cœur tressaillit en se rappelant qu'elle l'avait accusé de ne pas être capable de prendre un « non » pour une réponse et de continuer à la harceler. Elle l'avait entendu retenir son souffle. Mais elle avait bien vu la peine aiguë au fond des yeux noirs juste avant qu'il ne jette les roses qu'il lui avait apportées dans la poubelle et s'en retourne vers sa camionnette. Plus tard il lui avait téléphoné pour lui adresser son ultimatum que, pour quelque bizarre raison, elle n'avait cessé de tourner et de retourner dans sa tête. Etait-elle contente de souffrir ou quoi ?

Ce ne fut pas le nom de Léo mais, celui de « In the pink » sa propre société basée à Austin, qui s'afficha sur l'écran bleu de son portable.

Kel, son assistante personnelle, sa meilleure amie, sa thérapeute bénévole… et ces derniers temps, la première épaule sur laquelle pleurer, l'appelait.

Marmonnant un juron, Abigail s'adossa au mur de l'écurie. Une larme roula sur sa joue pendant qu'elle reprenait son souffle. Puis avalant sa salive, elle dit « allô » d'une toute petite voix à laquelle elle s'efforça de donner une tonalité joyeuse.

— Dis-moi, Abby, tu es enrhumée ou quoi ?

— Ou quoi oui, répondit-elle, soudain glacée. Ce truc m'a complètement chamboulée.

— Je sais. Les hormones…

Ça ou bien la peur de Léo Storm, de ce qu'il dirait et lui ferait ce matin en apprenant la nouvelle, surtout après la façon dont elle l'avait traité.

— En dehors du fait que j'ai l'impression de friser la dépression nerveuse, je vais bien. Je ne me suis jamais aussi bien portée.

Elle parvint à émettre un petit rire qui sonna creux.

— Aussi bien que peut aller quelqu'un avec des nausées matinales lorsqu'elle nettoie une écurie… avant d'affronter un peloton d'exécution.

— Tu devrais faire appel à quelqu'un pour nettoyer ces saletés.

Citadine jusqu'au bout des ongles, Kel n'avait jamais eu de chevaux.

— Je sais, approuva Abby. Je vais le faire.

— Bon, y a-t-il quelque chose que je devrais savoir avant de commencer à planifier ta journée ?

— Oui. Je... je vais aller lui dire... aujourd'hui.

— Oh ! Quand exactement ?

— Ce matin. Première heure.

— Ouf ! Enfin.

— Je vais devenir folle si je remets ça à plus tard. Il n'y a qu'un problème : je n'arrive pas à lui mettre la main dessus. Il ne répond à aucun de mes coups de fil.

— Tu aurais dû écouter ta subtile secrétaire. Ne t'ai-je pas dit que tu devrais lui téléphoner pour t'excuser...

— Ecoute, Madame je-sais-tout ! Bon, je ne l'ai pas rappelé pour m'excuser. Et depuis, il a évité le ranch et il m'a évitée. Maintenant, il ne prend même plus mes appels et ne me rappelle plus.

— Et pourquoi en sommes-nous surprises ?

— J'ai dit que c'était urgent. J'ai aussi laissé plusieurs messages à sa secrétaire. Hier, elle est vraiment devenue hargneuse et m'a répondu qu'il n'avait aucune intention de me rappeler. Je ne peux pas te dire à quel point cela m'a humiliée. Je ne vais quand même pas demander à cette sorcière de lui annoncer que je suis enceinte de son enfant ! Donc, je pense que je vais y aller.

— Très bien. Penses-tu revenir ici cet après-midi ?

— Après déjeuner. Après notre discussion, je serai sûrement dans tous mes états.

— Veux-tu que j'annule tes rendez-vous de l'après-midi ?

— Non !

— Y a-t-il quelque chose que je puisse faire ?

La voix de Kel, empreinte d'inquiétude, s'était faite plus douce.

— Continue à être la subtilité même et à veiller sur la maison.

— Ne t'inquiète pas pour nous, répondit Kel. Prends soin de toi, c'est tout.

Les mains d'Abby recommencèrent à trembler en glissant le téléphone dans sa poche. Elle se mit à marcher de long en large dans l'écurie, redressant les selles qui n'en avaient pas besoin, alignant les flacons et les brosses sur les étagères, dans l'espoir de recouvrer la maîtrise d'elle-même.

Peine perdue. Avec un soupir, elle se dirigea vers la maison. Coco la suivit dans l'espoir de récolter au passage une caresse ou quelque chose à manger. Mais Abby était trop préoccupée pour s'en soucier comme cela lui arrivait en général.

Enceinte ! De Léo…

Même après les trois tests de grossesse de la semaine précédente, elle n'arrivait toujours pas à croire à la catastrophe. Bon sang ! Elle était une femme d'affaires gérant une équipe de quarante personnes. Elle possédait son propre ranch. Et elle était toujours *la capitana* de son navire, même si elle s'était jetée droit sur les écueils.

Sortant le portable de sa poche, elle chercha le numéro de Léo qu'elle composa fébrilement. Une fois de plus, elle l'entendit sonner jusqu'au moment où sa boîte vocale lui répondit. Ainsi, il refusait toujours de lui parler ? Fermant son téléphone, Abby commença à marcher de long en large.

Et alors, qu'y avait-il de nouveau ? Elle l'avait vu consulter ses appels sur son écran ; il lui était donc facile d'imaginer ses yeux noirs déchiffrant son nom d'un air sévère avant de serrer les mâchoires et de fourrer le portable dans sa poche.

Deux semaines auparavant, il avait été si facile de le joindre… jusqu'à ce qu'elle l'accuse de harcèlement. Furieux, il l'avait malgré tout rappelée. Elle n'avait pas répondu et il avait laissé un message.

« Du harcèlement ? Est-ce vraiment ce que tu crois ? Je pensais que tu étais juste embarrassée parce que notre relation était allée un peu trop vite et un peu trop loin, ce soir-là. J'espérais pouvoir te convaincre que je te trouve extraordinaire, je veux dire en tant que personne. Que j'étais d'accord pour calmer un peu le jeu. Mais si tu veux vraiment que je te laisse tranquille, très bien. Rappelle-moi aujourd'hui ou c'est terminé. J'ai bien dit terminé. »

Abby ne le connaissait pas très bien, mais c'était sans doute un homme qui pensait ce qu'il disait.

Elle serra les poings. C'était ridicule de se sentir blessée qu'il ne lui retourne plus ses coups de fil. Elle s'était persuadée que tout ce qu'il avait voulu c'était du sexe, du sexe déchaîné, dépourvu d'inhibitions. Avait-elle pris pour acquis l'intensité de son intérêt pour elle ? Léo avait-il signifié davantage à ses yeux qu'elle ne s'en était rendu compte ?

En tout cas, prenant conscience qu'elle n'avait

pas agi exactement comme il voulait, il l'avait très vite rejetée. Tout comme l'avaient fait son père et sa mère… après la disparition de Becky, sa sœur jumelle.

Abby chassa avec violence cette pensée de son esprit. Elle n'aimait pas évoquer sa jumelle depuis longtemps disparue ni se dire qu'elle-même n'avait jamais compté beaucoup pour qui que ce soit.

Elle prit une profonde inspiration. Hier, après sa conversation avec sa secrétaire, elle avait enfoui la carte professionnelle de Léo dans sa commode, sous son linge. Les poings collés aux hanches, elle se dirigea vers la maison. Il fallait retrouver cette carte et téléphoner au bureau de Léo. Ensuite, elle entrerait son adresse exacte dans son GPS et s'y rendrait.

La porte grillagée claqua derrière elle lorsqu'elle pénétra en trombe dans la cuisine pour se laver les mains avant de gagner sa chambre. Une fois devant le robinet, elle prit le temps de se poser plusieurs questions : pourquoi s'était-elle laissé embarquer par Léo ce soir-là dans le bar ? Pourquoi s'était-elle rendue dans ce bar alors qu'elle s'était sentie si seule, rejetée et vulnérable parce que Shanghai l'avait laissée tomber pour Mia Kemble ?

Pourquoi s'était-elle jetée à la tête de Shanghai, ce cow-boy dompteur de taureaux de rodéos alors qu'au départ, il ne semblait pas particulièrement attiré par elle ?

Se poser ce genre de questions ne servait à rien. Dès maintenant, elle devait agir. Elle avait été blessée et elle avait vécu une nuit de folies sexuelles avec Léo Storm. Et pour quel résultat ? Sa prochaine paire de jean aurait un élastique à la taille…

Une fois dans sa chambre, elle tira le tiroir du haut de la commode et commença à fouiller fébrilement ses dessous. La carte ne se trouvait nulle part ! Elle releva les yeux et aperçut dans la glace l'image d'une femme pâle et maigre, aux yeux assombris par la culpabilité et aux mèches emmêlées couleur caramel lui retombant sur les épaules. Elle se redressa et rentra le ventre. Malgré son jean qui ne fermait pas, son ventre n'avait pas encore du tout l'air d'avoir grossi… du moins pas encore. Pourtant, à la pensée qu'il allait bientôt devenir énorme, la panique la saisit.

Oh, Dieu ! Très bientôt, elle allait devoir prévenir son équipe. Abby récupéra un peu d'énergie et tira le second tiroir avec une telle force qu'il tomba sur le plancher de chêne. Elle s'agenouilla et commença à trier ses chemises de nuit et ses T-shirts.

Elle ne voulait plus jamais revivre une semaine comme celle qu'elle venait de passer. Après une visite au médecin, elle avait compris qu'elle ne pourrait traverser cela toute seule… ou y mettre fin, comme l'avait suggéré Kel. Alors si Léo s'imaginait qu'il pouvait jouer les méchants P.-D.G. en lui adressant un simple ultimatum avant de s'en aller, de la même façon que tout le monde partait dans sa vie… eh bien, au moins, elle lui aurait d'abord parlé.

La dernière image de sa mère faisant sa valise en lui expliquant qu'elle quittait son père — et la laissait, elle — lui serra le cœur, à l'instant où elle ouvrait le troisième tiroir.

Abby ne connaissait pas grand-chose aux bébés mais elle en savait assez pour savoir que le sien au moins désirerait qu'elle mette son père au courant de sa grossesse.

Léo, soupçonnait-elle, avait dû rester à San Antonio et évité de regagner son ranch. Ou plus exactement Little Spur, le ranch qui appartenait à son frère Connor, à deux pas de celui d'Abby et du Buckaroo ranch, celui de Shanghai. Depuis son ultimatum, elle ne l'avait pas vu une seule fois à Little Spur — ni lui, ni sa camionnette noire — et pourtant, elle l'avait pourtant surveillé ces derniers temps.

La dernière chose à laquelle elle désirait penser était cette soirée au bar où, après avoir tous deux dansé collés l'un à l'autre, une intense excitation s'était emparée d'eux. Léo l'avait embrassée, une fois, deux fois, et ses mains étaient passées sur elle partout, caressant, prenant peu à peu possession de son corps. Abby s'était sentie fondre de plaisir, incapable de résister.

Plus tard, dans le loft de Léo à San Antonio, elle avait grimpé sur la table et lui avait fait un numéro de strip-tease. Le lendemain matin, en s'éveillant auprès de son corps nu et bronzé, elle n'avait eu qu'une pensée : fuir et tout oublier.

Maintenant, elle avait très peur de l'affronter. Il allait sans doute suggérer la même option radicale que Kel lui avait conseillée.

— Pourquoi ne pas lui en parler ? avait lancé

celle-ci. Occupe-t'en. Dans une semaine, ce sera fini.

— Ce ne sera jamais fini, Kel, avait-elle rétorqué. Car mes souvenirs, eux, resteront.

Abby n'avait jamais raconté à son amie ce fatal après-midi au cours duquel deux petites filles de huit ans, absolument identiques, avaient couru le long d'un sentier après un dindon sauvage dans les Franklin Mountains. Le soleil s'était couché. Le visage fin et espiègle de sa jumelle Becky s'était illuminé de rose et ses cheveux éclairés par-derrière avaient paru flamber.

— Attends, avait crié Becky. Attends-moi.

— Non ! Viens ! avait crié à son tour Abigail.

Elle s'était détournée, attendant que sa jumelle la suive comme elle le faisait toujours. Mais sa jumelle n'avait pas suivi. Et ça avait été la dernière fois qu'Abby avait vu sa sœur.

Elle ouvrit le dernier tiroir. Il lui arrivait encore de rêver de Becky. Maintenant, elle rêvait aussi de son bébé. Elle n'avait jamais eu envie de refaire partie d'une famille et de s'ouvrir à de nouvelles blessures. Une grossesse s'avérait donc très risquée pour elle. Cependant, elle n'était pas prête à rejeter son précieux bébé encore à naître. Elle ne le ferait pas. Une famille, c'était sacré quand on avait assez de chance pour en posséder une et elle savait à quel point il était facile de commettre des erreurs irrémédiables.

« Ne pense plus à Becky. »

Les mains d'Abigail se refermèrent sur une carte.

Pas celle de Léo, mais une carte de Noël… de son père.

L'argent — cinquante dollars — qu'il avait négligemment jeté dans l'enveloppe en cadeau de dernière minute, y était toujours. Mais il n'avait pas passé Noël avec elle. Son seul présent avait été la carte avec le billet et il était arrivé avec deux semaines de retard, longtemps après qu'elle eut perdu tout espoir qu'il ait pensé une seule fois à elle à Noël.

Pendant une seconde, Abby se rappela son dernier Noël avant la disparition de Becky. Sa jumelle et elle s'étaient entendues pour faire croire à leurs parents qu'elles croyaient toujours au Père Noël. Elles avaient confectionné des petits gâteaux et installé près de la cheminée des petites tasses roses remplies de lait.

Un obscur sentiment de solitude la submergea et elle crispa les mains sur son ventre. Petite fille, jamais elle ne s'était sentie seule. Elle avait eu une jumelle, quelqu'un avec qui tout partager. Toutes deux avaient pris des cours de danse, elles avaient eu les mêmes tutus roses, les mêmes collants…

« Ne pense plus à Becky », s'enjoignit-elle.

Abby tremblait lorsqu'elle remit la carte de Noël sous ses pulls en écartant doucement de ses yeux les mèches de cheveux d'un blond foncé. Elle savait au moins une chose : quoi que puisse faire Léo, elle avait l'intention d'aimer son bébé de tout son cœur. Même si les choses paraissaient mal tourner en ce moment, peut-être était-ce quand même sa seconde chance ?

Enfin, ses doigts se refermèrent sur l'élégante

carte de visite de Léo. Elle scruta le nom tracé en fières lettres noires. Malgré sa crainte d'entendre la condescendante voix de baryton de Léo, elle avala sa salive, saisit son portable et composa le numéro de son bureau avant de laisser sa peur l'envahir trop vite.

— Golden Spurs. Bureau de Léo Storm. Miriam Jones. Que puis-je pour vous ?

La voix sèche, sévère, qui l'avait tant agacée la veille était aussi impersonnelle que jamais.

— J'ai besoin de voir M. Storm. Ce matin. C'est urgent.

— M. Storm prend lui-même ses rendez-vous et je peux vous l'assurer, il en prend aussi peu que possible. Il est très occupé aujourd'hui. Peut-être pourriez-vous lui adresser un mail pour lui indiquer les raisons de votre désir de le rencontrer ?

— N-non. Pas de mail.

— Votre nom, je vous prie ?

Abby s'exécuta — comme la veille. Il y eut une pause prolongée. Ensuite cette fouineuse de secrétaire posa d'autres questions avant de s'excuser. Elle devait être allée s'en remettre à l'avis de Léo. Sa voix, plus glacée que jamais, revint presque immédiatement au bout du fil.

— M. Storm déclare qu'il ne peut pas vous recevoir et que vous devez en connaître la raison.

— Avez-vous dit que c'était urgent ?

— Oui. Tout comme hier.

Un autre long silence pour bien laisser pénétrer les mots.

— Y a-t-il autre chose que je puisse faire pour vous, mademoiselle Collins ?

La voix réfrigérante contenait une note polie de fin de conversation.

— Lui avez-vous réellement dit que c'était urgent ?

La dernière chose qu'Abby entendit fut l'au revoir définitif de la femme et ce fut ensuite la tonalité.

Cœur battant, elle rappela.

— Quel est le meilleur moment ce matin pour que je puisse le rencontrer ? se hâta-t-elle de demander sans laisser à l'autre le temps de parler.

— Je vous ai dit que M. Storm a…

— Vous ne comprenez pas. Il ne comprend pas. Je dois absolument le voir. Passez-le moi.

— Cela pourrait prendre des heures. Et même alors, je ne peux pas vous promettre…

— Faites-le, c'est tout !

— Il revient d'un séjour de quatre jours à Golden Spurs dans le sud du Texas et je crains qu'il ait pas mal de choses à rattraper. Et… il a été très ferme sur la question de ne pas vouloir…

D'un geste brutal, Abigail raccrocha. Ramassant une poignée de vêtements et une paire d'escarpins, elle se rua dans la salle de bains. Cinq minutes plus tard, elle était plus ou moins présentable, les cheveux retenus sur la nuque, vêtue d'un pantalon noir et d'un top bleu. Jetant sa veste sur un bras, et son sac sur l'autre, elle sortit en hâte et courut vers sa Lincoln blanche.

Coco leva la tête et hennit avec espoir, mais Abby la dépassa sans s'arrêter.

Elle devait annoncer la nouvelle à Léo — qu'il ait ou non envie de l'écouter.

Elle espérait bien lui gâcher sa journée, son week-end et le restant de sa vie — comme il l'avait fait avec elle.

# - 2 -

D'immenses toiles et photographies du ranch de Golden Spurs, célèbre dans le monde entier, décoraient deux des murs des époustouflants locaux extérieurs de Léo Storm. Le long d'un autre mur, des baies vitrées donnaient sur la San Antonio River serpentant entre deux haies de cyprès et de buildings. Non qu'Abby se laissât le moins du monde impressionner par le spectacle. Elle écrivit une note pour Léo, la pliant et la repliant jusqu'à ce qu'elle se transforme en une minuscule boule.

Agacée à son arrivée, elle était maintenant remontée à bloc après être restée assise une heure entière à observer le manège de la secrétaire qui l'ignorait délibérément, mais escortait auprès de Léo les autres personnes arrivées après elle. Le dernier arrivé avait été un rancher d'âge mûr, à l'air mal dans sa peau.

Abby tentait en vain de se distraire en examinant le bureau. Les grandes photographies représentaient des cow-boys, des puits de pétrole, du bétail en transhumance et la légendaire grande maison où la famille Kemble pour laquelle travaillait Léo, avait reçu des présidents et des rois et, dernièrement, des scheiks arabes. Abby était déjà venue ici, une seule fois. Dignes d'un musée, les peintures à l'huile du XIXe siècle, représentaient surtout des scènes avec des cow-boys et des indiens, sans compter les inévitables clichés du paysage de collines du Texas, des chênes verts et de vaches bluebonnets.

L'opulence et la taille de Golden Spurs étaient censées marquer les esprits, mais Abby n'en concevait que de l'exaspération à se morfondre de la sorte, assise dans un énorme fauteuil rouge qui l'écrasait.

Elle jeta un nouveau coup d'œil impatient en direction de la secrétaire. Rousse, mince comme un haricot vert avec son chignon perché au sommet du crâne, elle froissait des papiers en feignant de l'ignorer.

Abigail consulta sa montre et, de nouveau, leva les yeux vers les photos de la grande maison dont elle ne conservait pas le meilleur des souvenirs.

Mais pourquoi Léo se cachait-il ? Il avait une dette envers elle ! Il avait gâché sa vie, non ? Elle en avait assez de ces petits jeux. Si elle ne faisait pas quelque chose maintenant, Léo ne la reverrait plus jamais.

Quittant son fauteuil, elle se précipita vers le bureau de la secrétaire afin de plaider sa cause pour la quatrième ou cinquième fois. Bouche pincée, front plissé, la rousse perdait de toute évidence patience.

— Oui, mademoiselle Collins ?

— Voulez-vous lui transmettre ce mot… s'il vous plaît ?

Haussant les sourcils, la femme observa d'un œil sévère le minuscule papier plié. Elle le saisit enfin, repoussa son fauteuil et se leva sans un mot. Abigail la regarda s'éloigner d'un pas pressé le long de l'immense corridor et ouvrir la porte de Léo. Quelques minutes plus tard, elle répéta le trajet en sens inverse en faisant claquer ses talons. Revenue à son bureau, elle se rassit dans son fauteuil.

— Alors ? interrogea Abby.

La femme secoua la tête.

— M. Storm vous fait dire qu'il est tout à fait désolé mais qu'il est occupé… toute la journée. J'ai essayé de vous faire comprendre que vous perdiez votre temps et que vous feriez mieux de lui envoyer un mail. Il m'a dit de vous rappeler que c'était vous qui aviez pris la décision de rompre votre relation.

Quoi ? Non seulement il la condamnait mais de plus il l'humiliait ?

La rage et la gêne enflammèrent Abby. Comment osait-il ?

Une relation ? Depuis quand avaient-ils une relation ?

Sans trop savoir comment, elle résista à l'envie de hurler.

— Je dois le voir, répéta-t-elle d'une voix douce. C'est important.

— Je suis désolée.

La rousse ne l'était pas, c'était clair. Elle avait sans doute appris quelque part dans un livre de ne jamais opposer la colère à la colère. Embarrassée pour Abby, elle gardait les yeux baissés sur son bureau.

— Je vous répète que c'est urgent.

— Et moi je vous ai répondu qu'il ne peut pas vous recevoir.

La coupe était sur le point de déborder. Abigail comprit qu'elle devait se maîtriser.

— Oh, vraiment ? Il ne peut pas ou ne veut pas ?

Derrière elle, elle perçut un bruit de pas lourds. Quand elle se retourna, deux grands gaillards en costume sombre, avec une dégaine de policiers, s'avançaient vers elle. Leur regard décidé et leur attitude menaçante l'électrisèrent et la terrifièrent tout à la fois.

La secrétaire de Léo suivit son regard.

— Je suis vraiment désolée, mais il a dit qu'il veut que vous quittiez le bâtiment. Je crains qu'il n'ait appelé la sécurité. Ils vont vous raccomp…

— Que le diable l'emporte ! l'interrompit Abigail en se ruant dans le corridor en direction du bureau de Léo.

Criant son nom, les hommes se lancèrent à sa poursuite, pendant que la secrétaire hurlait :

— Attendez ! Vous n'avez pas le droit d'y aller !

« Ah oui ? Eh bien, regardez-moi ! »

Poussant la porte d'un geste brusque, elle entra et la rabattit derrière elle avec une telle violence que ses épingles à cheveux s'envolèrent et retombèrent sur le parquet de chêne ciré du bureau de Léo.

— Il est possible qu'un tas de gens t'admire parce que tu es le P.-D.G. de Golden Spurs, mais moi, je te connais trop bien. Tu n'es qu'un salaud impitoyable et cruel.

Mike Ransom était obligé de crier pour se faire entendre par-dessus les éclats de voix en provenance du hall.

L'attention de Léo était, elle aussi, monopolisée par la voix d'Abigail. Sa seule présence suffisait à le mettre hors de lui. A l'heure qu'il était, le service de sécurité devait être en train de s'occuper d'Abby, mais apparemment, ses hommes n'avaient pas réussi à la maîtriser. Elle lui avait pourtant fait clairement comprendre qu'elle sortait avec des cow-boys — exclusivement des cow-boys et jamais très longtemps. Qu'il ne lui plaisait pas, qu'elle trouvait les hommes comme lui trop sérieux, ennuyeux et cupides. Alors que diable lui voulait-elle maintenant ?

— Je travaille toute la journée avec des types ennuyeux de la ville comme vous, des hommes qui ne pensent qu'à une seule chose : faire de l'argent, lui avait-elle dit à un moment. Je n'ai pas envie de jouer avec eux le soir quand je cherche à me distraire un peu.

Alors pourquoi avait-elle contrevenu à sa règle sacrée et couché avec lui ?

Et plus important encore, pourquoi diable avait-il contrevenu à sa règle sacrée de ne jamais mélanger les affaires et le plaisir ? Engagé par le conseil d'administration de Golden Spurs pour retrouver la jumelle disparue du défunt Caesar Kimble, Léo s'était à son tour retourné vers son frère Connor, spécialiste des questions de sécurité, pour la rechercher. Connor l'avait laissé pantois en lui annonçant que leur propre voisine, Abigail Collins et sa jumelle disparue, étaient sans doute les héritières de Golden Spurs.

Ce fameux soir, Léo avait suivi Abigail au bar non pour coucher avec elle, mais pour tenter d'obtenir un échantillon de son ADN. La bouteille de bière qu'il avait enfermée dans un sac avait apporté la preuve qu'elle était bien une Kimble.

Avec effort, il concentra son attention sur Mike Ransom. Le vieil homme paraissait frêle et usé. En dépit de sa sortie véhémente, un sentiment de défaite affaissait ses épaules et l'étoffe de sa veste pendait sur son corps comme les ailes brisées d'une chauve-souris.

Mais l'homme pouvait encore faire preuve de hargne et de dureté et Léo oublia ses velléités d'admiration ou de sympathie.

— Si je suis un salaud, dit-il, le monde doit vous en remercier.

— Je n'ai pas l'intention de vendre Running R. Même pas pour le double de ton offre. Et surtout pas à toi.

— Vous n'avez pas le choix. Tout comme je n'ai pas eu le choix lorsque vous m'avez chassé comme un malpropre de Running R à dix-huit ans, sans un sou en poche, parce que j'avais mis Nancy enceinte. Qu'est-ce que cela fait d'être sans appui et à ma merci, maintenant ?

Curieux cette impression, songea-t-il, de ne pas être aussi heureux qu'il l'aurait cru, maintenant que la roue avait tourné pour le vieil homme.

Le vacarme provoqué par Abby augmentait. Pas

bon ça, se dit Léo. L'envie le démangea d'abandonner Mike pour aller en vitesse s'occuper personnellement d'Abigail, mais il se força à rester à son bureau.

— C'est de la vengeance pure et simple, déclara Ransom qui le fixait toujours d'un air morose.

— Vous auriez dû vous en douter.

— Tu ne désires même pas acquérir le ranch. Tu le veux juste parce que tu sais que j'y suis attaché et désire que Cal et Nancy en héritent un jour... et parce que tu n'as jamais oublié...

Non, il n'avait jamais oublié Nancy, sa petite amie enceinte. Nancy qui avait refusé de l'épouser parce qu'il était sans le sou et sans toit. Non, il n'avait pas oublié qu'elle avait préféré épousé Cal, le fils de Ransom. Non, il n'avait pas oublié la perte de sa fille. Pas en sachant que Ransom était la cause de tout...

— Pensez ce que vous voulez...

Léo aurait pu continuer ainsi. Ce jour, il l'avait attendu depuis des années. Il s'était mis en tête d'en finir ce matin avec Ransom dans un affrontement froid et sans effusion de sang.

Soudain il perçut un bruit de pas précipités. Sa porte s'ouvrit et se referma aussitôt dans un claquement. Léo se leva d'un bond à l'instant précis où Abigail s'enfermait à l'intérieur de son sanctuaire personnel et se retournait vers lui, ses cheveux blonds et brillants retombant sur ses épaules comme un soyeux rideau.

— Dehors !

Léo avait crié, en dépit du souvenir qui lui revenait

tout à coup de ses mains s'enfonçant dans cette chevelure pour l'attirer vers lui et l'embrasser. Souvenir qui fit battre plus fort son pouls.

Pétrifiée, Abigail le fixa avec de grands yeux effrayés de biche aux abois en essayant de lisser sa chevelure. Son visage était d'une minceur et d'une pâleur préoccupantes. Léo se rappela à quel point son regard s'était embrasé après leur premier baiser, comme ses pupilles avaient été dilatées par la passion. Maintenant, de larges cercles bleu sombre assombrissaient ses prunelles d'une jolie couleur noisette. Hormis son haut d'un bleu fluo et tous ces cheveux caramel dévalant en désordre sur ses épaules, elle était vêtue comme une maîtresse d'école collet monté d'un pantalon et d'une veste noirs.

Abby se baissa pour ramasser quelques épingles. Remontant ses cheveux, elle les rattacha, ce qui eut pour effet de lui donner une expression encore plus sévère. Léo se rappela sa tenue si sexy ce soir-là au bar. Cependant, malgré les sourcils interrogateurs de Ransom et la tentative d'Abigail pour paraître digne, son regard accusateur le brûla et l'attira en même temps. Il sentit son corps se durcir et brûler pendant que les yeux froids de Ransom le vrillaient.

Au diable ! Il devait se débarrasser d'elle. Elle lui avait clairement fait comprendre qu'à son avis, coucher avec lui était une énorme erreur et qu'elle méprisait avec force lui et son espèce, et pas seulement parce qu'il l'avait séduite comme elle l'avait prétendu — ce qui était le plus drôle.

Depuis l'instant où, s'arrachant à ses bras, elle

s'était enfuie sans même un au revoir, elle l'avait envoyé promener de multiples manières. Pourtant, elle avait eu très envie de lui et lui d'elle. Ensuite, elle avait eu le culot de lui déclarer qu'elle avait fait semblant de le confondre ce soir-là avec Shanghai. La goutte qui avait fait déborder le vase avait été de l'accuser de la harceler. Que le diable l'emporte, il en avait assez.

Il n'était pas près d'admettre que cette nuit avait ouvert dans son cœur des portes qui s'étaient fermées depuis que Nancy, Cal et Ransom avaient gâché sa vie alors qu'il n'était encore qu'un gamin.

— Je suis occupé, lui lança-t-il. Tu interromps une importante réunion.

— Moi non plus, je n'ai pas envie de te voir, crois-moi. Mais comme je l'ai dit à ta secrétaire, c'est urgent. Et Léo, je te le jure — cela ne prendra pas longtemps, murmura-t-elle d'une voix qui se brisait — il faut que je te parle. Quand tu m'auras entendue, tu n'auras plus jamais besoin de me revoir.

« Moi non plus, je n'ai pas envie de te voir. » Les paroles d'Abby, de même que son intonation haineuse, le cinglèrent mais son regard hagard lui fit peur.

Avec un effort, il chassa son inquiétude et, le regard braqué sur celui d'Abby, répondit d'une voix dure :

— Comme tu le vois, je suis occupé.

— Oh, non, tu ne l'es plus. Je m'en vais, grommela Ransom au même instant. Cette ordure est à vous, mon petit. Amusez-vous bien.

Les derniers mots étaient empreints de sarcasme.

Ransom jeta un regard assassin à Léo avant de se détourner. Il ouvrit la porte et la rabattit derrière lui avec un claquement.

Les deux agents de sécurité s'étaient précipités, espérant profiter de l'occasion pour achever leur travail, mais Abby fut plus rapide. Elle tourna prestement le verrou. Quand les agents tambourinèrent sur la porte, elle s'y adossa, les lèvres tremblantes.

Son visage avait la couleur de la cendre et ses yeux une expression éteinte. Elle avait une peur atroce de lui, c'était évident. Il la vit avaler sa salive ou plutôt s'y efforcer.

Haletante, elle poussa un léger cri. Puis, une main posée sur la bouche, elle se dirigea en vacillant vers le bureau. Etait-elle très malade ? se demanda encore Léo.

Son inquiétude s'accrut en constatant que ses pupilles s'étaient élargies comme sous le coup d'une indicible terreur. La main toujours sur la bouche et l'autre sur son estomac, elle tomba à genoux et eut un violent haut-le-cœur. Pendant une autre très longue minute, elle émit d'horribles sons en cramponnant la corbeille à papier.

— Bon sang, qu'est-ce qui ne va pas ? tempêta Léo.

Enfin, lorsqu'elle leva vers lui un regard désespéré, les cheveux de nouveau en bataille sur ses épaules, il vit émerger du passé le petit visage blanc et terrifié de Nancy.

— Tu ne devines pas ? murmura Abby.

Alors, il comprit. Mais il devait poser la question.

— Nausées matinales ? marmonna-t-il, en espérant contre toute attente qu'il se trompait.

Quand elle hocha la tête, la douleur absolue qu'il lut dans ses yeux lui donna l'impression qu'on lui arrachait un pan de son âme. Frissonnant, il ferma les yeux et aspira une grande bouffée d'air pour tenter de s'éclaircir les idées. Mais cela n'eut aucun effet. L'air soudain lui parut trop épais. Ou peut-être était-ce son cœur qui battait trop fort ?

— Tu ferais bien de ne pas m'épingler pour le gamin d'un autre… celui de Shanghai…

Abby rougit et, voyant une unique larme glisser le long de sa joue, Léo se mordit la langue jusqu'au sang.

— Je te déteste, murmura Abby. Je pense que tu es quelqu'un de… d'horrible.

Par Dieu, elle avait bien raison. Comment avait-il pu dire cela ? Il était le pire salaud de la planète.

Quand elle reprit la parole, ses yeux étincelaient d'une véritable haine et sa voix s'était durcie.

— Mais c'est le tien. J'aurais préféré qu'il n'en soit pas ainsi, crois-moi. Et je ne voulais plus jamais te revoir.

Ses piques faisaient mal.

— Tu aurais préféré que ce soit Shanghai ! Même s'il est marié. Tu me l'as très bien fait comprendre.

Abby ignora le commentaire.

— Si tu ne me crois pas, un test ADN pourra prouver que c'est le tien.

La honte lui empourpra le cou. Il savait trop bien de quoi il s'agissait.

— Ce ne sera pas nécessaire, dit-il entre ses dents. Ecoute, je suis désolé…

— Relaxe… inutile de t'excuser. Je te déteste autant que tu ne m'aimes pas.

— Exact.

Il n'était donc pas surprenant que pas plus que lui, elle ne veuille de son enfant.

Léo se passa la main dans les cheveux et garda les yeux fixés sur elle un très long moment, tandis que le regard d'Abby lui promettait à l'évidence un aller et retour en enfer. Quand elle connaîtrait la raison exacte de sa présence dans le bar cette nuit-là, pensa-t-il, elle aurait encore plus de raison de le haïr. Et si le conseil d'administration de Golden Spurs apprenait la vérité, ceci pourrait bien sonner la fin de sa carrière.

D'un pas vif, Léo traversa son bureau et ouvrit la porte de sa salle de bains privée. Ouvrant un robinet, il humecta d'eau froide une serviette et remplit un verre. Revenu dans le bureau, il les tendit à Abby.

— Assieds-toi avant de t'écrouler, dit-il. Mouille-toi le visage et nous réfléchirons à ce qu'il faudra que tu fasses.

— Que je fasse ? C'est le tien aussi, répéta-t-elle d'une voix morne.

— D'accord. J'ai compris.

— Mais tu ne crois pas…

— J'ai dit que j'avais compris, d'accord ? C'est le mien. Les réalités désagréables ont une manière bien à elles de vous tomber dessus. Maintenant, voilà ce que nous allons faire…

— Tu n'as pas le droit de m'ordonner ceci ou cela. Je ne travaille pas pour toi.

— Tu portes mon enfant.

— Toi qui as la réputation d'être si intelligent, as-tu seulement utilisé un préservatif ? accusa-t-elle.

— Si, bon sang. Plusieurs, même.

Abby rougit, embarrassée, comme si elle se rappelait qu'une seule étreinte n'avait suffi ni à l'un ni à l'autre.

— Je n'avais rien d'un gamin si pressé au point de ne pas penser…

Cela lui était arrivé autrefois, il y avait des années de cela, avec Nancy lorsqu'il avait dix-huit ans. Sauf qu'il avait été fou d'elle. Il n'était pas allé dans ce bar par hasard. Il savait très bien qu'Abby y était. Il devait obtenir d'elle quelque chose de très important.

Dommage pour tous les deux qu'elle se soit habillée d'une manière si sexy et qu'elle lui ait paru si triste. Il s'était laissé détourner de son objectif avant d'avoir pris ce dont il avait besoin.

Il se souvenait parfaitement du nombre de fois où ils avaient fait l'amour et comment chaque nouvelle étreinte s'était avérée plus exquise que la précédente. Comment Abby avait gémi et sangloté et l'avait accueilli en elle, s'accrochant à lui des bras et des jambes jusqu'à ce qu'il durcisse de nouveau en elle. Quelle incroyable sensation d'être sexy, fort et puissant, il avait alors éprouvée !

Il se souvint d'Abby le prenant entre ses lèvres,

l'embrassant jusqu'à ce qu'il se sente pris dans un tourbillon tiède, humide et satiné et de jouir dans sa bouche. Elle aussi avait été douce, chaude et accueillante. Pendant plusieurs semaines après cette nuit, il avait été au septième ciel. Et tout à fait incapable de croire qu'elle veuille le repousser, lui et ce qu'ils avaient connu cette nuit-là — quelque chose de fort à en perdre la tête — du moins en ce qui le concernait.

Comme si elle lisait dans ses pensées, Abby s'empourpra.

— Je… je ne me souviens pas de grand-chose de cette nuit.

— Quelle chance ! J'aimerais pouvoir l'oublier aussi facilement ainsi que tout ce qui s'est passé entre nous.

— Eh bien, maintenant, j'aurai le bébé pour me le rappeler en permanence.

— Donc, tu veux le garder ?

Le soupir de soulagement qu'il poussa l'étonna lui-même.

D'un bond, Abby s'arracha à son fauteuil et furieuse, l'apostropha.

— Surtout, ne te hasarde pas à suggérer quoi que ce soit de semblable à ce que Kel a dit ou je… ou…

— Hé, hé, du calme.

Léo se précipita vers elle et posa les mains sur ses épaules. A ce contact, une lueur de sincérité étincela dans les yeux d'Abby. Puis sa haine se réveilla.

Comme s'il l'avait brûlée, elle se rejeta en arrière et, comme chaque fois, il fut piqué par son rejet.

Ne pouvait-il donc entretenir que des relations impossibles avec les femmes ? Etait-ce donc sa spécialité ou quoi ? Mais cette relation-ci était pire car elle avait un rapport avec sa carrière. La tournure que prenaient les événements risquait de le compromettre à tous les niveaux. Diable, son poste de manager de Golden Spurs lui plaisait et s'il ne trouvait pas très vite une solution, il allait devoir y renoncer.

— Tranquillise-toi, marmotta-t-il d'une voix qu'il voulut gentille cette fois. Je... je suis heureux que tu acceptes mon bébé.

— Ton bébé ? répéta Abby en s'écartant encore davantage de ses mains larges et trapues.

Le voyant hocher la tête, elle parut soulagée. Léo lutta contre un élan d'attendrissement tandis qu'elle retombait lentement dans le fauteuil. Il devait se rappeler qu'elle était dangereuse, excessivement dangereuse, à tous points de vue.

Il regagna son propre fauteuil et Abby, comme hébétée, resta assise à le fixer par-dessus la surface du bureau.

— Qu'allons-nous faire ? murmura-t-elle enfin. C'est un tel choc.

Pour ça oui, pesta-t-il en lui-même, et la situation était encore bien plus complexe qu'elle ne le pensait. Il allait devoir agir avant qu'elle s'imagine avoir toutes les cartes en main.

— Tu as eu plus de temps que moi pour t'habituer à cette idée. Ma secrétaire t'a sûrement dit que j'étais débordé aujourd'hui. Et si je venais te voir, ce soir ? Disons vers 19 heures ? Nous discuterons de ce que nous devons faire.

— Je… je préférerais plutôt te rencontrer dans un lieu public.

— Ce soir ? Alors tu devras regagner seule ton ranch. Me crains-tu davantage qu'un inconnu qui te suivrait chez toi ?

— Inutile de t'inquiéter pour moi. J'ai l'habitude de vivre seule et de rentrer seule chez moi.

— Si tu portes mon bébé, toi et lui êtes désormais sous ma responsabilité, déclara Léo.

Abby tressaillit. Et, tandis qu'il la fixait, sourcils froncés, il crut voir une douzaine d'arguments s'agiter dans la micro-usine de son cerveau.

— Entendu, oublie ce que j'ai dit. Je ne veux pas discuter. Mais as-tu peur de moi ?

Elle secoua rageusement la tête.

— D'accord, alors pourquoi ne veux-tu plus me revoir ?

— Je ne veux plus te revoir parce que tu es arrogant et parce que tu n'es pas le genre d'homme que j'aime.

— Très bien. Tu préfères les dompteurs de taureaux comme Shanghai Knight ?

Pourquoi prenait-il un tel plaisir à remuer le couteau dans la plaie ? Une plaie taillée dans sa propre chair ?

— Tu m'as pris pour lui et à présent, tu voudrais que ce soit son enfant.

Le regard d'Abby le fuyait.

— Au moins, je ne t'ai pas menti à son sujet.

— Ah bon ?

— Non, mais…

Shanghai. Léo était malade d'entendre parler de ce type. Piqué au vif, sans vraiment savoir ce qu'il faisait, il bondit de son fauteuil.

A son tour, Abby se leva brusquement mais avant qu'elle puisse s'enfuir, Léo lui encercla les bras et l'attira vers lui. La chaleur du corps d'Abby contre son torse et ses jambes lui rappela sa douceur moite et grisante de cette nuit-là et pourquoi, au bar, il avait été incapable de s'en tenir à son objectif initial. Cette fille éveillait en lui un désir tel qu'il n'aurait pas assez de toute une vie pour le satisfaire.

— Pourquoi as-tu si peur de moi ? lança-t-il. T'ai-je fait mal ? T'ai-je jamais fait mal ? T'ai-je obligée à quoi que ce soit ?

Il avait fait bien pire en lui volant un échantillon d'ADN sans l'informer de sa véritable identité. Inutile d'imaginer ce qu'elle ferait lorsqu'elle le découvrirait. Mais une seule chose à la fois. Il devait d'abord savoir ce qu'elle pensait de lui.

— Tu m'as pourtant accusé de te harceler…

Il la sentait trembler entre ses bras. Elle avait une odeur de vent et d'arbres, de fleurs sauvages… c'était bon, si bon.

— Je t'ai seulement demandé de me laisser tranquille.

— Toutes ces foutaises à propos de Shanghai… es-tu vraiment amoureuse de lui ? Ou me l'as-tu jeté au visage parce que tu n'arrivais pas à me regarder en face après ce que nous avions fait ?

Abby ne répondit pas mais quelque chose, dans l'attitude de Léo, la rassura et elle se détendit un peu.

Dès le premier instant, il avait deviné les démons qui l'habitaient. Or, Léo savait tout des démons intérieurs et comme un imbécile, il avait compati.

Maintenant, il pouvait la lâcher, mais n'y parvenait pas.

— Si tu ne veux pas de moi, alors pourquoi m'as-tu fait l'amour tant de fois cette nuit-là ? demanda-t-il.

— Je ne sais pas. Je ne m'en souviens pas.

— Tu ne peux pas ou tu ne veux pas t'en souvenir ? Me détestes-tu autant que tu l'as dit ?

— Oui… i.

— Continue.

Elle le considéra de ses immenses yeux noisette mais les mots refusèrent de sortir.

Et soudain, comme elle avalait sa salive convulsivement, Léo vit battre son cœur au fond de sa gorge.

Le désirait-elle… ne serait-ce qu'un tout petit peu ?

Il se rappela avoir enfoui son visage entre ses seins. Qu'elle était douce ! Comme elle lui avait paru délectable lorsqu'il avait léché ses mamelons l'un après l'autre. Et avec quel zèle elle lui avait rendu ses baisers.

— Très bien. Peut-être que tu ne me détestes pas

tout à fait. Mais nous sommes toujours dans une sacrée galère, n'est-ce pas ? reconnut-il.

Marmonnant un juron, il ôta ses lunettes et écrasa la bouche d'Abby sous la sienne. De nouveau, il lui trouva un goût exquis… un goût de miel. Il s'attendait à plus de résistance, mais comme un animal terrifié après s'être longuement débattu pour se libérer d'un piège, elle resta absolument immobile. Finalement, comme il ne la relâchait pas, lorsque la chaleur de son corps s'infiltra en elle, elle étreignit les épaules musclées et pressa ses douces lèvres contre les siennes, les ouvrant pour lui.

Même lorsqu'il relâcha son étreinte, Abby ne se déroba pas. Lentement, elle faufila sa langue contre la sienne, s'y noua, tandis qu'elle se pressait davantage contre son corps. Et, découvrant qu'il était pleinement excité, elle ne se défila pas. Quand il se poussa contre elle, elle retint son souffle.

Avec un gémissement, elle s'arc-bouta contre son érection, l'invitant ouvertement à poursuivre. Lui encerclant le cou, elle lui caressa ensuite les joues, lui prit le visage entre ses paumes et l'embrassa avec gourmandise sur la bouche.

D'un seul coup, toute la douceur, la passion et la perfection de ces heures qu'elle avait passées dans son lit submergèrent Léo, et tout parut de nouveau prendre un sens. Il n'était donc pas étonnant qu'il ait refusé de croire qu'Abby ne le désirait pas. Qu'il soit revenu vers elle si souvent pour se voir au final repoussé et en souffrir.

La réaction d'Abby à son baiser et à son excitation de mâle, tout cela était instinctif, vrai — au contraire de toutes ces insanités négatives qu'elle lui rabâchait depuis.

Il désirait cette femme plus que tout.

Comprenant enfin à quel point son désir d'elle était complexe et aigu, il arracha sa bouche de celle d'Abby et recula à distance raisonnable. Dans quel pétrin terrible et confus s'était-il fourré ? Existait-il vraiment une distance raisonnable !

Son souffle était haché, de même que celui d'Abby. Elle était peut-être enceinte, mais lui, il était piégé.

— 19 heures, murmura-t-il d'une voix basse et sauvage. Chez toi. Si tu préfères un lieu public, je t'emmènerai en ville dans ma camionnette.

— Tu n'as pas le droit de te contenter d'assumer ta responsabilité.

— Comme je l'ai déjà dit, tu portes mon bébé. Cela me donne certains droits, me semble-t-il.

— Ceci… comme ce qu'il vient de se passer, est exactement la raison pour laquelle je ne voulais pas t'en parler. Tu vas tirer avantage…

Par l'enfer ! Elle avait aimé ça — à chaque instant, tout comme lui.

— Mais tu m'en as parlé. Donc, on se voit à 19 heures. Sauf si tu désires que je conclue ce que ce baiser a commencé… sur mon canapé.

Par-dessus son épaule, le regard d'Abby se posa sur le long canapé de cuir et ses pupilles s'élargirent. D'un geste involontaire, elle toucha sa lèvre inférieure, faisant naître chez Léo une palpitation de désir.

— Non…

Elle avait dû deviner à la chaleur qui naissait au fond de ses yeux, qu'il approchait du point de rupture, parce qu'elle se détourna et se dirigea en chancelant vers la porte. Tournant le bouton, elle parut terrifiée lorsque la porte ne s'ouvrit pas et elle se mit à tambouriner dessus.

Léo traversa la pièce et sans la toucher, fit jouer le verrou.

— 19 heures tapantes, lui murmura-t-il d'un ton sec.

Mais déjà, franchissant d'un bond la porte ouverte, elle dépassait à toute vitesse le bureau de la secrétaire et les gardes toujours sur le qui-vive. Léo leur fit signe de la laisser passer.

L'œil fixé sur le balancement de ses hanches minces drapées de soie noire, comme Abby disparaissait au bout du couloir, il se retrouva en sueur. Il devait cesser de la convoiter et réfléchir, se dit-il. Toute l'affaire éclaterait au grand jour lorsque le conseil d'administration et Abby découvriraient sa véritable identité — ce qui signifiait qu'il était temps de penser à limiter les dégâts.

Fermant sa porte, Léo se réinstalla à son bureau, et appuyant sur un bouton, demanda à Miriam d'annuler ses rendez-vous de l'après-midi.

Puis, enfoncé dans son fauteuil, il laissa son esprit revenir à l'après-midi où son frère Connor avait fait irruption dans son bureau et jeté devant lui son Stetson et plusieurs photos de leur très mignonne voisine, montant à cru son palomino.

— Je suis tout à fait certain qu'Abby est l'une de nos jumelles disparues, mais nous avons besoin d'un échantillon d'ADN pour le confirmer, avait lancé Connor.

— Abby ?

— Comme je l'ai dit, nous ne le saurons vraiment que si tu obtiens un échantillon de son ADN.

— Moi ? C'est toi l'as des opérations de sécurité, non ?

Il n'avait pas fallu longtemps à Connor pour persuader son frère que tout ce qu'il avait à faire était d'offrir un café à Abby et de récupérer sa tasse.

Plus tard dans la soirée, Léo avait appelé Abby à son bureau pour prendre rendez-vous, en informant la secrétaire qu'il était le voisin d'Abby. Au passage, Kel lui avait indiqué l'endroit où Abby et elle devaient se rendre le soir. Léo s'était donc rendu au bar et avait pris la tasse.

Une semaine après son aventure avec Abby, Connor lui avait téléphoné pour affirmer que l'ADN correspondait. Abigail était bien l'une des héritières disparues de Golden Spurs. Ce qui faisait donc de Becky, la jumelle depuis longtemps disparue, l'autre héritière.

Abigail était bien la dernière femme avec qui Léo aurait dû coucher. Alors, s'il ne trouvait pas une façon de tourner ce nouveau désastre à son avantage, sa grossesse allait lui coûter le maximum.

# - 3 -

Léo s'installa devant son ordinateur, ajusta sa webcam et manipula sa souris. Il croyait ferme que face à l'adversité, la meilleure défense était dans presque tous les cas l'attaque.

Et qu'y avait-il de mieux que de solliciter son petit frère ?

Plusieurs clics de souris plus tard, la mâchoire carrée et les larges épaules de Connor s'affichèrent sur son écran. Tous deux se saluèrent, après quoi, ayant à l'évidence passé une meilleure journée que son frère, Connor se renfonça dans son fauteuil et lui adressa le sourire ravageur qui était sa marque de fabrique.

— En quoi puis-je t'aider, grand frère ?

Connor écarta de ses yeux bleus une mèche de cheveux blonds. Il avait mis pas mal de temps à assumer pleinement sa fonction de petit frère, et il n'était pas toujours d'un abord aussi facile que son sourire présent pouvait l'indiquer. Le petit frère avait assurément manifesté son côté obscur en plus d'une occasion.

Léo, qui l'avait élevé après qu'ils avaient été tous deux mis à la porte du ranch Running R, avait souvent dû intervenir pour le tirer des pétrins où il avait le chic de se fourrer jusqu'au jour où une très sérieuse altercation avec la police avait enfin persuadé le jeune homme de se tenir du bon côté de la loi. Il s'était engagé dans les Marines, avait servi en Afghanistan, s'était marié et était devenu veuf.

Léo n'y alla pas par quatre chemins pour engager la conversation.

— Pourquoi diable n'as-tu aucune piste valable sur Becky Collins ? Tu t'es tourné les pouces ou quoi ?

Connor desserra son nœud de cravate et s'agita dans son fauteuil. Sans que son sourire ravageur ne se soit pour autant effacé.

— J'ai mis mon meilleur agent sur le coup, mais jusqu'à présent… rien. Tout se passe comme si elle s'était évaporée là-bas dans ce parc d'El Paso. A propos, depuis que je t'ai envoyé le rapport confirmant l'identité réelle de notre voisine si sexy, je n'ai eu aucune nouvelle de toi. Comment crois-tu qu'elle prendra la chose quand tu lui diras qui elle est ?

Le coup de pied de l'âne. Les petits frères excellaient dans cet exercice. Surtout ceux qui en grandissant devenaient des détectives privés doués et étaient en outre propriétaires d'une grosse agence de sécurité ayant des succursales dans plusieurs grandes villes du Texas. On pouvait même dire que Connor avait mieux réussi que lui. Une chose à laquelle Léo, lui-même d'un tempérament très compétitif, n'aimait guère songer.

— Je ne sais pas, dit-il avec un peu d'hésitation. Pas encore.

— Il y a des semaines que je l'ai retrouvée ! Une semaine que je t'ai envoyé le test ADN. Que diable attends-tu ?

Connor était peut-être assis dans son bureau de Houston mais le regard de ses grands yeux bleus, assombri par des cils très noirs se fit aussi brûlant qu'un rayon laser.

— C'est compliqué, répondit Léo.

Et même de plus en plus.

— Tu étais excité comme tout quand je t'ai remis le dossier.

— Oui, c'est vrai.

— Tu as dit que si l'ADN prouvait que j'avais raison, tu irais toute affaire cessante l'en informer.

— C'était bien mon intention, en effet.

Léo se renfrogna. La question ne lui plaisait pas.

— Quand je l'ai vue ce soir-là, expliqua-t-il, elle était encore sous le coup de sa rupture avec Shanghai, notre voisin, qui l'a laissée tomber pour épouser Mia Kemble.

— Ah oui, Mia Kemble du ranch de Golden Spurs. Sa célèbre demi-sœur ou bien sa cousine ?

— Sa cousine. Seulement, Abby ne connaît pas sa véritable identité.

— C'est bien ce que je pensais. Alors pourquoi ne pas le lui dire ?

Il avait bien essayé quand elle l'avait accusé de la harceler.

— Elle était assez vulnérable ce soir-là... et d'une humeur plutôt autodestructrice. Elle se comportait d'une manière bizarre et moi aussi, à la fin. Les choses sont devenues vite très personnelles.

— En général, tu fais passer les affaires avant le plaisir.

— Dommage que je ne l'aie pas fait à ce moment-là.

— Dis-moi que tu n'as pas couché avec elle ?

— Je n'ai pas couché avec elle, répéta Léo d'un ton machinal.

Il aurait sans doute pu tromper n'importe qui. Sauf Connor avec son flair étrange pour renifler un mensonge à des kilomètres.

— Ne répète pas ce que je te dis comme un sacré idiot, tempêta-t-il. Dis-le comme tu le penses.

— Je voudrais bien. Bon sang ! Ecoute, elle n'a pas donné son accord à propos de cet échantillon d'ADN. Pire, elle est enceinte. Je dois la voir ce soir pour savoir où nous en sommes à partir de là.

Il entendit Connor émettre un sifflement.

— Tu as mis enceinte l'héritière secrète de Golden Spurs depuis longtemps disparue et tu as chargé par ailleurs mon agence de la retrouver ? Comment les administrateurs de Golden Spurs vont-ils réagir ?

— Favorablement... si j'arrive à me débrouiller pour que ça marche pour moi...

— Léo ! Ne fais rien ! Pas cette fois-ci ! Ne fais rien !

Léo se tut.

— Léo, tu ferais mieux de m'écouter. Pour une

fois, refrène ta sacrée ambition et contente-toi de leur dire la vérité. A elle et aux administrateurs. Il s'agit de ton gamin. Tu ne veux pas tout gâcher comme tu l'as fait la dernière fois ?

— Comme je l'ai fait ? As-tu oublié de quelle manière Mike Ransom et Cal nous ont jetés à la porte de Running R quand Nancy s'est retrouvée enceinte ? Et sans doute parce qu'ils ont toujours voulu mettre la main sur le ranch familial de Nancy ? Comment ils l'ont convaincue d'épouser Cal à ma place en arguant qu'il pouvait faire beaucoup plus que moi pour le bébé ? Pour la petite Julie ?

La voix de Léo s'était radoucie. Sa gorge se serra en évoquant Julie, sa fille aux yeux noirs, une adolescente rebelle maintenant, petite femme-enfant qu'il connaissait à peine et qui le détestait.

— Non, je n'ai pas oublié, mais tu ne veux tout de même pas que ça recommence, n'est-ce pas ? Ecoute, je sais ce par quoi tu es passé. Mais moi aussi, je connais ce genre de situation. Les gens font d'incroyables gâchis lorsqu'ils gardent des secrets ou dissimulent ce genre de squelettes dans leurs placards. Tout va de travers ensuite.

— Je ne vais pas te promettre quoi que ce soit. Tu le sais aussi bien que moi, la franchise m'a apporté pas mal d'ennuis. Tellement même, que j'ai tout perdu. Nancy… Julie… et toi, enfin presque. Je me disais toujours que je n'arriverais jamais à m'y prendre.

— Ce n'était pas ta faute si je suis devenu un peu un chien fou à la mort de maman, lorsque nous sommes restés seuls tous les deux et que tu travaillais tout le temps.

— Peut-être que si. J'aurais dû être plus attentif. Je n'aurais jamais dû laisser Cal adopter Julie. J'aurais dû me battre davantage pour faire partie de la vie de ma fille.

— Tu as été obligé d'oublier… comme je l'ai fait.

— Tu n'es pas moi, petit frère. Si Ransom ne m'avait pas renvoyé de Running R… et coupé les vivres pour mes études, alors Nancy ne m'aurait pas abandonné pour Cal. Je n'arrive pas à oublier cela.

— Très bien. Donc, tu nages dans la réussite et tu désires toujours planter la tête du vieil homme sur une pique ?

— Apprends quelque chose d'amusant : Mike Ransom était dans mon bureau aujourd'hui. Je tenais ce salaud au creux de ma main, mais au lieu de l'écrabouiller, je l'ai laissé s'en aller par la porte.

— Tu as bien fait. Après tout, il est le seul grand-père encore vivant de Julie.

— Non ! La seule raison pour laquelle il a pu filer a été l'arrivée d'Abigail. Elle avait une expression hagarde et l'air malade. Elle m'a d'abord fait de la peine et puis elle m'annoncé le double pétrin dans lequel je m'étais mis.

— Les voies de Dieu sont impénétrables. Il a certainement un plan te concernant. Pourquoi crois-tu qu'elle ait fait son apparition à ce moment exact — et enceinte ? Peut-être pour te donner une chance de compter toutes les bonnes actions que tu as commises et te faire réfléchir à ton envie de te venger. Ransom a commis une erreur. Il y a longtemps de cela. D'accord, il était trop dur avec toi, mais n'as-tu jamais toi-même commis d'erreur ? Maintenant, c'est un vieil homme. Sa femme est malade. Le ranch est dans sa famille depuis des générations. Lui faire du mal c'est en faire à Julie.

— J'en ai assez de cette conversation.

— Penses-y, c'est tout. Ransom a déjà assez de problèmes sans que tu t'acharnes sur lui. La vie a sa manière à elle de nous faire payer pour nos péchés. Si tu utilises Abigail pour arriver à tes fins, tu le regretteras.

Sur ces bonnes paroles, Connor prit congé de son frère et, après un clic de souris, l'écran redevint muet. Léo resta un instant à fixer son image dans la lueur grisâtre. Puis il se passa la main dans les cheveux. Au bout d'un long moment, il se leva et se dirigea vers le bar où il se versa une bonne mesure de scotch dans un grand verre. Rejetant la tête en arrière, il l'avala d'un trait.

En général, il ne buvait jamais dans la journée et jamais au bureau. Quand il se rassit dans son fauteuil, le liquide lui brûlait la gorge et il dut attendre un bon moment avant que les effets de l'alcool n'apaisent sa douleur. Comme le résultat se faisait attendre, il lorgna la bouteille à travers la pièce.

Non, songea-t-il. Il avait déjà dégringolé cette pente infernale. Il valait toujours mieux affronter la douleur et garder le contrôle.

Il préféra ouvrir le tiroir supérieur de son bureau

et en tirer le dossier portant le nom d'Abigail que son frère lui avait apporté en triomphe six semaines auparavant. Après l'avoir ouvert, il feuilleta divers documents et photographies.

Plusieurs photos sur papier glacé d'Abigail montée sur Coco, son cheval isabelle, tombèrent sur son bureau. Ainsi que le résultat de l'analyse d'ADN. Léo se rappela avoir fait remarquer à Connor à quel point la coïncidence était extraordinaire que son ranch soit voisin du leur et de celui de Shanghai Knight.

— C'est plus qu'une coïncidence, avait rétorqué son ex-mauvais garçon de frère avec un aplomb écœurant et un charmant sourire. Ce n'est rien moins qu'un miracle. Dieu a vraiment un plan.

— Je ne crois ni aux miracles ni aux plans.

— Ça viendra un jour. Peut-être plus tôt que tu ne le penses.

Léo se dirigea vers sa bibliothèque où il prit la photo de Julie. Elle avait des cheveux et des yeux noirs. A son dernier anniversaire, il l'avait appelée et elle avait refusé de lui parler. Nancy prétendait qu'elle lui ressemblait chaque jour davantage.

Julie était une adolescente maintenant… elle avait presque son âge lorsqu'il avait mis Nancy enceinte. Elle n'aimait pas les études, refusait d'aller en classe, disant qu'elle ne voulait rien faire d'autre que de traîner avec ses amis, tous plus ou moins des voyous. Elle voulait un tatouage et des piercings. Elle portait des vêtements collants et se maquillait outrageusement. Nancy prétendait que c'était sa manière de vouloir attirer l'attention sur elle et Cal prétendait qu'elle se sentait abandonnée par son père biologique. Mais que pouvait-il faire, lui Léo, lorsqu'elle refusait de prendre ses appels ou de le voir ?

En fait, il n'avait jamais joué un grand rôle dans sa vie. Cal était devenu son père. Elle était désormais presque adulte et Léo regrettait d'avoir laissé l'éducation de sa fille lui échapper.

Question subsidiaire : jusqu'où était-il prêt à aller pour éviter que cela se reproduise ?

Jusqu'au bout, pensa-t-il. Jusqu'au bout. Il ferait tout, quoi qu'il puisse lui en coûter.

Encore une petite minute…

Le soleil était bas dans le ciel et l'ombre des chênes et des pins s'allongeait sur la route de gravier et l'herbe grasse où Coco paissait, pas très loin de là.

Il ne devait pas être loin de 19 heures. Abby savait qu'elle devait se lever du banc de pierre et retourner dans la maison attendre Léo. Mais la crainte faisait palpiter son cœur à la pensée de l'affronter encore une fois. Elle était épuisée et l'air embaumé l'apaisait.

Léo n'était pas un homme patient et si elle le faisait attendre, cela ne ferait qu'empirer la situation.

Pourtant, elle ne se leva pas. La douce brise qui lui caressait les joues était délicieuse et son corps lui paraissait si lourd lorsqu'elle restait ainsi allongée sur le dos sur le banc de pierre froid ! Aussi, au lieu de se conduire d'une manière intelligente, elle resta où elle était, remettant les choses à plus tard pour profiter de ce fugace instant de paix.

Depuis l'instant de son réveil, sa journée avait été longue et dense. Elle jouissait à présent de la première minute qu'elle avait pour elle seule, si elle ne comptait pas les fébriles allers et retours du ranch à San Antonio, et de là jusqu'à Austin pour enfin revenir chez elle.

Vus du dessous, les arbres lui semblaient très différents. Cette position lui rappela son enfance : Becky et elle avaient adoré grimper aux arbres.

Un instant encore, elle oublia Léo et resta là tranquille, le regard levé vers les branches déployées de l'immense chêne vert et, au-delà, vers le soleil étincelant et le brillant ciel bleu qui transparaissait à travers le feuillage sombre. Le monde était si grand et l'univers bien plus encore. Le problème de sa grossesse et de ses relations avec Léo lui parut minuscule en comparaison, jusqu'au moment où elle l'entendit se frayer maladroitement un chemin entre les arbres en criant son nom.

Au son de sa profonde voix de baryton, elle se leva d'un bond.

— Par là, répondit-elle.

L'intensité de son regard sombre la fit trembler longtemps avant même de glisser d'un air entendu vers son ventre, ce qui lui mit le feu aux joues. Etait-ce une manière de lui faire remarquer que sa taille s'était un peu épaissie ?

Elle se rappela s'être mise debout sur sa table. Léo était resté dessous pendant qu'elle ondulait au son de *Wild thing* en faisant passer son pull rouge par-dessus sa tête. Lorsqu'elle s'était débarrassée de sa jupe en se trémoussant, la fascination qu'il avait eue pour son corps cette nuit-là, lui avait donné la sensation d'être plus féminine, plus insouciante que jamais, comme investie d'un étrange pouvoir. Comme la boîte de Pandore une fois ouverte, les désirs qu'elle avait eu tant de mal à contenir s'étaient échappés.

Mouchetés d'or et bordés d'épais cils noirs, les magnifiques yeux de Léo avaient suivi chacun de ses mouvements. Lorsqu'elle s'était retrouvée nue, il s'était approché de la table en deux enjambées, avait plaqué les deux mains autour de sa taille pour l'attirer entre ses bras et la faire descendre en glissant le long de son corps.

Un long moment, il s'était contenté de la tenir contre lui. Puis il lui avait baisé les cheveux, l'avait allongée sur la table avec lenteur en léchant son corps entier jusqu'au moment où elle avait eu l'impression de prendre feu. Elle avait souhaité tout oublier des années de souffrance et de solitude dans une sorte de folie sexuelle. Pour sa part, Léo avait désiré bien davantage et Abby en avait été effrayée.

« Ne pense plus à cette nuit. Ne le laisse plus jamais t'approcher de si près. »

Il était grand et rêche. Abby savait qu'il abattait un dur travail physique sur son ranch et souvent, elle avait ressenti un pincement d'envie alors qu'une de ses barrières avait besoin d'être réparée, et qu'elle passait en voiture pendant qu'il travaillait à Little Spur. Ce serait si génial d'avoir un homme à ses côtés pour ce genre de chose.

Sa peau était brune et les plans de son visage extrêmement virils, même quand il portait ses lunettes. Il avait dû rentrer chez lui plus tôt que d'habitude parce qu'il avait pris le temps de se débarrasser de son costume et d'enfiler un jean repassé de frais et une chemise de baptiste bleue à manches longues roulées sur ses avant-bras musclés. Son col était resté ouvert sur sa gorge bronzée.

Soudain, Abby regretta de ne pas s'être changée, elle aussi, et de ne pas porter quelque chose de plus seyant, mais elle s'était sentie trop lasse pour faire autre chose que d'ôter sa veste.

Elle retint son souffle parce que le simple fait de regarder la pointe en V de ses cheveux sombres et ses solides bras tannés lui communiquait une curieuse sensation de faiblesse. Elle devait se rappeler qu'il était sérieux et ennuyeux, pas du tout son type, et qu'elle préférait les cow-boys. Sans oublier bien sûr qu'il avait profité d'elle.

« Calme-toi. Tout ce que tu as à faire c'est de lui parler. »

— J'ai vu ta voiture, expliqua Léo, et j'ai frappé. Comme tu ne répondais pas, j'ai fait le tour par-derrière et trouvé la porte ouverte. J'ai appelé, et comme tu ne répondais toujours pas, je suis entré. Puis, comme tu n'étais visible nulle part…

Il la regarda de nouveau intensément, et Abby comprit qu'il s'était inquiété pour elle.

— Bon, laisse tomber. Je t'ai trouvée. Je suis content que tu ailles bien.

Abby appréciait qu'il se soit fait du souci pour elle, même s'il le manifestait avec colère. Ce qui était ridicule. Elle ne voulait pas de sa sollicitude. Par-dessus tout, elle refusait d'admettre qu'elle avait besoin qu'il prenne soin d'elle. Il n'y avait rien à aimer en lui — pas maintenant — pas après qu'il les avait plongés tous deux dans cet horrible désastre.

— As-tu mangé ? demanda-t-il.

Les hommes et leurs appétits ! Il leur fallait toujours de la nourriture ou du sexe.

Elle fit non de la tête.

— Nous pourrions faire un tour en ville ? proposa Léo.

— J'ai beaucoup roulé aujourd'hui. Je suis assez fatiguée. Peut-être devrions-nous nous contenter de parler… ensuite, tu t'en irais.

— Tu veux te débarrasser de moi le plus vite possible ?

— Je croyais avoir été assez claire : je suis d'avis que rien ne nous rapproche.

— Sauf le sexe… et maintenant le bébé.

Comme elle ne protestait pas, il poussa son avantage.

— Ça fait déjà pas mal en commun, tu ne crois pas ?

— Ce n'est pas vraiment suffisant.

— D'accord. Pouce. As-tu de la bière ? La journée a été longue.

Le portable de Léo sonna. Il l'ouvrit et fronça les sourcils.

— Désolé, mais je ne peux pas te parler maintenant, Connor. Oui, je suis chez elle. Non, nous n'avons pas encore abordé le sujet. Diable, non !

A l'évidence très irrité par les propos de son frère, il mit brutalement fin à la conversation.

— Tu as parlé à ton frère… de nous ? dit Abby.

— Oui. Il t'aime bien… tout comme moi. Du coup, il est devenu un peu trop religieux en ce qui me concerne. Il pense que c'est un miracle.

Il lui glissa un regard en coin. Un regard tout à la fois froid et d'une obscure et dérangeante sensualité.

— En tout cas, je n'en ai parlé à personne d'autre. Pas encore.

— Tu es proche de ton frère ?

— Assez, oui. Nous en avons vu de dures, lui et moi.

— Et Little Spur vous appartient à tous les deux, n'est-ce pas ?

— Nous avons pensé que c'était un bon investissement. Aucun de nous ne peut y être tout le temps. Mais nous savons une ou deux choses sur l'entretien d'un ranch, et la dépense physique après une longue journée ou une semaine au bureau dissipe bien des tensions.

— Moi aussi, j'adore être ici.

— Ça fait trois choses en commun.

Coco s'approcha de lui et lui souffla dans le cou.

— Quatre. Tu vois ? Ton cheval m'aime bien.

Abby se leva et commença à se diriger vers la maison, Léo et Coco sur les talons. Les enjambées de Léo étaient longues et souples et pourtant, son pas s'accordait à celui d'Abby. En arrivant devant les marches de l'entrée, elle s'arrêta.

— Je dois rentrer Coco à l'écurie.

— Je vais m'en occuper, dit Léo.

— Mais elle ne laisse personne d'autre que moi…

— Cela fait pas mal de temps que je m'efforce de la séduire chaque fois que je l'aperçois derrière la haie en lui donnant un peu d'avoine et de tourteau.

— Quoi ! ?

— Rentre donc, je vous rejoins dans une minute.

Léo partit vers l'écurie, sagement suivi par Coco.

Quelques minutes plus tard, lorsqu'il ouvrit la porte de la cuisine, Abby lui fit signe d'entrer. Avec un sourire lumineux, il alla droit vers le réfrigérateur.

— Donnez ça à un type, commença Abby, luttant contre un sourire. Pas de problèmes avec Coco ?

— Comparée à toi, c'est un délice. Dommage que tu n'aimes pas l'avoine ou le tourteau.

Il lui adressa un large sourire auquel elle répondit. Puis, il se pencha pour ouvrir le réfrigérateur et en sortir deux bouteilles de bière.

— Tu en veux ?

— Non. Pas pendant les neuf prochains mois.

Sous le regard inquisiteur qui se posait avec douceur sur son front, son nez et enfin sa bouche, Abby sentit une chaleur monter le long de son cou et gagner ses joues.

Léo lui-même parut un peu embarrassé avant de se détourner et de farfouiller dans un tiroir. Il trouva un ouvre-boîte et décapsula une bouteille de bière.

Tirant une chaise, il l'enfourcha et la tête rejetée en arrière d'un air faussement désinvolte, il but une longue rasade.

— Tu as l'art de te sentir partout chez toi, remarqua Abby.

— Tu préférerais me servir ?

Dos tourné, elle se versa un grand verre d'eau.

— C'est sans doute une mauvaise idée, reprit Léo, mais je suis prêt à t'épouser.

Abby se retourna brusquement.

— Je ne te demande aucune faveur, Storm.

— Je pensais plutôt à donner mon nom à mon enfant.

— Ton enfant ? Le mien aussi.

— C'est bien ce que je dis. Notre enfant. Les gens qui ont des enfants se marient parfois.

— A cause de l'enfant ?

— Exact. Il pourrait y avoir une autre compensation.

En mâle qui se respecte, il pensait sans nul doute au sexe ?

— Nous sommes presque des inconnus l'un pour l'autre, objecta-t-elle.

— Je ne suis pas d'accord. Sur certains points, oui.

Ses brûlants yeux noirs se rivèrent à ceux d'Abby et elle rougit tandis que des douzaines de souvenirs très intimes qu'elle s'efforçait d'oublier envahissaient son esprit. Elle se rappela d'avoir été allongée sur le lit, jambes entrouvertes et Léo baissant la tête pour l'embrasser. Cow-boy ou non, elle avait paru ne jamais se lasser de Léo Storm, l'assommant manager, longtemps après qu'elle avait frissonné contre ses lèvres. Le saisissant par la nuque, elle l'avait maintenu contre elle de longs instants, avide, désirant toujours plus. Jamais de sa vie elle ne s'était trouvée aussi offerte, aussi vulnérable, si pleine de confiance… ou tellement en prise avec lui.

Pourquoi lui ? Elle s'était persuadée que jamais elle ne pourrait redevenir aussi vulnérable ou aussi confiante.

Elle refoula le nœud qui s'était formé dans sa gorge.

— Je ne veux pas t'épouser.

— Tu as un meilleur plan ?

— Pas encore.

— Alors, ça me laisse carte blanche. Mais pour l'heure, j'ai trop faim pour lancer le plan B.

Posant sa bière sur la table, il retourna vers le réfrigérateur.

— Et si je nous concoctais un petit quelque chose pour dîner ?

Sans lui laisser le temps de refuser, il ajouta :

— Sinon, je serais heureux de t'emmener en ville.

Il devenait vraiment un peu trop gentil.

— Mais ça ne ferait que retarder les choses un peu plus.

— Tu veux dire que si je fais la cuisine, tu te débarrasseras plus vite de moi ?

Il s'agenouilla avec un léger rire et tira du réfrigérateur un sac de carottes, deux pommes de terre, des champignons et deux gros steaks surgelés.

Furieuse de constater qu'il ne paraissait en rien aussi perturbé qu'elle par toute cette histoire, Abby le regarda en silence faire des trous dans le sachet de Cellophane et le mettre à dégeler dans le four à micro-ondes.

— Tu veux regarder la télévision ou écouter de la musique pendant que je cuisine ? demanda Léo en commençant à faire tinter les pots et les casseroles comme si le fait de se retrouver tous les deux ne le gênait pas le moins du monde.

— Comment peux-tu te comporter comme si tout était normal alors que je suis enceinte et que cela me rend dingue ?

Léo posa la poêle sur le dessus de la cuisinière qu'il n'avait pas encore allumée.

— Je pensais que nous pourrions peut-être oublier un peu nos problèmes et que le dîner nous aiderait à nous détendre et à nous habituer l'un à l'autre. Qu'il pourrait nous aider à mieux réfléchir.

Passer un bon moment en sa compagnie, c'était bien la dernière chose qu'Abby avait envie de faire, mais peut-être n'avait-il pas tout à fait tort.

— Très bien. Tu as raison, dit-elle.

Trouvant sa télécommande, elle alluma la télévision parce qu'elle trouvait la musique trop romantique et qu'elle redoutait de se sentir d'humeur romantique alors qu'elle se trouvait seule avec lui dans la maison. Elle regretta immédiatement son choix car les infos ne parlaient que de crimes passionnels.

Les histoires d'hommes qui tuaient leur petite amie semblaient défiler l'une après l'autre et, au bout d'un moment, Léo jura tout bas, saisit la télécommande et changea de chaîne. Cette fois, il s'agissait d'un documentaire sur les habitudes de chasse des lions. Impossible pour Abby de se concentrer sur de telles images, tout au moins pas en présence de Léo dont la carrure immense et musclée emplissait tout l'espace de la cuisine. Ses épaules étaient si larges qu'elle se demanda s'il avait joué au base-ball au lycée. Quand il se pencha au-dessus du fourneau, elle vit chatoyer ses cheveux et elle se souvint de leur contact soyeux et doux sous ses doigts.

Refoulant un bref soupir, elle se leva, saisit une planche à découper, le sac de carottes et un couteau et lui tourna le dos. S'efforçant de l'ignorer, elle commença à les gratter et à les couper. Mais elle était parfaitement consciente de sa présence lorsqu'il se rapprocha pour laver la salade. Ce ne fut que lorsqu'il sortit pour allumer le gril que sa respiration redevint normale. Moins d'une minute après, il était déjà revenu et la tension d'Abby aussi.

Léo évoluait avec aisance dans la cuisine, elle devait le reconnaître et à deux, les préparatifs du dîner furent bien plus rapides : vingt minutes plus tard, la table était mise. Après lui avoir annoncé que les braises à l'extérieur étaient parfaites, il sala et poivra les steaks crus et les piqua avec une fourchette avant de les déposer sur un plateau.

— Le soleil va bientôt se coucher, dit-il. Veux-tu

aller dehors et te détendre avec moi pendant que je fais cuire les steaks ?

Se détendre ?

— Qu'est-ce que tout cela représente pour toi ? Un jeu ?

— Non. Mais sommes-nous obligés de nous détester à jamais juste à cause de ce qui est arrivé ?

— Oui. Je me suis fait une promesse.

— Là, maintenant ?

Léo sortit sans plus discuter, laissant la porte grillagée claquer derrière lui.

Savait-il à quel point il la stressait ? Comme une gamine qui éprouve une forte envie de se chamailler, Abby attrapa une bouteille d'eau et se précipita à sa suite.

Elle demeura silencieuse en s'affalant sur une chaise en face de lui. A l'instant où elle s'assit, elle comprit son erreur. Le soleil sombrait dans un flamboiement d'écarlate. Des étoiles apparaissaient une à une dans la lueur pourpre du soleil couchant. Le feu et l'air nocturne, la proximité de Léo lui inspirèrent des idées romantiques alors même qu'il ne faisait que siroter sa bière en surveillant les steaks. Abby déboucha sa bouteille et en but une gorgée, mais la tension croissait en elle au rythme de la nuit qui tombait.

Enfin, elle éclata.

— Tu sais, j'allais très bien avant que tu arrives pour tout gâcher.

— Vraiment ? répliqua-t-il avec aisance. C'est pour cela que tu étais dans ce bar cette nuit-là, habillée comme si tu voulais te faire draguer ?

Abby se releva d'un bond.

— Je suis célibataire. J'ai le droit de sortir avec une copine.

— Je n'y vois aucun inconvénient.

— Et personne n'a à me dire comment m'habiller.

— Comme tu le sais sans doute, certains vêtements font vibrer une corde sensible dans la psyché du mâle primitif.

— Peu m'importe.

Pour une raison inconnue, au lieu de retourner dans la relative sécurité de sa cuisine, Abby resta plantée là, respirant avec difficulté. Le regard sombre de Léo effleura d'un air un peu trop appréciateur ses seins qui se soulevaient, puis il lui saisit le poignet et l'obligea à se rasseoir.

— J'ai apprécié ce que j'ai vu. Un peu trop. Maintenant encore.

Il s'interrompit tandis que ses yeux erraient un peu plus bas qu'Abby ne l'aurait souhaité.

— Regarde-moi en face, bon sang !

L'air amusé, il croisa son regard qui le foudroyait.

— Une jupe serrée en jean. Courte. Un top rouge collant.

— Tu as bonne mémoire.

— Pour ce que j'aime bien. Tu es une belle femme, Abby. Tu n'aurais pas porté ce genre de chose si tu n'avais pas voulu rentrer chez toi avec quelqu'un.

— Tu en as profité.

— J'ai pris ce qu'on m'offrait.

— Kel m'a parlé ce soir-là dans ce bar. Elle prétendait qu'un farouche cow-boy était le seul remède pour un cœur brisé.

— Mais au lieu d'un farouche cow-boy, tu as fini avec moi… et un bébé.

— Parce que tu m'y as poussée.

— Et comment ! Je t'ai désirée. Je cherche toujours ce qui me fait envie.

Elle était allée avec lui parce qu'elle s'était sentie perdue et vulnérable et qu'il lui avait donné une illusoire sensation de protection.

Léo se rapprocha d'elle.

— Et veux-tu savoir quelque chose ? En dépit de la manière dont tu m'as traité ces derniers temps, c'est toujours le cas. C'est pour cela que je t'ai demandé de m'épouser. De la façon dont je vois les choses, ton cheval m'aime bien et nous ne serions pas aussi bons tous les deux au lit si je ne te plaisais pas un tout petit peu. C'est toujours un début. Tu es enceinte et nous avons tous les deux une maison ici. Peut-être ne sommes-nous pas follement amoureux l'un de l'autre, mais si tu essayais de t'entendre avec moi à moitié autant que tu as mauvais caractère, qui sait ce qu'il pourrait arriver ?

— Si j'essayais…

— Oui, toi. Si tu le faisais, qui sait ? Peut-être cela pourrait-il marcher entre nous ?

— Tu es un type calculateur. Je n'arrive pas à croire que tu sois sérieux en me proposant le mariage.

— Crois-moi.

— Ce que tu proposes est moyenâgeux.

— L'idée occidentale de l'amour romantique est loin d'être universelle. Des tas de pays croient que le mariage devrait être basé sur des raisons pratiques. Prends les Indiens…

— Je ne suis pas indienne.

— Leur taux de divorce est sans doute plus bas que le nôtre.

— Il y a quelque chose qui cloche ici. Je peux le sentir. Pourquoi es-tu si gentil alors que ce matin, tu ne voulais même pas me parler ?

— On ne t'a jamais dit que tu étais d'un naturel soupçonneux ?

Haussant les épaules, il tourna son attention vers le feu.

— Pense ce que tu veux.

Quand les steaks furent presque cuits, il en détacha un morceau. Son geste avait quelque chose de sauvage et Abby se demanda s'il était aussi calme et d'esprit aussi pratique qu'il le prétendait.

— Tu veux goûter ? demanda-t-il.

Elle eut à peine le temps d'acquiescer de la tête qu'un large doigt bronzé lui plaçait une bouchée de viande sur la langue.

— Délicieux, murmura-t-elle, en savourant le juteux morceau.

Le doigt de Léo s'attarda sur sa lèvre humide jusqu'à ce qu'elle détourne la tête. Mais il avait eu le temps de capter l'expression effrayée de son regard.

— Que dirais-tu, femme, si nous allions manger à l'intérieur ?

# - 4 -

Léo posa son assiette sur la table et alla éteindre la télévision.

— J'en ai plus qu'assez des lions. Que dirais-tu d'un peu de musique ?

— Non, pas de musique.

— Il me semble me rappeler que tu t'étais pas mal excitée sur *Wild Thing* ?

Ce qui avait débouché sur une longue nuit d'amour…

Abby se rappela lui avoir jeté son top rouge et la façon qu'avait eue Léo d'y respirer son odeur tout en la regardant. Le souvenir suivant qui la frappa fut l'impression qu'elle avait ressentie à son réveil, le lendemain matin, avec ce long corps mince affalé sur le sien. Elle était nue et elle avait eu la sensation que son corps était passé sous un rouleau compresseur. Sa bouche était meurtrie par de trop nombreux baisers et amère de la bière qu'elle avait bue. Elle avait repoussé Léo, s'était rhabillée et avait pris la fuite.

Avec la ferme intention de ne jamais jeter de regard en arrière.

Mais c'était quand même arrivé. D'abord en rêve,

et ensuite tout le temps pendant la semaine précédente.

— Ne commence pas avec cette nuit-là !

— Je serai muet comme une tombe.

Léo sourit en s'asseyant en face d'elle de l'autre côté de la petite table. Sa cuisse frôla la sienne. Curieux comme une simple toile de jean contre la soie noire parvenait à faire grimper une onde brûlante le long de sa jambe. Abby fit un bond en arrière et se cogna le genou contre le pied de la table.

— Aïe !

— Ça va ? s'inquiéta Léo.

Elle n'eut pas le temps de l'en empêcher qu'il s'agenouillait déjà pour lui examiner la jambe, glissant la main sous la soie et remontant le long de la cheville avec une insoutenable délicatesse.

— Parfait. La peau n'est même pas écorchée.

— Je vais bien, grinça Abby en rabattant sa jambe de pantalon.

Avec un large sourire, Léo reprit son siège.

— Ce que tu peux être nerveuse.

Qui ne souhaiterait pas une telle proximité avec lui ? Même assis, il paraissait immense. Dangereux. Etait-il plus grand à l'intérieur de la cuisine ? se demanda Abby, ou alors la pièce lui paraissait-elle tout à coup plus exiguë, plus intime, maintenant que la nuit était tombée et que, elle le savait, ils avaient toute la nuit devant eux.

Découpant un morceau de son steak, elle essaya de se concentrer et de mâcher la tendre bouchée.

Mais c'était impossible avec ce grand corps musclé si proche… sans parler de ses souvenirs.

Léo tenta d'engager une conversation courtoise mais comme elle ne l'encourageait pas, il cessa bientôt de parler. Après cela, il n'y eut plus que le cliquetis des fourchettes contre la porcelaine et les battements de leurs cœurs. Une ou deux fois, ils tendirent en même temps la main pour prendre du pain, et les doigts se frôlèrent par hasard. Les deux fois, Abby sursauta, comme traversée par un courant électrique tandis que Léo souriait, comme s'il prenait un malin plaisir à la voir si mal à l'aise.

La nuit s'assombrit encore et Abby prit conscience d'une manière beaucoup plus aiguë qu'elle était seule avec lui dans l'intimité de sa maison. Une maison avec des chambres… et des lits. Cette pensée tournait à l'obsession. Abby n'arrivait pas à être près de lui sans penser au sexe.

Quand donc s'achèverait cet interminable repas ? Léo n'en finirait-il jamais d'en venir au fait ?

L'épouser ? Dîner avec lui chaque soir comme celui-ci ? Elle en deviendrait folle !

Léo dévora son repas avec plus d'appétit qu'elle et termina alors qu'elle avait à peine touché à la moitié de son steak. Si seulement, songea-t-elle, il pouvait se lever et aller prendre l'air sous le porche, n'importe quoi pour la laisser manger en paix. Mais non, poli, il resta sur sa chaise, la regardant jouer avec un morceau de pomme de terre jusqu'au moment où dépitée, elle rejeta sa fourchette.

— J'ai fini, murmura-t-elle d'un ton mal assuré.

— Tu en es sûre ? Tu devrais manger pour deux, rappelle-toi.

Comme si elle avait besoin qu'on le lui rappelle !

Soulevant son assiette, elle se leva.

— Parlons maintenant et ensuite tu t'en iras. Tout comme toi, je me suis levée tôt ce matin.

— Non. Débarrassons d'abord la table et faisons la vaisselle.

— Tu as dit toi-même que tu comprenais que j'aie hâte de me débarrasser de toi.

— J'ai suggéré ce dîner. Je ne vais pas te laisser avec un évier plein de vaisselle sale. Pas quand tu t'es levée de bonne heure.

— Comme si tu t'en souciais.

— Mais si. J'ai entendu dire que les femmes enceintes se fatiguaient vite.

Léo se détourna pour poser son assiette et mettre du détergent dans l'évier. Abby poussa un soupir quand il commença à jeter les restes dans la poubelle. Comme si rien ne pouvait l'arrêter une fois sa décision prise.

— D'accord, lavons ces fichus plats, marmotta-t-elle, abandonnant la partie. Ensuite nous parlerons et tu t'en iras.

D'abord, Léo ne répondit rien. Puis :

— Nous pouvons parler maintenant. Tu refuses toute idée de mariage, cela signifie-t-il que tu préfères de l'argent ? Un gros chèque, peut-être ? Ou une rente mensuelle ?

Abby fronça les sourcils.

— Pas de gros chèque. Cela paraît si… si froid.

— Je suis d'accord. Je désire assumer la responsabilité de toi et de l'enfant. J'aimerais connaître mon enfant… être proche de lui ou d'elle.

— En de telles circonstances, moins tu t'en approcheras, et mieux cela vaudra.

— Notre bébé a-t-il droit à la parole ?

Abby réfléchit avant de lui répondre. De plus, elle était trop lasse pour discuter.

— Toujours est-il, poursuivit Léo, que nous devrons procéder à certains arrangements juridiques pour nous protéger, ainsi que notre enfant.

— Je n'arrive pas à croire que nous ayons cette conversation.

— Si nous étions un couple normal, nous serions d'abord tombés amoureux.

— Mais ça n'a pas été le cas.

D'une étrange manière, cette pensée attrista Abby. Elle ne croyait pas que l'amour rendait heureux. L'amour incitait seulement à désirer l'impossible.

Léo étudia son expression et s'enfonça dans un silence préoccupé. Comment pouvait-elle se sentir coupable et soupirer pour des choses dont elle n'avait pas envie à cause de lui ? C'était quelque chose qu'il n'arrivait pas à concevoir.

Lorsqu'il eut essuyé le dernier verre, Abby arracha le torchon de sa grande main tannée et le jeta sur l'évier.

— Maintenant, tu peux cesser de faire semblant d'être inquiet et gentil et…

— Attention.

Il fit un pas dans sa direction.

— Tu n'aurais peut-être pas dû me rappeler que tu sors avec des mauvais garçons. Je pourrais le prendre pour une permission de me conduire comme eux, moi aussi. J'ai accumulé plus d'expérience en la matière que tu ne pourrais l'imaginer et nous sommes tout à fait seuls.

— Non…

Abby tenta de reculer mais sa hanche heurta le rebord du plan de travail.

Léo la suivit. Une main posée de part et d'autre de ses hanches, il l'emprisonna.

— Tu es allée dans ce bar parce que tu désirais trouver un cow-boy un peu tête brûlée.

— Arrête.

— Qui a dit que seuls les cow-boys le sont ?

— Léo, ce n'est pas drôle. Tu étais si gentil, si raisonnable.

— Gentil et raisonnable, ça ne semble pas coller. Peut-être n'es-tu pas la seule à avoir perdu la tête, cette nuit-là. Moi aussi, j'ai franchi la ligne, chose que je n'avais jamais…

Il s'interrompit.

— Oublie ça. Je ne suis pas sorti ou… n'ai pas eu de femme depuis cette nuit avec toi. Tu veux savoir pourquoi j'ai dormi en ville ? Eh bien, je vais te le dire. Une fois sorti, j'ai continué à penser à toi, à me demander si tu dormais seule ici. Si tu étais avec quelqu'un. Un satané dompteur de taureaux peut-être, qui te rappellerait Shanghai. Eh bien, est-ce vrai ? As-tu été avec d'autres hommes après moi ?

Soudain, il la regarda avec une telle intensité qu'elle en eut le souffle coupé.

— Ou-i. Oui ! Plusieurs fois. C'est pour cela que je ne voulais pas te revoir.

— Je me le demande.

Il regardait sa bouche qui tout à coup s'assécha.

Abby s'humecta les lèvres. Elle désirait qu'il détourne le regard mais il n'en fit rien. Son regard lui brûlait la bouche et elle espéra qu'il ne la voit pas trembler.

— Je crois que tu devrais t'en aller.

— Encore une fois, dit-il, nous ne sommes pas d'accord.

Il l'avait dit avec trop de douceur, les yeux posés sur ses lèvres.

— Tu représentes l'ennemi pour moi.

— C'est ta vision de la chose. Je suis le père de ton enfant. Je te désire, et encore plus maintenant que je te sais enceinte, effrayée et vulnérable.

— Je ne suis rien de tout ça !

— Si, tu l'es, et à mon avis c'est en grande partie la raison pour laquelle tu es en colère contre moi.

Abby n'était pas prête à admettre qu'il marquait un point. Elle ne voulait surtout pas paraître dépendante et vulnérable.

— Je déteste être enceinte ! Comment arrives-tu à être si fort et si sûr de toi ?

— Si tu me laissais prendre soin de toi, peut-être

aurais-tu moins peur ? Peut-être n'aurais-tu pas aussi peur d'être enceinte ?

— Que veux-tu dire ?

— Epouse-moi… au moins jusqu'à la naissance du bébé.

— Mais…

— Ecoute, quand le soleil s'est levé ce matin, je ne voulais pas plus que toi me marier, mais maintenant, il faut prendre notre bébé en compte. Il sera légitime. Je pense que c'est important.

— « Il » pourrait être « elle ».

— Sans doute, mais ce n'est pas là l'important, n'est-ce pas ? Les gens n'ont pas une très bonne opinion des bébés sans pères. Ne veux-tu pas faire naître le nôtre sous la meilleure étoile possible ?

Abby détesta d'avoir à approuver Léo mais elle était beaucoup plus vieux jeu qu'elle ne l'avait pensé. Si elle ne l'épousait pas, elle aurait peur de dire à son bébé pourquoi elle n'avait jamais épousé son père. Elle en avait parlé à Kel, mais elle était embarrassée à l'idée de devoir aussi tout expliquer à ses employés.

— Nous aviserons au fur et à mesure, dit Léo.

Il était si proche, si grand et si fort, et elle si lasse, si triste et si effrayée. Les choses seraient-elles meilleures ou pires si elle se mariait ?

En dépit de sa détermination à le haïr, à lui en vouloir, sa proximité produisait sur elle un effet grisant. Son odeur saine de mâle, mêlée à quelque chose de piquant et de citronné lui rappela leur fameuse nuit. Suite à quoi, sa peau avait longtemps gardé son odeur. Pourquoi ne parvenait-elle pas à oublier à quel point leurs deux corps s'étaient étreints en parfaite harmonie ?

Et ses rêves… des fragments de rêves à demi oubliés l'avaient poursuivie alors qu'elle se réveillait brûlante et en sueur, tirant les draps sur ses seins en plein milieu de la nuit. N'éprouvait-elle pas dans son subconscient ce désir, cette faim de lui, alors qu'à chaque heure et pleinement éveillée, elle luttait pour ne pas penser à lui ?

— Cette conversation sur le mariage est ridicule, dit-elle.

— Pendant une minute là, tu as eu l'air d'une femme qui réfléchissait sérieusement à ma proposition.

C'était vrai.

— Il faut que tu t'en ailles, dit-elle.

D'un geste désespéré, elle commença à repousser le torse musclé.

— Ce n'est pas une bonne idée, murmura-t-il d'une voix étouffée en l'écrasant contre lui.

Abby savait que si elle le repoussait ou criait, en parfait gentleman désenchanté, Léo la lâcherait. Pour une raison inconnue, elle resta immobile entre ses bras et attendit. Peut-être pour voir ce qu'il allait faire ensuite ?

Comme elle ne se débattait pas, quelque chose de chaud et d'excitant s'alluma dans les yeux sombres de Léo, mais il ne poussa pas son avantage. Il resta ainsi les bras autour d'elle pendant un autre long moment. Enfin il se baissa, lui renversa le menton du bout du doigt et l'embrassa avec une infinie légèreté.

A l'instant où sa bouche effleura celle d'Abby, une violente vague de désir la parcourut.

Ce qui ne l'empêcha pas de conserver sa capacité à réfléchir et d'admirer sa technique. Le morne Léo avait un véritable don pour embrasser, nota-t-elle pour elle-même.

Au bar, c'était d'ailleurs ses baisers qui avaient mis le feu aux poudres et les avaient poussés dans cette galère.

A partir de ce premier baiser — « une amorce », comme il l'avait appelé —, elle était devenue sienne. Elle se rappela le second, lorsqu'il lui avait dit qu'il allait jouer le tout pour le tout. Et parlé de fusion.

Quand elle entrouvrit les lèvres, le souffle d'Abby se fit court. Ce fut seulement à l'instant où la langue de Léo se glissa sur la sienne, qu'elle prit de nouveau conscience de la force de son désir pour lui, de sa bouche, de ses mains sur elle. Etait-ce la raison pour laquelle elle avait rêvé de lui et pourquoi il lui faisait si peur ?

Frissonnante, elle passa les doigts dans les doux cheveux noirs qui bouclaient sur son col. Puis, avec un léger cri, les poings crispés sur sa chemise, elle l'attira plus près. Le souffle précipité, Léo était déjà pleinement excité. Abby se délecta de le sentir si passionné.

— Où est ta chambre ? demanda-t-il d'une voix enrouée après un intermède de baisers.

— Juste derrière nous.

— Ça tombe bien.

La bouche de Léo abandonna la sienne pour

explorer son cou et égrener des baisers sur ses seins qui se soulevaient. A cet instant précis, l'énormité de ce qu'elle était en train de faire submergea Abby. Faiblement, elle tenta de s'écarter de son torse. Puis elle commença à le repousser et à lutter avec plus de conviction. Mais ses efforts étaient sans conviction parce que tout ce qu'elle désirait en fait, c'était Léo. Léo nu et couché sur elle. Elle voulait que ses genoux lui écartent les jambes. Elle voulait s'ouvrir pour lui, pour qu'il la pénètre au plus profond d'elle-même.

— Ne me fuis plus jamais, murmura-t-il entre deux baisers.

L'une de ses grandes mains descendit de la taille d'Abby jusqu'à ses genoux et il la souleva entre ses bras.

Comme elle secouait la tête en murmurant une dénégation, il l'embrassa de nouveau et recommença jusqu'à la faire trembler. Alors, il se hâta de l'emporter le long du couloir sombre vers sa chambre. Il la déposa sur le lit sans cesser de l'embrasser, de la caresser. Son regard suffit à embraser Abby lorsqu'il fit passer le top bleu sur ses seins et par-dessus sa tête. Les yeux fermés, elle resta allongée sans bouger pendant qu'il dégrafait son soutien-gorge et l'enlevait. Puis, avec une infinie douceur, il baissa la tête, et se mit à lécher l'un après l'autre chaque mamelon d'un brun rosé, lui arrachant une exclamation étouffée.

Prenant ses seins au creux de ses paumes, Léo murmura :

— On dirait qu'ils sont plus pleins.

Sa main descendit plus bas, se posa sur le ventre

d'Abby, s'y attarda un long moment avec une telle attitude de possession et de fascination qu'Abby commença à s'enflammer. Depuis Becky, elle ne s'était plus jamais sentie aussi proche d'un autre être humain.

Enfin, elle déploya les doigts sur le torse tiède. Sous les poils frisés, elle perçut les battements de son cœur.

— Léo…

L'encerclant de ses bras, elle appuya la tête contre son torse en poussant un soupir, jouissant de son odeur, de sa chaleur et de sa force.

— Je vais le regretter, dit-elle. Je le sais.

Incapable de s'en empêcher, elle poussa un nouveau soupir. Entre ses bras, elle se sentait à sa place et en sécurité.

Quel mal y avait-il si elle passait une nuit de plus avec lui ? Après tout, elle était déjà enceinte ? Le pire était fait… Sa tête lui semblait légère et elle était presque heureuse de savoir qu'elle n'avait plus rien à perdre et pouvait en faisant l'amour avec Léo, y trouver un plaisir et une sensation de réconfort d'une telle qualité.

— Je veux que tu te déshabilles, murmura-t-elle, en se disant qu'elle devait être folle.

— Quoi ?

— A ton tour de faire un strip-tease pour moi. J'étais debout sur la table, tu t'en souviens ?

Le regard de Léo la brûlait. Mais, comme il ne bougeait toujours pas, elle ajouta :

— Eh bien, vas-y !

De ses petites mains blanches, elle tira sur la chemise de Léo qui en eut le souffle coupé. Elle poursuivit en déboutonnant son jean. Enfin, elle tira sur la fermeture Eclair. Jamais un son ne parut plus érotique que ce petit raclement de métal au moment où le jean s'ouvrait. Quand elle le toucha à cet endroit précis, Léo poussa un grognement.

— Continue, dit Abby. Enlève ton jean.

Retirant sa main, la gorge serrée, elle contempla son corps sombre pendant qu'il arrachait son pantalon, sa chemise et son caleçon et les jetait à terre. Il n'y avait pas beaucoup de clair de lune mais assez quand même pour permettre à Abby de s'émerveiller de la perfection de son corps mâle, parfaitement sculpté. Tout P.-D.G. qu'il était, il ne devait pas se contenter de signer des papiers derrière un bureau. Chaque centimètre de ce corps mince était dur et ferme, et n'avait rien à envier à celui d'un cow-boy.

Tout d'un coup, le triste Léo ne lui parut plus si triste que ça. Il dansait. Il montait à cheval. Il embrassait et faisait l'amour comme un dieu. Au moins, il était avec elle. Quels autres talents cachés capables de ravir une fille possédait-il encore ?

Abby ferma les yeux. Elle avait envie de mieux le connaître et, en même temps, elle avait peur. Si peur. Car il était tout ce après quoi elle avait couru pendant toute sa vie.

— Que le diable t'emporte ! Tu ferais bien de ne pas me prendre pour Shanghai, pas ce soir ! grommela-t-il d'un ton féroce.

Rouvrant les yeux, Abby vit dans ceux de Léo un

mélange de fureur froide et de douleur et ressentit un curieux sentiment de compréhension.

— Non, chuchota-t-elle.

— Bien. Ce soir, je ne veux aucun fantôme dans ce lit. Rien que nous deux, compris ?

La gorge nouée, elle hocha la tête. Puis, dans un rayon de lune, elle rampa à travers le lit et l'embrassa longuement, en pesant sur sa bouche, jusqu'au moment où leur souffle se fit tellement haletant qu'il n'était presque plus temps, songea Abby, de se dépouiller du reste de ses vêtements.

Léo l'y aida. Lorsqu'elle fut nue, il l'attira sous les draps et contre son corps si brûlant que d'un coup de pied, elle rejeta les couvertures.

— Pourquoi diable m'en as-tu tant voulu ? grommela Léo.

Le corps d'Abby se cambra vers lui. Et, histoire de le taquiner, elle commença à se trémousser.

— On ne t'a jamais dit que tu parlais trop, Léo Storm ?

Cette phrase fut la dernière prononcée entre eux pendant un très long moment, avant qu'elle se retrouve secouée de sanglots et que Léo crie son nom d'une voix rauque en la serrant très fort contre lui. Abby eut le sentiment qu'ils ne faisaient plus qu'un.

# - 5 -

Abby s'éveilla avec la sensation d'être en flammes. Pourquoi avait-elle si chaud ?

En commençant à s'extraire de ce qui la recouvrait, elle se rendit compte qu'elle était enfouie sous un amas de draps et de couvertures et que ses bras et ses jambes étaient entremêlés à ceux de Léo. Sa première pensée fut de sauter du lit et d'appeler Kel pour l'avertir qu'elle serait encore une fois en retard au bureau. Mais la chaleur du corps de Léo l'en dissuada.

Quelle importance le bureau ? Kel était tout à fait capable de gérer la situation et d'après ce qu'Abby savait de Miriam, c'était aussi son cas.

A l'inverse du premier matin qui avait suivi leur première nuit d'amour, Abby ne se détacha pas de Léo pour s'enfuir. Elle préféra rester là, à se délecter du souvenir de ses caresses et des détails intimes de la nuit qui venait de s'écouler.

Cette nuit, le triste Léo avait été tout sauf cela.

Inlassablement, elle l'avait amené aux confins du plaisir jusqu'à ce qu'il l'étreigne, cherchant son souffle, et prononce son nom en gémissant et en frémissant entre ses bras.

Il s'était montré si gentil et si raisonnable toute la soirée, préparant à dîner, faisant la vaisselle, lui remontant le moral. N'avait-il songé qu'à cela pendant tout ce temps ?

Il lui avait fait l'amour avec une détermination farouche et passionnée — comme s'il revendiquait sa proie et la faisait sienne. Tout avait été si primal, si sauvage qu'elle frissonna en y repensant et la convainquit de rester au lit.

Elle s'étira, revivant un à un ces souvenirs torrides. Aucun homme ne l'avait jamais désirée avec une telle fougue. Une boucle brune retomba sur le front de Léo, et Abby s'émerveilla que les angles durs de ses traits virils puissent lui paraître si doux ce matin, lui qui la nuit dernière, s'était montré si acharné, si implacable.

En dépit de son menton brun et pas rasé, il paraissait innocent comme un enfant. Mais en même temps, son expression était celle d'un homme qui a obtenu ce qu'il voulait.

Abby s'en émerveillait encore lorsqu'il ouvrit paresseusement ses yeux noirs qui croisèrent les siens.

D'un geste possessif, il l'enlaça, découvrant dans un immense sourire, de parfaites dents blanches.

— Bon, dit-il. Tu es toujours là.

— Ceci est mon lit, répondit-elle. Et c'est ma maison. Où irais-je, sinon ?

— Alors… vas-tu m'épouser ?

— Il existe un million de raisons logiques pour que ce soit une très mauvaise idée.

— Tu es enceinte. Si tu es malheureuse, nous divorcerons. La grande affaire !

— Le divorce en est une.

Ses parents avaient divorcé. Un choc pas encore tout à fait amorti. Elle avait toujours rêvé de se marier d'une manière romantique pour que tout se passe bien.

— Je ne peux pas me marier comme ça… à la sauvette.

Comme elle commençait à se démêler de lui, Léo se redressa d'un seul coup et la tension entre eux devint palpable.

— Reste une minute, murmura-t-il.

Abby retint son souffle devant sa fière virilité.

— Je t'en prie. J'ai des choses à te dire.

— D'accord.

— Quand je n'étais encore qu'un gamin, dit-il, j'ai mis une fille enceinte. Je ne te raconterai pas tout mais je n'ai pas pu l'épouser. Pour la simple raison qu'elle ne voulait pas se marier avec moi. Bon sang, ça valait peut-être mieux. C'est ce que j'essaie de me dire. Mais je connais à peine ma fille Julie et je le regrette un peu plus chaque jour. Alors tu comprends, ta grossesse n'est pas une simple affaire entre toi et moi.

Le chagrin dans sa voix toucha profondément Abby.

— Je suis plus mûr, j'ai réussi dans la vie, poursuivit Léo. J'ai beaucoup d'argent. Je pourrais facilement entretenir une femme et un enfant. J'aimerais vraiment beaucoup que notre relation fonctionne.

Mais il ne l'aimait pas et elle ne l'aimait pas. Peut-être était-ce aussi bien ? Peut-être s'ils divorçaient, ne souffrirait-elle pas tant ? S'ils se mariaient, leur enfant tout au moins n'aurait jamais à avoir honte des circonstances qui avaient entouré sa naissance.

Abby réfléchit un long moment à sa proposition. Enfin, elle croisa de nouveau son regard.

— Je sais que c'est fou. Je sais que cela ne marchera pas. Que je le regretterai. Mais pour le bébé… oui.

— Hé, dit-il avec douceur, comment peux-tu être si négative après cette nuit ?

Avant qu'elle ait pu lui dire que le sexe, même génial, n'était pas tout à fait l'élément le plus important dans un couple, Léo roula sur le dos et l'attira sur lui.

— Donc, nous allons nous marier, dit-il comme s'il s'agissait d'une chose à laquelle il allait devoir s'habituer, qu'en dis-tu ?

Son regard était tendre et il déposa un léger baiser sur son front.

Voyant qu'elle ne bronchait pas — sotte qu'elle était, s'attendait-elle à davantage ? — il lança :

— Je ferais bien d'aller me laver les dents et me doucher pour que nous puissions tous deux partir au bureau.

Il se dirigea vers la salle de bains où la douche d'Abby fonctionna un bon moment. Plus tard, quand il fit son apparition dans la cuisine, ses cheveux noirs et humides brillaient et son haleine avait une odeur de menthe.

Le triste Léo n'avait rien d'un homme exigeant.

— Que dirais-tu d'une tasse de café, *cheri* ? lança Abby en forme de boutade.

— *Cheri* ? Ça sonne bien. Le café sent bon aussi, mais je préférerais un baiser... de ma future épouse.

Lentement, Abby vint se nicher entre ses bras comme si cela faisait déjà partie de ses habitudes.

Léo sourit.

— Je n'ai de temps que pour un seul baiser, alors autant jouer le tout pour le tout. Je ne veux pas que tu changes d'avis dès que j'aurai démarré.

— Le tout pour le tout... c'est ce que tu as dit la nuit où tu m'as mise enceinte.

Léo sourit en la voyant tendre ses lèvres vers lui. Un seul contact suffirait probablement à allumer un brasier. Abby songea qu'elle allait être obligée de donner une promotion à Kel et lui confier plus de responsabilités.

— J'ai un rendez-vous tôt, murmura Léo plusieurs baisers plus tard quand la température entre eux commença à grimper. Achète une robe blanche et un voile et choisis qui tu voudras inviter à notre mariage. Je m'occuperai du reste et je te rappellerai à propos de la date. Marions-nous aussi vite que possible — disons dans une semaine ou dix jours.

— Une semaine ? Il faut beaucoup plus de temps pour organiser un mariage.

— Fais-moi confiance. Une semaine.

Le rapide sourire de Léo était à la fois supérieur et entendu.

Les hommes ! songea Abby. Les femmes pouvaient

passer un an à organiser les détails d'un mariage. En sa qualité de P.-D.G., il allait sans doute dicter la liste des invités, confier les détails à cette Miriam au cœur dur et ne plus y penser.

Dix minutes plus tard, au moment de rejoindre sa camionnette, Abby le suivit, un peu hébétée. Il l'embrassa encore sur la dernière marche, et elle resta là, se léchant les lèvres à savourer son baiser tout en regardant le véhicule disparaître dans un nuage de poussière rouge.

Les lèvres encore douloureuses et chaudes des baisers qu'il lui avait donnés, Abby se demanda s'il reviendrait le soir pour lui refaire l'amour. Comment pouvait-elle désirer cela ? Comment pouvait-elle en être presque heureuse alors que tant de choses allaient mal ?

Etait-ce parce qu'il était un dieu au lit ? Oui, sans doute. Elle avait gardé de la nuit des idées assez confuses. Mais quand elle retrouverait toute sa lucidité, lui resterait-il encore un peu de sentiment pour lui ?

Maudite. Une semaine plus tard, Abby se sentit prise au piège en se retrouvant debout devant l'autel sculpté de la mission San José devant une centaine d'invités, pour s'engager dans le mariage. Si seulement son père s'était manifesté, ne serait-ce que pour cette fois ! Elle pensa à Becky, à sa mère décédée depuis longtemps et au mariage parfait et à la famille qu'elle avait rêvé d'avoir un jour.

La famille qu'elle avait perdue lui manquait terriblement, de même que son père. Elle se retrouvait là, seule, en train d'épouser un homme qu'elle connaissait à peine.

— Vous pouvez embrasser la mariée, conclut le prêtre d'une voix sonore et profonde qui résonna entre les murs épais de la chapelle de l'ancienne mission.

Les lèvres de Léo se posèrent sur les siennes et, comprenant qu'elle était désormais mariée à ce bel inconnu brun, Abby se mit à trembler. N'y avait-il donc qu'une semaine qu'il l'avait demandée en mariage et qu'elle s'était émerveillée de sa capacité à tout organiser si vite ?

Hormis cette nuit où il était arrivé pour lui glisser au doigt une bague de diamant de trois carats, elle l'avait à peine vu. Miriam, quant à elle, lui avait téléphoné un nombre incalculable de fois pour demander confirmation sur de multiples détails. Si Miriam était surprise par ce brusque retournement de situation, elle n'en avait rien laissé paraître. Elle s'était montrée respectueuse, pleine de déférence et par-dessus tout, d'une très grande efficacité.

Tout ce qu'Abby avait eu à faire avait été d'acheter une robe, d'inviter son père, ses amis et ses employés… et se montrer. Non que son père ait fait ce seul petit effort : il lui avait promis d'être présent pour la conduire à l'autel mais une heure avant la noce, il l'avait appelée sur son portable en s'excusant et en lui souhaitant le meilleur des jours de noces. Mais en ajoutant que son vol au départ de la Colombie — où il interviewait des terroristes dans la jungle — avait été annulé. Comme toujours, le taux élevé d'adrénaline que lui procurait la rencontre avec un dangereux terroriste était beaucoup plus attrayant que tout ce qui touchait à sa fille. Ce fut donc Connor, le frère de Léo qui s'était chargé de mener Abby à l'autel.

Mais même à l'instant où les lèvres de Léo se posaient sur les siennes, l'absence de son père lui déchira le cœur.

— Tout va bien, murmura Léo en l'écartant un peu de lui. Il viendra la prochaine fois.

Comment savait-il à quoi elle pensait ? Une douceur la gagna jusqu'au moment où une pensée lui vint, faisant surgir de nouvelles craintes. Léo pensait-il toujours à un divorce rapide et à un futur mariage avec un autre ?

— La prochaine fois ? répéta-t-elle d'une voix tremblante.

Devinant ses doutes, il lui serra la main.

— Quand le bébé sera né.

La tenant toujours par la main, Léo se retourna vers la congrégation avec sa nouvelle épousée. Un instant, Abby le vit tourner son regard vers son frère. Dans un océan de visages heureux, ce dernier était le seul à avoir l'air sombre. Léo sourit et elle se força à en faire autant. Quand tout le monde se leva, Connor fut le seul à ne pas le faire, et il ne se joignit pas non plus aux joyeux applaudissements qui saluèrent le couple. Lui qui connaissait leur situation, doutait-il autant qu'Abby de la réussite de leur union ?

La liste d'invités de Léo s'était transformée en invitation collective : la plupart des invités, outre son frère, venaient du ranch de Golden Spurs. Abby en avait déjà rencontré quelques-uns.

Joanna Kemble, veuve du défunt Caesar Kemble et mère de Mia et de Lizzy Kemble, fut la première à se précipiter pour féliciter Léo.

— Alors, dit-elle avec un peu trop d'éclat, tu n'as même pas amené une fille à la réunion de famille du Memorial Day au ranch et une semaine plus tard, tu me téléphones pour m'annoncer que tu te maries ? Qui est donc la femme capable de te faire changer d'avis à la vitesse de la lumière ?

Léo se rembrunit.

— C'est arrivé très vite.

— Tu es un homme ambitieux. Tu n'entreprends jamais rien sans avoir au préalable analysé tous les aspects de la question. Tu n'es vraiment pas le genre d'homme qui se précipite dans le mariage.

— Cela s'appelle tomber amoureux, répliqua Léo en couvrant Abby d'un tendre regard. La flèche de Cupidon n'est qu'une des multiples raisons pour lesquelles il est impossible de prévoir comment un être humain va se comporter.

— Eh bien, j'espère un jour connaître toute l'histoire.

Le regard entendu de Joanna se posa sur Abby et s'y attarda, donnant à celle-ci l'impression que cette femme y voyait un peu trop clair.

— Votre fiancé a appelé en personne chaque invité et s'est répandu en compliments à votre sujet. Il a dit que vous étiez belle et intelligente. Il paraissait si amoureux ! C'était tout à fait… adorable. J'ai dû changer mes projets de vacances mais je n'aurais pas manqué ceci pour tout l'or du monde. Léo marié ! Qui l'aurait cru ?

Joanna s'interrompit une seconde.

— Je ne peux pas vous dire quel atout il est pour Golden Spurs. Vous le serez sans doute aussi, j'en suis certaine.

Mais elle n'avait pas tout à fait l'air d'y croire.

— Cependant, poursuivit-elle, il faudra un peu de temps pour nous habituer. J'ai bien peur que nous ne finissions par l'horripiler avec toutes nos crises. Il est tellement calme et réservé ! Si logique. Si ambitieux — en général — pour le ranch. Il a une façon bien à lui de résoudre les problèmes avec une énergie dépourvue de toute émotivité et au demeurant d'une grande efficacité. Ce qui est génial, car nous les Kemble, semblons avoir une véritable vocation pour le drame.

Joanna se tut et son regard se fit encore plus intense.

— Comment va votre père ?

A ce soudain et malheureux changement de sujet, Abby blêmit.

— Il n'a pas pu venir, fit-elle d'une voix coupable.

— Et moi qui étais tellement impatiente de le voir !

Joanna détourna le regard.

— Vous le connaissez ? interrogea Abby.

L'autre rougit.

— Ou… i. Pas très bien — je veux dire, pas personnellement. Mais c'est un homme célèbre… tout au moins dans certains milieux.

Abby comprit qu'elle taisait quelque chose. Elle-même n'avait jamais considéré son père comme quelqu'un de célèbre, même s'il était un auteur publié et récompensé pour ses écrits.

— Il se trouve en Colombie, expliqua-t-elle. Il travaille. Son vol a été annulé à la dernière minute. Mais il désirait vraiment être ici aujourd'hui.

— J'en suis sûre. Votre père est tellement attentionné.

Les mains de Joanna, fortes et sillonnées de veines, étaient fraîches et pourtant Abby les trouva moites lorsqu'elle serra les siennes.

— J'admire tellement son travail.

— Comme bien des gens.

— J'aimerais…

La femme rougit de nouveau avant de froncer les sourcils.

— Aucune importance. Dites-lui juste que je… je… que Joanna Kemble lui passe le bonjour.

— C'est entendu.

Le regard de Joanna soutint le sien un instant encore. Abby y perçut comme une note d'espoir mêlée à une inexplicable tension. Mais elle n'eut pas le temps de s'y appesantir, car Joanna se détourna, comme ravie d'échapper à un entretien qui leur avait paru à toutes deux embarrassant.

Cette femme, se dit Abby, semblait très bien

connaître son père et même s'y intéresser d'un peu trop près. Un jour, se promit-elle, il faudrait poser la question à son père. Son trouble persista un certain moment bien qu'elle fût entourée et que Léo se tint à son côté, la main posée sur son coude.

Mia et Shanghai Knight furent les suivants à se présenter accompagnés de Vanilla, leur petite fille aux cheveux noirs. Shanghai lui serra la main de façon un peu trop appuyée et l'embrassa avec un petit peu plus d'enthousiasme qu'il n'était convenable pour un ancien petit ami. Etait-il par hasard, soulagé de la voir mariée ?

— Tu es un veinard, Storm, dit-il d'une voix bourrue à Léo, en lui secouant la main. Tu ferais mieux de bien t'occuper d'elle. Tu sais que tu ne pourras plus bosser comme tu l'as toujours fait avec une jeune mariée.

Léo hocha la tête, l'air plutôt féroce, remarqua Abby. Puis, la petite Vanilla ayant profité de l'occasion pour se sauver, Shanghai partit à sa poursuite, suivi de Mia.

Comme c'est drôle, songea Abby. Elle n'était plus du tout jalouse de Mia.

Cole Knight, le frère de Kel, se présenta ensuite avec son épouse Lizzy, la sœur de Mia. Puis Kel étreignit Abby et reconnut que puisqu'elle comptait garder le bébé, se marier avec un homme aussi « cool » que Léo était la meilleure des choses.

— Il n'est pas ennuyeux du tout. Et il se débrouille très bien avec toutes ces grosses brutes de cow-boys de Golden Spurs. Il est très beau garçon et très courtois. Et il doit être intelligent. Pourtant, je ne comprends pas qu'un type bien comme lui arrive à faire ça.

— Ça quoi ?

— Toi. Ce mariage. Je veux dire dans une mission historique — quel lieu génial pour un mariage ! Si plein de souvenirs et si romantique. Et il ne lui a fallu qu'une semaine ! Tout est tout bonnement splendide. Même le temps a coopéré.

— Tout cela est un petit peu trop parfait et s'est passé avec un peu trop de facilité pour lui, si tu me le demandes, remarqua Abby d'un ton maussade.

— Tu préférerais épouser un cow-boy fruste et lourdaud, incapable de se tenir en société ?

— N'allons pas jusque-là. Ne lui accorde tout de même pas trop de crédit. Sa secrétaire s'est sans doute chargée de tout.

Kel, persuadée que les secrétaires dirigeaient le monde, approuva avec chaleur.

Une fois le défilé des invités terminé, Abby déclara :

— Je crois que je vais me présenter moi-même à sa montagne de frère. Comment s'appelle-t-il ?

— Connor…

Abby désigna son beau-frère de la tête. Il se tenait sous un chêne, une coupe de champagne à la main et elle se demanda pour quelle raison il continuait à observer son frère avec une telle insistance.

Connor était détective, réfléchit-elle. Donc probablement soupçonneux par nature. Peut-être croyait-il qu'elle avait piégé Léo et éprouvait-il un sentiment protecteur pour son frère ?

On porta des toasts et on dansa. Abby pour sa part, se contenta d'eau pétillante. En dansant, Léo la tint serrée contre lui, si serrée, qu'Abby se remémora ce premier baiser qui dans le bar l'avait décidée à suivre cet homme chez lui.

Ensemble ils coupèrent le gâteau de noce tout blanc et s'en offrirent mutuellement une part. En surface, la réception se déroulait dans la joie mais Abby ne pouvait chasser de son esprit l'image du visage fermé de Connor, chaque fois que son regard se posait sur elle ou sur son frère. Elle ne put non plus échapper à ses propres doutes ni sur les commentaires maladroits de Joanna. Ceci était un mariage de convenance et non un vrai mariage. Donc, ce n'était pas un événement heureux.

Mais pourquoi s'appesantir sur ces questions ? Peut-être Abby aurait-elle cessé de s'inquiéter si elle n'avait pas surpris des bribes d'une conversation à voix basse entre les deux frères à un moment où, pensaient-ils, son attention était distraite.

— Alors, tu le lui as dit ? demanda Connor.

— Mêle-toi de tes affaires, répliqua Léo.

— Si tu ne le fais pas et que quelqu'un d'autre… si elle apprend d'un autre ce que tu as fait cette nuit-là, ça va faire du vilain.

— Tu m'as entendu, dit Léo.

Abby avait dû émettre un son quelconque car ils se retournèrent et, croisant son regard, Connor s'interrompit au milieu de sa phrase. Très rouges, les deux hommes se précipitèrent vers elle.

« Tu as épousé un inconnu. »

Elle s'était conduite comme une idiote, songea Abby malheureuse, même quand Léo lui prit la main d'un air rassurant pour l'attirer d'un geste possessif contre lui.

— Me dire quoi ? interrogea-t-elle.

— Excuse-moi ? demanda Léo, simulant la confusion.

— Je n'ai pas pu m'empêcher de vous entendre…

— Nous parlions affaires. Une histoire embêtante. Je loue les services de Connor de temps à autre.

— Pourquoi as-tu besoin d'un détective privé ?

Joanna qui était à côté en train de bavarder avec Mona, les rejoignit.

— Oh, c'est la faute de Lizzy, dit-elle en fixant Abby de cette manière qui la mettait si mal à l'aise. J'ignore ce que vous savez au sujet de notre famille, mais mon défunt mari a eu deux filles d'une autre femme qui était plutôt connue. Electra Scott. Avez-vous entendu parler d'elle ?

Sa voix était devenue involontairement haut perchée.

Léo pinça les lèvres et son visage devint livide. Chacun autour d'eux se tut et parut embarrassé. Mais Joanna ne battit pas en retraite pour autant. Elle paraissait au contraire bien décidée à attirer l'attention sur un point précis.

— Oh oui, répondit enfin Abby. Je crois bien.

Electra Scott ? Est-elle décédée récemment ? Dans la jungle peut-être ?

— Oui.

Les yeux bleus de Joanna étaient glacés.

— Et elle a pris de merveilleuses photos d'enfants, d'animaux et de la vie sauvage, poursuivit Abby.

— Entre autres choses, dit Joanna.

— Il me semble que mon père a collaboré avec elle sur un livre.

— Vraiment ? Eh bien, cela ne me surprendrait pas. Ils étaient tous deux très célèbres.

Léo fronça les sourcils et se dandina l'air mal à l'aise, mais de nouveau, Joanna l'ignora.

— Electra était ma meilleure amie au lycée. Elle était d'une nature aventureuse et très… indépendante. Elle s'est pas mal amusée à cette époque. Elle n'était pas faite pour le mariage. Elle disait toujours qu'elle ne se fixerait jamais. Que la vie recelait bien trop de possibilités. « Pourquoi devrais-je vivre une seule vie, disait-elle, dans un seul pays, avec un seul homme ? » Je l'ai amenée au ranch et, à la seconde où ses yeux se sont posés sur elle, Caesar est tombé fou amoureux d'elle. Moi, j'étais amoureuse de son frère aîné Jack qui est mort depuis.

— Je suis désolée, dit Abby.

— Merci.

Une vilaine ombre passa sur les traits de Joanna qui poursuivit.

— Mais cela fait très longtemps maintenant. J'étais devenue intime avec les Kemble et, après la mort de Jack et une fois Electra partie, Caesar et moi nous sommes mariés. Peu de temps après son décès, je suis entrée en possession du journal intime d'Electra et j'ai découvert qu'elle avait eu en secret des jumelles de Caesar. Finalement, Lizzy a demandé à Léo de les retrouver et Léo a engagé Connor pour le faire.

Son regard passa d'Abby à Connor. Ses yeux semblaient bien plus interrogateurs que sa question.

— Alors, comment cela se passe-t-il ?

La main de Léo se resserra à peine sur celle d'Abby. Lorsqu'elle le regarda, il sourit et ses doigts se détendirent.

— J'ai vraiment progressé, mais ces temps derniers, je me suis heurté à quelques écueils, dit Connor, les yeux braqués sur son frère, tel un acteur attendant une réplique.

— Par chance, je pense que d'ici peu, nous aurons de bonnes nouvelles.

Léo laissa échapper un soupir et eut même un mince sourire. Mais son regard était toujours aussi indéchiffrable.

— Quel âge auraient maintenant ces sœurs ? demanda Abby, curieuse.

— Vingt-six… presque vingt-sept ans.

— Comme moi.

Elle regarda Connor.

— Et ces jumelles disparues… n'ont aucune idée qu'elles sont des Kemble ?

Joanna se figea.

— Non, j'en suis presque certaine. Et lorsqu'elles

le découvriront, cela pourrait bien leur faire un terrible choc.

Sans ajouter un mot, Joanna se détourna et s'en fut.

Connor avala son champagne d'un trait.

— Il est tard. Je ferais bien d'y aller.

Il partit sans même un regard pour son frère. Ce brusque départ, de même que celui de Joanna, intrigua Abby.

— Notre mariage fait-il plaisir à ton frère ? demanda-t-elle lorsqu'elle se retrouva seule avec son mari.

— Bien sûr. Pourquoi cette question ?

— Je ne le connais pas bien mais… il semblait contrarié. Et Joanna… je ne crois pas qu'elle m'apprécie beaucoup.

— Tu te trompes sur Joanna. Quant à Connor, il a toujours été grognon. Je devrais le savoir : c'est moi qui l'ai élevé. Cela doit avoir trait à son travail, j'en suis certain. Il prend son métier très au sérieux.

Lèvres serrées, Léo semblait sur la défensive. Abby en déduisit qu'il en savait sans doute bien plus qu'il n'était prêt à le reconnaître.

— Comme tu le dis, tu le connais. Pas moi. Mais quelles que soient ses préoccupations, Connor est venu. A l'inverse de…

— Ton père serait venu s'il l'avait pu.

— Il est facile pour toi de le croire. Mais tu ne le connais pas comme moi,

— C'est vrai.

Comme s'il était froissé, il se tut soudain.

Abby se souvint de toutes les occasions à l'école où son père lui avait manqué. Il n'était pas venu une seule fois, pas même dans les occasions où elle avait brillé. Elle songea à la carte de Noël dans le tiroir, arrivée deux semaines trop tard.

Son mariage n'était pas un vrai mariage. Qu'importait si Joanna s'était conduite d'une manière étrange, si elle ne plaisait pas à Connor ou que son père ne soit pas là ? Léo, qui paraissait aussi raide et tendu qu'elle, lui prit la main et la porta à ses lèvres.

— Je suis désolé, dit-il en lui serrant les doigts.

Abby détourna le regard à l'instant où un homme plus âgé, un autre Kemble, se mit à discourir sur les vents violents et la sécheresse qui sévissaient dans le sud du Texas. Léo s'engagea dans la discussion avec empressement, sans doute soulagé d'oublier sa femme et leur échange tendu. Bientôt, le sourire réapparut sur son visage et Abby se dit qu'il l'avait tout à fait oubliée. Alors, perdue et solitaire, elle lui lâcha la main et se mit à errer sans but.

La réception s'acheva et tous deux se reprirent par la main. Dos courbé, ils traversèrent la haie des invités et se précipitèrent vers la limousine qui les emmena vers le centre de la ville.

Léo n'avait pas essayé de parler à Abby depuis qu'ils s'étaient entretenus de Connor et du père d'Abby. Voyant le chauffeur ne pas prendre la sortie qui devait les emmener au loft de Léo, Abby tira son mari par la manche.

— L'aéroport. Week-end de lune de miel, dit-il d'une voix sèche. Désolé de ne pouvoir m'échapper plus longtemps. Miriam ne t'a-t-elle pas prévenue de prendre quelques affaires ?

— Elle m'a dit « Préparez-vous à du temps chaud. Deux nuits. Et n'oubliez pas de prendre un maillot de bain. » Je pensais qu'elle voulait dire qu'il y a une piscine dans ton immeuble.

— Il y en a une. Mais Miriam se trompait à propos du maillot de bain. L'endroit où nous allons est si privé que nous pourrons nager nus. J'espère que tu en auras envie.

Devant la soudaine chaleur au fond de ses yeux, Abby retint son souffle.

— Où allons-nous ?

— C'est une surprise.

Abby ne put s'empêcher de trouver la silhouette mince et musclée de son mari admirable. Avec ses cheveux noirs et sa peau bronzée, cet air un peu farouche aussi, il était d'une beauté sombre et ravageuse. Le cœur de la jeune femme se mit à battre la chamade. Garçon ou fille, leur bébé serait très beau s'il lui ressemblait un tant soit peu.

Léo tendit la main. Quand elle la saisit, il l'attira plus près de lui. Elle posa la tête contre son épaule et son souffle tiède dans ses cheveux la fit frissonner.

Cette première nuit où ils avaient fait l'amour, il l'avait tenue comme cela, pelotonnée contre lui pendant des heures. Elle s'était endormie comme droguée par l'amour, sans jamais vouloir quitter ses bras — ne s'éveillant que le matin suivant, avec un profond sentiment de culpabilité à l'idée de s'être conduite avec une totale impudeur.

Ils avaient tous deux été forcés de se marier. Ils se connaissaient à peine.

Quelle chance dès lors avait leur union ?

# - 6 -

Quand Abby et Léo descendirent du jet de Golden Spurs, un air chaud, humide et chargé de sel rabattit les cheveux d'Abby sur son visage. Le ciel d'encre était piqué d'étoiles et elle pouvait entendre le battement bruyant du ressac.

L'aéroport n'était qu'une étroite piste d'asphalte posée sur du sable. Des palmiers claquaient dans le vent à côté d'un hangar perdu en bout de piste.

— Où sommes-nous ? cria Abby quand son mari l'entraîna à la hâte dans le vent violent vers un buggy de plage à l'étrange allure.

— Sur une île privée de la barrière de corail au large du Texas, répondit Léo. Elle appartient à un rancher et pétrolier texan qui me doit un service ou deux. Il a offert de me laisser l'usage de sa maison de plage pour notre lune de miel. Sa maison est à un peu plus d'un kilomètre de la plage.

Abby aurait été heureuse de s'abriter du vent n'importe où. La maison qui les attendait était nichée derrière de hautes dunes de sable et entourée d'une végétation dense comprenant de nombreux et bruyants palmiers. C'était une maison typique des plantations caribéennes : immenses pièces lumineuses, intérieurs spectaculaires avec de hauts plafonds lumineux ; décoration dans les beiges et les bruns avec de temps à autre un gros coussin de couleur vive et une plante en pot.

Léo acheva la visite de la demeure immaculée par la chambre principale. A côté d'un massif lit à colonnades, drapé de rideaux, un magnum de champagne et une bouteille d'eau minérale pétillante rafraîchissaient dans un seau à glace.

Pendant que Léo débouchait habilement la bouteille de champagne et s'en versait une coupe, Abby se demanda qui pouvait bien maintenir la maison dans un tel état de propreté et où dormirait le pilote le soir. Mais elle se garda de poser la question.

Léo ouvrit la bouteille d'eau et lui en versa un verre. Quand il le lui tendit, il inclina sa coupe vers son verre et elle suivit son exemple. Il y eut un cliquetis de cristal lorsqu'ils trinquèrent.

Si Léo ne porta pas ce toast à voix haute, Abby le fit en son cœur, avec un coup d'œil en direction du lit le fit tout bas. « A la chance. Aux miracles. Au bonheur… à nous deux ensemble… pour toujours. »

Tout en sachant bien qu'elle était naïve d'entretenir de tels espoirs.

— Tu sembles effrayée, remarqua Léo. A des moments comme celui-ci, essaie de te rappeler que Coco m'aime bien.

— C'est à coup sûr un bon point en ta faveur.

Il y en avait un autre : Léo avait loué les services d'un excellent palefrenier pour prendre soin de Coco le temps que durerait sa grossesse.

— Je prends tous les bons points possibles, dit Léo.

Il lui sourit au moment où elle levait son verre. La voyant avaler avec peine, son sourire s'élargit. Il était lui-même sur le point de boire quand son portable sonna.

Voyant d'où il provenait, il fronça les sourcils et s'excusa.

— Je dois le prendre. Pourquoi n'irais-tu pas te préparer pour aller au lit ?

Le mot « lit » flottait encore dans l'air lorsqu'il se glissa sur le balcon pour pouvoir parler en toute intimité.

Pourquoi était-il aussi secret ? se demanda Abby. Cet appel était-il personnel ou pour ses affaires ? Puis elle se remémora le comportement bizarre de Connor. Que se passait-il donc ?

« Est-ce que tu le lui as dit ? »

Et si Connor parlait d'elle ? Léo avait paru encore plus tendu lorsqu'elle lui avait demandé de quoi il s'agissait.

La chambre vide ne lui apporterait guère de réponse. Il était tard. Abby décida de suivre le conseil de Léo et de se coucher.

Elle ne s'était pas contentée d'acheter une robe de mariée. Elle avait également fait l'acquisition de plusieurs chemises de nuit transparentes. Avec quelque hésitation, Abby sortit de ses valises ses objets de toilette et la plus transparente des chemises de nuit couleur pêche.

Dans la salle de bains de marbre, elle se déshabilla

et prit une douche, laissant longuement couler l'eau tiède le long de son cou et de ses seins, puis sur son ventre et ses cuisses. Quand toute la mousse eut disparu, elle resta encore sous la douche en songeant aux deux nuits passées avec Léo.

Il était si sexy. Il pouvait faire tout et n'importe quoi à une femme. Abby se l'était représenté comme un homme d'affaires sans imagination, mais de fait, il était plutôt dépourvu d'inhibitions. Et il avait su lui faire oublier les siennes. Maintenant qu'ils étaient mari et femme, elle se demanda s'il serait disposé à combler ses fantasmes les plus extravagants.

Les tensions du mariage et de la réception s'étaient dissipées et un désir ardent, fiévreux, la consumait. Léo n'avait pas fait l'amour avec elle depuis qu'elle avait accepté de l'épouser. Elle le désirait toujours. A cette seule pensée, son cœur s'emballa.

Elle coupa l'eau, sortit de la douche et s'empara d'une serviette. Après s'être séchée, elle enfila la chemise de nuit puis se brossa les dents et, regagnant la chambre en hâte, elle éteignit les lampes, se mit au lit et attendit le retour de Léo. Trente minutes après, il n'était toujours pas là. Abby se leva et ouvrit la porte qui donnait sur le balcon.

Mais elle ne trouva rien au-dehors que le vent qui hurlait dans les palmiers, faisait rugir les vagues et voler le sable. Elle claqua la porte et s'y adossa. Où était Léo ? Pourquoi n'était-il pas venu se coucher ? Ne la désirait-il plus ?

En avait-il déjà assez d'elle ? S'estimait-il pris au piège et, par conséquent, se désintéressait-il d'elle ?

Abby n'y croyait pas vraiment. Et cependant… jusqu'à quel point le connaissait-elle ?

Sans prendre la peine d'enfiler un peignoir, elle sortit de la chambre et partit à la recherche de son mari. Entendant sa voix profonde de baryton lancer des ordres avec autant d'autorité qu'un général, elle courut le long du couloir. Poussant la dernière porte, elle le découvrit assis derrière un énorme bureau, un téléphone contre chaque oreille.

Le regard de Léo croisa le sien avant de couler le long de son corps puis remonter vers son visage. Quelque chose de sombre et de puissant flamba dans ses yeux. Abby y lut une mâle appréciation et peut-être davantage. Pourtant, s'il avait éprouvé une quelconque émotion, il y mit fin avec une brusquerie qui la refroidit. Il ferma brièvement les yeux puis les rouvrit, la regardant avec calme.

— Une seconde, dit-il d'une voix dure à son correspondant.

Sourcils froncés, il fit un signe de tête à Abby.

— Désolé. Il y a un feu de prairie à Golden Spurs. Il est énorme et c'est de ma faute car hier, j'ai autorisé à ce que l'on procède à un écobuage. L'incendie a sauté une route et a échappé à nos hommes. L'herbe est sèche et le vent terrible. J'aurais dû y aller moi-même pour me rendre compte. Mais je ne l'ai pas fait.

Parce qu'il s'était marié avec elle.

Pourtant, il paraissait ne pas lui en vouloir.

— Maintenant, il faut que je m'en occupe. Va te

coucher. Je dormirai ici, près des téléphones. Inutile de rester debout tous les deux toute la nuit.

— Cela ne m'ennuiera pas d'entendre sonner le téléphone, si tu viens te coucher.

— Nous verrons, dit-il. Peut-être plus tard.

— C'est notre lune de miel.

— Je sais.

Un muscle tressauta sur sa joue, mais il baissa la tête, et reprit le fil de sa conversation interrompue avec ses interlocuteurs.

Avec le sentiment de se retrouver seule et rejetée, Abby resta éveillée presque toute la nuit, se tournant et se retournant, déchirée par ses émotions. Quand elle finit par sombrer dans le sommeil, ce fut un sommeil agité, peuplé de rêves bizarres. Connor s'y promenait sans cesse tel un sombre esprit, répétant le même refrain :

« Tu le lui as dit ? »

Chaque fois qu'elle se réveillait, Abby avait l'impression d'être sotte de désirer autant Léo et encore plus de se sentir à ce point blessée parce qu'il préférait le bureau à sa compagnie. Trois semaines plus tôt, elle ne voulait plus jamais le revoir et maintenant, elle s'accrochait à lui comme une folle d'amour, parce qu'elle devenait romantique dès qu'il s'agissait de mariage.

Vers 5 heures, elle se leva et gagna le couloir sur la pointe des pieds pour voir où il en était. Elle trouva Léo encore vêtu de son smoking, endormi dans le grand fauteuil de cuir dans le bureau éclairé à giorno. Il semblait si fatigué qu'elle ne chercha pas le réveiller pour le presser d'aller se coucher. Elle se contenta d'éteindre et de le recouvrir d'un léger plaid. Ensuite elle regagna la chambre et s'étendit, seule, avant de sombrer dans un sommeil sans rêves.

Environ une heure plus tard, Léo entra dans la pièce. Abby l'entendit parfaitement, mais guidée par un faux amour-propre, elle fit semblant de dormir.

Il ne lui parla ni ne la toucha. Il resta simplement là à la regarder « dormir » comme elle l'avait fait avec lui. Finalement, il regagna le bureau et le cœur d'Abby se serra en entendant le bruit de ses pas décroître dans le couloir.

Une fois encore, elle s'endormit et quelques heures plus tard, ce fut l'odeur du café qui la réveilla. Elle se coiffa, se maquilla légèrement et se vêtit d'un short blanc, d'un T-shirt et de sandales. Avec l'espoir que les feux étaient éteints et que Léo serait de meilleure humeur, elle alla le retrouver dans la cuisine où il parlait encore au téléphone. Mais cette fois, en l'apercevant, il mit brutalement fin à la conversation.

— Bien dormi ? demanda-t-il, le visage grave.

Abby hocha la tête ne voulant pas admettre qu'elle s'était languie de lui.

— Et toi ? dit-elle d'une voix qu'elle voulut impersonnelle.

— Ce n'était pas la meilleure des nuits mais j'ai connu pire.

Son sourire las n'atteignit pas ses yeux.

— Je te prépare un petit déjeuner.

— Où en est le feu ? demanda-t-elle.

— Pas terrible. J'ai peur d'être obligé de faire un

saut là-bas aussitôt que possible. Je vais te mettre dans l'avion pour San Antonio et ensuite, il faudra que j'aille à Golden Spurs. Dix mille acres ont déjà brûlé. Nous avons perdu plusieurs bâtiments. Le feu semble s'étendre. Il va falloir couper ou tremper l'herbe de chaque côté d'un certain nombre de routes pour établir des contre-feux et déplacer le bétail.

— Ne serait-ce pas plus rapide… si je t'accompagnais ?

— Si, mais je ne m'attends pas…

Ses pupilles noires parurent se rétrécir.

— Enfin, Golden Spurs, c'est mon souci. Pas le tien.

Son expression changea et Abby se demanda à quoi il songeait.

— Eh bien ? dit.

— Rien, marmotta-t-il, l'air grincheux.

— Alors, je t'accompagne. Cela me concerne moi aussi. Je suis ta femme.

— A ton aise.

Son expression ne changea pas. Son visage resta indéchiffrable, mais il acquiesça d'un mouvement de tête.

Un long moment s'écoula.

— Ecoute, dit-il enfin. Je suis désolé d'être de si mauvaise compagnie. Je viens juste d'être avisé que les hélicoptères Black Hawk et Chinook capables de déverser des milliers de litres d'eau en une seule fois ne pourront rejoindre ceux qui luttent contre le feu que lorsque le vent sera tombé. Et à propos, mon pilote attend.

— Je peux être prête dans cinq minutes.

— Non. Mangeons d'abord. Je me sens assez fatigué après cette nuit mais ce n'était rien comparé à ce qui nous attend.

Comme chez Abby, Léo évoluait à l'aise dans la cuisine. En quelques minutes, ils se retrouvèrent assis devant du jus d'orange frais, des œufs, des toasts et du bacon. Sans tenir compte du fait qu'un domestique devait venir faire le ménage, Léo remit ensuite de l'ordre et nettoya la cuisine. Puis, il emporta leurs affaires jusqu'au buggy.

— Navré que nous n'ayons guère profité de notre lune de miel, dit-il, une fois dans l'avion.

Abby contempla d'un air pensif la maison dans l'île au-dessous d'eux et la bande de sable blanc qui s'étirait devant.

Malgré ses propos, Léo ne paraissait pas vraiment désolé. Son visage était tendu, ses traits tirés. Il était complètement obnubilé par ses soucis à propos du feu. Néanmoins, à intervalles réguliers, Abby le surprenait les yeux posés sur elle, un peu comme lorsque Connor l'avait dévisagée pendant la réception, comme si une question le préoccupait lui aussi.

Une fois encore, sa question résonna dans la tête d'Abby.

« Tu le lui as dit ? »

Etait-elle centrée sur elle-même au point de penser qu'il parlait d'elle ?

*
* *

A quatre-vingts kilomètres du quartier général de Golden Spurs, des panaches géants de fumée plus hauts qu'une montagne tourbillonnaient contre un ciel d'enfer, orange et violet. En s'approchant, Abby put voir des cow-boys à cheval déplaçant du bétail. Léo alla dans le cockpit pour ordonner au pilote de voler à basse altitude au-dessus du ranch. Il prit des photos et des notes tout en s'entretenant sans cesse sur son portable avec Kinky Moore, le contremaître du ranch.

Lorsqu'ils atterrirent enfin derrière la maison principale avec son grand toit rouge et ses dépendances, l'air était chargé d'une âcre odeur de fumée. Un soleil blanc faisait une trouée dans le ciel d'un gris ardoise. Des rafales de vent courbaient les palmiers.

Kinky arriva vers eux en courant et informa Léo qu'en raison de la direction du vent, la maison était menacée.

— Nous avons un pavillon de chasse à protéger et du bétail à déplacer au sud de Black Oaks. Mia, Cole et Shanghai sont là-bas en train de tenter de sauver la plantation à Black Oaks.

Léo étudia le ciel noir avant de se tourner vers Abby.

— Je n'aurais pas dû t'amener ici. Le feu est bien plus important et bien plus proche de la maison que je ne l'avais escompté.

— Il n'y avait guère le temps de faire autre chose. Je me débrouillerai très bien.

— Reste à l'intérieur jusqu'à mon retour. Garde ton portable en charge et prêt à l'utilisation.

Il se détourna pour partir.

— Je veux t'accompagner.

— Non !

Abby aurait bien discuté mais l'expression de Léo était inflexible. Quant à la situation, elle était chaotique. Les camions de pompiers et les bulldozers étaient partout. L'air semblait chargé d'adrénaline. Des pompiers au visage épuisé couraient sur l'herbe en combinaisons orange salies, criant des ordres dans leurs portables et se chamaillant avec des cow-boys au visage strié de suie et de sueur quant à la meilleure manière de combattre l'incendie.

Les pompiers voulaient commencer à contrôler certains feux mais les cow-boys criaient que si le vent changeait de direction, ils perdraient beaucoup de bêtes et peut-être même la maison principale. Léo batailla longtemps et avec dureté, s'exprimant d'une voix ferme et censée, mais les pompiers refusèrent de l'écouter et sautèrent dans leurs camions pour allumer davantage de contre-feux.

Une seconde plus tard, Léo reprit son portable.

— Shanghai ! Les pompiers vont mettre le feu à la prairie numéro sept. Nous avons des pavillons de chasse là-bas et si le vent change…

Puis il partit en courant et en appelant Kinky. Comme les deux hommes s'engouffraient dans le SUV noir de Kinky, Abby courut et s'accrocha à la poignée du côté de Léo.

— Léo… sois prudent.

Il avait les cheveux en bataille et le visage fermé, comme si ses traits avaient été sculptés par l'épuisement et l'inquiétude. Comme elle aurait voulu le faire descendre du 4x4 pour qu'il la prenne dans ses bras et la serre très fort contre lui, qu'il presse sa bouche contre la sienne, qu'il lui dise quelque chose, n'importe quoi avant de s'en aller ! Mais son visage sombre resta fermé, même quand ses prunelles noires scrutèrent les siennes.

Kinky tourna la clé de contact et le gros véhicule ronfla.

— Léo… ne me quitte pas.

Les mâchoires serrées, il fit signe à Kinky de démarrer.

Le dernier coup d'œil qu'elle eut de lui s'imprima dans l'esprit d'Abby. Larges épaules, mâchoires d'acier, angoisse diffuse, virilité.

Et s'il ne revenait pas ?

Ce fut comme si on lui perçait le cœur. Comme si un poing lui serrait la gorge.

Hormis deux nuits de sexe, elle connaissait à peine cet homme. Alors comment pouvait-elle ressentir quelque chose d'aussi intense à son égard quand, à l'évidence, il ne lui rendait pas ses sentiments ?

Epaules basses, Abby s'écarta du véhicule. Peu lui importait. Rien n'avait d'importance, jamais. Il l'abandonnait comme Becky l'avait fait… comme leurs parents l'avaient fait. Tout le monde, toujours, l'abandonnait.

Muette, immobile, elle regarda Kinky faire reculer le gros SUV et s'élancer sur la route. Une minute plus tard, il s'était évanoui dans la fumée qui s'épaississait.

Abby redressa le menton. Rien n'avait changé. Elle avait été seule pendant des années. Elle avait dû tenir bon. Elle ne pouvait pas laisser des illusions sur le mariage et ce qu'il devrait représenter ainsi que son affection croissante pour cet homme de lui faire croire à l'impossible.

En pénétrant à l'intérieur de la maison, elle descendit l'escalier menant au sous-sol et y trouva Sy'rai Moore qu'elle avait déjà rencontrée à la réception. Dans la cuisine, celle-ci faisait la cuisine et lavait la vaisselle en compagnie de Lizzie et de Joanna. A l'écart dans un coin, Vanilla était assise par terre et construisait une muraille de cubes.

Entre deux tours, les cow-boys et les pompiers venaient à la maison. Les hommes souriaient ou riaient, s'efforçant avec vaillance de faire semblant d'être joyeux et braves. Ils s'asseyaient aux tables disposées dans des petites salles à manger à l'écart de la cuisine pour manger des haricots ou du gibier grillé.

Sy'rai raconta à Abby comment Mia, Shanghai et Cole luttaient pour sauver l'ancienne plantation.

Sans vouloir s'appesantir sur ses craintes au sujet de Léo, Abby s'empara d'un tablier.

— Que puis-je faire ?

— La même chose que nous, lui répondit Joanna. Nous avons un tas d'hommes fatigués et affamés ici.

Vers 18 heures, la fumée était si épaisse dans le sous-sol que la gorge d'Abby la brûlait et que ses yeux et son nez ne cessaient de couler. La nouvelle leur parvint que les choses allaient mal du côté de Black Oaks. Affolée, elle tenta d'appeler Léo au téléphone pour savoir ce qu'il se passait là-bas, mais il ne répondait pas.

D'après la télévision, plus de trois milles acres étaient en feu et on s'attendait à ce que le vent change de direction.

« Il y a eu deux morts sur le ranch de Golden Spurs de l'autre côté de Black Oaks, ajouta le journaliste, mais leur identité est tenue secrète jusqu'à ce que leur famille soit prévenue. »

Une peur viscérale s'empara d'Abby. Le cœur battant, elle fit encore une fois le numéro de Léo. Toujours pas de réponse. Et si… ?

Elle plaqua le téléphone contre elle au moment où des prises de vue aériennes montraient un pavillon de chasse explosant dans les flammes. Au moment où la caméra faisait un panoramique sur la ferme de Black Oaks, réduite à un tas de cendres brûlantes et rouges, Kinky s'engouffra dans la cuisine.

Sy'rai courut vers lui et se jeta dans ses bras. Il avait le visage noir de suie tout comme ses vêtements ; sa voix était rauque. Mais il n'y avait aucune émotion au fond de ses yeux sombres.

— Léo… Léo est-il avec vous ? murmura Abby.

Sy'rai secoua la tête. Puis son regard las passa par-dessus son épaule.

— Nous évacuons les quartiers généraux. Que chacun prenne ses affaires et s'apprête à f… le camp d'ici. Nous avons trente minutes maximum.

— Mais avez-vous vu Léo ?

— Et Cole… et Mia et Shanghai ? interrogea Lizzy.

Sans regarder Lizzy, Kinky secoua la tête.

— La dernière fois que je les ai vus, ils étaient au plus fort de l'incendie à Black Oaks. Vous avez vu les images à la télévision. Vous en savez autant que moi.

— Mais c'est vous qui l'avez amené là-bas ! cria Abby.

— Je l'ai emmené en enfer. Oui, c'est ce que j'ai fait.

Kinky remonta l'escalier en trombe et commença à hurler des ordres. Bientôt, les cow-boys entreprirent de transporter hors de la maison des antiquités et des tableaux précieux et les chargèrent à l'arrière des pick-up.

Abby recommença à taper avec frénésie le numéro de Léo. Comme il ne répondait toujours pas, elle se précipita à l'extérieur où Lizzy et Sy'rai avaient commencé à arroser la maison, le terrain et les arbres proches avec des lances d'arrosage de jardin.

Sy'rai en raccorda encore plusieurs pour avoir assez de longueur et monter jusque dans l'escalier afin de pouvoir du toit arroser vers le bas. Le toit était en tuiles roses et bien qu'Abby se demandât s'il était encore utile de l'arroser, elle lui offrit son aide. Ensuite, Sy'rai traîna les tuyaux à l'intérieur et remonta dans l'escalier tandis qu'Abby en reliait encore d'autres.

Les camions, une fois chargés des précieux objets, étaient prêts à partir. Kinky fit savoir à Abby qu'il était temps pour elle de s'en aller aussi. Joanna était assise à l'avant d'un des pick-up et tenait Vanilla dans ses bras.

— Léo m'a dit de l'attendre ici, plaida Abby.

— Il y a plus d'une heure que personne n'a eu de nouvelles de Léo. Son dernier ordre a été pour moi. Je dois veiller sur vous. Pourquoi n'allez-vous pas avec Joanna ?

— Je resterai jusqu'à son retour.

— Par le diable, seuls les imbéciles bornés comme Sy'rai et moi allons rester pour nous battre et essayer de sauver la maison ou mourir en essayant de le faire. Le fantôme de Caesar me hanterait pour toujours si cette vieille baraque brûlait parce que je serais parti en l'abandonnant à son sort.

— Moi aussi, je reste.

— Vous n'avez rien investi ici. Nous, nous sommes de la famille.

A sa façon de prononcer le mot famille, la jalousie mordit Abby.

— Léo est là-bas. Est-ce qu'il s'en irait si moi j'étais là-bas et lui ici ?

— Il veut vous protéger.

— Il m'a dit de rester.

— C'est drôle, vous n'avez pas l'air du genre obéissant.

Kinky la foudroya du regard, essayant de lui faire baisser les yeux, mais elle carra les épaules et croisa les bras. Une minute entière s'écoula avant que Kinky ne hausse les épaules et détourne les yeux.

— Rien de pire qu'une femme entêtée, maugréa-t-il.

Un sourire grimaçant étira ses lèvres ourlées de noir lorsqu'il jeta un coup d'œil à Sy'rai occupée à tirer sur un tuyau d'arrosage.

— J'aurais dû le savoir, dit-il, car j'en ai épousé une. Attrapez un tuyau alors avant que Sy'rai ait une crise cardiaque. Aidez-la à arroser l'arbre aux éperons et l'herbe autour.

— L'arbre aux éperons ?

— Là-bas. De l'autre côté de cette route. C'est ce petit arbre maigre avec tous ces éperons qui se balancent.

Kinky se tourna vers un couple de cow-boys.

— Les gars, il nous faut un coupe-feu autour de la maison. Vite !

Des nuages sombres déferlaient depuis le sud où se trouvait Léo. La fumée s'épaississait, brûlant les narines et les poumons d'Abby.

— Léo ! murmura-t-elle en courant vers l'arbre couvert d'éperons étincelants, en traînant un tuyau d'arrosage derrière elle.

# - 7 -

A environ huit cents mètres de là, Léo aperçut devant lui un mur de flammes et des nuages de fumée noire. Derrière eux se dressait la grande maison. A l'évidence, la grande maison était au centre du feu… ou bien avait disparu… il n'aurait pu le dire.

Ils avaient presque réussi à sauver Black Oaks. Mais presque ne signifiait pas grand-chose. Peut-être ne voulait-il pas vraiment savoir pour la grande maison ?

Les maisons, même une demeure légendaire et historique comme celle-ci, n'étaient après tout que des maisons. Kinky avait dû évacuer tout le monde depuis des heures. Au moins, songea Léo, il n'avait pas à se faire du souci pour Abby et le bébé.

S'il les perdait… Il repoussa cette pensée. Il devait croire qu'ils étaient sains et saufs.

Ses cheveux et ses vêtements mouillés étaient roussis. Ses muscles étaient douloureux. Il avait toutes sortes d'épines plantées dans la peau. Ses globes oculaires et ses paupières étaient secs et le démangeaient. Ses poumons le brûlaient.

Il mourait d'envie de s'allonger à même la route. Il avait soif mais il continua à marcher, un pas après l'autre. Derrière lui, il entendait ceux de Mia. De temps à autre, elle poussait un gémissement. Elle s'appuyait de tout son poids sur Shanghai et Cole. Léo n'arrivait pas à croire que Shanghai ait accepté sa présence à ses côtés pour combattre le feu, mais enfin, quand on connaissait Mia, c'était chose possible. Elle avait bien survécu après avoir été kidnappée par un baron de la drogue !

On dit que les méchants vont en enfer après leur mort. Léo n'en avait pas la moindre certitude mais cette journée lui avait appris qu'il n'est pas besoin de mourir pour connaître l'enfer.

Il se rappela avoir crié « courez ! » à Shanghai, Cole et Mia quand les flammes s'étaient faufilées dans le bouquet de chênes entourant la ferme de Black Oaks. Des branches noircies s'étaient effondrées autour d'eux, expédiant des étincelles dans toutes les directions en se brisant. L'une d'elles avait même mis le feu à la chemise de Léo. Il pouvait encore entendre craquer le mur de flammes quand il avait plongé dans la crique ; il avait senti les branches en feu s'éparpiller dans l'eau partout autour de lui juste au moment où tous trois s'étaient abrités sous un énorme rocher.

Ils avaient une sacrée chance d'être encore en vie. Si la crique derrière la ferme avait été quelques mètres plus loin, ou si le feu avait été plus rapide, ils n'auraient jamais pu s'en sortir. Mais les flammes avaient couru à travers les arbres sans brûler tout l'oxygène, consumant à demi les branches avant de filer au nord vers la grande maison.

Léo se représenta Abby la dernière fois qu'il l'avait vue. Lorsqu'elle lui avait dit au revoir, ses yeux écarquillés reflétaient une intense terreur. Il aurait bien voulu sauter à terre pour l'attirer entre ses bras et ne plus jamais la laisser partir, mais s'il lui avait parlé ou s'il l'avait touchée, il n'aurait jamais été capable de la laisser.

Pourquoi cette femme ? Pourquoi elle ? Il n'avait jamais désiré être père de nouveau, mais depuis qu'Abby lui avait parlé du bébé, il avait ressenti pour elle un étrange sentiment protecteur. Etait-ce parce qu'elle était qui elle était et que lui-même n'était qu'un salaud ambitieux ? Ou alors avait-elle toujours signifié davantage à ses yeux ?

Dans l'ombre humide du sous-sol, à peine éclairé par une unique lampe de poche, Abby s'accrocha à Lizzy. Une terreur glacée, mortelle, lui serrait le cœur et elle ne cessait de trembler.

Les murs épais paraissaient se refermer sur elle. Sa seule et unique pensée s'attachait à Léo, quelque part à l'extérieur dans cet enfer furieux. Si Lizzy ne l'avait pas retenue, elle serait sans doute devenue folle.

— Ça doit bien aller pour lui, murmura Abby. Ça doit aller.

— C'est quelqu'un qui réfléchit vite, dit Lizzy en lui tapotant le bras. S'il existe quelqu'un capable de prendre soin de lui-même, c'est bien Léo.

— Vous le croyez vraiment ?

— Oui.

La lampe torche vacilla et s'éteignit et l'obscurité happa Abby en vagues terrifiantes. Bien que ses bras fussent serrés autour de Lizzy, elle faillit hurler. Puis un autre rai de lumière s'alluma et elle ravala un profond soupir en apercevant l'immense sourire de Lizzy.

Elles étaient assises là, accrochées l'une à l'autre, attendant, avec l'impression que cela faisait des heures.

Soudain, Kinky poussa la porte du sous-sol.

— Vous pouvez sortir. Le feu nous a dépassés. Nous avons perdu le garage mais la grande maison est sauvée.

Comme elle grimpait l'escalier, Lizzy expliqua :

— Cette pièce a été construite au temps jadis pour protéger la famille et les cow-boys des raids des Indiens et des bandits mexicains. Qui aurait cru que nous en aurions besoin pour un feu de prairie ?

Main dans la main, les deux femmes escaladèrent la dernière marche du sombre escalier. La maison était toujours debout. Elle sentait la fumée et aurait besoin d'un sérieux nettoyage. En sortant et en apercevant les chênes roussis, les palmiers, la pelouse et le garage légèrement brûlés, elles s'étreignirent. Aussi loin qu'il était possible de voir, une herbe noircie s'étendait indéfiniment d'est en ouest.

Abby lâcha Lizzy et ses yeux errèrent de la vaste habitation aux éperons étincelants de l'arbre aux éperons. Un calme mortel l'enveloppa de nouveau quand son regard se tourna vers le sud en direction de Black Oaks.

Où était Léo ?

Puis elle vit la désolation dans le regard de Lizzy et devina son inquiétude pour son mari et sa sœur. Mais aucune d'elles n'osa parler. Elles avaient trop peur de ne plus pouvoir se maîtriser.

Abby enveloppa Lizzy dans ses bras.

— Pour l'instant, c'est déjà bien que la grande maison et tous ceux qui sont restés ici soient saufs.

Lizzy se mordilla les lèvres.

— Nous pouvons toujours attendre et prier, n'est-ce pas ?

Kinky se mit à crier des ordres, leur disant de prendre des pelles et de jeter de la terre sur les points chauds.

— Voyez si nous avons assez de pression d'eau. Il y a encore des tuyaux d'arrosage dans le sous-sol. Prenez-les et arrosez les arbres. Ils pourraient encore prendre feu.

Abby s'employa à arroser les arbres. Deux heures plus tard, elle était assise sur une chaise de jardin et s'essuyait le front lorsqu'elle entendit Kinky pousser un cri. Levant les yeux, elle aperçut plusieurs hommes d'allure très sale marchant au loin sur la route en agitant les bras d'un air las. L'une des silhouettes dépenaillées ressemblait avec ses larges épaules à un épouvantail noirci. Sa chemise pendait en lambeaux le long de son grand corps maigre. Il paraissait las et avait sans doute mal aux pieds à sa façon de marcher en se traînant vers elle à travers les herbes calcinées.

— Abby !

Le son de la voix profonde de l'homme, rauque et bizarre, lui donna la chair de poule. Une ardeur nouvelle s'empara d'elle et sa sensation d'épuisement diminua. Il y avait quelque chose dans la démarche de cet homme, dans le port de ses épaules…

Le cœur d'Abby se mit à battre sauvagement. Elle porta les mains à sa gorge. Lorsqu'elle tenta de se lever, ses genoux s'affaissèrent et elle dut s'appuyer au sol de sa main libre pour se remettre debout.

Puis Lizzy cria le nom de Cole et la dépassa en courant pour jeter les bras autour de deux des épouvantails humains.

— Léo ?

La voix d'Abby était maintenant éraillée et haletante, très peu semblable à sa véritable voix. Des larmes se mirent à rouler sur ses joues.

— Léo !

Abby était au bord de la nausée et craignit de s'évanouir.

Alors Léo se mit à courir. Abby bondit sur ses pieds et traversa le jardin en courant pour se jeter dans ses bras.

Quand ses mains s'accrochèrent à son dos, il frémit.

— Je suis désolée, dit-elle. Je suis tellement désolée.

Mais l'étreinte de Léo était encore ferme tandis qu'elle se pelotonnait contre lui et penchait son visage sale vers le sien. Le baiser qu'il lui donna était fiévreux, exigeant et dévorant. Son menton était rêche contre la douceur du sien. Il avait un goût de suie, de charbon et de broussailles.

Peu importait à Abby. Elle prit le visage sale entre ses mains. Il était vivant ! Sa bouche était pleine de vie et ses baisers l'emplissaient d'une houle chaude de pur désir et de joie sauvage.

Il la relâcha avec une telle brusquerie qu'elle aurait trébuché et serait partie en arrière s'il ne l'avait retenue.

— Que diable fais-tu encore ici ? grommela-t-il.

Avant d'émettre de vigoureux jurons.

— Chut, dit-elle. Le bébé pourrait t'entendre. Tu m'as dit de t'attendre.

Les yeux de Léo étaient étincelant de colère. Pendant de longues minutes, ses doigts meurtrirent la chair du bras d'Abby.

— Espèce de petite sotte, tu ne sais pas que tu aurais pu mourir ?

— Mais ce n'est pas arrivé, alors il n'y a aucune raison de te mettre dans tous tes états.

— Aucune raison ? Le bébé aurait pu…

— Et toi ? Tu ne m'as pas fait peur, aussi ? Crois-tu que je pouvais partir, sachant que tu étais toujours là-bas ?

Quelque chose dans son expression dut saisir Léo car son visage se radoucit.

— Abby… Abby…

Sa voix devenait de plus en plus caressante et il lui prit le menton entre ses doigts.

— Oh, Abby...

Baissant la tête, il l'embrassa encore une fois, avec douceur, avec tendresse, jusqu'à ce qu'elle replie les mains contre son torse. Il la tint contre lui comme elle avait rêvé qu'il le fasse, comme s'il ne voulait plus jamais la laisser partir. En cet instant précis, elle éprouva un tel bonheur, qu'il lui fut difficile de se rappeler que l'idée d'aimer et d'être aimée l'effrayait plus que n'importe quoi.

En ce début de matinée, le ciel était d'un bleu céruléen lorsque Abby, Lizzy et Léo se plantèrent devant l'arbre aux éperons.

— Tu vas me manquer, dit Lizzy à Abby en la tutoyant. En dehors de cette autre unique visite, je t'ai connue quoi... un jour ou deux, mais j'ai déjà l'impression que tu es une sœur.

Abby songea à Becky courant le long de ce sentier à El Paso, il y avait si longtemps de cela...

— Peut-être à cause de ce que nous avons traversé ensemble, dit-elle.

— Léo, t'ai-je raconté qu'elle m'a aidée à sauver l'arbre aux éperons ? demanda Lizzy.

— A peine une dizaine de fois.

— Je n'aurais rien pu faire sans elle.

Léo les contempla et son visage sévère se contracta.

— Nous avons eu de la chance, reprit Abby en lui prenant la main pour le rapprocher d'elle.

— Non, c'était un miracle, s'exclama Lizzy. Ce matin nous devons rendre grâce pour de très nombreux miracles.

Les doigts d'Abby enlacèrent ceux de Léo. Il était vivant ainsi que Shanghai, Mia et Cole. La grande maison était toujours debout et ce matin, six drapeaux flambant neufs pendaient de son toit immense. Les six drapeaux du Texas. Le ranch avait survécu à cent quarante ans de raids d'Indiens, de guerre, d'inondations, de ruine et maintenant d'incendies.

Peut-être Lizzie avait-elle raison ? Peut-être s'agissait-il d'un miracle ? Le vent avait tourné et une tempête venue du golfe s'approchait des côtes, annonçant la pluie.

— Il y a quelque chose que nous devons faire avant que Léo et toi ne partiez, reprit Lizzy. Ferme les yeux, Abby et ouvre la main droite.

Pleine d'une sereine excitation, Abby sourit.

— J'ai l'impression d'avoir huit ans et de jouer avec Becky.

Le visage de Léo se crispa.

— Becky ? interrogea Lizzy.

— Ma jumelle, expliqua Abby.

— Maintenant, tend la main, ordonna Lizzy avec la même autorité qu'aurait eue Becky.

Quelque chose de lourd et de piquant cliqueta dans la main d'Abby.

— Tu peux ouvrir les yeux, dit Lizzy d'une voix douce.

Abby poussa une sourde exclamation.

— Oh, ce sont des éperons ! Merci. J'en prendrai grand soin.

— Oh, mais tu ne vas pas les garder. Vois-tu, puisque tu nous quittes, ils seront pour l'arbre. Nous avons ici une tradition vieille de cent quarante ans.

Lizzy posa la main sur une paire d'éperons accrochée à l'arbre et la fit tinter.

— Ce sont ceux de mon père.

Elle en effleura deux autres.

— Et ceux-là appartiennent à l'oncle Jack. Chaque fois qu'un cow-boy ayant travaillé au ranch meurt ou s'en va, nous accrochons ici ses éperons. Quand les gens vous aiment bien, quand celui — ou celle — qui a joué au ranch un rôle important s'en va, nous accrochons aussi ses éperons à l'arbre. Même Léo a les siens, quand il est à San Antonio.

Abby referma la main sur ceux qu'y avait mis Lizzy.

— Eh bien, merci, Lizzie.

— Ceux de ma véritable mère y sont aussi accrochés.

— Mais… n'est-ce pas Joanna ?

Lizzie secoua la tête.

— Lorsque Joanna a épousé mon père, elle était enceinte de Mia, mais l'oncle Jack était le vrai père. La femme qu'aimait papa était enceinte de moi. Puis oncle Jack est mort accidentellement d'une chute de cheval. Electra, ma véritable mère n'a pas voulu épouser papa. Aussi Joanna et lui ont fait croire à tout le monde que Joanna attendait des jumeaux.

De cette manière, ils ont pu nous élever Mia et moi comme des jumelles. En fait, nous ignorions tout cela jusqu'à ce que, il y a peu de temps, nous avons appris que nous étions cousines et non sœurs. J'ignorais que ma mère biologique était en réalité une femme du nom d'Electra Scott.

— La célèbre photographe de presse ? Joanna m'a parlé d'elle.

— Ah oui ? Eh bien, parfait, puisse-t-elle être enfin en paix avec Electra. Autrefois, elles avaient été bonnes amies.

— Joanna m'a dit aussi que Léo est à la recherche des filles disparues de ton père.

— Oui, mes sœurs. Joanna a été plutôt bouleversée quand elle a appris en lisant dans le journal d'Electra que papa avait repris sa liaison avec Electra après qu'elle avait épousé papa.

Léo s'agita, mal à l'aise. Sa bouche s'était amincie et ses joues étaient cramoisies. Tout à coup, il paraissait très énervé.

— Au fait, où en sont tes investigations, Léo ? demanda Lizzy.

Un muscle sauta dans la mâchoire de Léo.

— Quoi ?

— As-tu d'autres indices concernant les jumelles disparues ?

— Peut-être quelques-uns.

Léo lâcha la main d'Abby et fit un pas en arrière.

— Alors vous deux, allez-vous accrocher ces éperons à ce satané arbre, oui ou non ?

— Voyons, tu vas bien, Léo ? murmura Abby.

— Tu as dit cinq minutes. L'avion attend.

— Alors vas-y, dit Abby. J'en ai pour une minute.

Léo hésita, l'air sceptique. Puis il pivota sur ses talons et s'en alla à grands pas vers la piste d'atterrissage.

— Les hommes ! s'amusa Lizzy. Cole peut parfois être si impatient. Mais je n'avais jamais vu Léo comme ça. En général, il est très calme, maître de lui-même.

— Il est fatigué. Hier, il aurait pu être tué. Nous avons passé la moitié de la nuit dans la salle des urgences. Cela peut se comprendre, je crois.

— Il va bien ?

— Oui, à part quelques coupures et contusions. Il a inhalé de la fumée, aussi. Et il semble d'un seul coup irritable, ce qui ne lui ressemble pas. Mais comme tu l'as dit, nous devons rendre grâce pour de nombreux miracles.

— Alors, tu ferais bien de te hâter. Si jamais un homme a eu besoin d'une bonne nuit de sommeil et de câlins de sa jeune épousée… vous n'avez pas beaucoup profité de votre lune de miel, n'est-ce pas ?

— Non. Enfin, pas encore, répondit Abby le feu aux joues.

La nuit précédente, ils avaient dormi ensemble mais ils étaient tellement épuisés qu'ils s'étaient endormis à la minute où ils s'étaient allongés dans la troisième chambre d'invités, en dépit du fait qu'elle empestait la fumée. A son réveil, la place de Léo était vide. Il était parti sans un mot ni un baiser ou une quelconque marque d'affection. Elle l'avait retrouvé en bas dans la cuisine, devisant avec Kinky et les cow-boys.

Abby ne voulut pas s'étendre sur le manque de romantisme de la nuit dernière ni faire attendre Léo. S'approchant de l'arbre, elle leva les éperons vers les douzaines d'autres qui tintaient encore davantage.

Enfin, après avoir examiné chaque branche et lu les inscriptions gravées sur plusieurs d'entre eux, elle suspendit les siens sur la grosse branche à côté de ceux de Caesar.

Léo marchait à grands pas, les yeux rivés sur le sol noirci. Il était à mi-chemin de la piste d'envol quand son portable sonna dans sa poche de chemise. D'un geste impatient, il le plaqua sur son oreille.

— Comment ça se passe là-bas ? demanda Connor.

Il avait déjà appelé à plusieurs reprises. Il était resté à l'écoute des nouvelles au jour le jour.

— Super, lui dit Léo. Quand nous avons évacué le ranch, Abby est restée. Elle a aidé à sauver la grande maison et l'arbre aux éperons. Bon sang, c'est l'héroïne du jour. La famille l'adore.

— Sa famille. Pour moi, c'est très, très bon.

— Lizzy vient de lui offrir une paire d'éperons d'honneur. Pendant que je te parle, elle est en train de les accrocher avec ceux de son père.

— Tu ferais bien de lui expliquer qui elle est, et vite.

— J'aimerais d'abord m'assurer qu'elle est de mon côté.

— Toujours à penser à toi, hein, grand frère ?

— Je n'ai pas beaucoup de patience ce matin. Pas beaucoup du tout.

— Je peux le comprendre après ce que tu as traversé. Je ne veux pas te saper le moral, mais hier, je suis venu faire un tour quand personne ne savait où tu étais passé et j'ai vu ces sacs mortuaires à la télé. Je dois admettre que j'ai fait une prière ou deux.

— C'était des clandestins qui traversaient le ranch.

— Pauvres diables. Tu sais, cela pourrait t'aider si tu posais quelques questions à Abby à propos de Becky. Tu pourrais peut-être la faire parler des jeux préférés de sa jumelle, de ses rêves. On ne sait jamais… cela pourrait m'aider à la retrouver.

Léo fit la grimace. La pensée de mettre Abby sur le gril à propos de sa sœur le culpabilisait encore plus que de lui avoir dérobé un échantillon d'ADN avant de coucher avec elle.

— Bon, entendu, concéda-t-il.

— Génial. Je vais y aller, mais avant ça, je vais te le répéter encore une fois. A la première occasion, dis-le lui.

— Hé ! Tu es peut-être mon seul frère, mais parfois quand tu mets le nez dans mes affaires, tu peux être vraiment…

— A quoi donc sert un frère ?

Léo ferma son téléphone.

Le dire à Abby ? Cette pensée lui donna la frousse de sa vie.

Et s'il la perdait ?

# - 8 -

Le nez d'Abby était pressé contre le hublot du jet. Le ciel était brillant et dépourvu de nuages et les champs au-dessous d'eux étaient d'une couleur brune anormale, au fur et à mesure que l'avion approchait des abords de San Antonio. Léo, la tête penchée sur le registre que lui avait donné Kinky, avait à peine dit un mot pendant le vol. Chaque fois qu'Abby lui jetait un coup d'œil, elle avait l'impression que ses mâchoires se crispaient et que ses pupilles se rétrécissaient.

Pourquoi l'ignorait-il délibérément ?

Quelque chose le tracassait, peut-être ? Etait-ce quelque chose qu'elle avait fait ? Avait-il la sensation d'être pris au piège dans ce mariage ? La nuit précédente, il s'était montré si froid et si maîtrisé dans leur chambre. Regrettait-il… ?

« Cesse donc avec ces questions négatives. Tu vas te rendre folle. Ce n'est pas comme si tu avais voulu l'épouser. »

Ils étaient mariés depuis deux jours entiers. A peine l'avait-il touchée mais elle se sentait d'une certaine manière liée à lui, en accord avec lui à des niveaux profonds et inconscients.

Qu'est-ce qui n'allait pas ? Au vu de tout ce qu'il avait traversé, il avait paru amical et plutôt normal ce matin. Jusqu'à ce que Lizzy les entraîne dehors vers l'arbre aux éperons et tende à Abby ces fichus machins. Mais pourquoi se serait-il offusqué qu'elle soit ainsi honorée ? Il ne pouvait être jaloux du fait que les Kemble semblent autant apprécier sa femme ? Mais s'il ne s'agissait pas de cela, qu'était-ce alors ?

De fil en aiguille, sa pensée dériva de Lizzy à Caesar. Caesar et ses jumelles disparues. Léo, elle le savait, était consciencieux à l'excès. Avait-il le sentiment d'être aussi coupable de ne pas les avoir retrouvées qu'elle-même concernant Becky ? Selon toute apparence, il les recherchait depuis pas mal de temps.

— J'espère que tu n'as pas mauvaise conscience de ne pas avoir retrouvé les sœurs de Lizzy, murmura-t-elle.

Abby plus que n'importe qui, savait à quel point il pouvait être frustrant de tenter de retrouver une personne disparue, elle qui avait perdu Becky, évaporée sans laisser de trace.

Léo poussa un soupir mais ne leva pas les yeux. Un muscle se contracta sur sa mâchoire et Abby eut la très nette impression qu'il ne voulait pas parler des sœurs disparues de Lizzy.

— Tu les retrouveras, lui dit-elle d'un ton rassurant.

Léo déglutit péniblement.

— Je suis fatigué, d'accord ?

— Bien sûr, je comprends.

Mais elle ne détourna pas le regard.

— Connor est chargé de les retrouver. J'imagine que cela pèse plus sur sa conscience que sur la mienne.

Comme pour mettre un terme à la discussion, Léo tourna bruyamment une page du registre et se pencha dessus.

— Que leur est-il arrivé ? Pourquoi est-il si difficile de les trouver ?

Léo referma le registre d'un coup sec. Abby comprit qu'il désirait rester seul. Eh bien quoi ? L'idée de ce mariage était bien de lui ! Peut-être était-ce le moment pour lui d'apprendre que s'ils restaient liés l'un à l'autre, elle serait incapable de subir le régime du silence.

— Léo, je t'ai demandé pourquoi il était si difficile…

— Je t'ai entendue, d'accord ?

Il aspira une longue bouffée d'air.

— Ecoute, Electra était célèbre et Caesar aussi. Elle n'a pas voulu détruire le ménage de Caesar, c'est pourquoi elle a agi en grand secret quand elle les a fait adopter. Elle a utilisé les services d'une agence pour une adoption secrète. Donc, rassembler tous ces indices a été très difficile et a pris beaucoup de temps.

— Mais tu les as obtenus ?

La bouche de Léo parut s'amincir et il hocha la tête.

— Mais souvent quand deux personnes adoptent dans ce genre de situation, elles restent aussi très discrètes, dit-il. Peut-être n'avaient-ils pas l'intention de dire à leurs enfants qu'elles étaient adoptées. Et dans la mesure où les filles devraient avoir maintenant… euh… une vingtaine d'années…

— Tu as dit qu'elles avaient près de vingt-sept ans. Comme moi.

De nouveau, Léo avala avec difficulté.

— Exact. Les jeunes de vingt ans bougent pas mal. Elles pourraient être n'importe où.

— Et Connor excelle dans la recherche de personnes disparues ?

— En effet.

— Tu sais, moi aussi, j'ai une sœur qui a disparu. Crois-tu que je pourrais lui en parler un de ces jours ? Nous l'avons perdue quand elle avait huit ans. Depuis, j'ai l'impression qu'il me manque une part de mon âme.

Léo s'empara d'une carafe de scotch sur une table basse et s'en versa un verre qu'il but d'un seul trait.

— C'est terrible, dit-il.

— Nous sommes jumelles, nous aussi. C'est une curieuse coïncidence, tu ne trouves pas ?

— Quoi ? Ah oui ! Oui, en effet. Tout à fait.

— Becky, c'est ma sœur qui a disparu à l'âge de huit ans, poursuivit Abby. Je l'adorais et elle me manque toujours. Je me demande si elle vit toujours… si elle est heureuse… si elle se souvient de moi.

— Je suis désolé.

Léo lui prit la main.

— Ecoute, j'en suis vraiment désolé.

Il y eut un trou d'air juste au moment où son visage se décomposa. Il devint pâle comme un mort et ses yeux jetèrent un éclair bizarre. Quand Abby lui serra la main pour le rassurer, il sursauta. Puis le jet rencontra une vraie turbulence et le regard de Léo devint si farouche et si intense qu'Abby poussa un soupir affolé.

— Quoi ? Est-ce… est-ce que quelque chose va mal avec l'avion ?

— Non. C'est juste un trou d'air. Désolé si je t'ai fait peur. Tu vois ? Le jet revient à la normale. Tout va bien.

— C'est une telle coïncidence que j'aie le même âge que les jumelles disparues… et que la mienne ait aussi disparu.

— Oui, c'est aussi mon avis.

Léo aspira une longue bouffée d'air comme s'il choisissait avec soin les mots qu'il avait l'intention de prononcer. Puis il s'arrêta, secoua la tête et ferma les yeux un long moment. Il reprit son souffle à deux reprises et quand il rouvrit les yeux, Abby fut soulagée de voir qu'il était redevenu lui-même. Mais lorsqu'il se passa la main dans ses cheveux noirs et épais elle constata que celle-ci tremblait un peu.

Elle éprouva un profond sentiment de sympathie pour lui. Ce devait être l'effet de la turbulence. Elle n'avait pas pris conscience du fait qu'il était à ce point nerveux en avion. A l'évidence, il préférait paraître dur et imperturbable.

— Tu dis que ta sœur a disparu ? dit-il, croisant son regard. Comment est-ce arrivé ? Et quand ?

Abby ne voulut pas le bouleverser davantage. Pas quand il était si inquiet à propos de ce vol. D'un autre côté, il paraissait vraiment intéressé par la question, aussi lui déballa-t-elle toute l'histoire sans être capable de s'arrêter.

— Nous avions huit ans, commença-t-elle d'une voix au débit précipité. Nous avions tellement fait de chahut dans notre tente où nous campions dans les Franklin Mountains à El Paso que nos parents nous avaient fait sortir. Nous jouions à ce jeu idiot, nous pourchassant l'une l'autre en nous cachant. Puis nous nous sommes lancées à la poursuite d'un dindon sauvage. Quand le soleil a commencé à baisser, je me suis soudain rendu compte que nous étions loin de la tente, aussi ai-je redescendu la colline. Becky m'a crié d'attendre... mais je ne l'ai pas fait, malgré son air terrifié.

— Et ?

— J'ai pensé qu'elle allait me suivre comme elle le faisait toujours. Elle avait plus peur du noir que moi, vois-tu. Oh, pourquoi est-ce que je te raconte ça quand tu as déjà tellement de choses en tête ?

— Parce que je te l'ai demandé.

La voix de Léo était basse et apaisante.

— Je ne l'ai jamais revue, murmura Abby. Personne ne l'a jamais revue.

Léo lui prit la main et son regard intense et sombre s'illumina de compassion. Alors, le pire de la douleur qu'Abby portait en elle depuis des années et des années déferla.

— Mon père a pensé que c'était de sa faute. Juste

avant, il était allé au Mexique pour écrire sur des sujets que des gens influents ne voulaient pas voir dévoiler. Il pense qu'elle a été emmenée de l'autre côté de la frontière. Mais moi, je savais que c'était ma faute. Si je ne m'étais pas sauvée en l'abandonnant, elle ne se serait peut-être pas perdue. Et peut-être mes parents n'auraient-ils pas divorcé. Ma mère ne serait pas morte. Peut-être aussi n'aurais-je pas fréquenté tous ces cow-boys qui n'auraient jamais pu m'aimer. Pas même Shanghai. Parce qu'alors, ils m'auraient quittée. Et si je ne l'avais pas abandonnée ce jour-là, mon père ferait peut-être des choses pour moi. Comme par exemple, venir à notre mariage.

Quand enfin Abby éclata en sanglots, elle eut l'impression de se montrer parfaitement ridicule.

— Chut, voyons, tu es trop dure avec toi-même.

Léo tira un mouchoir en papier d'une petite boîte et le lui passa.

— Tiens, mouche-toi.

— C… c'est la raison pour laquelle je ne parle jamais d'elle, sanglota Abby. C'est pourquoi je m'efforce de ne jamais penser à elle.

Ses larmes redoublèrent.

— P-p-parce que cela me bouleverse trop. Elle était effrayée et je l'ai laissée toute seule dans l'obscurité. Et… et, je ne peux pas cesser de me demander ce qui a pu lui arriver. Toute cette conversation au sujet des jumelles disparues m'a remuée, je crois.

Après sa crise de larmes, elle se sentit épuisée et à vif. Combattre le feu n'était rien comparé au fait de parler de Becky. Vidée, elle se rassit.

— Je vois.

Léo l'étudiait d'un regard pensif.

— Il y a un certain temps, tu m'as demandé d'en parler à mon frère.

Il parut peser ses mots.

— Peut-être devrais-tu téléphoner à Connor et lui raconter tout ce que tu sais au sujet de Becky. Tout.

— Cela fait si longtemps. J'ose à peine espérer qu'il puisse trouver...

— Il nous surprendra, je l'espère, marmotta Léo, d'un ton lugubre.

Il resserra son étreinte sur le bras d'Abby qui se demanda pourquoi il paraissait de nouveau si maussade.

Comme s'il percevait son inquiétude, Léo l'enveloppa de son bras. Le contact parut à Abby si apaisant qu'elle déboucla sa ceinture pour pouvoir se pelotonner contre lui, en espérant qu'il continuerait à lui parler parce qu'elle aimait bien partager ses craintes avec lui au sujet de Becky. Mais Léo ne dit plus rien.

Au lieu de cela, un pesant silence s'abattit entre eux. Assez vite, Abby se rendit compte qu'un mur encore plus épais les séparait et qu'elle n'avait aucune idée de la manière de l'abattre. Pourquoi Léo était-il d'un seul coup si calme et si peu communicatif alors qu'il s'était montré si attentif après leur première nuit d'amour ? Avant leur mariage, il n'avait de cesse de la voir. Il y avait à peine quelques minutes, il avait écouté ce qu'elle avait partagé au sujet de Becky et à présent, il se fermait de nouveau.

— Léo ? Tu vas bien ? Ai-je dit ou fait quelque chose…

— Tout va bien. Je suis juste un peu fatigué.

Pourtant, sa tension ne cessa de croître. Après avoir atterri, il conduisit en silence jusqu'à la maison du ranch, s'arrêtant à peine au passage pour acheter des provisions. Sans un mot, il arrêta la voiture devant le porche à l'arrière de la maison et en sortit les sacs et la nourriture. Après quoi, il prévint Abby qu'il lui restait un tas de choses à rattraper. Il appela son bureau et resta pendant des heures au téléphone avec diverses personnes. De son côté, Abby s'entretint brièvement avec Kel. Quand Léo s'attarda dans la seconde chambre avec son téléphone, elle prépara un dîner froid. Seule. Et comme pendant leur nuit de noces, elle prit un bain et se brossa les cheveux. Elle enfila sa chemise de nuit la plus fine, laissant son déshabillé dénoué d'une manière très sexy, mais lorsque Léo vint enfin se coucher, simplement vêtu de son pantalon de pyjama, il se contenta de lui planter un léger baiser sur la joue. Ensuite, il roula de son côté du lit, lui tournant son dos, large et puissant, et garda le silence.

Ravalant ses larmes, Abby le foudroya du regard. Pourquoi n'essayait-il plus de la séduire comme cette nuit où il lui avait proposé de l'épouser ?

— Léo ?

Il remua un peu.

— Ou… i… i ?

— Quelque chose ne va pas ?

— Je suis juste fatigué, murmura-t-il. Dors.

Elle était une jeune mariée. Ils venaient tous deux de côtoyer la mort. Elle était restée assise dans cette pièce souterraine, terrifiée à l'idée qu'il soit mort. Elle voulait qu'il l'enferme entre ses bras et qu'il lui fasse l'amour sauvagement. Mais elle ne le supplierait pas.

S'endormir ? Comme si c'était possible.

Le néon rouge sang de la pendulette clignotait sur deux heures du matin, quand le souffle d'Abby finit par s'apaiser et adopter un rythme doux et régulier. Enfin, songea Léo. Peut-être pourrait-il bientôt s'endormir lui aussi ? Et le plus tôt serait le mieux.

Il avait compris par le choix de sa chemise de nuit — cette satanée chose qui ne laissait rien à son imagination — qu'elle le désirait. Tout comme il avait compris, au ton brisé de sa voix, qu'il l'avait blessée en l'embrassant avec froideur et en lui tournant le dos. Depuis, il était étendu là, le cœur battant d'un désir fou et l'esprit tourmenté de remords.

Il avait fallu des heures à Abby pour s'endormir. Léo le savait, parce que les clignotements de la pendulette et les mouvements nerveux d'Abby avaient failli le rendre fou.

Maintenant elle dormait, pelotonnée contre lui, sa délicieuse chaleur envahissant ce côté du lit. Léo se mordilla la lèvre inférieure et se retourna pour contempler la forme mince enfouie sous les couvertures à côté de lui.

Au clair de lune, ses cheveux dénoués, d'un blond doré brillaient comme de la soie sur l'oreiller. Le cœur de Léo battit plus vite.

Il avait envie de toucher ses cheveux, d'y enfoncer les doigts, de les embrasser tout comme il avait envie d'effleurer des lèvres la gorge pâle. Il avait besoin de son odeur, de sa douceur, de sa saveur. La nuit précédente, il avait aussi voulu toutes ces choses mais il savait exactement comme il l'avait su la nuit dernière, que s'il faisait le plus petit geste, comme par exemple lui prendre la main, il ne serait plus capable de s'arrêter. A cause de sa duplicité et du plaisir qu'ils avaient à faire l'amour ensemble, leur couple avait démarré du mauvais pied et seule la franchise pourrait remettre les choses en place. Mais Abby était-elle prête à entendre la vérité brute ? A savoir qu'il était au courant dès le départ de sa véritable identité et du fait qu'il l'avait manipulée.

Léo déglutit avec peine. Etre allongé à côté d'Abby sans pouvoir la toucher, sachant qu'elle était éveillée et pleine de désir avait sans aucun doute été la plus cruelle des tortures. Il était resté là, se rappelant la crainte qui flambait dans ses yeux noisette lorsqu'elle s'était dirigée vers le SUV de Kinky avant leur départ pour Black Oaks. Il ne pourrait pas non plus oublier sa joie éclatante lorsqu'elle avait compris qu'il était toujours vivant. Jamais il n'oublierait comment elle s'était jetée dans ses bras quand le feu avait dépassé la maison.

Personne ne pouvait feindre de telles émotions. Elle avait mis dans ce baiser tout son cœur, toute son âme. Et lui de même. Ses propres sentiments étaient peut-être même plus fort que ceux d'Abby, sans doute parce qu'il avait vécu la plus grande partie de son existence dans un environnement des plus froids. Depuis ce moment, devant la grande maison, il avait compris qu'il éprouvait plus de sentiment pour elle qu'il ne l'aurait jamais cru possible.

En se retrouvant au cœur du feu à Black Oaks, pendant qu'il combattait les flammes et ensuite pour sa vie, Abby et le bébé avaient eu un inexplicable et presque mystique pouvoir sur lui. Il avait eu envie de vivre, uniquement pour les retrouver. Il avait pris toute la mesure du fait d'être devenu l'amant d'Abby et le père de leur propre enfant.

En plongeant dans la crique, quand les arbres tout autour de lui avaient explosé en flammes, il avait prié pour que survienne un miracle. Ensuite, il avait revu Abby et elle l'avait embrassé avec une telle passion dans le pré noirci qu'il en avait presque pensé que c'en était un. Mais le farouche espoir qu'il entretenait l'avait rendu encore plus craintif.

Comment être sûr qu'elle ne lui briserait pas le cœur en apprenant la vérité ? Il allait devoir d'une manière ou d'une autre trouver un moyen de la conquérir — pour toujours. Parce que s'il la perdait maintenant, quelle intolérable souffrance ce serait, une souffrance qu'il avait déjà trop bien connue par le passé ! Après avoir perdu le respect et le soutien de Ransom, perdu aussi Nancy, Julie et sa mère, il n'avait survécu dans la solitude qu'en se jetant à corps perdu dans le travail, pour assouvir ses ambitions professionnelles les plus folles.

L'ascension, après ces pertes terribles, avait été longue et rude. Il n'était plus assez fort pour affronter la perte d'Abby.

Il ne pouvait s'en tirer longtemps en se contentant d'ignorer les conversations gênantes. Il devait lui parler, se confier à elle, l'écouter. Mais pas ce soir.

Dans quelques mois, une fois gagnée sa confiance, peut-être alors trouverait-il le courage de tout lui raconter. Il pouvait seulement espérer qu'à ce moment, il aurait fait la preuve de ses sentiments et qu'elle se serait assez investie dans leur relation pour lui pardonner.

Dans ses rêves, Léo tenait ses seins au creux de ses mains et l'embrassait sans fin. Puis quelque chose cria dehors, sans doute des chouettes, et Abby s'éveilla d'un seul coup pour prendre ensuite conscience du souffle paisible de Léo.

Peu à peu, elle se rendit compte qu'il était à l'opposé du lit — aussi loin d'elle que possible. Il reposait sur le dos, bras croisés. Les yeux ouverts, il contemplait le plafond.

Il était réveillé.

— Léo ? chuchota Abby, tendant un bras vers lui sans même réfléchir à ce qu'elle faisait.

Sa réaction à la voix sensuelle et aux doigts caressants fut immédiate. Retenant sa respiration, il lui prit la main et l'immobilisa sur son ventre. A la bosse que faisait le drap dans la partie inférieure de son ventre, Abby comprit que son sexe s'était durci. Il avait la peau brûlante et son cœur battait avec la même violence que le sien.

Il la désirait autant qu'elle le désirait tout en feignant le contraire.

— Rendors-toi, grogna-t-il en lui repoussant la main.

Puis il roula tout au bord du lit et resta étendu, face au mur.

Pourquoi la rejetait-il ? Elle devait pourtant respecter ses vœux, non ? Et elle le ferait s'il voulait seulement lui expliquer pourquoi il la repoussait.

— Léo… est-ce que j'ai fait quelque chose ?

— Non. J'ai dit…

— Mais je n'ai pas sommeil.

— Eh bien moi, si.

— Vraiment ? Je me le demande.

Le rêve qu'elle venait de faire l'enhardit. Avec un léger rire, elle s'enfonça sous les draps jusqu'à ce que ses doux seins effleurent la tiédeur du dos de Léo. A l'instant où elle sentit contre la sienne la chair lisse et chaude de Léo, ses mamelons se durcirent. Léo poussa un soupir et se raidit en sentant qu'elle se plaquait contre lui, les seins écrasés contre son dos. Pendant une seconde, elle crut qu'il allait sauter du lit. Juste histoire de le tenter, elle fit glisser sa main le long de sa hanche avant de la poser sur ses fesses. Puis, avec douceur, avec délicatesse, elle se mit à le masser.

— Je te désire, murmura-t-elle enfin. Je te désire tant.

Sa main remontait avec une exquise tendresse. Léo se retourna, lui prit la main et la baisa avant de s'immobiliser. Lentement, il la repoussa, bondit hors du lit, et alla à la fenêtre où il resta, les poings crispés le long des flancs.

— Léo ?

La respiration sifflante, il resta où il était.

Frustrée, Abby enfonça l'oreiller d'un coup de poing.

— Très bien, s'exclama-t-elle enfin.

Elle se leva, enfila son peignoir et se rendit dans la cuisine. Fermant la porte, elle tira une chaise et s'assit devant la table, la tête enfouie entre les mains.

La détestait-il ? Se détestait-il de la désirer ? Il s'était montré si doux, si compréhensif dans l'avion quand elle lui avait parlé de Becky. Et s'il ne la détestait pas, alors qu'est-ce qui n'allait pas maintenant ?

Abby songea à leur enfant. Léo avait-il la sensation d'être piégé comme elle l'avait été ? Si seulement son rêve ne l'avait pas rendue aussi audacieuse ! Elle sentit son estomac se nouer. Pourquoi l'avait-elle touché, bousculé ? Comme elle, il était son propre maître. Comment avait-elle pu se leurrer au point de penser qu'elle pourrait le séduire alors qu'il refusait tout rapprochement ? Pourquoi ne lui avait-elle pas accordé le temps dont il avait besoin ? Il en avait vu de dures… la nouvelle de sa grossesse, leur mariage précipité, le feu. Sans doute s'en était-il voulu pour tout cela. Ensuite dans l'avion, elle l'avait bousculé au sujet des jumelles.

Elle commença à s'en vouloir de s'être montrée si égoïste, si exigeante. Après tout, elle le connaissait à peine. Pendant un moment, elle devait ralentir, se montrer plus prudente.

Léo avait été blessé dans l'incendie. La nuit dernière, il l'avait passée dans l'abri d'urgence. Il était encore épuisé sans doute ? Peut-être souffrait-il ?

Des larmes perlèrent à ses yeux. Sans doute la méprisait-il à jamais maintenant.

Toute à sa peine, Abby n'entendit pas le son étouffé des pas de Léo et elle ne se rendit pas tout de suite compte qu'il était tout près d'elle, jusqu'au moment où il prononça son nom.

Levant les yeux, elle le vit, dressé de toute sa taille devant elle, torse nu.

S'agenouillant, il la prit entre ses bras.

— Je suis désolé.

— Moi aussi, murmura-t-elle.

Elle lui jeta les bras autour des épaules, elle répéta :

— Oh, Léo… je… je suis tellement désolée.

Il la serra contre lui, lui caressa le dos, les cheveux. Elle s'accrocha à lui, étonnée d'être à ce point affamée de marques de tendresse ou d'affection de la part de son mari. Jamais elle n'avait eu autant besoin des caresses et de l'intérêt d'un homme comme elle désirait les siens. D'où venaient donc ces sentiments si nouveaux ?

Un long moment, Léo scruta son regard avec une

brûlante intensité qui la laissa pantelante avant même que, du dos de la main, il ne caresse la douceur de sa joue, puis sa gorge.

— Ma précieuse épouse. Ma chérie…

Les seins d'Abby se durcirent. Elle avala sa salive, attendant… plus. Mais la main de Léo s'arrêta.

— Est-ce que tu me détestes ? murmura-t-elle.

— Dieu, non ! Comment as-tu pu penser… ?

L'écrasant contre son torse, il l'étreignit avec force. Abby perçut le bruit de tonnerre de son cœur, la tiédeur de son corps puissant.

Ses sanglots s'apaisèrent et elle s'accrocha plus étroitement à Léo. Posant la tête sur son épaule, elle se retrouva joue contre joue avec lui. Il était vivant et si fort, si solide, et elle l'aimait tant ! Elle aimait rester là tout simplement entre ses bras. Son rêve n'avait pas été aussi délicieux que cela, et de loin. Fermant les yeux, elle pria pour qu'il l'embrasse. Mais craignant de le forcer, elle se tint tranquille, presque sans respirer, dans ses bras. Dans l'attente.

Les mains de Léo commencèrent à se déplacer dans son dos de haut en bas. Puis il lui caressa le cou, les épaules, les bras.

— Si douce, murmura-t-il. Tu me donnes envie de…

Mais il ne lui baisa pas la bouche, ne lui toucha pas les seins.

— Va te recoucher, ma chérie, fit-il plutôt.

Ma chérie. Le mot doux résonna jusqu'au fond de son âme. Il l'avait appelée sa chérie. Il ne la détestait donc pas ?

Les doigts enlacés aux siens, il la ramena le long du couloir.

Lorsqu'il rabattit les couvertures sur elle, Abby vit que son pantalon de pyjama formait une bosse. Il la désirait donc !

Une fois qu'ils furent tous deux recouchés, il lui souhaita bonne nuit. Sa voix était rauque et il tremblait un peu. Une évidence s'imposait : il la désirait avec la même violence qu'elle. Alors pourquoi agissait-il ainsi ? Pourquoi ne la prenait-il pas ? Pourquoi ?

Abby ferma les yeux et respira profondément, attendant un baiser. Qui ne vint pas.

— Bonne nuit, Léo, dit-elle enfin d'une voix enrouée.

Etendue dans l'obscurité, mourant d'envie d'autre chose, des larmes lui montèrent aux yeux, mouillant ses cils.

— Bonne nuit, répondit Léo d'une voix basse et étranglée.

Abby resta à côté de lui, trop consciente de ce long corps solide allongé à quelques centimètres à peine du sien. Pourtant, aussi frustrante que puisse être la proximité de son mari, sa seule présence lui donnait un sentiment de sécurité. Il ne lui fallut donc pas longtemps avant de s'endormir et dans ses rêves, Léo se collait contre elle et il lui faisait l'amour avec toute l'ardeur qu'elle désirait.

Au matin quand elle s'éveilla, Léo la fixait avec une telle intensité qu'elle devint écarlate. Elle se rendit compte que les draps avaient glissé et que, dans sa chemise de nuit transparente, elle était presque nue.

— Quoi ? murmura-t-elle.

Et elle lui sourit parce qu'elle se sentait exposée à son regard et qu'elle aimait la manière dont ses yeux la brûlaient jusqu'à la peau à travers la mince étoffe.

— Bien dormi ?

La voix était bourrue.

Abby soupira. Puis elle s'étira, juste histoire de le tenter.

— Jamais aussi bien dormi.

Léo ne broncha pas ; ses yeux restèrent braqués sur son visage. Son pouls battait dans le creux de sa gorge tannée.

Avait-il peur de contempler son corps dans la chemise de nuit révélatrice ? Abby l'espérait bien.

— Sais-tu que tu as crié mon nom… à plusieurs reprises ? lui dit-il.

— J'ai dû faire un cauchemar.

— Ça n'en avait pas l'air.

— Vraiment ?

Abby se redressa et lui jeta son oreiller à la figure. Sans se soucier d'enfiler son peignoir ou de se couvrir, elle détala vers la salle de bains et ferma le verrou. Non que cela fût nécessaire. Juste histoire de taquiner Léo.

La chaleur de son regard avait transpercé sa chemise de nuit. Peut-être n'avait-il pas voulu la fixer ainsi, mais en tout cas, il avait été incapable de détourner le regard.

Une fois en sûreté à l'intérieur, Abby s'adossa un long moment à la porte. Elle tremblait.

Où, vers quoi allait-elle à partir d'ici ?

# - 9 -

Plus tard ce matin-là, à la surprise d'Abby, Léo s'était déjà occupé de donner des instructions à l'étudiant qu'il avait engagé pour veiller sur Coco. Il avait aussi fait brouiller des œufs et griller du bacon pendant qu'elle se douchait et s'habillait. Il avait même sorti la poubelle.

Maintenant, il était vêtu d'un pantalon noir, d'une chemise blanche et d'une cravate. Sa veste était accrochée à une chaise de la cuisine et son gros attaché-case noir était posé à côté de la porte.

— Je dois reconnaître, lui dit Abby en s'asseyant sous le porche où il avait dressé la table, que tu es rapide, compétent et adroit.

— Hé, qui sait ? Peut-être trouveras-tu que je suis un bon homme de ménage. Belle matinée ! murmura-t-il en dépliant sa serviette.

Les rayons du soleil filtraient à travers les branches des chênes et des pins. Sur les branches, les oiseaux pépiaient.

— Oui, dit Abby.

Pourquoi les jointures de Léo étaient-elles si blanches sur sa fourchette ? Pourquoi son visage était-il si dur et si fermé ? se demanda-t-elle. Elle-même avait mal dormi. Peut-être son mari était-il aussi fatigué qu'elle ?

Ils mangèrent en silence. Quand ils eurent terminé, Léo empila les plats et se dirigea vers la cuisine. A l'évidence pressé, il commença à rincer et à mettre la vaisselle dans le lave-vaisselle.

— Je rentrerai à 19 heures, dit-il lorsqu'il eut fini. Et toi, quel est ton programme ?

— Je vais sans doute être très occupée mais j'essaierai moi aussi d'être ici à 19 heures.

Léo sourit.

— Bon. Nous pourrons préparer le dîner ou sortir. Comme tu voudras.

— Tu es tellement gentil.

— Pourquoi cela te semble-t-il si surprenant ?

Se rappelant qu'il l'avait repoussée la nuit dernière, Abby leva les yeux, mais ceux de Léo, sombres et souriants étaient indéchiffrables.

Il se dirigea vers la porte et ramassa son attaché-case. Espérant qu'il l'embrasserait avant de s'en aller, Abby s'empressa de le suivre. Mais, il se retourna, lui adressa un signe de tête en disant d'un ton bref :

— A plus tard.

A plus tard. Et elle était jeune mariée, ils avaient raté leur lune de miel et il se contentait de la traiter comme une sœur ?

Léo poussa la porte grillagée. Depuis le porche, étreinte par un sentiment d'abandon, Abby le regarda s'éloigner en voiture.

Le restant de la journée, elle traita rapidement ses appels téléphoniques ainsi que ses occupations favorites de manière à ce que Léo se sente bien chez lui à son retour sur le coup de 19 heures. Lorsqu'elle eut terminé, dans une fièvre d'impatience, son cœur se serra en voyant que son van n'était toujours pas là.

Une demi-heure plus tard, il lui téléphona pour dire qu'il serait là pour 20 heures.

— Le dîner est prêt, répondit Abby.

— Ni sardines ni carottes, j'espère ?

Abby se mit à rire.

— Non. Steak et pommes de terre, haricots verts et cookies au chocolat avec de la crème glacée. Du magasin, j'en ai peur.

— Tu peux, toi aussi, te montrer bonne maîtresse de maison.

— Tu crois ?

— Oui, je le crois. J'y reviendrai si tu le veux bien quand je serai rentré.

L'impatience contenue de sa voix basse la réconforta.

Ce soir-là, Léo lui apporta une boîte de chocolats et une rose rouge. Mais il ne l'embrassa pas à la porte ou quoi que ce soit d'autre, bien qu'elle se fût précipitée en entendant la camionnette arriver.

La tension sexuelle fit battre le sang d'Abby tandis qu'elle cherchait un vase pour y mettre la rose. Les doigts tremblants, elle le posa sur la table et, pendant tout le repas, elle passa son temps à observer tour à tour le visage sombre de Léo, puis la rose, en se demandant pourquoi il l'avait achetée alors qu'il ne voulait même pas lui donner un baiser.

Après le dîner, quand le ciel vira au violet et que

les étoiles surgirent une à une dans le ciel, ils allèrent faire un tour, suivis de Coco. Léo lui raconta sa journée qui avait été en tout point aussi frénétique que la sienne. A son tour, elle lui conta d'amusantes petites anecdotes sur ses rendez-vous et ses clients déraisonnables. Son mari sourit et rit beaucoup, et elle prit conscience de son regard posé sur elle quand il pensait qu'elle ne le regardait pas.

Comment avait-elle pu le trouver ennuyeux alors que sa seule compagnie dans la maison était aussi amusante ? Depuis Becky, elle n'avait jamais eu quelqu'un auprès d'elle avec qui partager toutes ces petites choses de la vie. Donc, soit elle le fascinait et il admirait son talent, soit il méritait l'oscar du meilleur acteur.

Quand la nuit tomba et que la lune se leva, ils regagnèrent la maison et regardèrent une partie d'un vieux western en noir et blanc avec John Wayne.

Léo consacra toute son attention à son épouse depuis son retour à la maison jusqu'au moment où ils allèrent se coucher. Ils ne firent rien d'extraordinaire mais la soirée fut particulière à tous points de vue, en tout cas en ce qui concernait Abby, comme des plaisirs simples peuvent l'être lorsqu'on les partage avec un ami ou un amant. Etait-ce ce qu'il était en train de devenir ? se demanda-t-elle. Essayait-il de devenir son ami ?

Pourtant, encore une fois, lorsqu'ils allèrent se coucher, il resta dans son coin du lit. Sauf que cette nuit, il ne l'embrassa même pas sur la joue.

Pourquoi ne lui faisait-il pas l'amour ? Abby ne cessa

de se poser la question. Elle décida de se montrer patiente. Une semaine s'écoula ainsi, et chaque jour un peu plus, sa tension sexuelle augmenta. Léo était un ami parfait, un parfait gentleman, mais il n'était jamais son amant, excepté dans ses rêves.

Lorsque Connor prit un vol pour Austin le vendredi après-midi pour aller voir un client, Léo organisa un rendez-vous en fin d'après-midi pour qu'Abby puisse le voir à son bureau afin de lui parler de Becky. Comme toujours, elle promit à Léo d'être à la maison à 19 heures. Connor ne pointa son nez à son bureau que vers 18 heures, et il ne vint pas à l'idée d'Abby d'appeler Léo pour l'en avertir. Cette entrevue l'angoissait tellement qu'elle se contenta de serrer la main de Connor et de fermer son portable pour qu'ils ne soient pas interrompus.

— Désolé pour mon retard, s'excusa le frère de Léo avec une petite grimace. Aéroport. Avion. Client.

— N'en dites pas plus. Un verre ?

— Juste de l'eau. Avec beaucoup de glace.

Lorsqu'elle revint avec deux bouteilles et deux verres de glace, Connor avait ouvert son ordinateur portable. Il lui posa les mêmes questions sur Becky auxquelles elle avait déjà dû répondre à maintes reprises par le passé, tandis qu'il saisissait ses réponses dans l'ordinateur, elle se tendit et arrondit le dos, cœur battant.

— Que voulait faire Becky devenue adulte ? demanda Connor.

Abby ferma les yeux.

— Enseignante. Mais elle n'avait que huit ans. Combien d'entre nous savent à cet âge ce qu'ils vont faire plus tard ?

C'était bizarre cette façon de penser à Becky comme si elle avait toujours huit ans… comme si sa vie s'était arrêtée… la gorge d'Abby se serra.

— Aimait-elle aussi les chevaux ?

— Non, elle en avait peur. Notre cheval, Blacky, avait marché sur son orteil et l'avait fracturé. Après cet incident, elle n'a plus jamais voulu approcher de l'écurie.

— De quoi d'autre avait-elle peur ?

— De l'obscurité surtout. Des serpents. Des insectes, surtout des scorpions. Tout ce dont les petites filles ont peur de façon générale. Des lutins sous le lit. Des personnages antipathiques de Disney, comme la sorcière de Blanche-Neige. Oh, et la petite souris. Celle à qui nous laissions toujours notre dent de lait sous l'oreiller.

Connor sourit.

— Y avait-il quelque chose de particulier chez elle, hormis cela ?

— Elle était très sensible, compatissante à l'extrême. Elle prenait toujours garde de ne pas froisser les gens et elle s'efforçait toujours de les réconforter.

A force de parler, Abby perdit toute notion du temps. Il était déjà presque 19 h 30 et demie lorsque Connor déclara qu'il en savait assez pour commencer ses recherches.

— Mais croyez-vous vraiment avoir une chance de la retrouver ? demanda Abby.

— Peut-être bien. Mais vous devez comprendre que cette affaire remonte à très longtemps.

Epuisée par toutes les émotions que ses questions avaient remuées en elle, elle hocha la tête. Sans ajouter un mot, elle se leva et se dirigea vers la porte.

Connor insista pour la suivre jusqu'à sa Lincoln.

— Etes-vous descendu à Little Spur ou en ville ? lui demanda-t-elle en jetant son sac sur le siège passager et en s'installant derrière le volant.

— Ni l'un ni l'autre. Je reprends l'avion ce soir pour Houston.

— Je vous remercie de bien vouloir faire ces recherches.

— Non, c'est moi qui vous remercie.

Il lui serra la main.

Une fois arrivée devant son ranch, Abby pensait toujours à Becky en rentrant la voiture au garage. Elle était à peine sortie de la Lincoln que Léo se précipita au-dehors. Il l'attendit dans l'allée, grand et solide, très séduisant dans son jean délavé ajusté et une chemise blanche à manches longues, ses cheveux noirs retombant souplement sur son front bronzé. Une folle envie qu'il la prenne dans ses bras saisit Abby. L'embrasserait-il de nouveau un jour ?

Elle laissa échapper un long soupir. Une partie de son épuisement était dû à sa grossesse, mais sa longue journée l'avait particulièrement exténuée.

— Désolée d'être en retard, dit-elle à Léo en ramassant son attaché-case d'un geste las.

Il demeurait dans l'obscurité, l'observant en silence.

— Quelque chose ne va pas ? murmura-t-elle quand son silence devint trop pesant.

— Où étais-tu ? J'ai essayé maintes et maintes fois de t'appeler…

— Tu m'as appelée ? Moi ?

— Toi, oui. Je t'ai aussi envoyé un texto.

Abby fouilla son sac à la recherche de son portable et constata qu'il avait dit vrai.

— Oh, je suppose que je l'avais coupé pendant mon rendez-vous avec Connor. Oui, c'est juste.

— Tu m'as fait la peur de ma vie.

— Oh, Léo, je… je suis navrée.

Il paraissait vraiment bouleversé. Ses lèvres étaient pâles et semblaient plus minces. Quand elle repoussa sa mèche de son front, elle vit qu'une veine y battait. Pourtant, comme il reprenait la parole, sa voix lui parut très contrôlée, et même apaisée.

— Tout va bien maintenant, puisque te voilà saine et sauve.

Il ramassa l'attaché-case.

— Alors, comment s'est passé ton entretien avec mon frère ? demanda-t-il en repartant vers la maison.

— Il m'a posé un tas de questions ! J'étais si tendue que j'en ai mal à la tête et dans le dos.

— J'ai eu peur. J'ai imaginé toutes sortes de scénarios terribles. Un pneu qui crève… ta Lincoln dérapant… l'accident… toi blessée…

Voilà qui ne ressemblait guère à un mari indifférent.

— Mon Dieu, Léo, je ne voulais certes pas te bouleverser.

— Je ne l'étais pas, répliqua-t-il.

Mais il serrait les dents.

— Pourquoi étais-tu inquiet ?

— Changement d'habitudes, je suppose. Oublions ça.

Il allongea le pas et elle dut presque courir pour rester à sa hauteur. Il n'était ni ennuyeux ni froid, songea-t-elle. Ses émotions étaient violentes et brûlantes. Et ce soir, Abby avait besoin de passion.

Elle avait besoin d'être embrassée, d'être dans les bras de quelqu'un. Après son entretien avec Connor, elle craignait de ne plus jamais revoir Becky. A la fin de leur conversation, elle n'avait eu qu'un seul désir : retrouver Léo. Elle avait imaginé ses bras autour d'elle, elle en avait langui. Ce soir, c'était l'amant qu'elle voulait, et non pas l'ami.

En entrant dans la cuisine, elle découvrit qu'il avait fait des pâtes. Alors, peut-être faisait-elle preuve de désinvolture et d'égoïsme, mais elle n'était pas du tout d'humeur à passer encore une de ces soirées amicales. Aussi lança-t-elle :

— Tu sais ce dont j'ai vraiment envie ce soir, Léo ?

Il se retourna, évitant de croiser son regard. Abby eut l'impression que son sang charriait un flot d'étincelles. C'était horrible de le désirer ainsi, s'en pouvoir s'en empêcher.

— Si je n'étais pas enceinte, je boirais une bière ou un verre de vin, tellement je me sens tendue, dit-elle. Je ne parviendrai pas à me détendre à moins de prendre un bain et peut-être… peut-être, si cela ne te dérangeait pas, pourrais-tu me masser un peu ?

Léo ferma les yeux et ses poings se crispèrent.

— Ce n'est pas une bonne idée.

Il ne fallait pas — elle ne voulait pas — le supplier.

Ravalant sa fierté, c'est pourtant ce qu'elle fit.

— Je t'en prie…

Autour d'eux, la cuisine était silencieuse. Quand Léo fronça les sourcils, Abby eut l'horrible certitude qu'il allait refuser.

— Léo, j'ai été tellement traumatisée de penser à Becky…

— Très bien, dit-il. Tu as gagné.

— Je suis prête, appela Abby d'une voix enrouée.

Le cœur de Léo battait bien trop vite quand il poussa la porte. Puis il s'immobilisa, le regard fixé sur elle.

Il ne pouvait pas faire ça. Pourtant, il le devait.

La flamme des bougies à la vanille baignait d'une douce lueur la courbe visible du dos d'Abby. Des draps étaient tassés autour de ses hanches rondes. Ses cheveux brillaient comme de l'or bruni. Léo la dévora des yeux. Toute la semaine, il s'était retenu malgré le désir qu'il avait d'elle. Chaque nuit, ses chemises de nuit lui avaient paru de plus en plus transparentes.

Et ce soir, elle était nue.

Une musique douce flottait dans la pièce. Un flacon de la lotion favorite d'Abby était posé sur une petite table voisine.

Léo était convaincu qu'il leur fallait plus de temps, plusieurs semaines peut-être, pour apprendre à se connaître. Il lui avait fallu longtemps pour se dire qu'il pouvait la masser sans aller plus loin… qu'il ne le devait.

Il savait ce que représentait pour Abby le fait de parler de Becky. Ce soir, Abby était enceinte, brisée et épuisée. Léo se répétait souvent qu'ils avaient couché ensemble sans se connaître et qu'Abby devait avoir honte des folies qu'elle avait commises avec un quasi-inconnu. Il voulait devenir son ami, quelqu'un en qui elle pouvait avoir confiance avant de la toucher de nouveau. Ce soir… eh bien c'était trop tôt.

Il avait dû dire ou murmurer quelque chose parce que les doigts d'Abby s'enfoncèrent dans les draps. Alors le désir courut dans les veines de Léo et en dépit de tous ses efforts, chacun de ses muscles se tendit.

Il se dirigea vers le lit et ouvrit maladroitement le bouchon du flacon. Une grosse goutte de lotion lui sauta sur la main et il attendit un peu qu'elle se réchauffe.

— Léo ?

— Je réchauffe un peu la lotion.

— Tu ne chercherais pas à gagner du temps ?

Là, elle avait marqué un point.

— Désolé.

Il s'agenouilla à la hâte à côté du lit et posa ses mains tremblantes sur les épaules dénudées.

Un long moment, ses mains restèrent immobiles tandis que la chaleur du corps d'Abby s'insinuait entre ses doigts, obligeant ses muscles à se durcir davantage. Ses dents mordirent au sang sa lèvre inférieure.

Il ne pouvait pas faire cela.

— Tes mains me font tant de bien. Si grandes, si chaudes. Ce soir, je me sens en sécurité avec toi, murmura Abby.

Damnation ! songea-t-il. Son cœur battait tel un tambour devenu fou. Il était dur comme la pierre. L'impression de s'être transformé en bête sauvage. Sous le drap, Abby était nue. Essayait-elle de le rendre fou ou quoi ?

Accablé, il déglutit péniblement. Puis il obligea ses mains à bouger, formant des cercles de plus en plus larges.

— C'est si bon, murmura Abby d'une voix éraillée.

Léo ferma les yeux. Il continuait pourtant à voir ses cheveux dorés, la pente de ses épaules, la courbe de ses hanches, imaginant le reste.

Sa respiration se fit hachée. Son pouls se mit à courir, échappant à tout contrôle. Il désirait tellement Abby qu'il lui devint impossible de se faire confiance une seconde de plus.

Alors, ses mains s'immobilisèrent. Un long moment, il resta à côté d'elle, figé.

Puis Abby se retourna. Les draps s'affaissèrent et il put apercevoir le triangle de boucles dorées dissimulant sa secrète féminité. Ses seins pâles avec leurs mamelons tels des ombres indécises s'offraient à ses regards.

— Léo, je veux te toucher, moi aussi. Je t'en prie… je t'en prie, laisse-moi faire.

Léo se redressa et baissa les yeux sur le corps doré, voluptueux, sur les douces lèvres rouges et humides.

Et il s'enfuit.

— Léo ?

La voix d'Abby lui sembla si faible !

Chacun des organes de Léo pulsait sous la pression du sang et il était en feu tandis qu'il s'aspergeait le visage d'eau froide.

— N'as-tu pas du tout envie de moi ? murmura Abby depuis l'embrasure de la porte.

Elle était sans doute nue. Et si proche…

Léo se raidit. Pourquoi ne pouvait-elle le laisser tranquille ?

Levant les yeux, il regarda dans le miroir ses cheveux dorés retombant en masse désordonnée sur ses épaules et il constata qu'elle n'était plus nue. Elle portait un épais peignoir rouge noué à la taille… et probablement rien d'autre. Sa bouche tremblait. Ses grands yeux tristes étaient pleins de questions informulées auxquelles il n'était pas certain de pouvoir répondre. La faire souffrir était la dernière chose qu'il voulait.

— Tu sais, j'imagine, dit-il, que je te désire ?

— Alors pourquoi as-tu… ou je devrais plutôt dire pourquoi n'as-tu pas…

Une sombre rougeur remonta le long du cou de Léo et se répandit sur ses joues.

— Bon sang ! Mais parce que je t'ai égoïstement séduite cette première nuit, au point que tu m'as détesté pour cela. Ensuite tu m'as annoncé que tu étais enceinte et malheureuse à cause de moi et que je t'avais séduite pour t'obliger à accepter de m'épouser. Je me suis conduit comme un salaud. A cause de notre histoire sexuelle, je pensais que nous ferions peut-être mieux de devenir amis avant de recommencer.

Les traits d'Abby s'adoucirent.

— C'est vrai ? Tu t'efforces de te montrer attentionné ?

Léo acquiesça de la tête.

— C'est si délicat.

— Tu peux me croire, je suis tout sauf délicat.

— Et si je préfère ne pas te croire ?

— Je t'assure que mes motivations sont très égoïstes.

Un immense sourire illumina le visage d'Abby.

— Je suis si heureuse.

Puis elle se mit à rire et se précipita dans ses bras, retenant son souffle quand sa virilité se pressa contre son bassin.

— Alors tu me désires ? chuchota-t-elle d'une voix enrouée. C'est vrai ?

— C'est vrai, murmura-t-il en lui ébouriffant les cheveux.

— J'en suis si heureuse. Mais je veux plus que de l'amitié. Nous sommes mariés désormais… tu sais.

Il savait. Et son cœur battait à tout rompre.

Il n'y avait plus d'ombres dans la salle de bains. Dehors, la nuit était noire comme du velours, à peine éclairée par un rayon argenté de lune. Dans cette étrange grisaille, la chevelure d'Abby en général d'un ton ardent, brillait comme du platine.

Les bras de Léo se refermèrent sur Abby. Jamais il ne s'était senti aussi proche d'une femme. Même pas de Nancy, la fille que, jeune garçon, il avait aimée et dont il avait alors pensé qu'il ne l'oublierait jamais.

Ses lèvres trouvèrent celles d'Abby. Le baiser qu'il lui donna fut long et dur et sa langue se faufila dans sa bouche. D'une main maladroite, Abby dénoua la ceinture de son peignoir et s'en dégagea avec force contorsions.

Face à sa nudité, Léo lui serra si fort les bras qu'elle poussa un cri.

— Désolé, murmura-t-il avant de se débarrasser de ses propres vêtements.

Puis il la poussa contre le mur. Elle était encore humide de la lotion et douce comme du satin, prête à l'accueillir. Léo fit un pas en arrière, le souffle dur et court. Sous les longs cils, les yeux d'Abby brillaient.

Ses lèvres semblaient gonflées et meurtries. Léo se remémora cette première nuit où elle avait paru le désirer avec une telle avidité.

— Enroule tes jambes autour de moi, l'enjoignit-il d'un ton brusque.

Saisissant sa croupe entre ses mains, il la pénétra d'un seul coup de reins.

Lorsqu'il fut en elle, il s'immobilisa et Abby poussa un soupir.

— Oh oui, murmura-t-elle. Je pensais que jamais tu… ne recommencerais… cela.

Elle continua de parler, mais il ne l'écoutait déjà plus. Toujours en elle, la maintenant plaquée contre son bassin, il l'emporta le long du couloir vers sa chambre. Les jambes d'Abby étaient toujours étroitement enlacées autour de sa taille, lorsqu'il la déposa sur le lit et se coucha sur elle.

Ses plaintes emplissaient ses oreilles de soupirs brisés, mais le désir de Léo menait la danse. Il plongea inlassablement, chaque fois plus fort, chaque fois trouvant un plaisir et une satisfaction qu'il ne pouvait comparer à rien de ce qu'il avait connu, jusqu'au moment où il se précipita vers le dernier rivage et frissonna en explosant. Abby pleurait, s'accrochait à lui, le caressait, tremblait.

— Je t'ai fait mal ? demanda Léo dans un soupir.

Elle lui baisa la bouche et secoua la tête sur l'oreiller. Puis du bout du nez, elle toucha le sien.

Vaguement, Léo espéra qu'il ne soit pas trop tôt. Mais il l'avait tant désirée et elle lui avait paru si douce… et bien trop excitée pour qu'il puisse résister. D'ailleurs, il en était encore brûlant.

Il avait eu l'intention de pousser un peu plus loin leur relation en mettant de côté le sexe. De lui faire la cour en douceur. Et tant pis pour ses bonnes intentions.

Il s'endormit en elle avec ses bras serrés autour de lui.

# - 10 -

Quand Léo s'éveilla le matin suivant, des écharpes d'une lumière rose traînaient sur le lit. La fenêtre avait dû s'entrouvrir un peu car il perçut le glouglou des dindons sauvages et le roucoulement des tourterelles.

Après un coup d'œil à sa montre, il décida qu'il était trop tôt pour se lever. Quand Abby murmura son nom, il attira contre lui son corps tiède et lascif et fit courir sa main le long de son bras, doux comme du velours. Ensuite il baisa le creux de son coude, là où battait faiblement son pouls.

Abby poussa un soupir et lui prit le visage entre ses deux mains.

Léo la contempla un instant avant de l'embrasser sur les lèvres et, comme elle ouvrait la bouche, d'y faufiler sa langue.

— Attends, dit-elle. Je dois me lever et me brosser les…

— Je ne peux pas attendre.

L'enveloppant de ses bras il se glissa sur elle et la maintint en lui écartant les jambes. Son sexe trouva celui d'Abby, brûlant et doux, mélange de satin et de feu.

Il s'immobilisa sans la pénétrer et l'embrassa sur la gorge, sur le bout du nez, sur les lèvres, jusqu'au moment où une fièvre enflamma son corps.

— Maintenant, c'est moi qui ne peux plus attendre, le taquina Abby en lui tiraillant la lèvre inférieure.

— Dans ce cas, c'est très bien.

Et il la pénétra. Sous l'afflux du plaisir, Abby ouvrit des yeux immenses et elle cria.

— Ne bouge pas, dit Léo. Je veux que cela dure.

— Moi aussi. Oh, moi aussi.

Léo essaya de calmer le rythme et de faire en sorte que ses coups de reins se fassent légers comme des plumes, mais le corps d'Abby l'emboîtait étroitement, lui apportant d'exquises sensations qui couraient jusqu'au bout de chacune de ses terminaisons nerveuses.

Il avait eu faim d'elle trop longtemps et l'avant-goût qu'elle lui avait offert la nuit dernière ne lui suffisait plus. Abby se mouvait, faisant naître en lui des sensations qui l'électrisaient. Il ne lui fallut pas longtemps pour oublier toute retenue. Il accéléra la cadence, de plus en plus rapide. Ensuite, cramponnés l'un à l'autre, ils crièrent tous deux en même temps, emportés par une houle volcanique qui les laissa fourbus mais heureux.

Quand Léo se décida enfin à se lever, il traversa la chambre sur la pointe des pieds. Quelques minutes plus tard, il était habillé pour aller travailler, et s'était assis pour dévorer deux œufs au plat en lisant son journal. Abby surgit devant lui et, sans un mot, se glissa sous la table, ouvrit son pantalon et lui fit oublier le petit déjeuner et son bureau. Elle était insatiable.

Ensuite, il la prit sur ses genoux et lui dit que ce petit déjeuner était le plus mémorable de sa vie.

— Mais tes œufs sont froids, le taquina-t-elle en fourrant des lèvres câlines contre sa gorge.

Comme s'il s'en souciait !

— Je vais appeler Miriam pour lui dire que je serai en retard, dit-il.

— Pour quelle raison ? demanda Abby avec un clin d'œil.

Il arracha sa cravate, déboutonna sa chemise.

— Parce que j'ai une faveur ou deux à te rendre. J'aime bien être à égalité. Pourquoi ne pas appeler ton bureau et prévenir que tu n'arriveras qu'à 10 heures ? Je te promets que tu ne le regretteras pas.

Quand il lui eut rendu la faveur d'ordre sexuel dont elle venait de le faire profiter, Abby lui répéta à quel point elle était touchée de toutes ses tentatives pour lui faire comprendre qu'il la respectait.

— Mais vraiment, dit-elle, tu aurais peut-être dû t'y prendre autrement. Parce que ne pas t'embrasser, ne pas être dans tes bras et toutes ces choses que nous n'avons pas faites, c'était une vraie torture… tout au moins pour moi.

— Pour moi aussi. Crois-moi, je te comprends très bien. Mais tu dois te rappeler à quel point tu t'es emportée contre moi, cette première nuit. Tu m'as accusé de te harceler.

Abby s'empourpra.

— Désolée. J'ai pensé que je devais dire quelque chose d'horrible pour te faire fuir.

— Pourquoi une telle détermination puisque tu ne voulais rien avoir à faire avec moi ?

— Je… je pense que j'avais peur de toi. De ce que tu me faisais ressentir… de la façon dont tu me faisais perdre la tête.

— As-tu toujours peur ?

— Plus que jamais.

— Parce que tu as perdu Becky ?

— Et aussi mes parents. Cependant, cette tentative pour ne pas nous toucher n'était pas très réaliste, puisque nous ne pensons qu'à ça, semble-t-il, dès que nous sommes ensemble.

— Ça, tu peux le redire.

— Combien de temps voulais-tu rester célibataire ?

— Je l'ignore, dit-il. Quelques semaines encore. Je pensais que peut-être, nous devrions apprendre à nous connaître un peu mieux avant…

— Mais nous sommes mariés ! murmura-t-elle. Dis, crois-tu que nous pourrions rester à la maison aujourd'hui ?

— Pour quoi faire ?

— Vas-tu continuer à m'obliger à te courir après ?

Finalement, ils restèrent chez eux toute la journée. Léo raconta à Miriam que puisqu'ils avaient sauté leur lune de miel, il méritait de passer une journée avec sa femme. De son côté, toujours pratique et compétente, Miriam n'opposa aucun argument. La femme qui l'avait autrefois méprisée allait devenir une des personnes préférées d'Abby.

Pour Abby et Léo, les jours et les nuits de félicité devinrent chose habituelle.

Ils passèrent le 4 juillet, jour de fête nationale, au quartier général de Golden Spurs. Il avait plu et hormis les arbres blessés, la plus grande partie des dommages que le feu avait fait aux herbages était éclaircie par de nouvelles pousses. Les barrières avaient été réparées et les bâtiments reconstruits.

Les Kemble furent aux petits soins pour Abby dont le ventre s'arrondissait. Il était amusant de constater à quel point elle se sentait proche de Mia et de Lizzy. Elle aimait traîner dans l'écurie avec Mia et ses chevaux ou bien s'asseoir simplement pour bavarder avec Lizzy. Oui, la facilité avec laquelle elle s'entendait avec les sœurs Kemble était tout à fait curieuse.

Bien que l'été fût long et très chaud, et que la sécheresse, surtout au sud du Texas, fût féroce, Abby se sentit plus heureuse qu'elle ne l'avait jamais été.

Non que la vie fût parfaite. En dépit de ses fréquentes conversations avec Connor et la détermination de ce dernier à retrouver sa sœur, la disparition de Becky demeurait un mystère. Son père n'avait pas non plus téléphoné ou répondu une seule fois à ses mails depuis leur mariage. On aurait dit qu'après l'avoir appelée pour s'excuser de ne pouvoir y assister, il s'était évaporé de la surface de la terre.

— Il ne s'intéresse pas à moi, confia-t-elle à Léo un soir du début de l'automne.

Léo était allongé sur le divan et jetait un coup d'œil sur des documents tirés de son attaché-case, relatifs à un bail pour le pétrole et le gaz de Golden Spurs.

— Si, il s'intéresse à toi, répondit Léo. Mais il ne sait pas comment le manifester. Parfois, quand on veut fuir ce qui cloche dans sa vie, on se réfugie dans le travail pour ne pas se détester. Je l'ai fait moi-même pendant des années après que Mike Ransom m'eut jeté à la porte de son ranch. Te rappelles-tu le jour où tu es venue à mon bureau pour m'apprendre que tu étais enceinte ?

— Comme si je pouvais l'oublier.

Léo lui sourit.

— Te souviens-tu du vieil homme qui est parti quand tu es entrée ?

Abby hocha la tête.

— Ce monsieur très maigre qui t'a traité de salaud ?

— Quand j'étais gamin, ma mère travaillait comme gouvernante dans son ranch, le Running R. Mon père était mort et Ransom devint comme un père pour Connor et moi. Il nous emmenait partout où il allait avec son propre fils, Cal. Il nous a appris à monter à cheval, à tirer, à lancer un lasso. En grandissant, je m'étais mis à l'aimer comme un père.

— Que s'est-il passé ?

— Cal et moi sommes tombés amoureux de

Nancy, la fille d'un rancher voisin. Elle m'a préféré à Cal, bien qu'il fût riche et moi pauvre.

Léo s'interrompit, tout à ses souvenirs.

— Continue, murmura Abby.

— L'argent ne faisait aucune différence pour Nancy quand nous étions gosses. Mais quand je l'ai mise enceinte pendant ma première année d'études et que je n'avais alors aucun moyen de l'entretenir, je suppose qu'elle a eu peur et a réfléchi qu'elle devait garder l'esprit pratique.

Abby approuva d'un signe de tête. Elle était tout à fait capable de comprendre qu'une grossesse non désirée puisse arriver comme un choc et tirer brutalement une jeune fille effrayée de ses rêves romantiques.

— Oui, eh bien Mike, le « vieux monsieur » que tu as rencontré, était de l'espèce vertueuse, abstinente et religieuse, incapable de faire le moindre faux pas de toute sa sacrée existence. Il m'avait envoyé à l'université. Il m'avait même promis qu'il me laisserait m'occuper de la gestion du bétail quand j'aurais obtenu mon diplôme. Mais quand Nancy est tombée enceinte, il m'a renvoyé du ranch et m'a coupé les vivres en me traitant de bon à rien et j'en passe. J'ai dit à Nancy que je l'épouserais, mais Mike l'a convaincue que j'étais incapable de m'en tirer sans son aide, alors elle a pris peur et épousé Cal. Maintenant, le ranch de son père est en partie à eux.

A ces souvenirs, son visage sombre se crispa.

— Continue, le pressa Abby avec douceur.

— Je pense que Mike lorgnait depuis pas mal

d'années sur le ranch des parents de Nancy alors en ce qui la concernait, il pouvait bien oublier les questions de morale. Finalement, ils m'ont aussi convaincu de renoncer à mes droits de père sur ma fille Julie.

Léo déglutit comme s'il avait honte et leva les yeux vers Abby.

— Je trouve que tu t'en es bien tiré, dit-elle.

Pourtant, il avait perdu Julie. Abby fut incapable de s'imaginer abandonnant son bébé pour toujours et cependant, c'était sûrement la meilleure chose pour lui… même si cela ferait vivre l'enfer à Léo pour le restant de ses jours.

— En y repensant, je me suis convaincu qu'il aurait mieux valu pour elle ne pas être partagée entre deux pères, en particulier parce que j'étais devenu tellement aigri.

— Un jour, tu pourras peut-être renouer avec Julie ?

Un bref instant, le regard troublé de Léo croisa le sien.

— Je l'ai fait. J'ai déjà été repoussé. Elle s'imagine que je l'ai abandonnée, ce qui est compréhensible, je crois.

— Peut-être un jour…

— Ouais, peut-être un jour. Pour l'instant, Julie est un chien fou. Nancy et Cal sont tellement désespérés qu'ils se sont même abaissés à me demander de l'aide, mais elle refuse de me parler. Elle dit qu'elle s'est bien débrouillée sans moi toutes ces années, alors elle estime qu'elle n'a pas besoin de moi. Et bon sang, elle a peut-être bien raison.

Abby frémit. Imaginant à quel point cela devait être douloureux, elle alla s'asseoir à côté de lui. Cuisse contre cuisse, elle lui prit doucement la main.

Léo entrelaça ses doigts aux siens et les serra fort.

— Nous devons être reconnaissants pour pas mal de choses. Peut-être vaudrait-il mieux ne pas penser au reste ?

Il enfouit le visage dans le cou d'Abby. Sentant son souffle tiède sur sa peau, elle lui prit la main et la posa sur son ventre.

Ils restèrent ainsi un long moment, assis côte à côte. Léo avait raison, songea Abby. Elle savait qu'ils devraient penser au bébé et à la joie qu'ils se donnaient l'un à l'autre, à leur réussite professionnelle et à toutes les autres raisons qu'ils avaient de se réjouir. Elle devait être une personne bien gâtée pour continuer à se laisser déprimer par la disparition de Becky et le manque d'intérêt de son père.

— Tu sais, lança Léo, j'ai fait quelque chose de fou en début de semaine. Quelque chose dont j'ai d'abord eu honte.

— Quoi donc ?

— Durant des années, j'ai voulu me venger de Ransom. Il y a quelques mois, l'occasion d'acheter à bon prix son ranch pour Golden Spurs s'est présentée à moi. Cette semaine, j'ai mis un point final à la paperasserie et l'ai forcé à venir signer à mon bureau. Je savais que lui arracher Running R était pire que de pointer une arme sur sa tête et d'appuyer sur la gâchette. Je croyais fermement que c'était ce que je voulais jusqu'à ce qu'il entre en clopinant, appuyé sur une canne, toujours fulminant et jouant les durs. Mais quand il a pris son stylo, il était pâle comme un linge et j'ai eu peur qu'il ne fasse une crise cardiaque.

— Qu'as-tu fait alors ?

— Je lui ai arraché les papiers des mains et je les ai déchirés. Je lui ai dit de ficher le camp de mon bureau. Il s'est mis à fulminer et s'est dirigé vers la porte en hurlant qu'il ne demandait pas la charité. Alors j'ai commencé à me rappeler quelle patience il avait eue pour m'apprendre à monter à cheval quand j'étais gamin et je lui ai demandé comment allait Julie. « Elle est encore plus rétive que ne l'était Connor », m'a-t-il répondu.

Ransom paraissait tellement perdu et désespéré que j'ai eu du mal à le laisser partir. Alors je lui ai dit « Pourquoi ne pas vous asseoir pendant que j'appelle mon banquier ? Il pourrait peut-être vous donner un coup de main ? »

— Tu ne t'imagines pas que je suis déjà allé voir des banquiers ? m'a-t-il répliqué.

— Pas le mien.

— Comme je te l'ai dit, je ne veux pas de ta charité.

— Vous n'êtes qu'une tête de mule, mon vieux. Mais moi aussi. Ce ne serait qu'un prêt que vous me rembourseriez… avec les intérêts.

— Mais il faudrait que tu tires quelques ficelles, hein ?

— Ecoutez, que cela vous plaise ou non, nous faisons partie de la même famille. Vous êtes l'unique grand-père de Julie. Je sais ce que vous avez fait pour elle… et ce que je n'ai pas fait. Disons que je rembourse une vieille dette.

Abby prit la main de Léo.

— Je trouve cela merveilleux.

— Et moi que j'ai été un sacré imbécile.

On dit que le temps passe vite quand on s'amuse. L'automne s'écoula encore plus vite que l'été. Les longues journées brûlantes peuplées du bruit des cigales cédèrent la place à des matins plus frais, à l'air plus vif et à des soirées venteuses. Etant enceinte, Abby fut heureuse qu'il fasse moins chaud.

Elle était maintenant incapable de rentrer dans ses vêtements habituels. Léo ne pouvait s'empêcher de la toucher à tout bout de champ, lui caressant le ventre, comme s'il trouvait sa silhouette arrondie plus séduisante que jamais, aussi se sentait-elle belle, sexy et aimée.

Comment un homme qu'elle n'avait pas voulu épouser pouvait-il la rendre si heureuse ? Mais lui, était-il heureux ?

Au fil des mois et la date fatidique approchant, elle se posa des questions sur ses sentiments. Au fond de lui, avait-il toujours l'impression qu'elle l'avait piégé ? Ces sentiments referaient-ils un jour surface ?

Elle lui demandait sans cesse s'il l'aimait.

Un soir qu'ils se dirigeaient vers le porche, elle l'interrompit en lui posant encore une fois la même question. Léo pivota sur lui-même et la prit dans ses bras.

— Je t'aime, dit-il sans quitter son visage des yeux. Combien de fois devrais-je te le dire avant que tu ne me crois ?

— Je ne sais pas. Encore et encore, je suppose. Toujours.

— Pourquoi ne peux-tu pas me croire ?

— Parce que personne ne m'a jamais aimée. Tout au moins, personne sur qui je puisse compter…

— Hé, c'est peut-être bien moi qui devrais m'inquiéter de ton amour pour moi.

— Est-ce que… tu t'inquiètes ?

— Oui, admit-il.

— Mais tu sais bien que je t'aime.

— Vraiment ?

— Oui !

— Peut-être le penses-tu maintenant. Et qu'arriverait-il si tu découvrais quelque chose…

— Comme quoi ?

— Oh, rien.

Mais le visage de Léo était sombre et il avait une expression hantée, un regard perçant.

— Je te surprends parfois à me regarder d'une étrange façon, comme tu le fais en ce moment, dit Abby mal à l'aise. Y a-t-il quelque chose que tu ne me dis pas ?

Le même muscle sauta dans sa mâchoire mais il lança :

— J'aime bien te regarder parce que je t'aime. C'est tout.

Mais sa voix était trop lisse.

Quelque chose le tracassait, le dévorait, Abby en était certaine. Trop souvent, elle s'apercevait qu'il l'observait, silencieux et le visage tendu. Si elle lui demandait ce qui n'allait pas, il souriait ou jetait d'un ton sec que ce n'était rien. Il lui touchait l'abdomen, l'embrassait, lui disait qu'elle était belle et qu'il n'avait jamais été aussi heureux. Puis tout recommençait. Elle le surprenait en train de la regarder de cette manière qui commençait à la préoccuper un peu trop.

Abby voulait croire qu'il l'aimait et que leur avenir serait heureux mais elle avait perdu tous ceux qui l'avaient jamais aimée, alors peut-être, se disait-elle, les épreuves subies faisaient-elles en quelque sorte d'elle celle qu'elle était devenue, le genre de personne qu'on abandonnait.

Sans doute la passion que son mari lui manifestait la nuit aurait-elle dû la rassurer ? Une part d'elle-même pensait qu'elle ne devrait pas douter de lui et qu'en le faisant, cela pouvait attirer quelque chose de mauvais. Pourtant, sous la surface paisible de leur union, quelque chose couvait. Abby savait que son mari n'était pas complètement sincère.

Quand elle ne s'inquiétait pas pour son mariage, elle souhaitait que son père téléphone ou revienne. Elle voulait aussi que Connor se hâte de retrouver Becky.

Chaque fois qu'elle faisait part à Léo de ses espoirs au sujet de sa jumelle, il paraissait se raidir et il la considérait de cette manière inquiète qu'elle détestait, comme s'il avait peur de quelque chose. Mais de quoi ? Pourquoi le seul fait de parler de Becky le perturbait-il autant ?

Souvent, Abby avait tellement envie de rester auprès de son mari qu'elle emportait son ordinateur à San Antonio et travaillait dans son bureau. Ils faisaient des pauses ensemble et déjeunaient tous deux à côté de la rivière brune et paresseuse sous les cyprès géants. Quelquefois, lorsqu'elle assistait à Austin à une réunion à laquelle elle ne pouvait échapper, Léo apportait son ordinateur et Kel lui installait un bureau à côté de celui d'Abby. Bien trop souvent, Kel entrait sans frapper et les surprenait en train de s'embrasser, ce qu'elle trouvait adorable.

En fait, Kel était heureuse du bonheur conjugal d'Abby. Ce jour-là, lorsque Abby alla retrouver Léo à l'aéroport de San Antonio pour s'envoler avec lui vers Golden Spurs à l'occasion de la fête Thanksgiving, Kel se lança dans un nouvel assaut de commentaires enthousiastes sur le nouveau bonheur de son amie.

— T'ai-je dit que je trouvais Léo génial ? Tu as du mal à attendre le moment de le voir, je parie ? Cela fait combien… huit heures ?

— Sept heures et demie. Mais ne fais pas comme si je te devais mon nouveau bonheur. D'ailleurs, combien de temps durera-t-il ?

— Ne va pas chercher les problèmes, d'accord ?

— C'est que… oh, Kel, j'ai tellement peur que tout cela s'envole.

— Il ne faut pas, ma chérie.

La voix de Kel était pleine de compassion. Puis ses yeux pétillèrent.

— Hum, qui vois-je là-bas ? Un homme grand et brun avec un Stetson et dont les yeux noirs semblent te dévorer ?

— Léo ! s'exclama Abby, dans un élan de joie et de peur mêlées.

Elle se jeta dans les bras de son mari, oubliant sa peur lorsque la bouche ferme revendiqua la sienne. Elle l'aimait tant ! Les bras noués autour de son cou, elle s'accrocha à lui et l'embrassa à perdre haleine tandis que Kel lui faisait des grimaces dans le dos de Léo.

— Abby !

Abby s'écarta avec empressement du poulain qu'elle et Mia venaient d'étriller. Les portes de l'écurie s'ouvrirent et le bruit suivant qu'entendit Abby fut celui des bottes de Léo claquant sur le ciment tandis qu'il continuait à crier son nom. En dépit du plaisir qu'elle tirait de la compagnie de Mia, Léo lui avait manqué toute la matinée car il s'était enfermé dans le bureau du ranch pour parler affaires avec Cole et Shanghai.

Ce dernier se faufila dans l'écurie juste derrière lui.

— Mia ! appela-t-il.

— Elle est dans la stalle en train d'étriller Angelita.

Léo prit la main d'Abby.

— Tu m'as manqué.

— Tu l'as rendu complètement gâteux, reprit Shanghai. Il n'a pas marqué le moindre intérêt pour notre discussion sur les rénovations à entreprendre depuis l'incendie.

Abby sourit et serra la main de son mari.

— C'est Thanksgiving. Personne ne devrait parler affaires.

— Les ranchers ne prennent pas de vacances, rétorqua Shanghai.

— La recherche des jumelles a-t-elle fait des progrès ? demanda Mia en fermant la porte de la stalle.

— Un peu, dit Léo.

— Et alors ?

— Alors… rien. Il est trop tôt pour en parler.

— Léo ?

Abby lui tira la main, comme un reproche.

— Pourquoi cet air de vouloir t'en défendre ? Mia posait une question, c'est tout.

— J'ai dit que c'était trop tôt. Par le diable, pourrions-nous oublier un peu tout ça ? Nous sommes venus ici parce que c'est l'heure de dîner et non pour discuter des jumelles.

— Mia n'avait pas l'intention de te contrarier, chéri.

— Je ne suis pas contrarié. C'est toi qui as dit que nous faisions une pause. Alors ne l'oublions pas.

— Très bien, murmura Abby.

Mais un frisson glacé la traversa.

Ces mots furent à peu près les seuls que prononça Léo ce jour-là. Au cours du repas, chaque fois qu'on lui posa une question, il se contenta de répondre par oui ou par non. Dans le vol de retour vers San Antonio, il resta emmuré en lui-même, parlant à peine à Abby. Le matin suivant, il se leva tôt, bien qu'on fût samedi, pour se rendre à son bureau.

Des heures plus tard, après avoir installé toute seule l'arbre de Noël et décoré la maison, Abby commença à se demander s'il rentrerait dîner et décida de lui téléphoner.

— Quand rentres-tu ?

— Quand j'aurai fini ici.

— Ne peux-tu rapporter du travail à la maison ?

— Ecoute…

— Léo, quelque chose ne va pas ? Quelque chose dont tu ne veux pas me parler ?

— J'ai un tas de choses à faire, c'est tout. Bien sûr que j'aimerais mieux rester avec toi, ronchonna-t-il.

— C'est tout ?

— C'est tout.

— Pourquoi est-ce que je ne te crois pas ?

— Je ne sais pas. Pourquoi ne me crois-tu pas ?

— Tu es toujours contrarié quand il s'agit des jumelles Kemble…

— Au travail aussi, je suis perturbé par un tas de choses. Simplement tu ne me vois pas.

— Tu es certain que cela n'a pas de rapport avec nous ?

Léo hésita un tout petit peu trop longtemps.

— Mais non, bon sang ! Ecoute, je suis désolé, murmura-t-il d'un ton ennuyé. La dernière chose que je désire est de te perturber. Je serai là avant le dîner. Enfin, aussi vite que je pourrai me libérer ici. C'est toi que je veux… pas le dîner.

A son retour une heure plus tard, il la souleva de terre et l'emporta dans la chambre où ils firent l'amour pendant des heures. Mais plus tard, s'étant réveillée au milieu de la nuit, Abby le découvrit à la fenêtre, les poings serrés, regardant au-dehors.

Quelque chose n'allait pas. Elle en était sûre. Mais jusqu'à ce qu'il lui dise de quoi il s'agissait, il n'y avait rien qu'elle puisse faire.

Quand elle traversa la pièce sur la pointe des pieds et lui posa la main sur le bras, il sursauta.

— Des problèmes au bureau ? murmura-t-elle.

— Parfois je ne parviens pas à m'arrêter de penser.

Il l'attira contre lui et lui baisa les cheveux, les lèvres. Malgré cela, Abby ressentit la tension qui contractait chacun de ses muscles.

— Léo ?

— Je t'aime, dit-il.

Alors pourquoi, pourquoi cette voix morne charriait-elle un tel désespoir ?

*
* *

Le bébé devait arriver autour de Noël et la date approchait. Abby était tellement grosse que Léo ne voulut pas la laisser prendre la route toute seule. Abby confia à Kel le soin de la véhiculer jusqu'à Austin pour se rendre au travail et elle jongla entre le téléphone, le fax et les mails pour In the Pink ! sa société. A ses moments perdus, elle s'employait à décorer la nursery et à acheter des cadeaux pour Léo et le bébé. Comme ils avaient tous deux refusé de connaître le sexe de l'enfant, Abby vivait dans un état permanent d'excitation en se posant toutes sortes de questions.

Totalement accaparée par ses pensées heureuses, elle cessa de songer à son père absent ou à Becky, ou même à l'état de tension de Léo, en se disant que ses soucis professionnels se résoudraient sans doute tout seuls.

Lizzy et Mia lui envoyaient tout le temps des mails, surtout à propos du bébé. Chaque fois qu'elle leur adressait un message ou une photo de son ventre, l'amitié entre Abby et les sœurs Kemble croissait.

Léo aimait Abby et Abby aimait Léo. Ils attendaient un bébé dans la joie.

Comment les choses pourraient-elles se dégrader ?

# - 11 -

Connor rapprocha de la webcam la photographie d'une jeune fille aux cheveux d'or foncé.

— J'ai eu une piste pour Becky. Je pense pouvoir la trouver à Albuquerque au Nouveau-Mexique.

Sur l'écran de Léo, l'image trembla. Connor ne tenait pas la photo bien droite, mais d'après ce que pouvait en juger Léo, hormis les cheveux plus courts, elle ressemblait trait pour trait à Abby.

L'inquiétude soudain, lui noua la gorge.

— Veux-tu que j'y fasse un saut en avion ? demanda Connor d'un ton impatient. Ou préfères-tu que je retienne l'info jusqu'à ce que tu aies assez de cran pour avoir une petite conversation avec ta femme ?

— Vas-y !

— Léo, si c'est bien cette fille-là, il va falloir que tu lui en parles.

Cela, Léo le savait déjà. Ce qui ne signifiait pas qu'il était d'humeur à supporter la sagesse, la spiritualité, l'empathie, la sympathie ou n'importe quel autre angle d'attaque fraternel choisi par Connor. Aussi, après un au revoir très sec, il raccrocha. Puis, il saisit sur son bureau un dossier portant la mention : « Filles de Caesar : Abigail et Rebecca. »

Il resta un long moment derrière son bureau, feuilletant les certificats d'adoption et les rapports de Connor sur Abby et Becky. Envahi par la mauvaise conscience, il referma le dossier et le rejeta sur le bureau. Puis, appuyé sur ses coudes et les doigts croisés, il demeura les yeux dans le vide pendant de longues minutes.

Il devait parler à Becky.

Ses mains tremblaient et il avait l'estomac noué. Il y avait des années qu'il n'avait pas éprouvé cette peur glacée. Pas en fait depuis que Nancy lui avait avoué qu'elle était enceinte et que le vieux Ransom l'avait flanqué à la porte du ranch sans un sou et sans appui. Pas depuis que Cal l'avait traité de propre à rien et avait épousé sa petite amie.

Maintenant encore, il se conduisait comme un propre à rien ! Il aurait dû dire la vérité à Abby depuis longtemps.

Il était amoureux de sa femme et la désirait. Il n'aurait jamais pu penser pouvoir être aussi incroyablement heureux avec une femme. Ou à ce point malheureux.

Sur un coin du bureau était posé un petit écrin à bijoux rouge entouré d'un ruban argenté. A l'intérieur, reposait un pendentif en or incrusté de diamants représentant un cheval et la chaîne assortie qu'il avait achetés pour Abby. Ayant aperçu le cheval miniature dans une vitrine, il avait aussitôt pensé à Abby, et à cette première fois où il l'avait vue chevauchant Coco, mince et vibrante, ses cheveux d'or foncé flottant sur ses épaules. Il avait immédiatement décidé que ce serait le cadeau de Noël qu'il offrirait à Abby.

Non que ce cadeau lui apportât la moindre joie. S'il ne lui disait pas qu'il avait appris sa véritable identité, et qu'il le lui avait dissimulé, il était certain de tout perdre.

Oui, mais s'il le lui disait, il était bien possible qu'elle lui tourne le dos comme elle l'avait déjà fait après leur première nuit. Comme l'avait fait Nancy.

« Pourquoi ne peux-tu comprendre pourquoi j'épouse Cal ? »

Il savait trop bien ce que c'était que d'être dehors dans le froid. Il poussa un juron. Combien de fois avait-il répété son discours en revenant vers Abby, pour décider au dernier moment qu'il ne savait que lui dire ? Il revoyait les yeux brillants de Nancy avant que tout son univers se brise. L'amour n'était pas une émotion à laquelle on pouvait se fier.

Bon sang !

Il devait le dire à Abby. Dès qu'il la verrait. Ce soir.

Quand l'ascenseur s'ouvrit, Miriam leva les yeux et adressa aussitôt à Abby un sourire radieux et sincère.

— Bonjour, madame Storm. Vous avez l'air…

— Enorme.

— Mais belle. Comment vous sentez-vous ?

Abby se tapota le ventre.

— Grosse. Très grosse. Tout à fait prête.

— J'appelle M. Storm pour le prévenir que vous êtes ici. Il sera tellement heureux de vous voir.

— Non, je désire lui faire la surprise. Je pensais l'inviter à déjeuner. S'il est occupé, j'irai faire du shopping jusqu'à ce qu'il soit libre.

— Bien, vous savez où se trouve son bureau.

Abby souriait aux anges en suivant le couloir.

Cet après-midi, Kel avait rendez-vous à San Antonio avec un de ses clients, et Abby lui avait demandé de la déposer devant le bureau de Léo.

Pendant le trajet, son assistante et amie ne cessa de s'extasier sur les amours d'Abby et de Léo et le bonheur qu'elle en ressentait.

Abby avait protesté, mais elle souriait encore en poussant la porte du bureau personnel de Léo. Mais en face d'elle, le fauteuil de cuir noir était vide.

— Léo ?

Comme il ne répondait pas, elle ferma la porte et se dirigea vers le bureau étincelant, sans pouvoir s'empêcher d'admirer l'ordre qui y régnait comparé au sien. Un cadeau de Noël rouge entouré d'un ruban argenté et un dossier étaient les seuls objets présents sur l'immense surface de merisier poli.

Après avoir inspecté l'étiquette et compris qu'il lui était destiné, Abby souleva la boîte et la secoua. Heureuse de constater que son mari avait fait des emplettes pour elle, elle la remit en place. Elle aurait bien voulu être déjà à Noël pour pouvoir l'ouvrir. Mais elle devait attendre. L'attente faisait partie du plaisir de Noël qui lui avait toujours manqué. Cette année, elle aurait enfin tout ce dont elle avait toujours rêvé : Léo et leur bébé, et des cadeaux, des tas de cadeaux choisis avec soin. Dès la naissance du bébé et dès qu'ils pourraient se déplacer, ils iraient au Golden Spurs voir Lizzy et Mia.

Vaguement consciente d'un bruit d'eau qui coulait dans la salle de bains attenante, Abby se pencha au-dessus du bureau et s'empara du dossier. Voyant son nom sur la couverture, elle sursauta. Elle était sur le point de l'ouvrir et de prendre connaissance de son contenu lorsqu'une porte s'ouvrit derrière elle.

— Chérie, je suis si heureux…

Abby se retourna en souriant vers son mari mais au lieu de courir se jeter dans ses bras, elle se retourna en raison de ce qu'elle venait de lire sur l'étiquette.

Les filles de Caesar : Abigail et Rebecca.

Quand ses yeux croisèrent de nouveau ceux de Léo, elle le vit se figer. Une sombre rougeur teintée de culpabilité lui monta aux joues.

Comme dans une brume, Abby ouvrit le dossier avec une telle violence que des papiers d'adoption s'envolèrent et tombèrent sur le sol. Il en fut de même de plusieurs photos d'elle-même et de Becky. Elle en ramassa une de Becky en nattes et en jean et dut retenir ses larmes parce que les souvenirs fondaient sur elle tels des oiseaux de proie.

Eparpillés entre les photos et les certificats d'adoption, il y avait aussi plusieurs rapports relatifs aux jumelles disparues. Ils provenaient de l'agence de Connor. Parmi eux, une analyse d'ADN sans nul doute en relation avec les quelques bouteilles de bière qu'Abby avait bues, cette nuit où Léo l'avait abordée au bar.

Avec un léger cri, elle feuilleta les pages d'un des rapports concernant Rebecca Collins.

Et elle se mit à trembler. Au fur et à mesure de sa lecture, l'affreuse sensation logée dans son estomac se mit à remonter lentement jusqu'à lui nouer la gorge et lui couper le souffle.

Connor avait sillonné le Texas et le Mexique à la recherche de Becky. Cela Abby le savait puisque c'était elle-même qui l'avait engagé.

Mais elle ignorait que Becky et elle étaient les jumelles Kemble disparues.

Comme ils avaient dû bien rire, Connor et Léo lorsqu'elle avait engagé Connor ! Ils l'avaient manipulée à leur guise, comme une sotte qu'elle était.

— Abby…

Au son de la voix de son mari juste derrière elle, le poing qui l'étranglait se resserra encore. Puis la tristesse et l'horreur qui l'enveloppaient se transformèrent en une douleur cuisante qui lui brisa le cœur. A peine capable de respirer, elle s'appuya au bureau.

— Chérie, dit Léo, je peux t'expliquer.

« Chérie. » Ce qu'elle pouvait détester qu'il l'appelle ainsi à présent !

Il était toujours tellement sûr de lui, arrogant. Sans doute croyait-il pouvoir s'en tirer ainsi ? Il devait voir en elle un être facile à vivre, malléable par le besoin qu'elle avait de lui.

Qu'il aille au diable !

Le visage tanné de Léo se mit soudain à tourner devant elle et tout à coup, ce ne fut plus le sien mais celui de Becky.

« Attends ! Attends-moi ! »

« Non ! Allons, viens ! »

Abby ferma les yeux, luttant pour repousser l'image de Becky lorsque Léo déclara :

— Si tu voulais juste m'écouter…

Becky s'évapora et le visage bronzé de Léo s'inscrivit avec netteté dans son champ de vision, avec ses cheveux noirs et brillants comme de l'encre fraîche, ses yeux emplis d'une lueur de colère et de chagrin lorsqu'il ôta ses lunettes.

Il était d'une insolente beauté.

— Inutile, lança Abby. Je comprends tout. Laisse-moi tranquille, c'est tout.

Décidée à le fuir, elle se décolla du bureau et se dirigea en trébuchant vers la porte. Mais ses jambes tremblaient, sa démarche était incertaine et Léo étant plus près de la porte qu'elle-même, il y arriva beaucoup plus vite.

Quand il lui saisit le bras pour l'entraîner vers le divan, elle était trop faible pour lutter.

— J'allais t'en parler, dit-il.

— Oh, bien sûr !

— Connor m'avait recommandé de te le dire dès le début.

— Alors pourquoi ne l'as-tu pas fait ?

— Simplement parce que je ne savais pas comment le faire.

— Et quand as-tu appris la vérité pour la première fois ? demanda-t-elle.

— Abby…

— Quand ? marmonna-t-elle entre ses dents. A toi de me le dire.

— Quelques semaines… avant ce soir-là, au bar.

Le poing qui lui étreignait la gorge, le cœur et l'âme se referma un peu plus.

— Mais je n'en étais pas sûr à cent pour cent, dit Léo.

— Pourquoi ne m'en as-tu pas parlé alors ?

— Je devais en être certain.

— En couchant avec moi ?

— J'ai pris des échantillons d'ADN.

— Exact. Les bouteilles de bière, réfléchit Abby plus pour elle-même que pour lui. Mais pourquoi ne pas t'être contenté de faire ton boulot et d'emporter ces fichues bouteilles ? Pourquoi diable as-tu couché avec moi ?

— Sois honnête. Qu'est-ce que tu crois ? C'était beaucoup plus ton idée que la mienne. C'est toi qui es grimpée sur ma table et qui as entrepris de te déshabiller.

— Non. A toi d'être honnête. Tu m'as menti tout ce temps. Sur tout. A mon avis, notre vie tout entière n'est que mensonge. Tu ne m'aimes pas. Tu voulais juste épouser une Kemble.

— Ce n'est pas vrai. Je t'aime vraiment.

— Tu veux savoir quelque chose ? Je ne te crois pas. J'avais raison à ton sujet depuis le début. Les hommes d'affaires sont une espèce méprisable. Je devrais le savoir puisque je travaille tous les jours avec eux. Et toi, tu es le plus ambitieux et le plus cruel que le pire d'entre eux.

— Abby, je t'ai…

— Tais-toi ! Cela ne te plaisait pas d'être l'outsider à Golden Spurs, n'est-ce pas ? Quelqu'un qu'on embauche et qu'on renvoie ? Tu voulais faire partie de la famille et tu as jeté ton dévolu sur moi pour y parvenir. Tu le voulais même tellement que tu as pris prétexte de ma grossesse pour hâter notre mariage, alors qu'il s'agissait uniquement de faire progresser ta carrière ! Voilà la véritable raison de notre mariage !

— Non.

— Je n'arrive pas à croire à quel point je me suis sentie touchée quand tu as fait semblant d'être si compréhensif à propos de Becky.

— Je suis désolé.

— Je ne croirai plus jamais ce que tu me diras. Jamais ! M'as-tu trouvée tellement faible, vulnérable et en mal d'amour que tu aies pu me faire croire ce qu'en secret j'avais toujours voulu croire, et qu'il n'y avait personne autour de moi capable de m'aimer ?

— Non ! Bon sang, non !

— Tu savais que je m'étais jetée à la tête de Shanghai, n'est-ce pas ? Et qu'il m'avait trompée avec Mia ? Tu m'as crue vulnérable et facile…

— Non.

— Eh bien, nous allons peut-être avoir un enfant ensemble, mais notre mariage est fini. Je veux que tes affaires et toi-même quittiez ma maison ce soir. Demain à la première heure, je ferai changer les serrures.

— Tu es bouleversée. Tu ne sais plus ce que tu dis. Je te reconduis à la maison.

— Moi, bouleversée ? Qui ne le serait pas ? Mais je sais tout à fait ce que je dis. Et j'en pense chaque mot. Je vais appeler Kel, elle me reconduira. Pas toi ! Et Léo, si tu es intelligent, tu ne diras rien aux Kemble. C'est ma famille. Pas la tienne. Je leur dirai qui je suis… quand je serai tout à fait prête. Je ne te lance pas cela comme une menace mais tu ferais bien de te préparer au pire. Tu n'aimeras sans doute pas ma version des faits.

La tête blonde de Connor s'afficha tout entière sur l'écran de l'ordinateur de Léo.

— Tu as une tête abominable.

— Merci.

Le manque de sommeil, de nourriture et le fait d'avoir bu la moitié de la nuit n'avaient pas tardé à faire des dégâts. Léo n'avait pas besoin de son frère pour lui conseiller de se reprendre.

— Alors que vas-tu faire maintenant ?

La voix de Connor ne contenait aucune trace de supériorité, du genre « je te l'avais bien dit ». Il paraissait soucieux et contrarié.

D'un air las, Léo se passa la main dans les cheveux. La veille au soir, en essayant d'apporter à Abby ses cadeaux de Noël, il avait vu qu'elle avait oublié de baisser le store de la cuisine. Par la fenêtre, il l'avait suivie des yeux quand elle était venue voir qui était sous le porche.

Dans son peignoir de bain blanc, il l'avait trouvée presque aussi grosse que la maison, mais belle — d'une beauté à couper le souffle. Et triste aussi.

Il lui avait brisé le cœur.

Un long moment leurs yeux s'étaient croisés. Léo avait cessé de respirer. Elle aussi. Il avait senti son pouls s'affoler. Puis Abby avait fermé le store d'un coup sec et il avait ressenti un sentiment de solitude et de perte… Quelle horrible sensation !

Alors il avait tambouriné sur la porte. Il avait tambouriné et hurlé. A la fin, il s'était résigné à laisser ses cadeaux sous la véranda.

Sa vie était un gâchis. Il avait tout raté.

Il s'était senti mal, épuisé. Une très longue et morne semaine s'était écoulée depuis qu'Abby l'avait mis à la porte et avait changé les serrures. Malgré ses nuits infernales, il avait continué à s'efforcer de travailler. Connor et lui venaient juste de finir de s'entretenir du rapport de Connor sur son voyage à Albuquerque. En fin de compte, il n'avait pas retrouvé Becky, mais il pensait que ce ne serait plus très long.

— Que puis-je faire pour qu'Abby revienne ? murmura Léo.

Il était si seul, si misérable.

— Maintenant, son seul moyen de communiquer avec moi c'est par l'intermédiaire de Kel ou à travers sa porte close. Donc, je parle tous les jours à Kel et je hurle à sa porte.

Il se garda d'ajouter qu'après être retourné chez lui, il avait bu une bonne dose de scotch dont les effets se faisaient encore ressentir. Il souffrait d'une horrible gueule de bois.

— Insiste, conseilla Connor. Et les Kemble ? Comment prennent-ils la nouvelle ?

— Ils n'en ont pas du tout parlé, donc je pense qu'elle ne leur a encore rien dit. Mais franchement je m'en fiche pas mal.

— Eh bien, en voilà un retournement de situation.

— Tout ce que je veux, c'est Abby.

— Dis-le lui.

— Je le ferais… si elle ouvrait sa porte ou répondait à ce maudit téléphone.

— Tu t'es mis dans un sacré pétrin.

— J'espère juste que ce ne sera pas mon tombeau.

— Ecoute, je n'apprécie pas du tout ta manière de traverser cela tout seul, mais j'ai bien trop de choses en cours pour descendre de si tôt au ranch. Alors si tu n'as nulle part où aller à Noël, tu seras toujours le bienvenu à Houston.

Nulle part où aller…

— Merci. Mais je veux rester près d'Abby, juste au cas où. Et Kel a juré qu'elle me ferait savoir quand le travail commencera pour Abby.

— Très bien, je vais y aller. Je te souhaiterais bien un joyeux Noël, mais cela ne me paraît pas très approprié alors je vais juste prier pour qu'il ne tarde pas à devenir plus heureux.

— D'accord.

*
* *

Abby était dans son salon et buvait du lait. La journée de Noël était grise et sombre mais pas davantage que son humeur chagrine. Elle continuait à voir le visage de Léo dans l'encadrement de la fenêtre de la cuisine. Elle avait eu une telle envie de le toucher. De sentir son corps contre le sien.

Quel minable, ce Léo ! Un minable ambitieux, menteur, manipulateur.

Déterminée à ne plus penser à lui, la jeune femme ferma les yeux. Elle avait l'estomac noué mais cela venait sans doute de ce qu'elle était si grosse. Le bébé pouvait arriver à n'importe quel moment maintenant, et le fait de se retrouver ici toute seule, ne faisait qu'accroître son anxiété. Elle était énorme et se déplaçait difficilement. Il ne lui était pas facile de se lever ou de s'asseoir sur le divan trop bas alors que Léo n'était pas là pour l'y aider.

Au diable, Léo ! La dernière chose dont elle avait besoin était un homme qui ne voulait d'elle que parce qu'elle appartenait à la très riche famille pour laquelle il travaillait. Au moins, elle ne serait pas seule à Noël. Elle partagerait le repas de la famille de Kel et celle-ci viendrait un peu plus tard pour l'y conduire. Mais ce ne serait pas avant des heures et elle avait toute la matinée devant elle.

Après avoir fini son lait, son estomac se contracta de nouveau. Haletante, elle demeura sur le divan. Elle devait laver quelques affaires et faire un peu de vaisselle mais elle manquait d'énergie pour s'attaquer à ces petites corvées quotidiennes. Les muscles de son estomac continuant à se contracter, elle éprouva une sensation croissante de malaise et se contenta de rester assise, écoutant sa propre respiration tandis que les murs paraissaient se refermer sur elle.

Elle songea à son père et s'obligea à oublier ce genre d'attaches. Elle se força aussi à ne pas s'apitoyer sur elle-même et, en se mordillant la lèvre inférieure, considéra la montagne de cadeaux que Léo avait laissée pour elle le soir précédent et qu'elle avait placée sous leur sapin.

Sous son sapin.

Jamais auparavant elle n'avait eu de présents aussi joliment emballés. Tous venaient de Léo. Elle n'aurait pas dû les mettre sous l'arbre, mais elle n'en avait jamais eu autant et elle n'avait pas pu résister à l'envie de les conserver. Elle était en particulier fascinée par la petite boîte rouge au ruban argent qu'elle avait vue sur le bureau de Léo ce jour horrible où son monde d'illusions lui avait explosé au visage. C'était le dernier qu'il lui avait acheté, elle le savait, et elle ne pouvait s'empêcher de se demander de quoi il s'agissait.

Les cadeaux de Léo ne devraient plus rien signifier pour elle, désormais. Son mariage avait été un simple changement d'emploi. Point barre.

Elle avait détesté Léo ce jour-là dans le bureau, en lisant le rapport sur Becky et lorsqu'il avait avoué à propos de l'analyse d'ADN. Elle s'était juré de le détester à jamais, malgré toutes les gentillesses et les attentions qu'il avait eues à son égard pendant ces derniers mois. Et ces souvenirs la hantaient. Même maintenant, il continuait à jouer son rôle — lui téléphonant, passant, lui adressant des messages. Elle les déchirait sans les lire. Mais seulement après les avoir serrés contre son cœur, dévorée de curiosité. Et puis oui, elle rangeait tous les morceaux dans le tiroir de sa commode. Ce type méritait un oscar. Vraiment.

Il s'était assuré qu'on prenne soin de Coco et avait exigé d'Abby qu'elle se tienne à l'écart de l'écurie jusqu'à la naissance du bébé.

Elle savait bien que son intérêt avait un rapport avec son ambition. Il devait sans aucun doute avoir une frousse terrible qu'elle raconte tout aux Kemble, histoire de détruire sa carrière. Peut-être d'ailleurs le ferait-elle… Il l'aurait bien mérité. Mais chaque fois qu'elle décrochait le téléphone pour appeler Lizzy et lui dire que Léo était un minable, elle hésitait. Même si elle le voulait, elle ne parvenait pas à oublier ces moments entre ses bras après l'amour.

Abby ferma les yeux. Si seulement son père appelait. Le calme de la maison allait la rendre folle. Son père ne savait-il pas que c'était Noël et qu'il devait téléphoner ?

S'emparant de son téléphone, elle forma le numéro du portable de son père. Il ne répondit pas, bien entendu, aussi laissa-t-elle un autre message.

« Papa, je… je veux te souhaiter un joyeux Noël. Je t'ai envoyé un cadeau et j'espère toujours que tu l'as reçu. Où es-tu ? As-tu reçu au moins l'un de mes messages te demandant si Becky et moi avions été adoptées ? Il est très, très important que tu me répondes à ce sujet. Je... j'aimerais avoir de tes nouvelles. Tu me manques beaucoup. Et, papa, je vais avoir le bébé d'un jour à l'autre maintenant. Je voudrais... je voudrais que tu sois ici... parce que, papa, je... j'ai quitté Léo... et je suis toute seule. Papa, je... j'ai tellement besoin de toi. »

A cet instant, une voix enregistrée lui indiqua qu'il lui restait trente secondes de communication. Abby raccrocha sans avoir pris le temps de dire à son père qu'elle l'aimait.

« Papa, pourquoi ne peux-tu être ici pour moi... rien qu'une seule fois ? »

Jamais elle ne s'était sentie aussi seule et tout cela à cause de Léo. Pendant quelques mois trop courts, lorsqu'il avait vécu avec elle, elle avait eu l'illusion d'être aimée. Quand il franchissait le seuil le soir et l'embrassait en lui disant qu'il était heureux de la retrouver, elle ressentait une sensation de plénitude. Même lorsqu'il l'aidait à faire la vaisselle ou lorsqu'il était à l'écurie à s'occuper de Coco, Abby s'était imaginé qu'il le faisait pour elle, parce qu'il l'aimait.

Mais chaque précieux baiser, chaque regard, chaque geste délicat, même les cadeaux de Noël qui la fascinaient, avaient fait partie d'un vaste mensonge, calculé pour servir l'ambition démesurée de Léo Storm.

Il était bien un de ces hommes d'affaires sans foi ni loi.

Elle avait été vulnérable, sotte et naïve.

Eh bien, jamais plus !

# - 12 -

Abby entendit Kel frapper à la porte. Elle se précipitait pour aller lui ouvrir lorsqu'une houle lui noua le ventre. Cette fois, la douleur était si insupportable qu'elle se plia en deux et prit plusieurs profondes inspirations. L'instant d'après, elle sentit quelque chose ruisseler le long de sa jambe.

Elle avait perdu les eaux.

« Oh, mon Dieu ! pensa-t-elle. Le bébé arrive. »

Sa première pensée fut pour Léo. Puis elle se détesta d'avoir autant besoin de lui.

Lentement, elle se propulsa vers la porte mais quand elle l'ouvrit, Léo était là, en chair et en os.

— Ne la claque pas, murmura-t-il en y coinçant sa botte.

Il paraissait plus mince. La veille au soir, elle n'avait pas remarqué les lignes de souffrance sous ses yeux et de chaque côté de la bouche. Il ne s'était pas soucié de se raser ou de se faire un shampoing et il avait les yeux cernés. Son T-shirt et son jean étaient tachés et flétris. Il ne ressemblait plus du tout à l'homme d'affaires sûr de lui qu'elle avait épousé. S'il avait été n'importe quel autre être humain, elle aurait eu pitié de lui.

— Où est Kel ? demanda-t-elle.

Elle tenta de se redresser, bien décidée à ne rien ressentir pour Léo, même si quelque part en elle — cette fille sans père, faible, naïve, stupide, dévorée du besoin d'être aimée — était folle de bonheur de le voir là.

— Dehors, répondit-il à sa question. Dans la voiture. Elle attend pour t'emmener.

— Elle sait ce que tu as fait et ce que je ressens. Je n'arrive pas à croire qu'elle…

— Abby, ne te mets pas en colère contre elle. C'est Noël. Il fallait que je te voie, pour m'assurer que tout va bien pour toi. Elle est désolée pour moi et elle m'a laissé frapper à ta porte.

— Eh bien, tu m'as vue. Je vais bien. Je veux que tu t'en ailles. Va chercher Kel. J'ai besoin…

De nouveau, son ventre se contracta et la terrible douleur l'obligea à plisser les paupières pour refouler ses larmes. Malgré cela, elle agrippa son ventre.

— Qu'est-ce qu'il y a ?

L'inquiétude durcit la voix de Léo qui fit un pas en avant.

— Rien, dit Abby, mais elle haletait.

Et Léo n'était pas idiot. Une lueur de compréhension passa sur son visage bronzé qui se tendit.

— C'est le bébé, dit-il d'une voix douce. Tu as des douleurs depuis combien de temps ?

— Ce ne sont pas vraiment des douleurs.

— Des contractions, alors ?

— Je ne les ai pas chronométrées, mais j'en ai eu

toute la matinée. Et je crois que je viens de perdre les eaux.

— Pourquoi diable ne m'as-tu pas appelé ?

— Tu es la dernière personne…

— Très bien.

Une expression fugitive de douleur passa dans le regard de Léo.

— Epargne-moi ça, marmotta-t-il d'un ton farouche. As-tu préparé un sac ?

Abby hocha la tête, heureuse malgré tout qu'il soit là et qu'il prenne la situation en main.

Il lui avait manqué. Il lui avait tellement manqué. Et elle avait tant besoin de lui.

— Abby, je sais que tu ne me crois pas, mais je t'aime. Non parce que tu es une héritière Kemble, mais parce que tu es toi. Après avoir perdu Nancy et Julie, je ne pensais pas avoir une seconde chance et, à cause de cela, toi et le bébé m'êtes doublement précieux.

Léo en aurait dit davantage si de nouveau le ventre d'Abby ne s'était douloureusement contracté. Puis Kel fit son apparition.

Déchirée par la douleur, Abby se mordit la lèvre.

Léo encouragea doucement Abby d'aller se changer et ordonna à Kel de trouver des serviettes de toilette propres pour asseoir Abby dans la camionnette. Il s'empara de sa valise et prit quelque chose sous le sapin. Ensuite, il sortit et amena sa camionnette devant la porte de derrière.

Toute la semaine, Abby avait essayé de se convaincre

qu'elle le méprisait. Il n'était qu'un minable, ambitieux et menteur. Cependant, il était difficile de rejeter un homme qui savait se rendre utile.

Avant de savoir ce qui lui arrivait, il la souleva dans ses bras et l'emporta au bas des marches.

Comme il ouvrait la portière et l'aidait à grimper dans le véhicule, Abby demanda :

— Je… je veux Kel.

Non qu'elle voulût réellement Kel. Les bras de Léo autour d'elle lui semblaient si bons.

— Je vais rester juste derrière toi, la rassura Kel en lui prenant la main. En outre, je suis si nerveuse que je risque d'avoir un accident si je conduis.

Et d'ajouter :

— C'est un homme bon et il t'aime. Il me l'a répété chaque jour et pour une fois, je le crois.

Elle se pencha un peu plus.

— Personne n'est parfait, Abby. Tu devrais le savoir. Tu n'es jamais sortie avec quelqu'un qui ressemble de près ou de loin à ce type. Si c'était moi, je lui pardonnerais en un clin d'œil, sans jamais plus regarder en arrière. Le fait que tu sois une Kemble est un plus. Et qui sait ? Ce garçon finira sans doute par retrouver ta sœur ?

Abby ne répondit rien. Une fois qu'ils eurent tous bouclé leur ceinture, Léo eut la sagesse de se contenter de conduire.

Pas une seule fois il ne tenta de se défendre ou de s'excuser. Il se contenta de garder les yeux fixés sur la route et de se concentrer afin qu'ils arrivent sains et saufs à Austin. L'abdomen d'Abby continua à se contracter et c'était chaque fois plus douloureux.

L'aimait-il ? Peut-être n'était-il pas parfait. Mais s'il l'aimait, est-ce que cela ne suffirait pas ? Devait-il absolument être parfait tel le mari idéal dont elle lisait la description dans les magazines féminins ? Existait-il seulement un homme capable de tout faire comme il faut ?

La contraction suivante la laissa pantelante.

Vaguement, Abby se rendit compte que Léo accélérait. Les pelouses et les maisons des faubourgs d'Austin défilaient à toute vitesse. Maintenant, Léo doublait tous les autres véhicules.

Elle réfléchirait à tout ça plus tard, se dit Abby. Pour l'instant, elle allait mettre au monde un bébé.

Leur bébé.

Bordée dans de frais draps blancs, son fils aux cheveux noirs faisant des bruits de gorge en la tétant et Léo fièrement campé à côté d'elle, Abby était sereine, bien qu'un peu lasse.

Et même très lasse.

Les jours les plus heureux sont sans nul doute ceux où naissent les bébés. Aussi longtemps qu'elle vivrait, Abby n'oublierait jamais l'instant où avait retenti le petit cri de son fils ni la chaleur et l'amour qu'elle avait lus dans les yeux sombres de Léo au-dessus d'elle, derrière le masque bleu de chirurgien. Elle avait eu l'impression d'être une reine accouchant d'un prince… et aussi d'une épouse bien-aimée.

Avoir un enfant sain et normal avec un homme qu'elle aimait. Un homme qui l'aimait. Que pouvait apporter de mieux la vie ?

— Me pardonneras-tu jamais ? demanda Léo.

Ses yeux brûlaient mais il devint soudain très pâle.

— C'est déjà fait. Viens ici, mon chéri, répondit Abby.

Lorsqu'il se fut approché, elle prit la grande main bronzée et la retourna. Puis elle l'attira vers sa joue et l'y retint. Elle avait un tel besoin de sa chaleur, de sa force.

— C'est déjà fait, répéta-t-elle. Je désire que notre fils connaisse son père.

— Et toi ? interrogea Léo d'une voix rauque.

La sombre souffrance que recelait sa voix fit palpiter le cœur de son épouse.

— Je n'ai jamais cessé de t'aimer. J'ai essayé, mais je n'ai pas pu. Tu as tellement embelli ma vie et tu m'as trop manqué. Quand le travail a commencé, la seule chose que je désirais c'était ta présence. Avec toi, je me sens en sécurité. Je n'avais jamais ressenti cela auparavant. Avec personne. Même pas avant la disparition de Becky.

— Je me suis vraiment conduit comme un imbécile.

— Et moi aussi.

Les doigts de Léo suivirent amoureusement les contours de la bouche de son épouse.

— Oh, Abby…

— Crois-tu que tu retrouveras un jour ma sœur ?

— Je la trouverai... où j'en mourrai. Comme tu le sais, je peux être plutôt sans concession quand je veux quelque chose. Parfois, c'est une bonne chose. Et puisque nous en parlons...

Comme il s'interrompait, les yeux d'Abby croisèrent les siens, mais cette fois, ils étincelaient.

— Devine qui est dehors ? dit Léo.

— Je ne sais pas.

— Ton père. Grâce à Connor qui a repéré sa trace et l'a traîné jusqu'ici. Il était dans la jungle en Amérique du Sud dans un camp de terroristes où il écrivait l'histoire d'une vie. Mais il est impatient de te voir et de voir son petit-fils.

— D'abord... embrasse-moi et prends-moi dans tes bras, Léo, mon cher amour.

Léo s'empressa de la satisfaire.

Très doucement, il se pencha au-dessus du lit, attentif à n'écraser ni elle ni leur fils. Timidement, leurs lèvres se rencontrèrent, d'abord avec amour, et ensuite avec désir. Un long moment plus tard, Léo embrassa le sommet du crâne de leur fils.

— Je vais aller chercher ton père.

— Joyeux Noël ! s'exclama ce dernier, entrant dans la chambre, les bras chargés de cadeaux.

Abby songea qu'ils avaient dû être achetés par Léo car son père ne lui en avait jamais acheté aucun, du moins pas à sa connaissance. Mais c'était bon. Son père était là.

Comme il se penchait pour l'embrasser, elle renifla

une odeur de cigarettes, de cuir et de senteurs de forêt vierge. Son visage lui râpait la peau — il avait besoin de se raser, mais peu lui importait. Il était ici. Enfin. Et grâce à Léo.

— Joyeux Noël, chérie, dit Léo à son tour.

Leurs regards se croisèrent par-dessus l'épaule de son père.

— Joyeux Noël, répondit-elle. Le premier de nombreux autres ensemble… j'espère.

— Je te promets une existence entière de joyeux Noëls, jura Léo.

Cette fois, Abby le crut sur parole.

— J'ai du mal à attendre de rentrer pour ouvrir la boîte rouge au ruban d'argent, murmura-t-elle.

— Inutile d'attendre. Elle est ici.

Avec un large sourire, Léo sortit l'objet de sa poche.

Lorsqu'il la lui tendit, elle fit sauter le ruban avec l'impatience d'un enfant qui a attendu toute sa vie un vrai Noël.

Son père se mit à rire mais Abby pleura en apercevant l'exquis cheval piqué de diamants.

— C'est Coco ?

— Je crois être tombé amoureux de toi la première fois où je t'ai vue monter ce cheval, dit son mari.

Un bras passé autour de son cou, l'autre soutenant leur fils, Abby attira Léo et l'embrassa longuement.

# Épilogue

Cette journée de févier était tiède et baignée de soleil, ce qui n'avait rien d'inhabituel au sud du Texas.

A la sortie de la chapelle du ranch de Golden Spurs, une foule de Kemble se pressait aux côtés de Léo et de sa femme toute dorée qui se tenait fièrement près de lui, tenant dans ses bras le petit Caesar Kemble Storm. Tout le monde voulait regarder le bébé de plus près. Même Joanna, qui n'avait pas été très satisfaite en apprenant la véritable identité d'Abby.

— Eh bien, lança Joanna d'une voix un peu tranchante, vous voilà avec toute une famille.

— Parfaitement, répondit Léo d'un ton désinvolte. Et j'en suis très heureux.

Mia et Lizzy avaient été ravies d'apprendre la véritable identité d'Abby. Bien que moins satisfaite, Joanna n'avait guère paru surprise lorsque Abby et Léo étaient venus un week-end à Golden Spurs après la naissance du bébé, pour le lui annoncer. Non sans ronchonner, Joanna avait fait contre mauvaise fortune bon cœur et accepté Abby dans la famille comme quelque chose d'inévitable. Elle avait même félicité Léo à plusieurs reprises. Puis, curieusement, comme elle l'avait fait au mariage, elle avait interrogé Abby à propos de son père et bu chacune de ses paroles quand la jeune femme avait évoqué sa très récente visite.

— Vous a-t-il jamais dit que vous aviez été adoptée ?

— Pas avant que je ne lui pose la question lors de son dernier séjour. Il m'a répondu qu'il avait toujours eu l'intention de le faire quand Becky et moi serions devenues adultes. Mais à la disparition de Becky, il n'avait pu se résoudre à affronter cela.

— Je l'ai toujours connu tellement imperméable à la crainte. J'étais la seule…

Joanna s'étant interrompue, Abby se posa des questions sur la fascination que son père semblait exercer sur cette femme.

— Comment avez-vous connu mon père ?

— Nous avons été amis un court moment.

Et ce fut tout. Abby supposa qu'en raison de son travail, son père avait dû négliger Joanna.

Pour l'instant, Lizzy faisait danser devant les menottes dodues du petit Caesar une paire de mini-éperons et Abby oublia tout de sa conversation avec Joanna.

— Je trouve que bébé Caesar s'est très bien tenu pendant la cérémonie, remarqua Lizzy avec un grand sourire. Ces éperons sont pour lui et quand vous partirez, je les suspendrai pour toujours à l'arbre aux éperons. Juste à côté de ceux de papa.

Abby se sentait bien plus heureuse lorsqu'elle se trouvait en compagnie de sa nouvelle famille et de leurs amis. La chapelle et la grande maison ainsi que tous les autres bâtiments avaient été fraîchement repeints après le feu. Il avait beaucoup plu en janvier et il n'y avait pas eu de gelées, aussi une herbe grasse et verte recouvrait la plus grande partie de la terre qui avait noirci l'été précédent.

— Bébé Caesar, tu as été bien, bien plus sage que ma Vanilla pendant le service, dit Mia. Elle est là-bas en train de bouder près du barbecue parce que je suis ici à te faire des compliments.

Le petit Caesar se tortilla et se mordilla le poing comme s'il tirait sur ses dernières réserves de patience.

— Je crains d'être obligée de le nourrir, dit Abby à l'instant où il poussait un petit cri inquiet.

Repliant les doigts, il les fourra dans sa bouche et comme cela ne l'apaisait pas, il commença à donner des coups de pied. Avant de pousser un nouveau cri.

La fumée des barbecues s'élevait lentement dans le ciel bleu et sans nuages. D'immenses tentes blanches avaient été dressées sur la pelouse pour recevoir les invités, convoqués pour faire la fête aux trois nouveaux membres de la famille.

C'était Joanna qui avait suggéré de baptiser le bébé au ranch, là où tous les membres de la famille l'avaient été avant lui. Et comme on était au sud du Texas, une fête de baptême ne pouvait se concevoir sans barbecue, bière et mariachis. Les musiciens étaient en train de s'installer près de la grande maison.

Abby n'avait pas plus tôt accepté le principe du

baptême au ranch que Lizzy s'était empressée de lui apporter la robe de baptême originale de Caesar Kemble avec un mot disant que bébé Caesar devait porter la robe du patriarche.

C'est pourquoi Abby se tenait là avec son mari et dans ses bras son bébé qui gigotait, entourés de toute la famille.

Quand tout le monde eut tripoté les orteils et les bras du petit et parlé bébé avec lui, Léo prit la main d'Abby pour l'entraîner vers leur salon privé, à l'intérieur de la grande maison pour qu'elle puisse nourrir l'enfant.

Une fois seuls avec le bébé en train de téter, Léo se pencha pour donner un long et chaud baiser à son épouse. Comme tous les autres, celui-ci était une promesse d'avenir.

Sans y penser, Abby caressa l'adorable petit cheval à la bride de diamant que Léo lui avait offert à Noël. Puis sa main se posa sur les boucles sombres de leur bébé.

Son père était retourné en Argentine et elle n'avait plus eu de nouvelles de lui depuis son départ. Cependant, ce matin-là, il lui avait confié qu'Electra et lui avaient choisi une agence d'adoption pour s'occuper de celle de leurs jumelles.

— Electra était une vieille amie. Nous avions collaboré sur plusieurs livres. Lorsqu'elle s'est retrouvée enceinte, elle est venue me voir et je lui ai dit à quel point ta mère et moi désirions des enfants. Ta mère et moi avons été si heureux… pendant un certain temps — avant que Becky disparaisse et que tout aille mal.

— Oui, dit Abby. Nous étions heureux.

— Si seulement…

Il s'était interrompu.

— Je m'oblige à écrire, tu sais, pour ne plus y penser. Je suis devenu en quelque sorte dopé à l'adrénaline.

— Peut-être devrais-tu chercher quelqu'un d'autre ? suggéra Abby.

— J'ai fait un essai il n'y a pas si longtemps et encore une fois, j'ai dû affronter une rupture. Alors non, merci.

— J'en suis désolée, papa.

— Oh, tout va bien.

Mais pour le moment, il n'était pas question pour Abby de penser à son père ou de broyer du noir à propos de Becky. Elle avait trop de bienfaits du ciel à dénombrer. En fait, assise là dans le rocking-chair, sa blouse déboutonnée et Caesar pressé contre elle, son mari lui souriant avec amour, elle n'avait jamais été aussi heureuse.

Jamais elle n'aurait pu imaginer connaître un tel bonheur. Même pas dans ses rêves les plus fous.

Bientôt peut-être, Léo retrouverait Becky pour elle et pour son père…

Si un homme en était capable, c'était bien lui.

*Pour découvrir l'histoire de Becky,*
*rendez-vous le 1^er^ décembre*
*dans le n° 180 de la collection* Passions

JAN COLLEY

# Passion sous la neige

*éditions* Harlequin

*Titre original :* BILLIONAIRE'S FAVORITE FANTASY

*Traduction française de* HERVÉ MALRIEU



83/85 boulevard Vincent-Auriol 75646 PARIS CEDEX 13.
Service Lectrices — Tél. : 01 45 82 47 47
www.harlequin.fr

# - 1 -

Le président de séance regarda par-dessus ses lunettes.

— J'ai le très grand plaisir de vous présenter notre nouvelle directrice d'exploitation, Madeline Holland.

Quelques applaudissements polis saluèrent cette déclaration.

— Je crois que vous avez longtemps travaillé pour Global Hospitality, mademoiselle, ajouta-t-il en souriant. Pourriez-vous nous en apprendre un peu plus sur vous ?

Madeline lui rendit son sourire et se leva, lissant son élégante jupe de lin bordeaux.

A cet instant, la porte s'ouvrit à la volée et percuta le butoir avec un fort claquement.

Grand, beau, impeccablement mis, un homme se dressait dans l'embrasure de la porte, portant sous le bras une pile de documents.

A peine debout, elle vacilla, les yeux rivés sur ce visage mal rasé, ce nez aquilin, ces lèvres si bien dessinées…

Miséricorde ! C'était lui. Son amant de la veille.

Se souvenant de son regard envoûtant — vert comme

la mer et embrasé par la passion — à présent caché derrière des lunettes de soleil, elle ferma brièvement les yeux. Puis, s'efforçant de calmer sa respiration, elle se rassit et se recroquevilla sur son siège, suppliant le ciel de l'expédier à cent pieds sous terre.

Elle sentit Kay se crisper à côté d'elle.

Sa meilleure amie se trouvait être la directrice régionale des trois hôtels que la chaîne Premier possédait à Queenstown, les problèmes de sécurité la concernaient donc au premier chef.

L'homme embrassa d'un seul coup d'œil la table du conseil d'administration.

— Bonjour, mesdames et messieurs, dit-il en pénétrant dans la salle. Je suis Lewis Goode.

Madeline garda les yeux obstinément baissés tandis qu'il se mettait à distribuer les documents.

La veille, alors qu'elle se pâmait dans les bras de cet homme, savait-il qui elle était ? Songeait-il déjà à faire irruption dans cette salle de réunion ? Allait-il la reconnaître et sourire avec suffisance, sachant qu'il l'avait vue nue, sans la moindre inhibition ni retenue ?

Sa tâche achevée, Lewis Goode serra la main du président de séance, qui affichait un large sourire, et prit place à ses côtés. Il ôta ses lunettes de soleil et les glissa dans sa poche, avant de parcourir la table des yeux.

— Certains d'entre vous me connaissent, dit-il.

Il adressa un bref sourire aux six personnes les plus proches de lui, principalement des directeurs, puis leva la tête pour parcourir du regard l'ensemble du conseil d'administration.

Elle se recroquevilla encore davantage, agrippant le bord de la table pour s'empêcher de fuir à toutes jambes.

Techniquement, elle n'aurait pas dû se trouver à cette table, puisqu'elle ne faisait pas encore partie du conseil. Cependant, Kate, l'organisatrice de la réunion, avait obtenu que Madeline vienne se présenter en tant que dernière arrivée dans l'équipe de direction.

— Pour ceux qui ne me connaissent pas, ajouta le nouveau venu, je détiens à présent la majorité des actions du groupe hôtelier Premier, dont je suis désormais le nouveau P.-D.G.

Un murmure collectif s'éleva autour de la table. Seuls les directeurs n'avaient pas l'air surpris. Quant à Madeline, elle eut toutes les peines du monde à étouffer un gémissement.

Elle avait couché avec son nouveau patron !

— Hier matin, poursuivit Lewis Goode, la commission australienne des Investissements et Transactions financières a approuvé l'offre de rachat que j'avais émise un an auparavant. Je remercie les membres du conseil qui m'ont soutenu. Quant aux autres…

Il s'interrompit, et un silence lourd de menaces s'abattit sur l'assemblée.

Certains osaient à peine lancer un coup d'œil furtif en direction du nouveau P.-D.G.

— Les autres, reprit-il, doivent savoir que je ne demande rien de moins que la loyauté à mon égard.

Si certains d'entre eux ne peuvent s'y résoudre, il leur suffit de me le faire savoir, et je veillerai personnellement à ce qu'ils obtiennent de justes indemnités de licenciement.

Tous les regards se portèrent sur les autres directeurs, dont les visages demeurèrent impénétrables.

— Comme c'est toujours le cas après un rachat, poursuivit Lewis Goode, nous entrons dans une période de réajustements. Nous évaluerons le travail de chacun, puis tous les cadres devront de nouveau postuler pour leur emploi.

Madeline vit Kay tourner vers elle un visage rempli de désarroi et de culpabilité. En effet, son amie l'avait persuadée de quitter un excellent poste pour entrer dans la chaîne des hôtels Premier. Heureusement, son amie ne se doutait pas qu'elle avait encore autre chose à se reprocher : la veille au soir, elle lui avait involontairement fourni l'occasion d'un dangereux écart de conduite !

Pourtant, cet « écart » lui était apparu sur le moment comme parfaitement légitime.

— Exception faite, continua Lewis, de l'homme que j'ai remplacé, Jacques de Vries. Je mets immédiatement fin à son contrat.

De nouveau, un murmure s'éleva de presque toute la table. Jacques de Vries était une icône, le fondateur de cette chaîne d'hôtels tentaculaire qui couvrait la presque totalité du globe.

— Ainsi que de…

Lewis Goode s'interrompit et regarda Madeline

droit dans les yeux. Elle fut instantanément prise de panique.

— … Madeline Holland, qui prendra son poste de directrice d'exploitation pour l'Australie et la Nouvelle-Zélande comme prévu.

Elle poussa un soupir de soulagement. Ainsi, elle n'avait pas abandonné son emploi à l'étranger pour se retrouver au chômage en Nouvelle-Zélande !

Cependant, son soulagement fut de courte durée. Comment allait-elle faire face à une telle situation ? Elle s'était mise dans une position intenable vis-à-vis du directeur…

Soudain, elle sursauta, se rendant compte que Lewis Goode continuait de la transpercer des yeux.

Il souriait imperceptiblement, comme s'il avait suivi le cheminement de ses pensées.

— Votre réputation de directrice d'exploitation vous a précédée, mademoiselle Holland. Votre première mission consistera à transférer notre siège social de Singapour à Sydney. Je suis impatient de travailler en étroite collaboration avec vous sur ce dossier.

Kay la poussa joyeusement du coude.

Mais Madeline était encore sous l'impact du sourire que Lewis lui avait adressé, ainsi que de son regard, sans oublier l'accent qu'il avait fait porter sur l'expression « *étroite* collaboration ». Et puis, il venait de se trahir.

« Votre réputation vous a précédée ».

La veille au soir, il savait donc déjà qui elle était !

Elle se força à esquisser un sourire malgré l'embarras et la colère qui montaient sourdement en elle, le disputant à la panique.

Enfin, Lewis détourna le regard de son visage en feu.

— Oui, je suis impatient de vous connaître au cours des quelques jours que durera notre congrès annuel dans cette magnifique région de la Nouvelle-Zélande du Sud. Mais, pour l'heure, je voudrais m'entretenir avec seul le conseil de direction, si vous voulez bien nous excuser.

Tous les assistants, exception faite des directeurs, se levèrent dans un état de grande excitation, chacun commentant la nouvelle à mi-voix.

Madeline se retint à grand-peine de pousser pour gagner plus vite la sortie.

Dès qu'ils furent dehors, les délégués se massèrent autour de Kay.

— Vous étiez au courant ? lui demandèrent-ils.

Kay secoua la tête.

— J'avais entendu des bruits de couloir. Mais, à mon avis, personne ne s'attendait à ce que cela se produise si vite.

Tout le monde voulait savoir comment un tel événement avait pu se produire — et surtout comment un homme aussi puissant que Jacques de Vries avait pu capituler ainsi.

Madeline se souciait fort peu de l'ancien P.-D.G. Un peu à l'écart, elle se demandait plutôt ce que le *nouveau* P.-D.G. avait pu penser lorsqu'elle avait accepté de coucher avec lui, la veille au soir. En même temps, des myriades d'images et de sensations s'invitaient dans son esprit et dans son corps.

Des muscles vigoureux sous une peau bronzée, un visage souriant d'extase, les sensations du corps de Lewis contre le sien et inséré profondément en elle…

Elle s'adossa au mur. Ces souvenirs tout neufs réveillaient un feu en elle, et sa poitrine tendue la tirait.

A vingt-huit ans, elle se sentait encore honteuse et insignifiante après avoir fait l'amour ! Elle se trouvait ramenée douze ans en arrière, lorsqu'un événement similaire lui avait fait prendre la décision de quitter sa mère, son entourage et sa ville natale.

Depuis, elle avait travaillé sans relâche pour oublier l'adolescente inhibée et mal dans sa peau qu'elle avait été. Et, jusque-là, elle croyait y être parvenue ! Grands dieux, pourquoi s'était-elle justement laissé séduire par Lewis Goode ?

Kay se sépara du groupe afin de la rejoindre.

— Je boirais bien quelque chose, dit-elle. Dans mon bureau ou au bar ?

— Dans ton bureau, répondit Madeline en s'écartant du mur.

N'importe où, pourvu que ce soit loin de ses nouveaux collègues.

— Désolée, chérie, je n'avais rien vu venir ! s'excusa Kay en s'arrêtant devant son bureau. Du chardonnay, ça te va ?

— Ça me va très bien.

Elle commanda au bar une bouteille et deux verres.

— Tout de même, j'aurais dû te prévenir qu'il y avait des bruits de couloir.

Madeline haussa les épaules. Rien ne pourrait jamais amoindrir la reconnaissance qu'elle éprouvait envers son amie d'enfance. Pendant qu'elle ne songeait qu'à sa carrière, Kay s'était occupée de sa mère qui s'enfonçait doucement dans la maladie d'Alzheimer et avait organisé son déménagement dans une résidence pour retraités. Elle avait également persuadé Madeline de postuler un emploi plus près de sa terre natale.

Prenant place derrière son bureau, Kay lui fit signe de s'asseoir aussi.

— Je croyais vraiment — nous croyions tous — que Jacques était bien trop fort pour se laisser racheter. Tu sais, c'est lui qui a fondé cette compagnie. De toute évidence, les directeurs du conseil d'administration l'ont emporté.

Madeline n'avait jamais rencontré l'ancien P.-D.G., mais c'était une icône de l'industrie hôtelière. Les hôtels Premier, implantés surtout en Australie et en Asie, étaient également assez nombreux aux Etats-Unis, où se trouvait le siège social de la compagnie pour laquelle elle travaillait auparavant, Global Hospitality.

Le visage de Kay s'éclaira.

— Tu dois être soulagée de ne pas avoir à postuler de nouveau ton emploi, dit-elle. Je me demande s'il en sera de même pour les directeurs régionaux comme moi.

— Je n'en sais pas plus que toi, répondit Madeline d'un ton distrait. Parle-moi un peu de ce Lewis Goode.

Après tout, elle ne connaissait de lui que le feu qui avait brûlé dans ses yeux tandis qu'il la déshabillait et la chaleur de sa peau, sans oublier l'habileté de ses mains et de sa bouche…

— Je crois que j'ai déjà entendu prononcer son nom, poursuivit-elle, mais je ne savais pas qu'il avait un lien avec l'industrie hôtelière.

Et en tout cas, il ne s'était pas présenté la veille au soir…

— Il n'en avait aucun jusqu'ici, rétorqua Kay. Du moins, pour autant que je sache. Mais regarde là-dedans, tu seras édifiée.

Elle fit un geste en direction de la table basse, où se dressait une pile de magazines professionnels.

Madeline en prit deux ou trois et se mit à les feuilleter.

Son cœur bondit lorsqu'elle tomba, dès le deuxième magazine, sur le beau visage bronzé de Lewis Goode qui semblait lui sourire.

— Il possède une foule de compagnies, poursuivit Kay. Notamment Pacific Star Airlines. Il l'a achetée il y a cinq ans pour une bouchée de pain, et elle se classe à présent au deuxième rang des compagnies aériennes du Pacifique !

S'arrachant à la contemplation de la photographie, Madeline entreprit de lire l'article correspondant.

Après tout, son ignorance s'expliquait par l'éloignement géographique : elle travaillait aux Etats-Unis et rentrait très rarement chez elle. De plus, elle avait sollicité cet emploi chez Premier moins d'un mois auparavant.

Mais comment diantre avait-il su qui elle était ? Et pourquoi ne lui avait-il pas révélé sa propre identité ?

Certes, dans l'ambiance surréelle du chalet de montagne où ils s'étaient rencontrés, ils s'étaient interdit, par jeu, de se communiquer le moindre renseignement personnel — pas même leur nom…

Tout de même, qu'avait cherché Lewis Goode dans ce petit jeu, outre le plaisir facile de connaître sa partenaire à son insu ?

— Il faut espérer qu'il continuera à faire joujou avec ses avions et laissera les spécialistes s'occuper des hôtels ! observa-t-elle.

Le visage de Kay s'assombrit.

— Cela m'étonnerait ! D'après ce que j'ai entendu dire, c'est un bosseur, sans arrêt à harceler ses employés.

Elle ne croyait pas si bien dire !

— C'est moi qui devrais me faire du mauvais sang, poursuivit Kay. Entre nous — puisque tu es mon nouveau chef, je te fais confiance —, les affaires ne sont pas très bonnes en ce moment. Il ne nous reste plus qu'à demander au ciel une saison de ski exceptionnelle.

A ces mots, Madeline cessa de s'apitoyer sur son sort.

Toutes deux, parties de rien, avaient travaillé dur pendant des années pour atteindre les postes les plus élevés, sans jamais cesser d'étudier pendant leurs loisirs pour parfaire leur formation. Elle-même avait fait carrière au sein d'une chaîne d'hôtels concurrente, acceptant des postes dont personne ne voulait, ce qui lui avait permis de se forger une réussite dont elle n'avait jamais osé rêver. Kay, pour sa part, se retrouvait directrice régionale depuis un an, après avoir travaillé pendant dix ans dans la branche hôtelière, exception faite d'une année de congé de maternité lorsqu'elle avait eu ses jumeaux.

— Même si tout ne va pas pour le mieux, fit-elle remarquer, ce serait un bien mauvais P.-D.G. s'il laissait Premier perdre sa position de leader sur le marché du tourisme en Nouvelle-Zélande !

A la fois une station de ski réputée et un lieu de villégiature estivale très fréquenté, Queenstown jouissait du privilège de ne pas avoir de saison creuse. Il y avait littéralement des centaines de lieux d'hébergement dans cette petite ville. Premier, avec ses trois hôtels — un sur les quais, un en altitude et un au bord du lac — possédait les meilleurs établissements de la station. En fait, lorsque Kay et elle avaient commencé à travailler, les hôtels Premier étaient déjà les principaux employeurs de la ville.

La porte s'ouvrit, et la secrétaire de Kay fit son entrée dans le bureau, apportant une bouteille et deux verres sur un plateau.

— Il y a un certain Lewis Goode qui veut vous voir, Kay. Il n'a pas de rendez-vous.

Madeline sursauta. Elle se leva vivement, cherchant désespérément un moyen de s'échapper.

Kay poussa un profond soupir.

— Très bien, dit-elle. Un autre verre, s'il vous plaît, Félicité.

La main tendue, un demi-sourire aux lèvres, le nouveau P.-D.G. se dirigea tout droit vers le bureau de Kay tandis que Madeline s'écartait discrètement.

— Si j'ai bien compris, c'est vous qui avez organisé la conférence annuelle, dit-il à Kay.

— C'est vrai, répliqua celle-ci d'un ton presque détendu. C'est l'une de mes nombreuses attributions. Vous a-t-on officiellement présenté Mlle Holland ?

Le cœur de Madeline bondit. Loin du regard brûlant de désir qu'elle avait connu, les yeux verts de Lewis Goode étaient froids et semblaient la sonder, tandis que son léger sourire lui parut celui d'un prédateur.

— Non. Pas officiellement.

— Madeline.

Elle tendit une main moite.

Celle de Lewis Goode était chaude et sèche, et elle garda la sensation de cette pression longtemps après que leurs mains se furent séparées.

— Ainsi, vous êtes restée dix ans chez Global Hospitality ?

La gorge serrée, elle hocha la tête en silence. Il ne manquerait plus qu'elle ne puisse produire qu'un glapissement.

— Qu'est-ce qui vous a fait venir chez nous ?

Elle avala sa salive avec la plus grande difficulté.

— Je… voulais me rapprocher de chez moi, dit-elle enfin.

— De chez vous ?

— Oui. Ma mère habite ici, dans un village de retraités.

— Madeline et moi sommes amies d'enfance, dit Kay avec à-propos. Et nous avons toutes deux débuté ici à seize ans, en tant que femmes de chambre, précisément dans cet hôtel.

Lewis Goode haussa les sourcils sans quitter des yeux le visage de Madeline.

— On ne m'avait pas informé de cela.

A cet instant, la secrétaire de Kay entra, apportant le troisième verre.

— J'espère que vous allez vous joindre à nous, dit cette dernière. Nous fêtons le retour de Madeline.

Il ne répondit pas tout de suite, et pendant ces quelques instants d'angoisse, Madeline pria le ciel qu'il refuse. Mais il adressa à Kay un sourire chaleureux.

— Si vous pensez que je ne vais pas vous déranger…

— Absolument pas !

Kay se mit en devoir d'emplir les verres.

Pendant ce temps, Madeline maintint son regard obstinément fixé sur le liquide ambré qui coulait.

Tout, plutôt que d'apercevoir de nouveau le sourire entendu plaqué sur le visage de cet homme !

Les loups, à l'instar des chats, s'amusaient-ils à

jouer avec leurs proies avant de leur porter le coup fatal ?

— Et, jusque-là, demanda poliment Lewis, vous avez apprécié votre retour, Madeline ?

Elle eut un instant l'impression que sa voix caressait intentionnellement les syllabes de son nom pour le rendre exotique et séduisant, alors qu'elle-même l'avait toujours considéré comme vieux jeu et collet monté.

En fait, la question qu'il voulait lui poser, c'était très exactement : « Vous avez apprécié la nuit que nous avons passée ensemble, Madeline ? »

Décidément, il profiterait jusqu'au bout de son avantage !

Inspirant profondément, elle inclina la tête, et son cou lui sembla aussi raide qu'un pieu d'acier. S'efforçant d'oublier la sensation de la main de son interlocuteur contre la sienne, elle se saisit du verre que lui tendait Kay.

— Allez-vous rester pendant la conférence, monsieur Goode ?

Souriant, Lewis détourna les yeux vers celle-ci.

— Appelez-moi Lewis. Pour répondre à votre question : oui. En tout cas quelques jours.

— Queenstown est la capitale mondiale de l'adrénaline, plaisanta Kay. J'ai organisé quelques activités plus ou moins délirantes pour me venger de mes supérieurs.

Le sourire de Lewis s'élargit encore.

— Nous devrions aimer cela. N'est-ce pas, Madeline ? dit-il, affichant un petit sourire en coin.

Madeline leva vivement la tête.

— Pour le moment, je suis en vacances, riposta-t-elle en détournant le regard des impitoyables yeux verts.

Elle sirota une ou deux gorgées de vin avant d'ajouter :

— Je commence au début du mois prochain.

Lewis conserva un mince sourire, mais elle ne manqua pas de remarquer la soudaine tonalité métallique de sa voix.

— Ce n'est pas une raison pour manquer la conférence annuelle, j'espère !

Elle retint de justesse une réplique cinglante. Et, tandis que son amie bavardait avec leur nouveau patron, elle se prit à méditer sur l'ironie de la situation.

Tous ses espoirs d'atteindre les sommets de la réussite et de réussir un retour triomphant au pays venaient de s'évanouir. Son aventure avec son patron ne manquerait pas, tôt ou tard, d'être exposée au grand jour. Comment alors pourrait-elle regarder en face les habitants de Queenstown ? Et surtout, sa mère et ses nouveaux collègues de Sydney ?

Prêtant une oreille distraite au babillage de Kay, Lewis dégustait son breuvage à petites gorgées tout en se délectant du malaise de Madeline Holland.

Une chose était certaine : Madeline était une actrice de tout premier ordre. Même au cœur de leurs ébats les plus échevelés, elle n'avait aucunement laissé paraître qu'elle connaissait son identité. Jacques de Vries avait parfaitement choisi sa séductrice.

C'était normal : Jacques avait toujours eu une longueur d'avance sur tous les autres — jusqu'à ce matin.

Lewis savoura lentement une nouvelle gorgée de vin tandis que le visage apoplectique de Jacques de Vries dansait devant ses yeux.

Cette journée était l'aboutissement de deux années de préparation et de dur labeur. Cela faisait plusieurs mois qu'il avait gagné le soutien de la plupart des directeurs, mais il avait dû attendre, en rongeant son frein, que les organismes gouvernementaux concluent leurs enquêtes et donnent leur feu vert au rachat.

Il n'avait rien d'un homme cruel, mais, en l'occurrence, la vengeance lui paraissait douce.

Jacques de Vries s'était toujours cru supérieur à tous au point d'être intouchable. Aujourd'hui, il venait d'apprendre que personne n'était invulnérable — surtout ceux qui s'entouraient de flatteurs toujours prêts à leur emboîter le pas.

— Vous n'avez jamais cessé de prendre l'empressement de vos directeurs pour de la crainte et du respect, avait-il dit à Jacques avant de le chasser de sa suite présidentielle ainsi que de l'hôtel. Et pourtant, ils ne se sont guère fait prier pour retourner leur veste !

Il jeta un coup d'œil à la femme qui se tenait à un mètre de lui, les yeux obstinément baissés.

Ce matin en la quittant, il s'était obligé à la chasser de son esprit, car il avait pas mal de choses à faire ce jour-là. A présent, il pouvait prendre le temps de l'observer de nouveau.

Ces cils et sourcils noirs, cette soyeuse crinière d'or à présent soigneusement nouée en chignon, ce ravissant grain de beauté faisant ressortir le bronzage idéal de ses joues, sur lequel il avait posé les lèvres en partant ce matin, tandis qu'elle dormait… Il inspira profondément, et tous ses sens s'échauffèrent en reconnaissant le subtil parfum de la jeune femme.

Dommage qu'elle s'obstine à diriger ses yeux bleu cobalt vers la pointe de ses chaussures !

Oui, Madeline Holland était en tout point exceptionnelle. Il avait décidé de la garder à cause de sa réputation et de son expérience dans l'industrie hôtelière, mais aussi parce qu'elle n'avait pas connu la direction précédente et serait ainsi plus facile à modeler. Coucher avec elle n'avait été qu'un bonus inattendu et délicieux.

Il avait éprouvé des affinités sexuelles avec de nombreuses femmes, mais aucune n'avait jamais produit un tel effet sur ses sens. Lorsque Madeline s'était arrangée pour le rencontrer dans la petite station montagnarde où il comptait attendre discrètement le meeting d'aujourd'hui, il avait feint de ne pas se douter de la ruse simpliste de Jacques — qui, manifestement, s'était servi d'elle pour l'espionner — et il s'était enivré de ses charmes, avant de s'emparer de la compagnie pour laquelle elle travaillait !

Satisfait au-delà de toute expression, il élargit son sourire pour l'adresser à Madeline.

Elle avait bien gagné son bonus, et davantage encore !

S'apercevant soudain que Kay lui avait posé une question, il quitta Madeline des yeux.

— Je vous demande pardon ?

Kay lui demandait s'il avait l'intention d'utiliser le temps de parole alloué à Jacques de Vries le lendemain soir, lors du gala inaugural de la conférence annuelle.

— Bien sûr ! répondit-il. Je doute cependant que mon discours soit aussi long et ampoulé que celui qu'il aurait prononcé.

Dehors, le crépuscule nimbait déjà la surface du lac d'une étrange brume violette.

Il consulta sa montre et posa sur le bureau son verre à moitié vide. Il savait que les routes ne tarderaient pas à verglacer, et il avait quarante minutes de route à faire pour regagner le refuge alpin.

— Kay, demain, je m'installerai ici, au dernier étage, annonça-t-il.

Il se tut un instant. Puis, avec un sourire ironique :

— J'ai entendu dire que la suite du P.-D.G. avait été soudain libérée !

Il feignit d'ignorer le sursaut de Madeline — lequel confirmait sans aucun doute son intuition : la jeune femme logeait très probablement dans ce même hôtel.

— De plus, dit-il à Kay, j'aimerais que vous puissiez vous libérer quelques instants au cours des prochains jours, malgré votre emploi du temps chargé, car je tiens à m'entretenir avec vous des fonctions que vous exercez.

Il la remercia ensuite de l'avoir invité à trinquer avec elle et Madeline. Avant de prendre congé, il leur donna rendez-vous le lendemain soir, au bal d'inauguration de la Conférence.

A la surprise visible de Kay, Madeline bredouilla qu'elle n'était pas sûre de venir.

Il se contenta de hocher la tête.

— Je vous y retrouverai toutes les deux, dit-il avec fermeté.

# - 2 -

Le lendemain soir, Madeline, reposant ses couverts, parcourut des yeux la grande salle de bal de l'Hôtel du Lac.

Illuminée par un immense et somptueux sapin, cette dernière resplendissait de décorations de Noël. Le plafond scintillait de myriades d'étoiles. Sur les murs, autant de thèmes de Noël, générés par informatique, dansaient et se métamorphosaient sans cesse... Et que dire des colonnes d'argent embrasées de lumière, et suspendues au plafond haut de huit mètres ?

Kay s'était montrée particulièrement inspirée.

Les cinq cents délégués s'étaient retrouvés autour de vastes tables circulaires nappées de lin et disposées devant une scène légèrement surélevée. Chaque table accueillait dix personnes. En son centre se dressait un petit sapin de Noël, et des cadeaux aux emballages colorés côtoyaient chacune des assiettes.

Vraiment, Kay s'était dépassée, pensa Madeline avec admiration, en regardant son amie debout sur la scène, en train de souhaiter la bienvenue à ses nombreux hôtes. Elle-même n'aurait jamais pu organiser une aussi brillante réception, se dit-elle en parcourant des yeux les robes somptueuses et les costumes impeccables des directeurs de haut rang venus du monde entier.

— Kay gaspille son talent dans les hôtels, murmura-t-elle à John, l'époux de son amie. Elle devrait se spécialiser dans l'organisation de réceptions !

Elle regarda en direction de la table principale, où Lewis Goode, en compagnie des directeurs siégeant au conseil d'administration, attendait que Kay le présente.

Les projets du nouveau P.-D.G. faisaient déjà l'objet de rumeurs. Allait-il tenir compte des arguments de Kay, ou bien avait-il déjà pris la décision de fermer les trois hôtels de Queenstown, supposés non rentables ?

Elle releva le menton.

En tout cas, il aurait affaire à elle s'il s'avisait de vouloir se passer des services de son amie !

A ce moment, l'objet de cette menace monta sur l'estrade et serra chaleureusement la main de Kay.

— La plupart du temps, dit-il, une équipe monstre d'organisateurs est nécessaire pour préparer une conférence de cette envergure. C'est pourtant ce que vient de réussir Kay, aidée seulement d'une petite équipe de personnel hôtelier. La magnificence de cette soirée témoigne du haut degré de considération dont elle doit jouir auprès de son personnel.

Rayonnante, Kay quitta la scène et prit place entre son époux et Madeline, tandis que Lewis Goode faisait face pour la première fois aux cadres de sa nouvelle multinationale.

Pendant vingt minutes, il captiva totalement son

imposant auditoire. Si une aiguille était tombée sur le sol de l'immense salle de bal, nul doute qu'on l'aurait entendue !

En dépit des sentiments contradictoires qu'elle nourrissait à l'égard du nouveau P.-D.G., Madeline ne put s'empêcher d'admirer la confiance absolue qui se dégageait de lui, ainsi que ses connaissances impressionnantes dans le domaine des affaires. Personne ne pouvait douter qu'il nourrissait de hautes ambitions. Mais il savait aussi exactement comment les réaliser. Il exhorta chacun à travailler avec lui afin de refaire de Premier l'un des leaders mondiaux de l'industrie hôtelière.

— Trop longtemps, dit-il, cette entreprise a été bridée par un petit nombre de directeurs uniquement soucieux d'amasser des bénéfices personnels au détriment de tous les autres. Depuis quelques années, son expansion est au point mort, la maintenance est négligée, le recrutement et la formation délaissés. Accueillez avec moi le vent du changement !

Il quitta la scène sous les acclamations enthousiastes de la foule, tandis que les mots « charisme » et « magnétisme » volaient de table en table.

— Il est formidable ! Pour un peu, je le suivrais sur n'importe quel champ de bataille ! s'exclama Kay, les yeux brillants.

Avec réticence, Madeline approuva d'un signe de tête.

Comment pourrait-elle avouer à son amie que ce même charisme et ce même magnétisme l'avaient également enthousiasmée, mais dans un lieu bien plus intime ? Elle brûlait de lui avouer ce secret qui l'oppressait.

Mais Kay avait déjà assez de soucis avec la conférence, sans parler du fait que Lewis Goode risquait fort, dans un jour ou deux, d'inspecter les hôtels dont elle avait la charge.

— Dis donc, poursuivit Kay en désignant la robe de cocktail qu'elle portait, tu crois que ta mère serait ravie de voir « Madeline la Vertueuse » ainsi vêtue ?

Elles éclatèrent de rire.

Ce surnom avait poursuivi Madeline pendant toutes ses années de lycée. A cette époque, sa mère s'attirait pour sa part celui de « Dame aux Prêches » en haranguant les gens sur les marches des églises pour les prévenir contre l'alcool et le sexe. Elle lui avait rasé les cheveux et faisait la chasse à tous les garçons qui tentaient de s'approcher d'elle. Quant au maquillage, il n'en était pas question.

Bien sûr, plus Madeline grandissait, plus cette situation lui était intolérable, mais sa mère semblait incapable de s'en apercevoir. Aussi ses camarades passaient-elles leur temps, soit à se moquer d'elle, soit à la prendre en pitié.

Pour lisser sa robe de satin gris foncé, elle tira sur l'ourlet, qui s'arrêtait juste au-dessus de ses genoux.

— Mais c'est toi qui l'as choisie ! répondit-elle en grommelant. Le mois dernier. A Sydney.

Kay était alors venue la soutenir avant son entretien d'embauche.

— Pas de panique ! tempéra Kay. Elle te va à ravir.

Avec nervosité, Madeline joua quelques instants avec son corsage, qui découvrait assez généreusement sa poitrine.

Pourtant, elle était loin de regretter d'avoir acheté cette robe. Elle avait expédié ses vêtements à l'hôtel Premier du port de Sydney, où elle résiderait en attendant de trouver un appartement, mais ils n'étaient pas encore arrivés. Et ici, en Nouvelle-Zélande, elle n'avait apporté aucune robe convenant à une telle soirée.

Soudain, tandis que Kay se retournait pour parler à une personne de la tablée voisine, un frisson parcourut le dos de Madeline. Elle avait l'impression qu'on l'observait.

Involontairement, elle laissa glisser son regard vers Lewis Goode, en grande conversation avec les membres les plus éminents de son conseil d'administration.

Alors même que celui-ci semblait écouter l'un d'eux avec la plus grande attention, ses yeux la détaillaient avec intensité.

Elle détourna vivement le regard.

Comment avait-elle pu se laisser aller à commettre une telle bourde, elle qui s'était toujours montrée incapable de se libérer des inhibitions imposées par son collet monté de mère ?

En conséquence, sa vie amoureuse était demeurée pratiquement inexistante. Pendant des années, elle avait consacré ses heures de loisir à un travail acharné, obtenant l'une après l'autre une série impressionnante de promotions. Apparemment, son professionnalisme avait découragé les hommes qui auraient pu la tenter. Le travail était toute sa vie, d'où la rareté de ses aventures sexuelles, cantonnées aux vacances, loin de ses habitudes et des gens qu'elle connaissait. Agréables, certes, mais toujours discrètes et de courte de durée…

D'accord, techniquement, elle était aussi en vacances au Refuge alpin, mais de là à coucher avec un étranger qu'elle connaissait à peine depuis une heure ou deux… Et à quelques kilomètres à peine de sa ville natale, par-dessus le marché ! Quelle sottise !

Un orchestre se mit à jouer sur la scène, les lumières se tamisèrent, l'atmosphère se fit plus ludique. A côté d'elle, Kay et John devisaient tranquillement.

Distraitement, elle fit rouler sur ses lèvres le bord de sa coupe de champagne tout en parcourant des yeux l'assemblée.

Elle ne connaissait aucun de ses nouveaux collègues. Naturellement, elle avait très peu dormi l'avant-dernière nuit, au Refuge. Quant à sa dernière nuit, elle avait été parsemée de rêves sinistres. Sans doute allait-elle bientôt quitter cette soirée.

— Vous vous ennuyez, mademoiselle Holland ?

Quand Lewis Goode installa sa longue silhouette sur la chaise libre à côté d'elle, son estomac se noua aussitôt. Elle s'efforça de reposer sa coupe de champagne le plus calmement possible.

— Pas du tout ! En fait, je m'apprêtais à partir.

Fronçant les sourcils, Lewis regarda sa montre.

— Avant le dessert ? s'étonna-t-il. Et avant 22 heures, par-dessus le marché ! Avons-nous intérêt à donner l'impression que la nouvelle directrice d'exploitation est une petite nature ?

Elle haussa les épaules — avant de s'apercevoir que ses seins en profitaient pour déborder outrageusement de son décolleté.

Elle se força à lever la tête.

— De toute façon, je n'avais pas l'intention de rester longtemps.

Les yeux de Lewis se plissèrent légèrement.

— Ce serait tellement dommage de ramener cette magnifique robe chez vous sans l'avoir fait voler au moins une fois sur la piste !

Elle ferma brièvement les yeux.

Passer une seule seconde dans les bras de cet homme au vu et au su de tout le monde serait une véritable épreuve.

Cependant, Lewis lui adressait le plus encourageant des sourires. Il avait sûrement l'intuition qu'elle n'était pas du genre à faire un esclandre.

Avec un soupir excédé — pour les seules oreilles de son partenaire —, elle se leva et, ignorant sa main, passa le bras sous le sien. Avec quelque raideur, ils gagnèrent la piste de danse.

Là, la tournant vers lui, Lewis Goode lui posa sa main sur la taille.

La respiration de Madeline s'affola à ce contact, mais elle parvint à la calmer. Suffisamment en tout cas pour ne pas attirer l'attention.

Du moins l'espérait-elle.

— Pourquoi faites-vous cela ? demanda-t-elle d'un ton neutre, tout en regardant droit devant elle par-dessus les épaules de son cavalier.

Lewis pencha la tête vers elle, et elle eut toutes les peines du monde à ne pas essayer de s'écarter de lui, submergée qu'elle était par son parfum familier, masculin et séduisant en diable mais interdit.

— Pourquoi je danse avec ma directrice d'exploitation ? demanda-t-il avec légèreté. Nous sommes les derniers arrivés ici. Mieux vaut donc unir nos forces.

Elle remarqua le sous-entendu mais ne décela aucune inflexion sardonique dans sa voix.

— Vous avez une incroyable réputation dans cette petite ville, poursuivit-il, les lèvres à quelques centimètres seulement de son oreille.

Elle sentit son cœur chavirer.

Ainsi, il avait entendu parler des disgrâces qu'elle avait subies au cours de son adolescence et qui l'avaient incitée à partir à l'étranger. Peut-être était-ce seulement pour cette raison qu'il lui avait fait des avances au Refuge ?

— Où que j'aille, expliqua Lewis, j'entends des gens dire : « La petite Holland, ce qu'elle a bien réussi ! »

Elle ne se faisait pas d'illusions, la plupart de ces gens avaient sans doute ajouté : « … malgré l'enfance difficile qu'elle a eue ». Cependant, elle afficha un pâle sourire. Elle s'était toujours demandé si on finirait par l'accepter dans sa ville natale. C'était même la raison pour laquelle elle avait postulé cet emploi à Sydney, sur la côte Est de l'Australie : ainsi, elle prenait quelque distance, tout en vivant quand même assez près de son pays pour y retourner rapidement si la santé de sa mère se détériorait.

Lewis s'écarta légèrement d'elle afin de l'observer.

— Vous avez l'air un peu tendue, ce soir. Parlons un peu de nos loisirs. Vous avez vu de bons films, ces derniers temps ?

Cette sournoise référence à leur première rencontre dans le cinéma du Refuge alpin raviva le ressentiment de Madeline. Pour toute réponse, elle pinça les lèvres.

Elle sentait s'évanouir son maigre espoir que Lewis Goode soit aussi embarrassé qu'elle par leur sordide petite aventure. Visiblement, il ne partageait pas son opinion que tous deux — et pas seulement elle — se trouvaient diminués pour avoir fait l'amour par simple concupiscence.

Mais, de toute évidence, pensa-t-elle avec rancœur, cet homme n'avait rien d'un romantique.

Pas plus que la plupart de ses semblables !

— Est-ce que vous saviez qui j'étais lorsque vous m'avez séduite, au Refuge ? lança-t-elle tandis qu'il la faisait tournoyer sur la piste.

Le regard de Lewis se fit plus chaleureux.

— Lorsque je vous ai séduite ? Hum… J'avais plutôt l'impression qu'il s'agissait d'une décision mutuelle.

— Saviez-vous qui j'étais ? répéta-t-elle obstinément.

Il inclina la tête.

— J'avais lu les dossiers des principaux cadres. Et vous faisiez une espionne tout à fait charmante.

— Une espionne ! Que voulez-vous dire ?

Un éclair d'acier traversa le regard de Lewis.

— Allons, mademoiselle Holland ! Jacques vous avait postée là-bas pour garder un œil sur moi, nous le savons tous les deux.

Comment elle parvint à ne pas s'arrêter de danser, impossible de le comprendre.

Bien entendu, il fallait absolument éviter que leurs collègues puissent soupçonner entre eux autre chose qu'une relation de travail. Cependant, cela faisait très mal de découvrir que Lewis la prenait pour une… prostituée au service de Jacques de Vries.

Elle s'écarta imperceptiblement, morte de honte à l'idée qu'il l'ait crue capable de coucher avec lui sur ordre d'un quelconque patron.

— Pour votre information, monsieur Goode, je n'ai jamais rencontré Jacques de Vries. Mon séjour au Refuge m'a été offert par Kay en cadeau de bienvenue. Demandez-le-lui, si vous ne me croyez pas.

Elle gardait obstinément les yeux baissés, s'efforçant de maîtriser sa respiration afin de réprimer sa juste colère. Puis elle argua de sa fatigue pour justifier son refus de danser plus longtemps.

Aussitôt, Lewis resserra son étreinte et logea sa cuisse entre les siennes.

Un puissant courant d'énergie sexuelle s'écoula de lui à elle, et vice versa.

Non ! Pas maintenant ! pensa-t-elle avec désespoir. Ce soir, elle avait plus que jamais besoin de rester lucide.

Il la serra encore davantage contre lui.

— Dansez ! ordonna-t-il à mi-voix.

Elle réussit à faire quelques pas mais ne parvint aucunement à atténuer le feu qui embrasait ses joues.

— Eh bien, quelle coïncidence ! dit-il doucement, tout près de son oreille. Personne ne savait que j'étais à Queenstown. Je ne voulais pas me faire remarquer avant la réunion. Et pourtant, vous étiez là…

— Ma clé…

Mais à quoi bon ? Il savait bien qu'elle avait laissé sa clé dans le fauteuil du cinéma, ce qui les avait amenés à se rencontrer.

Tandis qu'elle s'efforçait de conserver une apparence de calme, il la regarda longuement dans les yeux.

Puis il poussa un soupir.

— D'accord, concéda-t-il. Comme j'ai intérêt à nouer une agréable relation de travail avec mes plus proches collaborateurs, je vous accorde le bénéfice du doute.

Il haussa les épaules avec nonchalance.

— Considérez-vous comme pardonnée.

— Pardonnée ! C'est vous qui auriez dû me révéler votre nom, puisque vous connaissiez le mien !

De nouveau, il la serra si fort contre lui qu'elle sentit bouger les muscles de ses cuisses.

— Souvenez-vous : nous étions convenus de ne pas mentionner nos noms.

Il sourit légèrement avant d'ajouter :

— Et, si je me souviens bien, c'était *votre* idée…

Elle battit des paupières.

Il avait raison.

Le désir impétueux qui s'était emparé d'elle avait balayé toute raison, et elle lui avait suggéré de jouer avec la magie du lieu en gardant le mystère sur leur identité. De toute évidence, il était Australien, et elle lui avait seulement demandé s'il vivait à Queenstown. Il avait répondu qu'il était venu pour affaires. Elle n'avait pas voulu en savoir davantage. Ce qu'il faisait, qui il aimait, quelles pourraient être les conséquences d'un rapport basé sur le seul désir physique, rien de tout cela ne l'intéressait alors. Quelques minutes après l'avoir rencontré, elle savait déjà qu'ils allaient finir la journée dans le grand lit de sa suite. Tout en devisant, ils s'étaient promenés et avaient dîné. Cinq heures après leur rencontre, ils s'étaient embrassés, submergés de passion.

Cela pourrait sembler indigne, mais cela ne l'avait été en rien. Pas une seconde.

— Allez-vous garder le secret ? s'enquit-elle avec timidité.

Lewis leva les sourcils. Ses yeux lui caressèrent les lèvres. Très lentement.

— Reconnaissez que cela me donne un avantage sur vous, dit-il. Je pourrais utiliser cela comme moyen de pression.

Elle blêmit et chercha à retirer la main de la sienne, mais il resserra l'étreinte de ses doigts et, du menton, désigna les autres danseurs.

— Si vous ne recherchez pas les commérages, ajouta-t-il, je vous suggère d'arrêter de me faire une scène et de danser davantage comme si nous étions de nouveaux collègues.

Elle se calma, vexée de constater qu'il avait raison.

Respirer, danser !

Elle réussit à se détendre et sentit son propre corps se couler peu à peu dans la direction où il l'emmenait.

— Voilà qui est mieux, murmura son partenaire sans la regarder.

Lewis était bon danseur, elle le savait depuis cette fameuse soirée. Ils avaient alors vibré aux lents accents d'une musique soul qui n'avait pas tardé à rendre torride le chalet niché au flanc de la montagne enneigée.

S'ajoutant à la chaleur de sa main sur sa taille et à celle de sa cuisse logée entre les siennes, ce souvenir l'embrasa de passion.

Subjuguée par le magnétisme de son compagnon, elle s'en voulut de le désirer de nouveau à ce point.

Comment pourrait-elle travailler avec un homme qui, au moindre regard, au moindre contact, lui rappelait cette soirée ?

— Nous ne pouvons pas continuer ainsi, murmura-t-elle, sans se soucier de savoir s'il l'entendait.

Lewis sourit avec assurance. Il baissa la tête jusqu'à effleurer de ses lèvres le lobe de son oreille.

— Vous valez mieux que cela, Madeline. Si vous manquiez de courage, vous ne seriez pas parvenue là où vous êtes.

Elle frissonna de tout son corps.

Peut-être. Mais jusque-là, elle n'avait jamais éprouvé d'attirance aussi irrésistible…

— De toute façon, murmura-t-il, j'ai assez de self-control pour me tenir correctement au bureau. Dans le cas contraire, il nous suffira de changer la description de votre poste.

Le salaud !

Elle se raidit de nouveau, sachant qu'elle perdrait tout espoir de faire carrière dans cette entreprise si elle ne se défendait pas tout de suite. Et elle plaçait sa carrière au-dessus de tout, n'est-ce pas ?

— Vous avez déjà vous-même confirmé mon poste, monsieur Goode.

— J'ai cru remarquer que vous ne manquiez pas de souplesse pour prendre de nouvelles… postures.

Elle sentit mourir quelque chose dans son cœur.

Cet homme manquait totalement de respect à son égard, et il en manquerait toujours. Ce que leurs collègues pouvaient penser n'avait plus d'importance.

« Les collègues *de Lewis Goode* », corrigea-t-elle mentalement.

S'arrachant à son étreinte, elle s'écarta de lui.

— Cela ne peut vraiment pas marcher. Vous recevrez ma démission demain matin.

Elle tourna les talons et s'éloigna aussi vite que le permettaient ses talons de huit centimètres de haut. Sans s'arrêter, elle récupéra son sac à main à sa table et adressa un petit signe de tête à Kay, figée par la surprise.

Elle sortit de la salle de bal.

Toutefois, en apercevant Kay, elle s'était souvenue qu'elle renonçait au poste dont elle avait toujours rêvé, et pour lequel elle avait travaillé si dur.

Etait-il possible qu'elle se soit ainsi laissé pousser à démissionner ?

En même temps, que Lewis Goode manque à ce point de cœur la stupéfiait. Ils n'avaient pas seulement fait l'amour, au Refuge alpin, ils avaient tout de même un peu parlé. En termes généraux, ils avaient évoqué ce qu'ils aimaient et détestaient, ainsi que leurs ambitions et ce qui leur faisait obstacle. Après l'avoir écoutée parler de ses espoirs et de ses rêves, après lui avoir fait l'amour avec une telle intensité, comment pouvait-il la traiter comme un simple jouet ?

Ses talons retentirent sur le sol de marbre lorsqu'elle se dirigea vers les ascenseurs.

Elle se rendait bien compte qu'elle était entièrement responsable de son humiliation. Quel homme en effet repousserait une partenaire consentant à une aventure sans lendemain ?

Pire : même submergée par le désarroi et la déception, comme elle l'était à présent, elle avait encore besoin de lui, besoin qu'il la désire…

Aspirant à se retrouver seule, elle entra en trombe dans l'ascenseur.

Soudain, Lewis surgit derrière elle, et sa large carrure occupa toute la place dans la cabine.

Quand il la transperça du regard, elle sentit la tête lui tourner. De surprise, sans doute, mais aussi… d'excitation.

— On ne me quitte pas comme ça ! gronda-t-il. Ne songez même pas à donner votre démission, je ne l'accepterai pas !

Stupéfaite de tant d'audace, elle le fixa, s'efforçant de ne pas trembler devant la tempête qui obscurcissait son visage.

— Les habitants de cette ville souffriront — votre amie Kay souffrira — si vous faites quelque chose d'aussi stupide que donner votre démission.

Elle le regarda bouche bée.

— Quoi ? Comment ?

— Croyez-vous vraiment que je m'intéresse à ces trois hôtels délabrés du bout du monde ? Je pourrais les fermer aussi facilement que cela ! dit-il sèchement, en ponctuant sa déclaration d'un claquement de doigts.

Les portes de l'ascenseur se refermèrent, et elle n'entendit plus que les battements sourds de son cœur. Ni l'un ni l'autre n'avaient appuyé sur le bouton.

Ainsi, cette cabine n'allait nulle part. Comme sa carrière.

— Vous ne feriez pas ça !

Elle reconnut à peine sa propre voix — un minuscule filet enroué par l'émotion.

— C'est là que vous vous méprenez, grinça Lewis. Maintenir la présence d'hôtels Premier dans cette ville est une plaisanterie. Nous nous porterions bien mieux en limitant nos pertes.

Elle devait absolument s'éclaircir les idées et penser très activement si elle voulait éviter de graves ennuis à son amie Kay. Et pourtant, son cœur s'obstinait à battre à coups redoublés… Mais comment aurait-il pu en être autrement, alors qu'elle se trouvait seule à seul avec Lewis Goode dans un espace clos et exigu ?

— Enfin, qu'est-ce que vous voulez, à la fin ? chuchota-t-elle.

— Ce que je veux ?

La voix de Lewis s'adoucit considérablement à la fin de cette courte phrase. L'éclair de ses yeux se changea en quelque chose d'encore plus dangereux que ses menaces de fermer les hôtels de Queenstown.

Quelque chose qu'elle avait déjà vu dans son regard juste avant qu'il l'embrasse pour la première fois…

Comme pour illustrer cette pensée, il lui caressa lentement la joue.

— Cela, vous l'avez déjà eu, murmura-t-elle d'une voix rauque, en priant le ciel d'avoir la force de résister.

— Vous avez réellement cru qu'une seule nuit me suffirait ?

Tout en dévorant sa bouche des yeux, il passa le bout de sa langue sur sa propre lèvre inférieure.

— Vous me méprisiez, vous croyiez que j'étais la

prostituée de Jacques de Vries ! lança-t-elle, contenant sa colère. Et maintenant, vous voudriez faire de moi votre prostituée exclusive ?

Lewis fit un pas vers elle, brisant ses dernières défenses.

— Comme c'est étrange… Je ne cesse de me dire de laisser tomber, mais, dès que je vous vois, dès que je m'approche assez pour vous toucher et vous sentir…

Le cœur de Madeline fit un bond, puis une sorte de fatalisme s'abattit sur elle, tandis qu'une enivrante sensation de faiblesse s'emparait de ses membres.

Elle ne pouvait pas résister à cet homme. Il était trop près d'elle, respirait le même air qu'elle, lui ôtait toute capacité de penser et de raisonner. Comme si elle lui était entièrement soumise…

Tout de même, elle devrait être capable de dominer cela !

A cet instant, l'ascenseur fit une embardée, et son nez faillit s'écraser sur la poitrine de Lewis.

Afin de se protéger, elle leva involontairement les mains, qui rencontrèrent celles de Lewis. Elle sentit ses doigts, grands et fermes étreindre les siens.

— Alors je me dis : encore une caresse, encore un baiser…

Ses lèvres n'étaient plus qu'à quelques millimètres des siennes, son souffle lui caressait le visage.

Elle sentait son cœur battre violemment. Tandis que le visage de Lewis s'avançait inexorablement, ses yeux et ses pensées se brouillèrent.

Elle restait cependant assez lucide pour savoir

qu'elle-même avançait le menton à sa rencontre, écartant légèrement les lèvres pour mieux accueillir les siennes !

Tout comme la première fois.

Et, lorsqu'elles se touchèrent, ce fut aussi grisant que dans son souvenir.

Peut-être même davantage, à cause de l'interdit absolu qui frappait une telle relation : dans un endroit public, avec son patron, un homme qui respirait l'autorité par tous ses pores.

Lewis lui prit les lèvres voracement, presque férocement, et la chaleur de son corps la pénétra toute. Elle ferma les yeux et l'attira contre elle, ses doigts enserrant plus fermement les siens.

Elle lui rendit son baiser, acceptant pleinement l'alchimie qui transformait son corps, acceptant le danger. La chaleur de Lewis explosait en elle, se mêlait à son propre désir, à son besoin primal. Soudain privée de raison, elle n'aurait voulu se trouver nulle part ailleurs que dans ses bras.

Savourant le goût et la sensation enivrante de sa langue glissant contre la sienne, elle se pressa contre lui et libéra sa main qu'il étreignait encore, afin de pouvoir le toucher, caresser son dos, ses puissantes épaules, son cou…

Lewis s'appuya d'une main à la paroi de l'ascenseur contre laquelle elle était adossée et pressa tout son corps contre le sien. Sa main libre plongea dans ses cheveux et retira le peigne qui les rassemblait, les laissant se répandre librement sur ses épaules nues.

Elle sentit qu'il les rassemblait dans son poing et les tirait doucement afin de lui ramener la tête en arrière, découvrant ainsi son décolleté.

Ses lèvres brûlantes descendirent le long de sa gorge, s'attardèrent un instant à la base de son cou, dans le creux où son pouls battait à coups redoublés, puis dans l'étroite vallée qui séparait ses seins, où il inspira longuement, comme pour s'imprégner de son parfum.

Elle sentit la douce et ferme caresse de sa main le long de son dos, de ses reins, et encore plus bas… Il écarta les doigts et les pressa contre elle, ce qui la rendit plus faible qu'une petite chatte, tandis qu'il la serrait très fort contre lui.

Le regard brûlant de désir, il s'empara de nouveau de ses lèvres. Elle fit de même. Leurs langues se nouèrent, leurs hanches dansèrent l'une contre l'autre, leurs mains agrippèrent leurs cheveux… Tout comme la première fois, elle répondait point par point aux initiatives de Lewis.

La cabine freina, et la sonnette de l'ascenseur retentit, annonçant leur arrivée à l'étage désiré.

La réalité les rattrapait.

# - 3 -

Madeline sursauta et s'écarta vivement de Lewis.

Malheureusement, en faisant un pas de côté, elle rencontra dans le miroir de la cabine son visage barbouillé de rouge à lèvres et ses cheveux emmêlés, ainsi que sa robe de cocktail retroussée jusqu'en haut des cuisses.

En toute hâte, elle tira sur sa robe et se passa la main dans les cheveux, dans l'espoir insensé qu'ils pourraient sembler dénoués depuis le début de la soirée.

Lorsque Lewis ramassa le peigne et le lui tendit, elle ne parvint pas à le regarder en face.

Jamais elle ne pourrait travailler avec cet homme ! Précisément parce qu'elle ne serait jamais capable de lui résister. Elle courrait vers lui chaque fois qu'il claquerait des doigts !

Elle sortit de l'ascenseur en fouillant dans son sac à la recherche de ses clés. S'approchant de la porte de son appartement, elle entendit un bruit de pas derrière elle.

Son cœur se remit à battre de plus belle.

Evidemment, Lewis Goode logeait au même étage

qu'elle ! La suite du P.-D.G. se trouvait au bout du couloir.

A mesure qu'il la rejoignait, elle se sentait se transformer en poupée de chiffons. Inévitablement, sa clé lui échappa des mains.

La honte la saisit lorsqu'elle vit Lewis Goode ramasser pour la deuxième fois un objet qui lui appartenait.

Tout lui échappait depuis qu'elle l'avait rencontré. Pourvu qu'elle n'y perde pas son honneur ! pensa-t-elle avec désespoir. Car elle ne comptait pas sur lui pour le sauvegarder !

Elle tendit la main pour reprendre la clé.

Mais Lewis, adossé à la cloison, l'œil amusé, n'esquissa pas le moindre geste.

— Ne vouliez-vous pas m'inviter chez vous ? demanda-t-il.

Pour toute réponse, elle secoua la tête, la main toujours tendue.

Elle en avait connu plusieurs, de ces femmes tombées en disgrâce auprès de leurs collègues et rétrogradées à des postes subalternes parce qu'elles n'imposaient plus le respect. Pour les hommes, cela ne tirait pas à conséquence. Pour les femmes, au contraire, la promiscuité sonnait le glas de leurs ambitions professionnelles. Et coucher avec le patron était le plus sûr moyen de se mettre à dos les femmes autant que les hommes !

Lewis avança la main, et le vert émeraude de ses yeux s'assombrit — colère ou déception ? — tandis qu'il introduisait lui-même la clé dans la serrure.

— J'étais sérieux quand je vous ai dit que l'avenir de ces hôtels reposait sur vos épaules. Si vous démissionnez maintenant, il y aura des conséquences.

Elle retint la porte par la poignée, de sorte que celle-ci ne s'ouvre que d'un centimètre.

— Je ne vois pas comment je pourrais survivre professionnellement à ce que nous avons fait, dit-elle.

Lewis lui rendit la clé.

— Ce que nous faisons ou ne faisons pas en privé ne regarde que nous. J'ai besoin de vous pour me familiariser avec l'industrie hôtelière. D'après ce que j'ai vu et entendu, les établissements que nous possédons dans cette ville sont en grande difficulté. Essayez de me persuader du contraire, sinon votre amie et vos connaissances peuvent d'ores et déjà chercher un autre employeur. Si nous fermions ces trois hôtels non rentables, cela nous permettrait d'investir beaucoup d'argent dans notre nouveau siège social de Sydney.

— « Couchez avec moi, ou tout le monde se fait virer », c'est ça ?

— Non. Coucher avec moi est facultatif, et cela ne doit se produire que si vous le désirez. Il faut comprendre : « démissionnez, et tout le monde se fait virer ».

La sonnerie de l'ascenseur retentit de nouveau.

Elle poussa la porte et se précipita à l'intérieur de sa suite. Le souffle court, elle s'adossa au panneau qu'elle avait vivement refermé derrière elle.

Lewis Goode avait été clair. C'était à elle de choisir. Et jamais choix ne lui avait paru plus difficile !

Le lendemain matin, Madeline se réveilla avec une forte migraine — elle avait encore mal dormi. Dominant son humiliation, elle regarda par le trou de la serrure avant de sortir de sa suite et descendit par l'escalier au lieu de prendre l'ascenseur.

Le reflet de son visage barbouillé dans le miroir n'était pas étranger à sa soudaine envie de prendre de l'exercice !

Sa mère aimait faire un petit somme l'après-midi, si bien qu'elle avait pris l'habitude de lui rendre visite le matin ou le soir. Elle la trouvait souvent devant sa télévision — distraction que la vieille dame lui avait interdit jusqu'à sa majorité afin de la protéger de la corruption.

La maladie d'Alzheimer avait mis des années à faire sentir ses effets, mais depuis quelque temps, à chacune de ses visites, sa mère avait de plus en plus de mal à rassembler ses esprits. Souvent même, celle-ci ne la reconnaissait plus.

Ce jour-là, la vieille dame tapota sa manche en bougonnant contre ce qu'elle appelait ses « habits de frimeuse ».

« Nourriture simple, vêtements simples, travail dur » : on entendait souvent cette maxime chez les Holland. Les mets sans goût et les habits mal coupés peuplaient les souvenirs de Madeline.

Pourtant, il n'en avait pas toujours été ainsi.

— Toi aussi, tu avais une robe de cette couleur, autrefois, riposta-t-elle.

Elle recouvrit de la sienne la main parcheminée de sa mère sur la manche de son pull bleu nuit.

— Je me souviens que papa et toi m'aviez emmenée quelque part, et vous étiez fort élégamment vêtus.

Le visage de la vieille dame se lissa un peu, tandis qu'elle retrouvait ce souvenir avec nostalgie.

— Nous étions allés à un mariage. Celui des Robinson. Tu avais cinq ans.

— Vous aviez dansé, papa et toi ?

Sa mère battit plusieurs fois des paupières. Une lueur lointaine brilla au fond de ses yeux jaunis.

Le cœur de Madeline se remplit de joie.

Elle n'avait donc pas rêvé le bonheur des premières années de sa vie ! Oui, jusqu'à la mort de son père, ses parents avaient tenu à elle comme à la prunelle de leurs yeux.

— Ensuite, les Robinson ont divorcé, marmotta la vieille dame, les lèvres serrées et le visage de nouveau revêtu de son habituel masque de blâme. Tout le monde le sentait venir. La seule fois où ils ont mis les pieds dans la maison de Dieu, c'était le jour de leur mariage.

Madeline soupira. Les périodes de lucidité de sa mère se faisaient rares et duraient très peu.

— Infirmière, donnez-moi mon tricot ! commanda-t-elle d'un air grincheux. Il ne faut jamais rester sans rien faire !

Puis sa maigre silhouette fut soudain secouée d'une mauvaise toux.

Madeline l'assit sur son lit et lui tapota doucement le dos. Pour la première fois, sa mère lui paraissait fragile. Elle semblait en perte de poids.

— A-t-elle reçu la visite du docteur aujourd'hui ? demanda-t-elle à l'infirmière. Elle n'a pas l'air bien du tout. Je viens de passer une demi-heure à essayer en vain de la persuader de boire une tasse de thé.

— Le docteur ne fera sa ronde que demain. Mais nous la surveillons de près. S'il y a le moindre signe inquiétant, nous l'appellerons.

— Appelez-moi aussi, dit-elle fermement.

Ayant vérifié que le personnel avait bien noté son numéro de téléphone portable, elle prit la direction de la ferme familiale, à la périphérie de la ville.

Le week-end précédent, le plus gros des meubles avait été vendu lors d'un vide-grenier. Il ne restait plus qu'à rassembler les vêtements et les effets personnels de sa mère, puis à nettoyer la maison de fond en comble, afin que l'agence immobilière puisse la faire visiter.

Elle éprouva une nostalgie inhabituelle à parcourir les pièces de la maison avant de se mettre au travail.

La plus grande partie du terrain avait été vendue vingt ans auparavant, après la mort de son père dans un accident agricole rarissime.

Pauvre mère, seule dans cette grande maison qui s'était délabrée d'année en année… Quelle sorte de fille était-elle donc pour l'avoir ainsi délaissée ?

Elle s'assit sur le rebord de la fenêtre de son ancienne chambre et s'absorba dans la contemplation de l'un des panoramas les plus stupéfiants qu'il lui avait été donné de voir — et elle en avait vu beaucoup.

Ses parents avaient déjà dépassé la quarantaine lorsqu'elle avait vu le jour, et depuis le décès de son père, sa mère s'était confite en dévotions et en pieuses récriminations contre le monde moderne. Aussi, dès que Madeline avait atteint la puberté, elle avait rêvé de s'échapper et de conquérir sa liberté.

Son portable sonna.

Pensant à l'état de santé de sa mère, elle répondit aussitôt, sans prendre le temps de lire le numéro qui s'était inscrit sur l'écran.

Une voix virile et grave retentit.

— Madeline ? Lewis Goode. Kay m'a donné votre numéro. Où êtes-vous ?

Elle sentit s'évanouir la paix teintée de nostalgie qui l'avait envahie.

— Dans la maison de ma mère.

— Je voudrais que vous assistiez à un groupe de travail qui se tient dans vingt minutes, dans la salle de réunions N° 3. A tout de suite.

*Clic.*

Elle se leva et s'éloigna de la fenêtre, contrariée.

Pour qui se prenait-il ? Elle était en vacances, nom d'une pipe !

Elle consulta sa montre en pestant contre le ton péremptoire de Lewis et ses exigences démesurées, mais ses années de professionnalisme prirent le dessus. Elle se changea rapidement et courut à sa voiture.

Dès qu'elle entra dans la salle de réunions — en

retard d'*une* seule minute —, Lewis leva la tête et la suivit des yeux jusqu'à ce qu'elle ait gagné sa place.

Feignant de l'ignorer, elle concentra son attention sur l'écran informatif situé à l'avant de la pièce.

Un symposium sur le traitement des déchets dans l'industrie hôtelière !

S'efforçant de cacher son irritation, elle serra les dents et pria le ciel de ne pas s'endormir.

Passe encore que Lewis Goode l'ait fait venir alors qu'elle n'avait même pas encore pris officiellement son poste, mais tout de même, il aurait pu choisir quelque chose de plus passionnant !

Fulminant intérieurement, elle réussit à écouter pendant une heure.

Soudain, Lewis porta le regard dans sa direction.

— Notre directrice d'exploitation, Madeline Holland, a dirigé de nombreux hôtels outre-mer. Elle va nous expliquer ce que les hôtels font de leurs déchets à l'étranger.

Son cœur manqua un battement, mais elle parvint à dissimuler son désarroi.

— Mais je n'ai rien préparé…

— Alors, improvisez ! commanda-t-il.

Elle pinça les lèvres, s'efforçant de lire derrière le sourire bienveillant qu'il affichait.

Lui faisait-il passer un test ? Espérait-il la mettre dans l'embarras ?

Elle se leva, bien décidée à se battre de toutes ses forces. Pas question de le laisser gagner !

S'étant éclairci la gorge, elle parla pendant dix minutes.

Ce fut seulement lorsqu'elle s'assit de nouveau, récompensée par quelques maigres applaudissements, qu'elle sentit que son dos était trempé de sueur.

A la fin de la réunion, elle se levait avec les autres afin de gagner la sortie, quand Lewis Goode, haussant les sourcils, l'arrêta d'un signe de tête.

Avec réticence, elle se cala de nouveau sur sa chaise.

— Vous vous en êtes bien tirée, apprécia-t-il, lorsque tous les autres assistants se furent suffisamment éloignés.

Elle poussa un soupir d'exaspération. Elle méritait mieux que cela !

— C'était un test ? s'enquit-elle.

Lewis pinça les lèvres d'un air pensif.

— Un test ?

— Ou bien une punition pour avoir voulu faire l'école buissonnière aujourd'hui ?

Il se passa la main sur le menton et l'observa attentivement.

— Ou alors… Peut-être que je m'ennuyais et que j'ai voulu me distraire en regardant quelque chose de joli ?

La colère de Madeline s'enfla, au point qu'elle eut le plus grand mal à la contenir.

— Comme vous le savez, je ne dois pas occuper mon poste avant le début du mois prochain. Je ne puis à la fois assister à la conférence annuelle et préparer mon déménagement à Sydney.

Lewis se détourna comme si ces propos ne l'intéressaient pas et verrouilla sa mallette.

— La conférence sera finie dans quatre jours, et je m'attends à ce que, en tant que directrice d'exploitation, vous participiez à tous les groupes de travail, ainsi qu'à toutes les activités qui sont de votre ressort. Après la conférence, il vous restera encore deux semaines pour prendre vos dispositions.

Elle inspira lentement.

Il lui fallait absolument se calmer ! Elle était une excellente professionnelle, elle n'avait pas atteint de tels sommets par hasard.

Il voulait la pousser à réagir ? Eh bien, elle ne lui donnerait pas cette satisfaction !

Cependant, si Lewis fut déçu par son manque de réaction, il n'en laissa rien paraître. Ayant jeté un coup d'œil à sa montre, il se leva.

— Allons, dit-il, il ne faut pas manquer la conférence à l'auditorium, intitulée…

Il s'interrompit, jetant un coup d'œil sur le programme qu'il tenait à la main.

— « A l'Ecoute du Personnel », acheva-t-il.

— J'ai un rendez-vous cet après-midi.

Elle devait rencontrer son agent immobilier dans une heure.

— Reportez-le, répliqua-t-il en lui souriant.

Aussitôt, elle se sentit parcourue d'un délicieux frisson.

Ce même sourire avait éclairé le visage de Lewis pendant leur nuit d'amour. Depuis, il n'en avait usé qu'avec la plus extrême parcimonie…

— J'adore ces gens des ressources humaines, dit-il. Pas vous ? « A l'Ecoute du Personnel »…

Elle répondit par un sourire forcé.

Il passa devant elle en riant tandis qu'elle rassemblait ses affaires.

Pendant les trois jours qui suivirent, Madeline dut assister à tous les ateliers, toutes les réunions de travail, tous les cocktails… Sans oublier les activités ludiques qu'avait organisées Kay afin de resserrer les liens entre les différents membres du personnel.

Elle avait beau être née à Queenstown, elle ne s'était jamais lancée dans une seule des innombrables activités aventureuses qu'offrait cette station. Heureusement qu'elle avait un peu appris à skier en Europe !

Ils parcoururent le fleuve Shotover dans des hors-bords de course, se faufilant dans des canyons terriblement étroits. Il y eut des courses de ski et de luge, et cet instant fou où elle dit mentalement adieu au monde lorsque, après avoir été attachée à la plus mince des lanières et projetée d'une falaise de plus de cent mètres, elle s'abîma dans les airs à plus de cent cinquante kilomètres à l'heure !

Elle accepta tous les risques, tous les défis.

Elle savait que c'était le seul moyen d'atteindre les sommets dans la vie professionnelle. Elle n'était peut-être pas très à l'aise sur des skis ou sur une luge, mais elle aurait préféré mourir plutôt que de reculer devant ses collègues.

Et surtout devant Lewis Goode. Peut-être à cause de la manière dont ils avaient fait connaissance, elle tenait avant tout à s'attirer son respect. Et c'était bigrement excitant !

Et épuisant. Le soir, entre deux cocktails officiels, elle filait voir sa mère, toujours clouée au lit à cause de son mauvais rhume, ou bien elle courait à la ferme achever le nettoyage et le déménagement. Dans ce cas, elle passait la nuit dans son ancienne chambre afin de gagner du temps — à moins que ce ne soit pour éviter de rencontrer Lewis en dehors des activités imposées…

Enfin arriva le dernier jour de la conférence.

Elle se vêtit chaudement en prévision de l'activité programmée — un saut en parachute accompagné —, mais Lewis fit savoir qu'il offrait à quatre volontaires une excursion en hélicoptère sur la côte ouest, où ils feraient un peu de spéléologie.

Elle aurait de loin préféré le vaste ciel bleu aux grottes humides et froides, mais le regard de Lewis se porta aussitôt sur elle, tandis que plusieurs cadres se présentaient déjà.

Répondant au défi qui brillait dans ses yeux, elle se joignit au groupe.

Le voyage en hélicoptère fut merveilleux, et la descente verticale de cent trente mètres jusqu'à l'entrée de la grotte ne présenta aucun problème. Dès qu'ils furent sous terre, des échelons de fer leur permirent un accès relativement aisé aux crevasses et autres chutes d'eau.

Cependant, après une demi-heure dans l'obscurité,

elle sentit une sourde panique l'envahir. Elle aurait cru ne jamais éprouver une peur aussi intense que lors du saut à l'élastique de l'avant-veille, mais elle s'était trompée.

Une vilaine sueur froide lui trempa le dos, dégoulina sur l'attache de son casque. Elle avait l'impression qu'un poids énorme lui écrasait la poitrine. Les parois de la grotte semblaient se rétrécir jusqu'à réduire son champ de vision à un point lumineux devant elle. Chaque pas était pour elle une torture, et elle ne tarda pas à se retrouver à plusieurs mètres derrière les autres.

Que lui arrivait-il donc ? Elle n'allait tout de même pas perdre la face lors de sa dernière épreuve ?

Luttant contre une sorte d'oppression glacée qui commençait à lui paralyser la respiration et les membres, elle continua à grand-peine à mettre un pied devant l'autre sur les minuscules chemins glissants taillés à même la roche qui sillonnaient entre les chutes d'eau.

Se réveillerait-elle jamais de ce cauchemar ?

Soudain, la voix de Lewis lui parvint aux oreilles, calme et rassurante.

— Tout va bien, dit-il en desserrant l'attache de son casque. Respirez profondément.

Elle essaya de prendre une inspiration, mais la sueur lui voilait le regard, et elle sentit un cri se former dans sa poitrine.

Lewis lui passa le bras autour des épaules, qu'il serra brièvement.

— Je vais vous sortir de là. Attendez une seconde.

Au pas de course, il rejoignit le guide, auquel il dit quelques mots.

Elle s'obligea à déglutir. Son malaise et sa frayeur étaient tels qu'elle ne ressentait même plus de gêne à se faire ainsi remarquer.

Lewis revint et la guida tout en la soutenant hors de cette détestable caverne. Il ne cessait de lui parler d'une voix basse et apaisante et lui tenait la main dès que l'espace le permettait.

Enfin, ils émergèrent à l'air libre.

Madeline arracha son casque et tourna le visage en direction du pâle soleil hivernal.

Lewis la fit asseoir, lui plaça la tête entre les genoux et lui intima de respirer calmement.

— Qu'avez-vous dit au guide et aux autres ? demanda-t-elle lorsque sa respiration se fut enfin calmée et que son visage eut retrouvé un peu de sa couleur.

— J'ai dit que vous vous étiez foulé la cheville, répondit-il sèchement, sans cesser de lui maintenir la tête entre les genoux.

Puis il ajouta, furieux :

— Qu'est-ce qu'il vous a pris de ne pas me dire que vous aviez peur ? Grands dieux, êtes-vous inquiète de votre précieuse réputation au point de risquer votre vie pour que personne ne vous croie peureuse ?

Madeline cligna des paupières.

— Je ne savais pas. Je n'avais jamais fait de spéléologie.

— Dans ce cas, vous avez peut-être peur de l'obscurité ? Ou bien alors, vous êtes claustrophobe ?

Elle parut troublée et secoua la tête.

— Non... Mais je crois que je ne me suis jamais trouvée en même temps dans le noir et dans un espace exigu.

Elle se couvrit le visage de ses deux mains. Elle tremblait toujours.

— Oh, Lewis, je suis si désolée d'avoir gâché votre expédition ! Je vous en prie, continuez avec les autres et laissez-moi seule, je vais bien à présent.

— Non, vous n'allez pas bien ! répliqua-t-il d'un ton bourru. Regardez-vous ! Vous tremblez comme une feuille, et vous êtes trempée de sueur.

Et pourtant, elle était toujours aussi séduisante.

Sans doute était-il complètement dérangé, pensa-t-il, désabusé.

Comme la jeune femme tentait maladroitement de défaire le premier bouton pression de sa combinaison, il lui écarta la main et entreprit de la déboutonner entièrement.

— Le guide m'a confié la trousse d'urgence, dit-il tandis qu'elle ôtait sa combinaison. Il vaut mieux que je vous fasse un bandage autour de la cheville, je suppose, puisque vous préféreriez mourir plutôt que laisser voir que vous n'êtes pas parfaite.

Pourquoi était-il si dur avec elle ? se demanda-t-il tandis que, le dos raide, elle le laissait faire ce bandage qui protégerait son orgueil. Il connaissait pourtant son esprit de compétition et savait qu'elle ne fuyait jamais un défi, quel qu'il soit. Il s'en était rendu compte dès le jour de leur rencontre !

Pendant le vol de retour vers Queenstown, Madeline, toujours fort pâle, se mura dans un silence inhabituel.

S'imaginait-elle vraiment que lui ou qui que ce soit d'autre accordait la moindre importance à une petite phobie ? Elle était faite de chair et de sang, comme tout le monde.

— Rendez-vous demain à 10 heures devant l'hôtel du Lac, lui lança-t-il alors que le groupe se séparait.

Madeline s'arrêta net au milieu du parking et se retourna, le regard sombre.

— La conférence est terminée, dit-elle. Vous ne rentrez pas chez vous ?

— J'ai un dernier travail pour vous.

Un travail qui testerait parfaitement sa loyauté. Du moins, c'était l'excuse qu'il se donnait à lui-même. Mais en réalité, il voulait surtout passer davantage de temps avec elle.

Le lendemain matin, Lewis fut soulagé de voir Madeline parfaitement remise de sa terrible épreuve de la veille. Plus belle et dynamique que jamais.

— Venez, dit-il en ouvrant la portière de sa voiture de location. Nous allons inspecter l'Hôtel du Lac et celui du Panorama alpin.

La jeune femme le fixa par-dessus le toit de la voiture.

— Kay ne vient pas avec nous ?

Il fit non de la tête et s'installa au volant.

— Ne devrions-nous pas au moins l'informer ? s'inquiéta Madeline.

Il mit le contact.

— Je la verrai à 13 heures pour discuter de la situation financière, dit-il. En attendant, je veux voir ces hôtels à travers votre regard expérimenté. Me rendre compte si leur cas est désespéré ou bien si l'on peut encore les sauver du désastre.

— Tout de même, j'aimerais pouvoir la prévenir. Je me sens déloyale envers elle, en tant que directrice commerciale et en tant qu'amie.

Il ne répondit pas.

Ils gardèrent le silence pendant tout le trajet. Cependant, dès qu'il se fut garé devant l'hôtel du Panorama alpin, il coupa le contact et se tourna vers la jeune femme.

— Il s'agit de prendre la direction de cent cinquante hôtels, dit-il d'un ton sévère. Avez-vous vraiment les compétences requises, Madeline ?

Elle leva vivement la tête et se tourna sur son siège pour lui faire face.

— Oui, dit-elle avec fermeté.

Il était également de cet avis.

— Très bien, dit-il en hochant la tête, satisfait. Alors, allons-y.

Il goûtait pleinement le plaisir de voir Madeline se hisser à la hauteur de tous les défis qu'il lui lançait.

Certes, d'un point de vue strictement professionnel, il était légitime de tester sa directrice d'exploitation pour s'assurer qu'il pouvait absolument compter sur elle. Mais il ne lui échappait pas que son plaisir était *aussi* d'une autre nature…

Une heure plus tard, lorsqu'ils quittèrent l'hôtel du Panorama alpin, il faisait une mine aussi grise que la peinture qui s'effritait sur le mur d'enceinte du bâtiment.

Le taux d'occupation de l'hôtel était extrêmement bas, il fallait rénover tous les aménagements, et les cloisons, d'une propreté plus que douteuse, se montraient tellement zébrées de fissures qu'elles semblaient prêtes à s'écrouler à tout moment.

Tandis qu'ils remontaient dans la voiture, un bus de voyage organisé s'arrêta, et des touristes en sac à dos en sortirent.

— Cet hôtel est tout juste bon à ça, grommela-t-il. Nous allons tout de suite déjeuner à l'Hôtel du Lac. J'ai besoin de forces pour inspecter d'autres chambres et salles de bains insalubres.

Tandis qu'ils entraient dans la salle de restaurant, Madeline s'efforça de l'amadouer.

— Vous savez, dit-elle, Kay n'est directrice régionale que depuis quatorze mois, et sa priorité absolue était de rénover complètement l'Hôtel du Port, où devait avoir lieu la conférence.

— Premier ne descend jamais en dessous de quatre étoiles, riposta-t-il. Convenez que ces hôtels en sont très loin ! ajouta-t-il en parcourant d'un regard circulaire la salle de restaurant presque vide.

— Nous arrivons tôt pour le déjeuner, protesta-t-elle en suivant son regard.

— A moins que tout le monde sache quelque chose que nous ignorons, dit-il sèchement. Que pensez-vous du menu ?

En grimaçant, Madeline jeta un coup d'œil sur la carte plastifiée.

— Un peu… fatigué.

— Une véritable honte, vous voulez dire !

— Lewis, lors de la fête d'ouverture de la conférence, vous avez vous-même parlé d'une gestion catastrophique de ces hôtels.

Se penchant en avant, Madeline poursuivit avec véhémence.

— Vous savez bien que le prédécesseur de Kay a épuisé en mondanités presque tout son budget de maintenance afin d'obtenir que la conférence annuelle se tienne ici. Puis il a dépensé le reste dans une batterie de voitures neuves pour les mettre à la disposition des participants.

— Je sais aussi qu'à l'époque, Kay dirigeait l'Hôtel du Port. Elle aurait dû le dénoncer.

Madeline sourit avec une pointe de cynisme.

— Ecoutez, je n'ai jamais rencontré Jacques de Vries, mais je connais bien l'industrie hôtelière. Tout se fait par relations, sans tenir aucun compte du talent ou du sens des responsabilités des personnes. Si elle l'avait dénoncé, cela aurait immédiatement mis fin à sa carrière.

A cet instant, la serveuse vint prendre la commande.

— Kay n'avait pas le choix, poursuivit Madeline lorsqu'ils eurent choisi. La conférence avait déjà été attribuée à Queenstown. Elle a dû consacrer le peu de moyens qu'il lui restait à la rénovation de l'Hôtel du Port.

Il n'était pas insensible à ces arguments. Il appréciait Kay, et l'Hôtel du Port lui avait fait une excellente impression. Les chambres, les restaurants, le service et les salles de conférences étaient de classe internationale. Mais enfin, il ne connaissait pas grand-chose à l'industrie hôtelière…

— Vous avez une très bonne réputation dans ce secteur d'activité, dit-il. Sévère, mais juste, compétente et capable de motiver vos collaborateurs. Nous allons devoir travailler énormément, car le changement doit partir du sommet.

Les premiers plats furent servis.

Comme il s'y attendait, la nourriture était extrêmement médiocre. Il regarda son assiette avec découragement puis reposa sa fourchette.

— Qu'en pensez-vous ? demanda-t-il à Madeline.

La jeune femme repoussa au bord de son assiette un peu de salade défraîchie.

— Pas terrible.

Il appela la serveuse.

— Pouvez-vous nous emmener voir le chef, s'il vous plaît ?

Vingt minutes plus tard, ils regagnaient la voiture.

Il avait adressé quelques paroles bien senties au

chef cuisinier, et ce dernier, en guise de réponse, avait semblé sur le point de lui fendre la tête à coups de hachoir à viande. Heureusement, Madeline avait un peu calmé l'homme en lui racontant qu'elle était allée à l'école avec sa fille.

Il en faudrait beaucoup pour désarçonner Madeline Holland, pensa Lewis avec admiration. En fait, il ne l'avait vue qu'une fois perdre son sang-froid, à part l'épisode de la caverne. Et il se sentait fautif de l'avoir ainsi poussée dans ses retranchements.

En ce qui concernait l'épisode de l'ascenseur, par contre, il n'était pas du tout fâché d'avoir réussi à abattre ses défenses.

Lorsqu'ils entrèrent dans le hall d'accueil de l'Hôtel du Port, Madeline voulut gagner le bureau de Kay.

Ce que voyant, il la prit par le bras et la dirigea vers les ascenseurs.

— Encore un petit travail, dit-il. La suite du P.-D.G., vous l'avez vue ?

La jeune femme secoua la tête.

— C'est censé être ce qui se fait de mieux en fait de suites présidentielles, fit-il remarquer.

— Je suis bien certaine que tel est le cas, murmura Madeline. Tout ce que Kay fait ici est d'une qualité parfaite.

— Eh bien, malgré tout, j'aimerais avoir votre avis professionnel.

Elle hocha la tête, et il pressa sur le bouton du dernier étage.

— J'ai un excellent souvenir de cet ascenseur, dit-il d'un ton léger.

Pinçant les lèvres, Madeline s'efforça visiblement de le dévisager avec froideur.

Cependant, dès que leurs yeux s'accrochèrent, les souvenirs de caresses et de baisers brûlants se pressèrent dans leur esprit… Il la vit avaler difficilement sa salive, malgré l'effort qu'elle faisait pour se contrôler. Ils se regardèrent ainsi un long moment en silence, et aucun d'eux ne détourna les yeux.

Il ouvrit la porte de sa suite. D'un geste, il invita Madeline à entrer.

— Premières impressions ? s'enquit-il dès qu'elle eut franchi le seuil.

La jeune femme fit encore deux ou trois pas.

— Heu… Spacieux et aéré.

Retrouvant progressivement son calme, elle s'avança jusqu'au salon.

— Les tentures sont riches et de bon goût, mais trop discrètes ; l'ameublement est élégant et moderne…

Elle se tourna vers la kitchenette.

— Equipement de première classe, en excellent état. Minibar bien fourni. Le freezer pourrait être mieux entretenu, toutefois.

Elle inspecta minutieusement la suite, examinant toutes les armoires, tirant tous les tiroirs… Jusqu'à ce qu'elle ne puisse pas faire autrement que de passer à la chambre à coucher.

Il se tenait un peu à l'écart, ne perdant rien du mouvement de ses lèvres, mais trop éperdu de désir pour entendre un seul mot.

De toute façon, il n'avait eu besoin de personne

pour comprendre que sa suite était d'une qualité impressionnante.

Tout comme Madeline.

Ces derniers jours, la jeune femme avait occupé son esprit à chaque instant.

Sa peau semblait animée de riches reflets d'or. Quelques jours auparavant, il l'avait vue en veste de ski d'une blancheur immaculée, et depuis, il lui tardait qu'un vêtement blanc mette de nouveau en valeur sa peau dorée, ainsi que le bleu intense et profond de ses yeux.

Elle se retourna.

— Où est la salle de bains ? demanda-t-elle, l'arrachant à sa rêverie.

— Au fond de la chambre.

Cinq minutes plus tard, il se demandait combien de temps Madeline allait continuer à chanter les louanges de la salle de bains.

Chercherait-elle à reculer le plus possible le moment de passer à la chambre à coucher ?

Il n'éprouvait pour sa part aucune réticence de ce genre. Toutes les cellules de son corps se tenaient en alerte maximum. A présent que Madeline se trouvait à l'intérieur de sa suite d'hôtel, il la désirait plus intensément que jamais.

Ces derniers temps, il avait grandement négligé sa vie amoureuse. Mais depuis le premier instant où il avait posé les yeux sur Madeline, sa libido ne lui laissait plus une fraction de seconde en paix. Et leur nuit d'amour n'avait fait qu'aggraver son cas !

Comme elle se retournait, il recula d'un pas afin

de la laisser passer. A cet instant, leurs regards se croisèrent.

Madeline détourna vivement les yeux, sans toutefois parvenir à cacher le feu qui les faisait briller.

— Et maintenant, la chambre, soupira-t-elle.

Meubles, draps, penderies… Elle énuméra à toute vitesse les commodités de la pièce, comme s'il s'était agi d'une liste de commissions.

Tout sourire, il se délectait de la voir ainsi affectée.

— Vous savez, c'est l'un des meilleurs aménagements qu'il m'ait été donné de voir, balbutia-t-elle.

Elle attendit quelques instants avant d'ajouter :

— Avec, en plus, un super équipement vidéo.

Il eut un petit rire.

— Je n'ai jamais compris à quoi pouvait bien servir une télévision au lit. Ou bien je dors, ou bien… pas.

Madeline rougit, ce qui ne l'empêcha pas de lever la tête pour plonger les yeux dans les siens.

— N'oubliez pas votre rendez-vous avec Kay, Lewis. Vous risquez d'être en retard.

L'ayant raccompagnée, il prit la décision qu'il ne cessait de reculer depuis plusieurs jours : il posséderait de nouveau Madeline Holland.

Sinon, il ne pourrait jamais l'oublier. Il se demanderait toujours si cette nuit parfaite avait été une exception, une sorte de miracle, ou s'ils étaient capables de la revivre.

Une dernière nuit, pensa-t-il, pour se prouver qu'il ne s'agissait que d'une affinité physique largement partagée. Ensuite, ils pourraient se séparer en toute connaissance de cause.

# - 4 -

Depuis qu'elle était revenue à Queenstown, Madeline avait l'impression d'être un phénomène de foire. Chaque fois qu'elle s'aventurait dans la rue, quelqu'un la reconnaissait et voulait parler avec elle. En irait-il de même dans un supermarché ? Elle espérait que non.

Mais la femme qui la précédait dans la file d'attente se retourna et lui sourit.

C'était son professeur d'anglais du lycée.

Celle-ci lui demanda des nouvelles de sa mère puis lui suggéra de venir entretenir ses élèves des débouchés qui s'offraient dans l'industrie hôtelière.

— C'est toujours si réconfortant de voir quelqu'un de notre ville réussir si bien !

Madeline sourit de plaisir.

C'était la deuxième proposition de ce genre qu'on lui faisait cette semaine. Les personnes qui la sollicitaient ainsi n'avaient pas entendu parler d'elle depuis des années, et sa réussite les surprenait apparemment au plus haut point. La présidente de l'association des femmes d'affaires l'avait déjà sollicitée pour faire un exposé sur les moyens de réussir dans l'entreprise. Elle soupçonnait vaguement son amie Kay d'avoir un peu poussé la présidente à faire cette proposition, mais cela ne l'empêchait pas d'être ravie. Elle adorait motiver les gens en leur révélant les clés de son propre succès, ce qu'on lui demandait de faire deux ou trois fois par an.

— Que pensez-vous de votre nouveau patron ? s'enquit l'aimable dame.

C'était la question à un million de dollars. Les intentions de Lewis Goode semblaient préoccuper tous les habitants de la ville. Le nouveau patron de Premier en avait inquiété plus d'un avec ses promesses de changement et ses inspections d'hôtel à l'improviste.

— Jusqu'à présent, je n'ai pas eu beaucoup affaire à lui, répondit Madeline. Je ne prends officiellement mon poste que dans quelques semaines.

— On dit qu'il ne se préoccupe guère des intérêts de la ville.

Kay l'avait informée en effet que les rumeurs de fermeture d'établissements et de mises au chômage allaient bon train, comme si chaque habitant connaissait au moins une personne travaillant dans l'un des trois hôtels.

Bientôt, elle allait voir se refroidir l'amitié qu'on lui témoignait uniquement parce qu'elle travaillait pour Lewis Goode !

Elle venait d'entasser ses achats dans le coffre de sa voiture lorsque son téléphone portable se mit à sonner.

C'était l'homme qui causait tant d'inquiétudes à Queenstown.

Lewis lui donna rendez-vous le plus vite possible dans le nouveau bar « polaire » de la ville.

Se souvenant avec rancœur que la conférence était achevée et qu'il n'avait donc plus le droit de lui prendre son temps, elle décida de s'y rendre tranquillement à pied. Cependant, à la pensée de le revoir, le rythme de ses pas ne tarda pas à s'accélérer, ainsi que les battements de son cœur.

A l'entrée du bar, un serveur lui tendit une parka avec capuchon de fourrure, en lui précisant que les clients devaient quitter l'établissement au bout d'une demi-heure, sans avoir consommé plus de trois cocktails, le premier étant compris dans le prix d'entrée.

L'aménagement de la salle — et pas seulement la température glaciale — lui coupa le souffle.

C'était une sorte d'immense caverne où tout était fait de glace : les murs, le comptoir, les tables, les tabourets, et même le canapé recouvert de peaux de bêtes, ainsi qu'un époustouflant chandelier.

A 15 heures, le bar polaire n'était guère surfréquenté. Cependant, tout le monde avait dû revêtir le même genre de parka, et il lui fallut une bonne minute pour repérer Lewis, assis sur un tabouret à l'autre extrémité du comptoir de glace qu'il tapotait nerveusement de son stylo.

Décidant de ne pas manifester tout de suite sa présence, elle s'installa à une table puis sirota son cocktail à l'aide d'une paille, en se demandant ce qui le préoccupait tant.

Elle-même était impatiente d'avoir des nouvelles

de son entrevue avec Kay. Toutefois, malgré l'air glacial et la chaleur induite par la vodka qu'elle sirotait, elle se sentait vide intérieurement.

C'était peut-être la dernière fois qu'elle voyait Lewis Goode avant de prendre son poste à Sydney…

Quelque chose en elle espérait davantage de cet homme. Au moins, qu'il lui dise que leur nuit d'amour ne l'avait pas laissé totalement indifférent ! Depuis, il n'avait fait que l'exaspérer et la mettre à l'épreuve, même s'il avait manifesté à plusieurs reprises du respect à son égard ces derniers jours. Toutefois, la nuit qu'ils avaient passée ensemble ne signifiait peut-être pas grand-chose pour lui. Sans doute la considérait-il comme la dernière inscrite sur la liste des cadres de ses entreprises qui avaient déjà réchauffé son lit…

Enfin, Lewis se retourna et l'aperçut.

Elle s'avança vers lui.

— Il n'y a que vous pour tenir une réunion de travail dans un endroit où il fait moins cinq degrés ! persifla-t-elle.

Lewis accrocha son regard.

— La conférence est terminée, Madeline. Nous sommes en vacances, vous et moi.

Elle s'abstint de lui rappeler qu'elle n'avait jamais cessé d'être en vacances depuis qu'ils avaient fait connaissance, et ce, même pendant la semaine de la conférence !

Elle s'assit sur le tabouret voisin du sien.

— Comment s'est passé votre entretien avec Kay ?

— Les perspectives sont plutôt sombres. Mais je ne vous ai pas fait venir ici pour des raisons professionnelles.

— Vraiment ?

Son patron dardait sur elle un regard si intense qu'elle ressentit une sorte de brûlure intérieure, tout à fait anormale dans un tel environnement.

Soudain nerveuse, elle faillit laisser s'échapper son verre de ses doigts gantés. Ayant réussi à le redresser, elle chercha les yeux de Lewis… Et le verre glissa de nouveau.

— Je vous veux, Madeline, dit Lewis avec gravité. Ce soir. Une dernière nuit.

Avait-elle bien entendu ?

Stupéfaite, elle le considéra longuement, sans penser une seule seconde que les paroles qu'il venait de prononcer n'étaient peut-être pas à prendre dans leur sens littéral.

Pendant tout ce temps, il l'observait avec le plus grand calme, sans chercher à justifier ou excuser sa grotesque proposition.

Enfin, les cordes vocales de Madeline, paralysées par la surprise, parvinrent à émettre un son.

— Oh !

Rien de plus.

Etait-ce : « Oh ! Quelle bonne idée » ? Ou bien : « Oh ! Merci, mais ce sera non » ? Ou encore : « Oh ! D'accord, si vous y tenez » ?

Elle-même n'en savait rien.

Voyons, pourquoi se sentait-elle aussi scandalisée — en même temps qu'excitée —, puisqu'elle rêvait de cela toutes les nuits, depuis cette nuit si parfaite qu'ils avaient passée ensemble ?

Avec son patron ? Pas question !

— Je ne crois pas que ce soit une bonne idée.

Le regard de Lewis ne vacilla pas.

— Faites-moi confiance. C'est une *excellente* idée.

— Et pourquoi donc ?

— Parce que nous le voulons tous les deux, dit-il simplement.

Elle se répéta ces paroles mentalement, comme pour leur donner davantage de réalité.

Il n'en fut rien.

— Une seule nuit, insista Lewis. La dernière. Au Refuge alpin.

Elle allait l'envoyer promener sur-le-champ ! lui chuchota la partie la plus raisonnable d'elle-même. Elle allait lui dire qu'elle n'entretenait pas de relations privées avec des collègues de bureau — et à plus forte raison avec son boss ! Ce qu'il proposait était fou. Immoral, même.

Dans ce cas, pourquoi ne prenait-elle pas la porte ?

Parce qu'elle le désirait autant que lui ! Elle devait se rendre à l'évidence.

Une seule nuit tous les deux, dans un cadre magique, à l'insu de tous…

— Vous ai-je dit que je quittais Queenstown demain matin à la première heure ? demanda doucement Lewis.

Cette dernière remarque ébranla fortement sa résistance.

Cependant, si par malheur cela venait à se savoir, comment pourrait-elle affronter ses nouveaux collègues ?

— Je ne crois pas que je puisse faire cela, lâcha-t-elle.

— Pourtant, vous l'avez fait magnifiquement, l'autre nuit.

— Je ne savais pas qui vous étiez, sinon je n'aurais jamais… Lewis, j'ai travaillé dur pour parvenir là où je suis. Si notre secret était éventé, je serais incapable de le supporter. J'ai besoin d'être respectée. C'est tout ce que j'ai.

N'était-ce pas la vérité ? Elle vivait pour son travail. Sans travail, sans respect professionnel, elle n'était rien.

— Vous avez pourtant tout mon respect et toute mon admiration, déclara Lewis sans hésiter.

— Oh ! Dites-moi que tout ceci n'est qu'un test !

Il secoua la tête.

— Je ne vous le demande pas en tant que patron, mais en tant qu'homme. Si vous refusez, je ne vous en tiendrai jamais rigueur, et plus jamais je n'y ferai allusion. Toutefois…

Il esquissa un sourire avant de poursuivre.

— Je ne vous promets pas de ne plus jamais essayer de vous séduire.

Elle expira profondément, et son souffle se condensa dans l'air glacé.

— Et que se passera-t-il après, si… Si nous voulons poursuivre notre relation ?

Elle pourrait se prendre au jeu, tomber amoureuse. Or, elle n'avait jamais connu de chagrin d'amour, et jusque-là elle pensait inutile de courir un tel risque.

— Désirez-vous prolonger notre relation ? s'enquit-il d'un ton poli qui la fit presque rire.

— Je n'ai encore rien envisagé de ce genre, répondit-elle tout aussi poliment.

— Moi non plus.

Parfait. La question était donc réglée. Sauf qu'elle dut lutter pour ne rien laisser paraître du pincement de déception qu'elle ressentait au niveau du cœur.

— Honnêtement, pouvez-vous dire que cela ne vous tente pas ? intervint Lewis.

Elle le fixa des yeux, tandis qu'un million de pensées tourbillonnaient dans sa tête.

Bien sûr qu'elle était tentée ! Tout le problème était là : qui ne l'aurait pas été à sa place ? Aucun engagement, pas de lendemain, aucune récrimination possible…

— Une seule nuit, Madeline. Une seule nuit pour réaliser tous nos fantasmes. Et les oublier à jamais.

L'idée qu'elle ne le toucherait peut-être plus jamais lui traversa l'esprit, affaiblissant encore sa résistance. Il lui tardait de pouvoir réfléchir seule à tout ceci, loin de son regard qui semblait sans cesse la percer à jour.

N'avait-il pas parlé de fantasmes ?

Une nuit illicite à réaliser ses fantasmes les plus débridés…

Cherchant à gagner du temps, elle prit son verre et but lentement une gorgée de son cocktail. Puis elle reposa avec précaution son verre sur le comptoir,

S'il s'agissait d'un programme virtuel où tout serait possible, que choisirait-elle ?

Une nuit… Ou plutôt une semaine avec lui dans une villa. En Grèce, par exemple.

Mais elle adorerait ce que Lewis lui proposait, à savoir une nuit de passion avec lui dans ce chalet perdu dans la montagne, avec un feu dans l'âtre, du champagne, et une salle de bains pour deux.

Elle se sentait dangereusement proche de la capitulation.

— Une fois, vous avez affirmé que j'étais forte, dit-elle, cherchant désespérément une raison de refuser. Si c'était vrai, je dirais non sans hésiter à cette folie.

Aucune lueur de triomphe ne brilla dans les yeux de Lewis Goode, ce qu'elle mit à son crédit. Dans le cas contraire, elle serait partie !

— N'est-ce pas une preuve de faiblesse, insista-t-elle, que de céder à quelque chose d'aussi trivial que le désir sexuel, alors que cela ne peut que nuire à nos relations de travail ?

— Seulement si nous n'y prenons pas garde.

Fronçant les sourcils, il se pencha vers elle.

— Et je réfute le terme de trivial appliqué à ce que nous avons vécu ensemble la semaine dernière, ajouta-t-il. C'était bien plus intense que cela.

Impressionnée par le feu qui brillait dans ses yeux, elle faillit s'excuser.

Cette confession était si précisément ce qu'elle avait tant espéré entendre de lui ! Elle voulait exactement la même chose que lui. Seulement, voilà, elle était trop bien élevée pour le lui dire en face.

Lewis se leva. Lui adressant un regard chaleureux, il prit l'une de ses mains gantées dans la sienne.

— Je serai au Refuge alpin à partir de 18 heures. Si vous décidez de ne pas venir, j'aurai toujours le plaisir de vous accueillir à notre siège social dans quinze jours.

Puis il effleura sa joue glacée de ses lèvres qui ne l'étaient pas moins et quitta le bar.

A son tour, elle se retrouva seule à contempler la paroi de glace.

Elle avait vingt-huit ans. Elle était célibataire. Elle était un bourreau de travail, prenait très peu de vacances et vivait dans des chambres d'hôtel. Elle avait bien le droit de s'accorder, exceptionnellement, un petit écart de conduite !

Car sa réussite professionnelle ne pouvait pas lui masquer la réalité : elle vivait en solitaire. Inhibée, elle manquait de naturel en société, se sentait déracinée. Elle n'avait guère d'amis parce qu'elle passait tout son temps à travailler, et, justement à cause de sa réussite, presque toutes les personnes qu'elle connaissait la considéraient comme leur boss.

Une seule nuit. Pas le temps de tomber amoureuse. Une nuit discrète, comme elle l'était elle-même…

Evidemment qu'elle était tentée !

« Si vous refusez, plus jamais je n'y ferai allusion ».

Sur ce point, elle faisait confiance à Lewis Goode. Elle ne savait pas exactement pourquoi, simplement, il lui semblait un homme de parole.

Et elle lui avait déjà confié son corps. Ce qui, pour elle, était un pas énorme.

Le serveur lui tapa sur l'épaule.

— Voulez-vous un autre cocktail, madame ? Votre demi-heure s'achève bientôt.

Elle consulta sa montre. Il n'était que 15 h 30.

Comment allait-elle passer le temps, jusqu'au moment où elle ne pourrait absolument plus remettre sa décision à plus tard ? Jusqu'à cet instant où elle déciderait si oui ou non elle allait vivre, pendant douze heures peut-être, une relation sexuelle illicite ?

Le message parvint à Madeline pendant son trajet vers le Refuge.

« Chalet N° 3 ».

Elle sentit sa gorge se serrer.

Elle était allée voir son amie Kay dans son bureau, brûlant d'envie de tout lui raconter et le craignant en même temps. Elle avait espéré l'entendre dire : « Ne sois pas si stupide, vas-y ! »

Mais elle était à peine arrivée dans le bureau de Kay que le mari de son amie y avait fait irruption en compagnie de leurs jumelles. C'était peut-être cela qui avait forcé sa décision. Les deux adorables petites s'étaient jetées au cou de Kay, et cette dernière, de directrice élégante et distinguée, s'était aussitôt métamorphosée en une douce maman aux yeux de biche qui faisait des grimaces pour amuser ses filles — lesquelles n'avaient d'ailleurs pas tardé à semer la pagaille dans son bureau si bien rangé !

Devant cette scène de bonheur domestique, Madeline avait espéré oublier son obsession du moment — l'éventualité d'une nuit d'amour illicite. Pourtant, il s'était produit exactement le contraire : lorsqu'elle était sortie du bureau de Kay, elle était persuadée que son corps n'hébergeait aucune horloge biologique.

Tout comme Lewis, elle était ambitieuse et voulait devenir P.-D.G. d'une grande entreprise. La fibre maternelle ne vibrait pas davantage en elle que chez sa propre mère. Jamais elle ne réduirait à néant douze années de dur labeur et d'études, même si c'était attendrissant de voir le regard rayonnant de son amie lorsqu'elle le portait sur ses trésors, ou ces petits doigts potelés et collants qui se promenaient sur le visage et les vêtements de leur mère ! Cette vie n'était pas pour elle.

Elle était entrée dans un magasin de sous-vêtements, où elle avait usé avec prodigalité de sa carte de crédit. Puis elle avait regagné sa suite, où elle s'était douchée avant de faire une orgie de crèmes et de lotions de luxe.

A présent, elle s'approchait du chalet, s'efforçant de chasser de son esprit le souvenir de certain film dans lequel une prostituée, arrivée devant une chambre d'hôtel, s'apprêtait à frapper à la porte.

Prenant une profonde inspiration, elle entra dans le luxueux chalet.

Comme la dernière fois, d'innombrables bougies multicolores brûlaient un peu partout, un feu crépitait joyeusement dans l'âtre, d'épaisses tentures de velours ajoutaient une note de luxe à l'atmosphère chaleureuse, subtilement parfumée par un bouquet de fleurs fraîches. La stéréo égrenait les notes lentes d'un concerto pour piano et violons.

Elle posa son sac de voyage.

Aucun signe de Lewis.

L'attendait-il déjà dans le lit ? Prenait-il un bain ?

Elle verrouilla la porte d'entrée et décida de gagner la chambre.

A cet instant, Lewis apparut à l'entrée du salon. Aussi calme qu'elle-même était tendue, il s'appuya contre l'embrasure de la porte et promena sur elle ses yeux scintillants à la lueur des bougies.

Elle s'arrêta net, le souffle coupé.

De ses mèches de cheveux légèrement humides s'égrenaient des gouttes d'eau sur son front, et sa mâchoire fraîchement rasée semblait plus puissante que jamais. Tout comme lors de la nuit qu'ils avaient passée ensemble, il était pieds nus, vêtu seulement d'un jean et d'un T-shirt noir.

Il lui adressa un léger sourire.

— Mon premier fantasme est réalisé, dit-il. Vous êtes venue.

— Vous pensiez que je ne viendrais pas ?

— Non. Vous n'avez pas l'habitude de vous défiler.

Puis, s'approchant d'elle, il ajouta :

— Puis-je prendre votre manteau ?

Se tournant vers l'âtre, elle ôta son long manteau de laine fauve et le lui tendit.

Lewis rangea le manteau.

— Champagne ?

Elle hocha la tête, songeant que les bulles du breuvage pétillant viendraient peut-être à bout des boules que formaient actuellement ses nerfs à vif.

Il prit la bouteille dans le seau à glace et emplit deux flûtes. Puis il la rejoignit devant la cheminée, lui en tendit une et la fit tinter doucement avec la sienne.

— Et vous, quel est votre premier fantasme ?

Elle prit le temps de parcourir le salon des yeux avant de répondre.

— Tout ce qui se trouve ici, dans cette pièce, répondit-elle enfin.

Sa respiration se bloqua un instant lorsque Lewis prit sa main libre dans la sienne et porta le bout des doigts à ses lèvres. Elle se souvenait des petites attentions qu'il lui avait prodiguées la dernière fois afin de la mettre à l'aise, de la faire se sentir aimée et respectée.

— Avez-vous envie de dîner au restaurant ?

Elle secoua la tête.

Pourquoi ne pas se faire servir à domicile, comme la dernière fois ? Maintenant qu'elle avait pris sa décision, elle ne voulait plus perdre de temps. Et puis, rester dans le chalet amenuisait les chances de se faire reconnaître par une personne de leur connaissance.

Lewis lui pressa la main.

— Nerveuse ?

Elle baissa les yeux sur sa flûte.

— Peut-être un peu, admit-elle.

— Plus que la dernière fois ?

Elle fit oui de la tête.

C'était son patron, à présent. D'un seul mot, d'une seule insinuation, il pourrait briser sa carrière…

Elle scruta son visage et ne lut dans ses yeux que droiture et calme assurance.

La paix se fit en elle. Ce qu'elle faisait était juste.

— Quel est votre deuxième fantasme ? demanda-t-elle, un peu haletante.

Avant de répondre, Lewis pencha la tête vers elle, abolissant la distance qui les séparait.

— J'en ai plusieurs, dit-il, bouche contre bouche. Mais leur point de départ est toujours le même.

Du bout de la langue, il redessina le pourtour de ses lèvres.

Elle ferma les yeux, goûtant la soyeuse caresse de ses lèvres et celle, experte, de sa langue.

Quelle différence avec son assaut passionné dans l'ascenseur ! L'entrée pleine de sensualité et de délicatesse d'un festin qui s'annonçait extrêmement substantiel…

Une minute plus tard, elle posa machinalement sa coupe. Où ? Elle n'en avait aucune idée. Lewis fit de même, tandis qu'elle plaquait les deux mains sur son torse.

Cependant, lui saisissant les poignets, il l'écarta de lui.

— Pas touche ! chuchota-t-il.

— Mais je veux…

Elle s'interrompit, se contentant de dévorer des yeux ses pectoraux moulés par le T-shirt, ses biceps qui tendaient sa peau lisse.

Comme elle désirait sentir sous ses doigts cette peau bronzée !

Un sourire paresseux se dessina sur les lèvres de Lewis.

— Après celui de ton arrivée, mon fantasme suivant consiste à m'asseoir là-bas…

D'un mouvement du menton, il désigna un fauteuil baigné de pénombre avant de poursuivre.

— … pendant que toi, tu restes ici et enlèves tes vêtements l'un après l'autre.

Elle eut un petit rire nerveux tout en récupérant sa flûte de champagne, qui se trouvait providentiellement dans son champ de vision.

— Vraiment, c'est ce que tu veux ? Un effeuillage ?

Lewis afficha un large sourire.

— Rassure-toi, ce n'est qu'un début !

Sans cesser de sourire, il promena le pouce sur sa joue.

Prestement, elle captura ce pouce entre ses lèvres et l'enroula de sa langue. Puis, voyant les yeux de Lewis s'assombrir de désir, elle le relâcha.

— As-tu d'autres instructions ? demanda-t-elle.

— Bien entendu ! dit-il, d'une voix rauque qui transforma ses jambes en coton. Mais pour l'instant, je te laisse l'initiative.

Il gagna le fauteuil tapi dans l'ombre.

Lorsqu'il fut assis et qu'elle ne distingua plus de lui que ses doigts posés sur ses genoux, elle réprima à grand-peine un rire nerveux.

Allait-elle vraiment réussir à se muer en strip-teaseuse ?

Une semaine auparavant, si quelqu'un lui avait dit qu'elle allait rencontrer un homme séduisant et qu'elle passerait une nuit ou deux avec lui pendant ses vacances, elle aurait pu le croire. Mais si l'on avait ajouté qu'elle se rendrait volontairement dans un chalet isolé avec l'intention bien arrêtée de faire l'amour à son patron, et qu'elle commencerait par lui offrir un strip-tease à sa demande, elle aurait ri aux larmes à ce scénario loufoque !

Elle but une forte rasade de champagne, songeant qu'elle avait été bien inspirée de s'offrir des sous-vêtements coquins.

La musique que Lewis avait choisie était suave et sensuelle, et elle s'en imprégna durant une bonne minute, s'efforçant d'en intégrer le rythme.

Elle n'avait qu'à prendre cela pour un test ! décida-t-elle en posant sa coupe à présent vide d'une main quelque peu tremblante.

Alors, elle se tourna vers son amant sans visage, porta la main à son col et poussa le premier petit bouton rose à travers la première boutonnière.

# - 5 -

— Doucement ! murmura Lewis.

Obéissante, Madeline acheva lentement d'ôter son chemisier, découvrant progressivement un soutien-gorge couleur perle que caressaient les lueurs dansantes des bougies. Seule sa respiration quelque peu irrégulière trahissait sa nervosité.

Cependant, il savait bien que Madeline Holland, adorant relever les défis, s'enorgueillissait de sa capacité à maîtriser ses émotions.

Ses yeux caressèrent la jeune femme de la tête aux pieds, tandis qu'il sentait son cœur s'affoler, comme à l'instant où elle était entrée dans le chalet.

Ses bottes blanches, rehaussées de talons assassins, lui couvraient les genoux. Il ne pouvait rien imaginer de plus érotique !

Elle écarta lentement son soutien-gorge, révélant des seins insolents et superbes qui frémirent légèrement lorsqu'elle l'ôta entièrement. Ses tétons roses se trouvaient déjà durcis par l'excitation. Il dut faire un effort surhumain pour s'empêcher de bondir s'en emplir les mains et la bouche.

Encore un peu de patience…

Madeline bougeait imperceptiblement les lèvres, comme si le rythme de la musique émanait d'elle.

Hypnotisé, il la regarda descendre la fermeture Eclair de sa jupe, qu'elle poussa ensuite doucement le long de ses hanches, les balançant légèrement pour l'aider à glisser. Il faillit s'étrangler en découvrant la délicate ceinture de dentelle qui lui ceignait les hanches et d'où descendaient de fines jarretelles retenant une paire de bas fins.

La lueur des bougies se refléta sur la soie claire.

Il ne put réprimer un sifflement admiratif, se demandant s'il avait déjà fait l'amour à une femme portant des bas.

De toute façon, s'il avait déjà tenu une telle femme dans ses bras, Madeline ne lui ressemblait en rien !

Les bas extra-fins mettaient en valeur les bandes de peau dorée apparaissant entre les attaches, et les longues jambes agiles de la jeune femme, lustrées par le tissu quasi transparent, semblaient si fines et si parfaites qu'il aurait pu contempler ce spectacle toute la nuit.

Elle porta les doigts à l'un des fermoirs qui attachaient ses bas.

— Non ! s'écria-t-il, se penchant en avant.

Madeline leva vivement sa tête auréolée de la lueur des bougies.

— Garde cela pour l'instant ! murmura-t-il en se tapissant de nouveau dans l'ombre.

Il n'allait tout de même pas renoncer si vite au plus merveilleux plaisir visuel qu'il ait jamais goûté !

Il sirota une gorgée de champagne, savourant en même temps les innombrables sensations délicieuses qui lui parcouraient le corps.

Madeline se pencha alors pour défaire ses bottes.

De nouveau, il l'arrêta.

— Pas encore !

Elle se redressa, et ses doigts élégants effleurèrent ses hanches.

— Qu'est-ce que je fais maintenant ? s'enquit-elle, d'une voix pas très assurée.

Il se pencha, les coudes sur les genoux.

— Maintenant, je veux te regarder.

Elle acheva de se redresser, et ses seins se relevèrent un peu. Elle demeura ainsi, droite, grande, belle à faire damner un couvent entier de dominicains.

— Dis-moi que tu ne portes rien sous… sous ce truc de dentelle ! supplia-t-il.

Madeline sourit et, des deux mains, caressa la dentelle en question.

— Ce truc s'appelle une jarretière, dit-elle gaiement.

Il sentit sa bouche s'assécher encore davantage lorsqu'elle glissa l'index sous la dentelle et la souleva pour découvrir un peu de satin chatoyant.

— Je porte un mini-slip.

Il l'entendit à peine, hypnotisé qu'il était par la lente progression de son doigt sous le tissu. Nom d'une pipe !

— Mais un mini-slip spécial, ajouta-t-elle.

Son regard bondit vers le visage de Madeline presque aussi vite que son cœur dans sa poitrine.

— Il se dénoue, murmura Madeline. Sur les côtés.

— Vraiment ?

Il entendit sa propre voix se fêler au milieu du mot.

Madeline stoppa la progression de son doigt et s'humecta les lèvres.

— Aimerais-tu que je l'enlève ? demanda-t-elle.

Il était au bord de l'apoplexie.

— Ce serait… très agréable.

Se tortillant pour ménager quelque espace à ce qui était près de faire craquer son jean, il se cala sur son siège.

Une agile flexion de poignet, l'éclair d'un ruban de soie, une glissade franche… Et Madeline brandit en souriant un trophée plus précieux que tous ceux qu'il avait jamais convoités.

— Cela fait des jours que je fantasme sur toi, dit-il en se levant, soudain désireux de réduire à néant la distance qui les séparait. Mais la réalité dépasse tout ce que j'ai jamais pu imaginer !

Il se saisit du luxueux sac de grande marque qu'il avait déposé près de sa chaise.

— Ferme les yeux, commanda-t-il.

Madeline jeta au paquet un coup d'œil inquiet.

— N'aie pas peur. Cela ne fait pas mal du tout.

Madeline obéit.

Il sortit le long manteau blanc comme neige qu'il

avait choisi pour Madeline, prit la main de la jeune femme et la posa dessus.

Il vit ses doigts aux ongles roses se plier et s'enfoncer dans la fourrure synthétique. Ouvrant les yeux, elle sursauta.

Il plaça le manteau sur les épaules nues de Madeline puis en remonta le col jusqu'à encadrer son visage de blanche fourrure.

— Lewis, c'est…

— De la fausse fourrure, murmura-t-il en refermant le manteau sur ses seins nus. Tu sais quoi ? Je regrette presque de ne pas avoir retenu deux places au restaurant. J'aurais eu le plaisir de t'admirer ainsi vêtue, sachant que tu ne portes rien en dessous.

Visiblement émerveillée, Madeline gardait les yeux fixés sur le manteau.

— Où te l'es-tu procuré ?

— Dans le meilleur magasin de la ville. Je n'avais pas beaucoup de temps, mais dès que je l'ai vu, j'ai su qu'il avait été confectionné pour toi.

Les beaux yeux de Madeline fouillèrent les siens.

— Tu l'as acheté pour moi ?

Sans lui lâcher la main, il fit un pas en arrière et la considéra avec un large sourire.

— Eh bien, pour toi et pour moi, je crois.

De nouveau, il s'approcha d'elle et l'embrassa, fermant les yeux au contact des lèvres de la jeune femme. Il enfouit la main dans le flot soyeux de ses cheveux, les écartant de sa nuque tandis qu'il la serrait afin d'approfondir son baiser.

Ils s'embrassèrent de plus en plus passionnément, jusqu'à en perdre le souffle.

Luttant contre son impatience croissante, il décida de mener à son terme la réalisation de son fantasme. Il ôta le manteau des épaules de Madeline, l'étendit à terre devant la cheminée et invita la jeune femme à s'étendre sur la fourrure.

Il s'allongea à côté d'elle et, de nouveau, la caressa du regard. A la vue de ses tétons dressés, il réprima de justesse un gémissement de frustration.

Pas encore ! se sermonna-t-il. Ils avaient toute la nuit devant eux, et il tenait à ce qu'elle soit tout aussi comblée que lui.

Maîtrisant la férocité de son désir, il reprit ses lèvres avec toute la délicatesse qu'il put. Leurs langues s'unirent en une danse nuptiale voluptueuse et passionnée, au point qu'il réussit tout juste à éviter l'orgasme.

Afin de reprendre sa respiration, il releva la tête.

Les lèvres de Madeline étaient séduisantes et humides, mais les siennes brûlaient de propager le plaisir qu'elles dispensaient, et ses mains s'impatientaient.

Il promena lentement l'index sur sa joue, son menton, son cou, jusqu'à tracer un cercle au creux de sa gorge, qu'il embrassa ensuite tendrement. Puis il longea le doux sillon entre ses seins et entoura les deux globes de ses mains en les pressant doucement.

Madeline se cambra contre lui, comme pour lui emplir encore davantage les mains…

Lorsqu'il prit un téton durci entre ses lèvres, elle plongea la main dans ses cheveux.

Il redressa vivement la tête.

— Pas touche ! ordonna-t-il.

Madeline prit une brusque inspiration.

— Mais tu…

— Pas touche ! répéta-t-il. Il s'agit de *mon* fantasme ! Gardez votre calme, mademoiselle Holland. Du moins, pour l'instant.

Il voulait l'amener à crier, mais seulement à la fin des présentes opérations.

Il la fixa jusqu'à ce qu'elle capitule et laissant retomber ses mains, les doigts écartés dans la fourrure.

Il se pencha de nouveau sur sa poitrine et prodigua toute son attention à ses seins, puis à l'intérieur doux et sensible de ses bras, au creux sensuel de sa taille… sans oublier de revenir de temps en temps à ses seins.

Madeline se gardait certes de désobéir à son injonction, mais elle se cambrait au maximum afin de se serrer et se frotter contre lui.

— Tricheuse ! murmura-t-il.

Il sentit la moue de ses lèvres sur les siennes et sut qu'aucune femme ne lui avait jamais procuré autant de plaisir.

La première fois, il l'avait prise sans savoir quelle femme elle était vraiment. Ce soir, il la connaissait davantage. Il avait déjà pu apprécier son esprit rapide et intuitif, sa loyauté, sa très grande conscience professionnelle. La confiance qu'elle lui accordait en acceptant cette nuit d'amour lui procurait une intense satisfaction. Elle ne s'était certainement pas décidée aisément, mais cette confiance avait sans doute constitué un facteur décisif.

Il était loin de vouloir s'arrêter en si bon chemin. Ses doigts vibrant d'impatience parcouraient cette chair veloutée et offerte, ces cheveux aux reflets de miel et d'or répandus sur la fourrure de neige… Il s'efforça de se concentrer sur tous ces détails avant que l'ensemble de la scène ne s'embrase : les gémissements qui émanaient de la gorge de Madeline tandis qu'il taquinait ses tétons avec sa langue, la lisière crénelée des lanières reliant la ceinture de dentelle à ses bas… Sans oublier les adorables bandes de peau nue qu'elles laissaient paraître, plus colorées que les bas mais tout aussi soyeuses.

Et puis, le parfum de la jeune femme — un parfum excitant, exigeant, *brûlant*, qui lui rappelait qu'il n'y avait plus rien entre lui et le paradis…

Il se redressa, subjugué, et très vite ses bonnes intentions partirent en fumée.

Madeline se mordit la lèvre au sang.

Lewis lui prodiguait sa bouche et ses mains avec une telle expertise que le plaisir s'accumulait en elle au point de la rendre littéralement folle de désir. Sa conscience lui semblait divisée en deux : la part la plus importante d'elle-même, tendue et frémissante, appelait de ses vœux la délivrance de l'orgasme, tandis que l'autre flottait avec langueur dans une si douce extase qu'elle priait pour que Lewis ne s'arrête jamais. Jamais elle n'avait éprouvé une telle félicité !

Cela lui pesait de prendre tant de plaisir sans pouvoir réagir, sans lui rendre la pareille… Mais elle n'avait d'autre droit que celui de succomber à la félicité de ses caresses.

Qu'avait-elle appris au cours de ses rares expériences, qui le persuaderait de l'autoriser à le toucher, à lui donner à son tour du plaisir ?

Heureusement, Lewis prit la décision pour elle.

Ses mains et sa bouche cessèrent leurs longues, insistantes et graduelles caresses, comme s'il avait décidé de passer au plat de résistance. Sans la moindre hésitation, ses doigts la pénétrèrent et atteignirent directement un certain endroit dont elle avait jusque-là ignoré l'existence.

Secouée de spasmes, elle succomba alors à un déferlement de sensations, tandis qu'un long et puissant gémissement sortait de sa poitrine et que ses doigts s'agrippaient à la fourrure.

Elle revint progressivement à elle, tremblant de tous ses membres, mais Lewis lui en laissa à peine le temps.

Tendrement, il croisa les doigts dans les siens, qu'il avait délicatement écartés de la fourrure. Puis il s'allongea enfin sur elle.

Tandis qu'il goûtait de nouveau ses lèvres, elle vit son plaisir se refléter dans ses yeux, sentit l'étreinte de ses doigts se resserrer férocement afin de l'empêcher de bouger…

Il la pénétra lentement, profondément, complètement.

Ses cuisses appuyaient sur les attaches des bas, les lui enfonçant dans la chair — et encore davantage lorsqu'elle enroula les jambes autour de lui afin de le maintenir contre elle.

Elle dut lui enfoncer ses talons aiguilles dans les fesses, ce qui le fit gémir et altéra la régularité de son rythme.

Au moins, cela avait-il contribué à lui faire perdre le contrôle de lui-même, songea-t-elle avec satisfaction.

Mon Dieu ! Allait-elle parvenir à le garder ?

Elle chassa aussitôt cette question.

Plus tard ! Quand elle serait de nouveau capable de penser.

Elle leva plus haut encore les hanches, tant était grand le besoin qu'elle avait de lui.

Un instant, Lewis cessa de bouger. Puis elle le sentit peser lourdement contre elle, accélérer encore son rythme. Il plongea les yeux dans les siens, et tous deux se déchaînèrent, s'imbriquant l'un dans l'autre comme si leur vie en dépendait. Ils furent projetés vers l'apogée à une vitesse folle, et l'explosion se produisit en eux exactement au même moment.

Puis, essoufflés et tremblants, ils s'effondrèrent l'un sur l'autre, leurs souffles haletants couvrant les crépitements du feu et la musique de la stéréo.

S'écartant légèrement sur le côté afin de la soulager en partie de son poids tout en restant sur elle, Lewis croisa les doigts avec les siens et les porta contre son cœur.

Longtemps, ils demeurèrent ainsi, immobiles.

Elle se sentait si comblée, tellement saturée d'épuisement délicieux, qu'elle pensa s'assoupir — et le fit probablement.

Enfin, elle remua un peu, goûtant sur sa peau la caresse de la fourrure.

Elle sourit.

Excepté son père, aucun homme ne lui avait jamais fait un cadeau aussi spécial, intime !

— Je ne sais pas si tout ceci est très bon pour la fourrure, dit-elle.

*Sa* fourrure, même s'il avait dit qu'il en profiterait aussi.

Lewis émit un grognement en guise de réponse.

La musique s'était tue. Le feu n'était plus que braises à peine rougies. Tout était si calme… Le silence enveloppait la pièce.

Elle tourna la tête.

— Ecoute ! dit-elle.

Lorsqu'il entrouvrit un œil, elle lui sourit.

— Je crois qu'il neige.

— Tu peux entendre les flocons tomber ? marmonna-t-il.

— Bien sûr !

Elle se dégagea de lui, les yeux rivés à la fenêtre.

Elle adorait la neige. Du vivant de son père, la neige avait toujours été un cadeau pour elle. Ensemble, ils faisaient de la luge derrière la maison avec une vieille portière de voiture en guise de traîneau, et ils bombardaient sa mère de boules de neige dès qu'elle mettait le nez à la fenêtre. Après la disparition de son père, elle s'était le plus souvent contentée de regarder tomber les flocons depuis l'intérieur de la maison, mais les souvenirs qu'elle en avait gardés étaient tous agréables.

Elle se leva et se dirigea vers la fenêtre.

Le tableau était parfait. Tels des milliers d'étoiles, les flocons tourbillonnaient à la lumière de la lampe extérieure du chalet.

— Regarde !

Lewis vint jeter un coup d'œil à la fenêtre en remontant son jean sur les hanches.

— Tu crois que ça va tourner à la tempête ? demanda-t-il.

Elle s'agenouilla et acheva de lui ôter son pantalon. Puis, se retournant, elle s'assit sur ses genoux.

Il lui passa le bras autour de la taille, et tous deux regardèrent longuement par la fenêtre.

— Tu as peur que ton vol ne soit retardé ? demanda-t-elle enfin, se souvenant avec tristesse qu'il devait partir tôt ce matin.

Lewis haussa les épaules.

— Ça m'est déjà arrivé une fois à cause de la neige, répondit-il.

Elle se cala contre lui et blottit sa tête contre son cou.

— Où cela ?

— En Suisse, répondit-il d'un ton maussade. Ce devait être une simple escapade coquine d'un week-end. Et ça a duré quatre jours.

— Tu n'as pas l'air d'avoir particulièrement apprécié cette expérience, observa-t-elle.

En l'occurrence, cela ne lui déplairait pas, à elle…

De nouveau, Lewis haussa les épaules.

— C'est ma compagne que je n'ai pas appréciée, pas la neige.

Madeline eut un pincement au cœur.

S'agissait-il d'une employée ? Et parlerait-il d'elle un jour à une autre femme comme d'une escapade coquine ratée ?

— Il arrive même aux P.-D.G. d'être mal inspirés dans leurs choix, dit-elle lentement, refusant pour l'heure de s'apitoyer sur elle-même.

Les récriminations, ce serait pour plus tard…

— Je n'avais rien choisi du tout, protesta Lewis. J'ai été manipulé de bout en bout.

Comment lui, dont l'intelligence était si pénétrante, avait-il pu se laisser manipuler ?

— Raconte-moi ça, dit-elle, incrédule.

Lewis se frotta une petite marque rouge qu'il avait sur la cuisse, et dont était responsable l'une des attaches des bas de Madeline — qu'elle portait encore, d'ailleurs.

— D'après l'invitation qu'elle m'avait envoyée, répondit-il, son ancien mari devait être présent. En fait, c'était moi qu'elle voulait. Ou, à défaut, une place pour son mari dans mon entreprise.

— Tout le monde veut quelque chose, murmura-t-elle.

— C'est vrai, approuva Lewis avec gravité. Je ne cesse de rencontrer des gens — surtout des femmes — qui veulent quelque chose de moi, sans offrir de contrepartie.

La respiration de Madeline se bloqua un instant.

— Lewis, tu ne crois tout de même pas que je…

Il lui posa un doigt sur les lèvres.

— Non. C'est moi qui t'ai invitée, tu t'en souviens ?

— Bien sûr. Mais tu n'as pas l'air d'avoir une très haute opinion des femmes ! fit-elle remarquer, d'un ton qu'elle aurait voulu beaucoup plus léger.

— Exception faite de celle que je reçois en ce moment, répliqua Lewis en lui déposant un baiser sur le bout du nez.

Se blottissant contre lui, elle tourna la tête en direction de la fenêtre.

— Les femmes cupides ou avides de mariage, j'ai l'impression de les attirer comme un aimant, ajouta-t-il en jouant avec les franges de dentelle de ses jarretelles. Voilà pourquoi j'aime celles qui sont fortes et indépendantes, comme toi.

Elle n'était pas *que* cela, pensa-t-elle. Mais l'heure n'était pas aux projets d'avenir. Si elle parvenait à s'en persuader, peut-être pourrait-elle profiter pleinement du reste de la nuit…

La caresse d'une des mains de Lewis s'introduisant à l'intérieur d'un bas lui rappela que c'était sa dernière nuit, et qu'elle devrait s'en contenter pendant ses longues soirées d'hiver. C'était son tour d'assouvir ses fantasmes… Et, si elle ne se trompait pas, ils seraient tout à fait à la hauteur de ceux de Lewis !

— Lewis…

Elle plia la jambe, faisant ainsi remonter la main de quelques précieux centimètres. Puis elle posa la main sur la sienne, croisa leurs doigts et les appuya sur la douce chair, en haut de ses cuisses.

— Moi aussi, je veux quelque chose, dit-elle.

Il se figea.

Elle sentit son sourire dans ses cheveux, et une intéressante pression s'exercer au bas de son dos.

Elle lui fit face, à califourchon sur ses jambes, et s'empara de sa bouche en un long baiser brûlant, l'interrompant juste le temps de lui ôter son T-shirt.

Quelle magnifique et harmonieuse musculature possédait son amant ! pensa-t-elle en promenant enfin les mains sur son large torse et tout le long de son dos.

Puis elle le mordilla et le chatouilla de ses lèvres — derrière l'oreille, le long du cou, de la gorge…

Il eut un petit gémissement, et elle sentit son érection se presser plus encore contre elle. Comme il tentait de prendre ses seins entre ses mains, elle se saisit de ses poignets et les écarta avec fermeté.

— Pas touche ! dit-elle d'un ton sévère, tandis qu'un sourire contrit se dessinait sur les lèvres de Lewis.

Elle poursuivit sa route jusqu'à ses tétons, qu'elle caressa de sa langue jusqu'à ce que Lewis, haletant, la dévore de ses yeux obscurcis par le désir. Elle promena la main sur son abdomen, toujours plus bas, jusqu'à se saisir de lui et le serrer fermement entre ses doigts.

— C'est mon tour, murmura-t-elle en le caressant lentement, le sentant réagir jusqu'au cœur d'elle-même.

Le poussant doucement, elle l'étendit sur le dos et le chevaucha.

— Vous allez rester allongé et vous contenter de recevoir, monsieur Goode, dit-elle. Ce n'est plus vous le patron, à présent. Maintenant, c'est moi qui ai la situation en main !

Lorsque Madeline s'éveilla, elle se sentit en pleine forme. A quelle heure s'était-elle endormie, déjà ?

Alors seulement, elle se souvint : elle se trouvait au Refuge alpin. Une fois de plus.

Soudain submergée d'une jubilation d'adolescente, elle enfouit le visage dans l'oreiller. Quelle nuit fabuleuse elle venait de passer ! Comment avait-elle pu seulement *envisager* de refuser ?

Si cela était possible, cette nuit avait été encore plus parfaite que la première, avec ce magnifique manteau de fourrure et tous ces petits riens qui l'avait rendue si exceptionnelle — les fraises enrobées de chocolat, le champagne, cette neige inattendue…

Si elle ne couchait plus avec un autre homme jusqu'à la fin de sa vie, elle ne se sentirait pas lésée.

Elle s'étira langoureusement et s'accorda encore quelques minutes de souvenirs classés X, puis elle se leva et gagna la salle de bains, qui avait survécu à leurs multiples assauts amoureux, d'abord sous la douche puis dans le bain à remous.

Après avoir tout rangé et s'être habillée et maquillée, elle fixa un instant son reflet dans le miroir.

Une vision lui traversait l'esprit : Lewis, tout habillé, qui la regardait, étendue sur le lit. Elle entendait le chant des oiseaux, mais la chambre se trouvait encore plongée dans l'obscurité. Refermant les yeux, elle se blottissait paresseusement sous le duvet de plumes, et quelque chose lui effleurait le visage…

Ce n'était probablement qu'un rêve.

Elle plia le manteau qu'elle avait revêtu pour venir, avant de le ranger dans le sac de celui que lui avait offert Lewis. Elle se réjouissait à l'avance du plaisir décadent de quitter ce repaire discret, vêtue du cadeau de son amant.

Jamais elle ne s'était senti autant d'entrain. Elle n'éprouvait pas la moindre once d'inquiétude à l'idée de revoir Lewis dans le contexte si différent de leur travail. Elle savait que cette nuit avait été exceptionnelle pour lui aussi et qu'il la respecterait toujours, désormais. Il ne risquait pas d'utiliser leur relation contre elle !

Elle avait enfin le sentiment d'être vraiment en vacances. Elle allait passer beaucoup de temps avec sa mère, régler la question de la ferme une fois pour toutes… Elle réussirait peut-être même à persuader Kay d'aller passer une soirée à l'opéra avec elle.

Elle avait un job merveilleux, de nouveaux amis, de nouveaux défis… Le plus grand d'entre eux étant, naturellement, de travailler avec Lewis Goode.

Eh bien, cela aussi, elle l'attendait avec impatience ! Même en sachant à quel point son nouveau patron pouvait être exigeant. Elle ne s'ennuierait certainement jamais avec un tel homme à la barre !

La vie était magnifique.

Une heure après, elle s'engageait sur le chemin menant à l'ancienne ferme de ses parents.

Les arbres qui le bordaient, nimbés de brouillard, amenèrent un sourire sur ses lèvres.

C'était un si bel endroit, même dans l'état d'abandon où se trouvait la propriété !

Elle se demandait si des clients potentiels avaient déjà contacté l'agence immobilière. Rien ne pressait, au fond. Pour l'instant, elle avait largement de quoi assumer les dépenses de sa mère.

Son téléphone sonna à l'instant où elle posait son sac sur la table de la cuisine.

— A quoi ça sert d'avoir un portable, si on ne le laisse jamais allumé ? dit la voix de Kay.

Se sentant coupable, Madeline soupira.

Il n'y avait pas de connexion dans le chalet, si bien qu'elle l'avait fermé la veille au soir.

— Je suis désolée.

— Tu es seule ? demanda son amie d'un ton lugubre qui ne présageait rien de bon.

Elle sentit son estomac se nouer.

— Oui, répondit-elle.

Kay enchaîna immédiatement.

— Ta voiture est au garage ?

— Non, dit Madeline en fronçant les sourcils. Pourquoi ?

— Il faut absolument que tu la rentres. Toi, enferme-toi à double tour et n'ouvre à personne, compris ? J'arrive dans moins d'une heure.

Elle se laissa tomber sur une chaise.

— Pourquoi ? Que s'est-il passé ?

— Ne réponds pas non plus au téléphone !

— Mon Dieu ! C'est maman ?

— Non, non, répondit vivement Kay.

Madeline l'entendit soupirer avant de poursuivre.

— Je ne sais pas comment te le dire, alors je ne vais pas y aller par quatre chemins.

La joie qui inondait Madeline avait cédé la place à un étau glacé autour de son cœur.

— Je suis tellement désolée pour toi, Madeline ! Un employé de l'hôtel a vendu la cassette de la caméra de surveillance qui t'a filmée avec Lewis dans l'ascenseur, le soir du gala. Vous faites la une des journaux nationaux.

# - 6 -

Madeline vacilla sur sa chaise et ferma les yeux.

D'horribles images tourbillonnaient dans son esprit. Ses étreintes avec Lewis, le regard culpabilisant de sa mère…

Et puis, à cause de ses désirs charnels, de nombreux habitants de Queenstown allaient perdre leur travail !

Comment une telle chose avait-elle pu lui arriver ?

— Oh, mon Dieu ! Qui a fait cela ? Et pourquoi ?

— Je sais qui c'est, en tout cas, dit Kay d'un ton sinistre. Il est assis dans l'antichambre de mon bureau et attend que je le vire.

— Mais pourquoi ?

— A mon avis, c'est une réaction instinctive de défense aux paroles de Lewis. Les gens se sentent menacés par les changements qu'il envisage.

— Mais nous n'avons même pas parlé de cela hier soir ! dit Madeline, pensant à haute voix.

Elle avait bien demandé à Lewis comment s'était

passée son entrevue avec Kay, mais il n'avait pas voulu parler de leur travail.

— Tu l'as vu hier soir ? demanda son amie. Moi, je l'ai à peine aperçu pendant la journée.

— Oui, répondit-elle d'une voix sourde, j'étais avec lui hier soir.

Pendant le lourd silence qui suivit, elle eut tout le loisir d'imaginer la réaction qui devait se peindre sur le visage de son amie.

— « Avec *lui* », répéta Kay en imitant son inflexion. A la ferme ?

— Au Refuge alpin. Dans le même chalet que la semaine dernière.

Nouvelle pause d'au moins cinq secondes, suivie d'un profond soupir.

— Mon Dieu, Madeline ! Quelqu'un vous a vus ?

— Je ne crois pas.

— Reste chez toi. N'ouvre à personne, ne réponds pas au téléphone. Les reporters vont te harceler. A propos, où est Lewis ?

— Probablement à Christchurch, sur le point de s'envoler pour Sydney.

— Tant mieux pour lui, répliqua sèchement Kay. Je te rejoins dans une heure. Tu as besoin de provisions ?

Madeline déglutit avec effort.

Elle était bel et bien assiégée.

*
* *

Contrairement à son habitude, Lewis s'endormit tout de suite dans l'avion.

Il avait décollé de Queenstown avec une heure de retard, à cause de la neige qu'il avait fallu déblayer de la piste. Il ne se réveilla qu'en entendant le pilote annoncer leur arrivée à Christchurch.

Malédiction ! Il avait manqué sa correspondance pour Sydney.

D'ordinaire, il détestait les changements d'horaires. Pourtant, ce jour-là, rien n'aurait pu distraire ses pensées de Madeline. A trente-quatre ans, il venait de découvrir que la perfection elle-même pouvait être surclassée.

Il avait cru que leur première nuit avait dépassé tout ce qu'il pouvait attendre d'une nuit d'amour ? Eh bien, il s'était trompé. Et il avait vécu assez d'expériences pour savoir qu'une telle alchimie entre deux êtres se produisait excessivement rarement.

Elles étaient loin, désormais, ses promesses de s'en tenir à une relation strictement professionnelle avec Madeline Holland ! Certes, Madeline commencerait par résister…

Il sourit, sachant quelle importance elle accordait à sa réputation professionnelle. C'était même l'une des qualités qu'il admirait chez sa nouvelle directrice commerciale.

Il dirigea ses pas vers les guichets.

— Le prochain vol pour Sydney est à 16 h 30, lui annonça la préposée.

Il se renfrogna.

— Et avec un changement ? demanda-t-il.

— Par Melbourne ? Dans trois heures.

Il ne lui restait plus qu'à s'installer dans la luxueuse salle d'attente des VIP.

Le plus terrible, c'était qu'il aurait pu passer une heure de plus au lit avec Madeline.

Il se souvint de son visage endormi, quelques heures auparavant, quand il avait dû la quitter.

Avant de partir, il avait déposé un baiser juste sur son grain de beauté, exactement comme il l'avait fait la fois précédente. Elle ne s'en souviendrait probablement pas.

— Pouvez-vous veiller à ce que je sois réveillé dans deux heures ? demanda-t-il à l'hôtesse de la salle d'attente. Je vais essayer de faire un petit somme.

Avec satisfaction, il parcourut la salle des yeux. L'endroit était extrêmement calme. Il se servit un jus de fruits au buffet, puis choisit une confortable chaise longue près d'une baie vitrée inondée de soleil.

Pour la première fois de sa vie, il se prenait à espérer davantage qu'une femme de passage pour réchauffer son lit de temps en temps. Il imagina Madeline dans son ancienne villa de Double Bay.

Elle s'éveillait, s'asseyait sur leur lit, remontait ses bas le long de ses jambes merveilleuses, interminables… Puis, avec un sourire rayonnant à son adresse, elle le rejoignait pour prendre un copieux petit déjeuner sur la terrasse dominant l'océan…

Ils pourraient se rendre ensemble à leur travail.

*Doucement.* Chaque chose en son temps. Madeline n'avait même pas encore pris son poste !

En tout cas, une chose était certaine, une ou deux nuits ne lui suffiraient jamais.

Soudain frais et dispos, il s'assit sur sa chaise longue.

C'était décidé. Il profiterait à la fois de l'expertise de sa directrice commerciale et de la chaleur de son corps.

Une femme d'un certain âge lui tapa sur l'épaule.

— Cela ne vous dérange pas que j'allume la télévision ?

Lewis lui tendit la télécommande qui se trouvait sur une table près de sa chaise longue. Cependant, sur son écran intérieur, il ne cessait de revoir Madeline, vêtue uniquement de son porte-jarretelles, de ses bas et de ses bottes, et qui le chevauchait…

A ce train-là, il risquait de se trouver très vite dans une disposition plutôt embarrassante en public ! Il prit son jus de fruits et se redressa.

Entendant le nom de « Queenstown ». Il leva les yeux vers l'écran et aperçut un paysage saupoudré de neige, puis un plan de la façade de l'Hôtel du Port.

C'était sidérant comme il était tombé amoureux de cette petite La Mecque touristique en moins d'une semaine !

Madeline interrompit ses allers et retours dans la pièce. Aurait-elle jamais le courage de se montrer de nouveau dans les rues de la ville ?

Télévision, radio, journaux : la nouvelle était

partout. L'internet mettait à la disposition de tous la vidéo intégrale de l'épisode honteux.

La caméra, située dans un coin du plafond de l'ascenseur, n'avait pris que des images plongeantes, mais parfaitement reconnaissables. Les cheveux de Madeline tombaient librement dans son dos, et ses seins, qui avaient l'air de vouloir s'échapper du décolleté de son corsage, semblaient faire signe à la caméra. Lewis tenait levée l'une de ses jambes, lui remontant fortement la jupe, et donnant ainsi l'impression qu'ils étaient vraiment en train de s'unir. A un moment, on le voyait nettement en train de lui sucer un téton… L'avait-il réellement fait, ou bien ne s'agissait-il que d'une illusion due à l'angle de la caméra ? En tout cas, les journaux choisiraient d'agrandir et de publier les plus marquantes de ces images… Pires encore, ces deux gros plans de leurs visages en train de s'entredévorer, leurs bouches distendues par la rapacité de leur désir, leurs langues si évidemment mêlées…

Elle aurait voulu mourir.

D'un geste nerveux, elle se saisit de la télécommande. Mieux valait regarder la télévision plutôt qu'errer sans but dans la maison en attendant Kay.

Le présentateur du JT matinal semblait n'avoir attendu que ce signal pour aborder le sujet brûlant du jour.

— Nous avons appris d'une source anonyme que le nouveau P.-D.G. de la chaîne d'hôtels Premier, l'Australien Lewis Goode, a passé plus d'une nuit en compagnie de l'un de ses cadres de haut niveau dans une luxueuse villégiature de Queenstown.

Oh, mon Dieu, sa pauvre mère…

Elle pensait attendre l'arrivée de Kay pour lui téléphoner, espérant que son amie lui en donnerait le courage. Cependant, la nouvelle se propageait de toute évidence comme une traînée de poudre.

Elle appela donc le village de retraite et demanda la communication avec Mme Holland.

Mais ce fut la voix du directeur qu'elle entendit.

— Je dois vous informer que plusieurs reporters de la presse et de la télévision locale nous ont déjà appelés pour interviewer votre mère. Heureusement, Adèle n'a pas encore allumé son poste. Elle fait un petit somme en ce moment.

Ce n'était pas dans les habitudes de sa mère, pensa-t-elle en consultant sa montre.

— Puis-je compter sur vous pour ne parler à aucun média ?

— Bien sûr ! répondit le directeur. Et nous ferons en sorte qu'aucun reporter ne s'approche d'elle. Malheureusement, j'ai bien peur que nous ne puissions l'empêcher de regarder la télévision.

Sa mère s'était beaucoup adoucie au fil des ans, mais certains journalistes de la ville se souvenaient sans doute de ses anciennes diatribes. La « Dame aux Prêches » fournirait matière à d'excellents articles, d'autant que ce serait la deuxième fois qu'elle s'en prendrait à sa fille en public.

Dès l'arrivée de Kay, elle se jeta dans les bras de celle-ci, s'apitoyant sur son sort.

— Comment diable cela peut-il faire la une des journaux ? demanda-t-elle à son amie.

Kay lui passa la main dans les cheveux.

— Lewis Goode fait toujours la une en Australie. Et en ce moment, c'est la même chose ici, à cause de la menace que représenterait pour la ville la fermeture des hôtels.

— Ma pauvre mère ! Notre relation ne pourra jamais survivre à cela !

— Aucun danger. Elle te fera une scène de tous les diables pendant une heure. Puis, à l'heure du thé, elle aura tout oublié. De même, tout serait déjà presque oublié demain si cette vidéo avait été prise dans un ascenseur de Sydney. Seulement, dans ta ville natale, avec l'histoire de ton ascension sociale, les frasques de ta mère et la peur que les hôtels soient fermés, les journalistes vont exploiter cela au maximum.

Madeline s'essuya les yeux.

— J'imagine que je dois renoncer à l'invitation des femmes d'affaires, sans parler de celle du lycée.

Son amie lui pressa les mains avec compassion.

Oh, Madeline, je ne t'avais jamais vue pleurer !

Elle non plus ne se souvenait pas d'avoir jamais pleuré devant quelqu'un…

— Et il a fallu que tu choisisses un homme affublé d'un tel nom ! ajouta Kay en désignant la première page du quotidien local.

Toutes deux éclatèrent d'un rire nerveux en lisant le gros titre : « Madeline Holland a pris du *bon* temps avec Lewis *Goode* ».

Lorsqu'elles se calmèrent, Kay la fixa de son meilleur regard de maîtresse d'école.

— Est-ce que tu l'aimes ?

Madeline posa les yeux sur la photo du journal, où Lewis penchait la tête en l'embrassant…

— Aucune importance. C'est déjà du passé. Ce matin, je ne pensais déjà plus qu'à nos futures relations de travail.

Elle glissa les bras sur sa taille, se souvenant de la douce chaleur du manteau qu'il lui avait offert.

— Le bon vieux désir physique, rien de plus, ajouta-t-elle.

Puis, regardant son amie dans les yeux, elle poursuivit.

— C'est ta faute, figure-toi. Nous nous sommes rencontrés pendant le séjour d'accueil que tu nous avais offert, la semaine dernière. Tout était si parfait que je me suis même demandé à ce moment-là si Lewis ne faisait pas partie de ton offre.

Souriant, Kay se leva afin de poser la théière sur la table.

— Je choisis toujours les meilleurs cadeaux, dit-elle en lui remplissant sa tasse. Ne me cache rien. Je ne pourrai probablement pas t'aider, mais au moins, j'éprouverai le frisson du péché !

Madeline secoua la tête, indécise.

Elle ne devrait pas raconter cela à sa subordonnée — de plus l'employée de Lewis. Mais comment refuser cela à sa meilleure amie ? D'autant plus qu'elle ne lui avait jamais parlé de ses histoires d'amour malheureuses parce qu'elle n'en avait jamais eu.

— Es-tu déjà allée dans cette petite salle de cinéma où les clients peuvent regarder leurs films favoris à la demande ? Le deuxième jour, après le déjeuner, je suis allée revoir *Out of Africa*…

Kay approuva ce choix d'un signe de tête.

— Après cela, j'ai fait une longue promenade. Puis je me suis rendu compte que j'avais oublié la clé du chalet dans le cinéma. J'y suis retournée et j'ai risqué un œil à l'intérieur. Un homme était assis devant le siège que j'avais utilisé. J'ai pensé que je pourrais récupérer ma clé sans le déranger.

— Quel film regardait-il ? demanda Kay avec curiosité.

Madeline haussa les épaules.

— Oh, un vieux film de guerre, je ne sais plus lequel. Quoi qu'il en soit, j'avais à peine remis la main sur la clé qu'il m'a attrapée par le poignet. Ce fut un tel choc… Je me suis mise à crier.

Elle s'interrompit, encore sous le coup de la surprise.

— Tout ce que je peux dire, reprit-elle, c'est que nous ne pouvions pas nous quitter des yeux. Je savais que j'aurais dû m'enfuir, mais je m'en sentais totalement incapable.

Se calant sur sa chaise, Kay poussa un énorme soupir.

— Et vous ne saviez ni l'un ni l'autre à qui vous aviez à faire ?

Madeline secoua la tête, rembrunie.

Elle n'avait pas encore tout à fait digéré l'attitude de Lewis.

— Il m'a avoué pendant le bal qu'il croyait que Jacques de Vries m'avait envoyée là pour l'espionner.

— Pendant le bal ? répéta Kay en fronçant les sourcils. Et pas avant ? Je suppose que tu t'es alors enfuie, mais qu'il t'a rattrapée et embrassée dans l'ascenseur. Là, vous avez repris où vous vous étiez arrêtés ?

— Non, pas ce soir-là. Je l'ai repoussé. J'étais trop en colère contre lui.

Comme Kay regardait carrément la photo du journal, Madeline poussa un soupir.

— D'accord, je l'ai embrassé. Mais ensuite, j'ai repris mes esprits.

— Et la nuit dernière ?

La nuit dernière ? Sur le moment, cela lui avait paru si naturel… Même à présent, elle se trouvait toujours incapable de la regretter, malgré toutes les catastrophes suspendues au-dessus de sa tête.

— Je n'ai pas pu résister, dit-elle simplement. Une dernière nuit pour voir si elle serait à la hauteur de la première.

Elle eut un rire teinté d'amertume.

— J'ai été vierge jusqu'à vingt-deux ans, ajouta-t-elle. Tu crois que j'essaye de rattraper le temps perdu ?

Kay afficha un pâle sourire.

— J'espère seulement que ces bons souvenirs

t'aideront à supporter tous les ennuis qui vont te tomber dessus, prédit-elle d'un ton lugubre.

Le téléphone de la maison ne cessa de sonner pendant une heure avant que Madeline se décide à le couper. De toute façon, Kay l'avait conjurée de ne répondre à personne.

Mais pourquoi diable sa mère n'avait-elle pas de répondeur ?

Durant l'après-midi, elle refusa d'ouvrir à quatre visiteurs, à l'exception toutefois de son agent immobilier, qui l'avait appelée sur son portable. Elle se sentait bien trop honteuse pour voir qui que ce soit ! Mais il devait lui présenter une offre d'achat de la propriété familiale, et elle ne pouvait pas se permettre de négliger une proposition sérieuse. Surtout à présent qu'elle n'avait qu'un seul objectif : s'envoler loin de Queenstown ! La nuit, de préférence, comme elle l'avait fait douze ans auparavant.

L'agent ne refusa pas la tasse de café qu'elle lui offrit. Cependant, bien qu'elle l'ait choisi pour son amabilité et sa franchise, elle crut bien discerner sur ses lèvres un petit sourire insolent, et une lueur trouble dans ses yeux.

Elle eut les joues en feu durant la totalité de l'entretien.

L'offre d'achat émanait d'une entreprise de construction, qui se proposait sans doute de raser la vieille ferme et ses dépendances afin de les remplacer par une résidence d'appartements chic.

La ferme qui avait vu naître son père…

L'agent souriait avec suffisance, comme pour lui rappeler qu'elle était née dans une petite ville de province, et que ses habitants avaient toujours l'esprit étroit des provinciaux.

Elle se hâta de signer le contrat et le poussa vers la sortie, sans même lui laisser le temps de finir son café.

Ce soir, elle irait faire la paix avec sa mère — pourvu qu'elle n'ait pas un de ses rares moments de lucidité ! La maison était en ordre, et elle demanderait à une compagnie de nettoyage de finir de la ranger. Ensuite, elle s'éclipserait discrètement, direction Sydney.

De nouveau, quelqu'un frappa à la porte, et de nouveau — c'était presque devenu un réflexe — elle se précipita dans sa chambre pour regarder par la fenêtre, se reprochant d'avoir travaillé si dur pendant tant d'années pour mériter une considération qui s'était évanouie du jour au lendemain.

Les coups sur la porte redoublèrent.

— Madeline, pour l'amour du ciel ! Je sais que tu es là !

Elle reconnut la voix de Lewis.

Pourtant, il aurait dû se trouver à Sydney !

— Cela fait dix minutes que je frappe ! grogna-t-il en poussant la porte dès qu'elle l'eut déverrouillée.

— J'aurais pensé que tu étais en Australie, à l'heure qu'il est.

L'air sinistre, il passa devant elle.

— J'ai vu les infos à Christchurch. Nom d'une

pipe, on gèle ici ! ajouta-t-il en se dirigeant vers le vieux poêle à bois.

Son costume était froissé, ce qui rappela à Madeline le piteux état de son vieux jean, de son pull trop grand et de ses chaussettes de laine. Elle se passa vivement la main dans les cheveux.

— Pourquoi es-tu revenu ?

Lewis se retourna.

— Tu vas bien ?

Sans répondre, elle alla remplir la bouilloire. Puis, l'ayant reposée sans douceur, elle alla s'appuyer contre la banquette.

Elle se sentait de plus en plus mal.

Lewis prit l'initiative de lui malaxer les muscles des épaules, aggravant ainsi ses tensions qu'il croyait apaiser.

— Il n'y a rien de dramatique, pas vrai ? dit-il.

Il l'obligea doucement à se retourner pour lui faire face.

— Ce n'est pas la première fois que mon nom est lié à celui d'une belle femme, ajouta-t-il avec un petit sourire en coin.

— Tu dis ça pour me consoler ?

Il la fit s'asseoir à la table.

— Ma chérie, ce n'est pas la fin du monde. Quand tu atteins les sommets, il se trouve toujours des gens pour essayer de te faire chuter. Il faut le savoir.

Il n'avait pas l'air troublé le moins du monde. C'était bien un homme !

Elle secoua la tête.

— Tu t'imagines que je vais m'habituer à ce genre

de choses ? Pour toi, je ne suis qu'une conquête de plus, n'est-ce pas ? Mais comment veux-tu que je garde la tête haute dans ma ville natale ? Et devant ma mère ?

Lewis fronça les sourcils.

— Pourquoi t'en faire une montagne ? Cela fait douze ans que tu ne vis plus ici. De plus, tu vas habiter à Sydney. Vis à vis de ta mère, ajouta-t-il d'un ton plus doux, je reconnais que c'est un peu embarrassant, mais tu as dépassé le stade des pudeurs virginales, non ? Tu es une femme adulte.

— On voit bien que tu ne connais pas ma mère ! riposta-t-elle en se tordant les mains de nervosité.

Les coudes sur la table, Lewis se mit à contempler le paysage par la fenêtre, comme pour lui laisser le temps de se ressaisir. Au bout d'une minute, il se leva.

— Cela ne te dérange pas si j'allume le feu ?

— Il ne faut pas ! s'écria-t-elle, affolée. Des reporters ont frappé toute la journée à ma porte. Personne ne doit savoir que je suis là !

Lewis se leva et ôta sa veste, puis il se retroussa les manches.

— Je ne sais pas ce qu'il en est pour toi, mais moi, je n'ai pas dormi une seconde cette nuit. Que dirais-tu d'un bon bol de café ? Ensuite, tu pourras m'expliquer comment un petit écart de conduite a pu faire de toi l'ennemi public N° 1.

Elle obéit. Après s'être si longtemps apitoyée sur elle-même, elle était plutôt soulagée de recevoir des ordres. Etrange, pour une femme bien davantage habituée à en donner !

Ce qu'elle avait vécu à seize ans rendait cette exposition salace de sa vie privée particulièrement cruelle. Mais Lewis serait-il capable de le comprendre ?

Ils s'assirent devant le café et les biscuits de Kay.

— Ma mère est un personnage très connu dans la région, commença-t-elle. Et elle ne m'a pas rendu la vie facile…

Pour mieux se faire comprendre, elle parla alors à Lewis des diatribes publiques de sa mère et lui raconta comment, après l'incendie de l'église, elle l'avait obligée à faire pénitence par toute la ville avec le sac et la cendre.

— Elle n'était pas cruelle à proprement parler, mais elle ne comprenait pas qu'elle faisait mourir de honte l'adolescente que j'étais — surtout lorsque plusieurs de mes amis et certains de leurs parents assistaient aux savons qu'elle me passait !

— Tu dis qu'elle a la maladie d'Alzheimer, à présent ? Peut-être qu'elle ne se rendra compte de rien.

— Je vais la voir bientôt, répliqua Madeline d'un ton qu'elle voulait détaché.

— C'est à cause de ça que tu as quitté Queenstown, n'est-ce pas ? demanda Lewis tout en desserrant sa cravate.

Elle le regarda fixement, dans l'espoir de sentir renaître en elle la passion qui avait consumé leurs esprits et leurs corps.

Quelle triste fin pour une si fabuleuse aventure !

— Je suis partie parce que c'était moi qui avais incendié l'ancienne église.

Sans la quitter des yeux, Lewis mordit dans un biscuit au chocolat.

— Kay et moi, on travaillait à temps partiel comme femmes de chambre à l'Hôtel du Port. Nous avions seize ans et allions au lycée. Mais, contrairement à elle, je n'avais pas le droit de parler aux garçons.

Ce qui ne l'empêchait pas d'être aussi curieuse que les autres adolescentes… A partir du moment où son amie Kay l'avait informée que la moitié du personnel — dont Jeff Drury, l'un des jeunes employés de l'hôtel — se proposaient de faire la fête devant l'église, elle avait été incapable de penser à autre chose. Elle en pinçait énormément pour Jeff, bien qu'il soit de quatre ans son aîné.

— La nuit, je me suis éclipsée par la fenêtre de ma chambre, et j'ai retrouvé Kay au bout de l'allée.

Elles s'étaient ensuite maquillées dans la voiture, en se mirant dans le rétroviseur. Kay lui avait apporté quelques vêtements, car ceux que lui confectionnait sa mère sur sa vieille machine à coudre à pédale n'étaient pas vraiment à la dernière mode.

— Je n'avais encore jamais goûté à l'alcool. Après deux rhum Coca, je me suis sentie merveilleusement bien. Les couples se sont formés. Jeff m'a embrassée et, sans trop savoir comment, nous nous sommes retrouvés seuls dans l'église, où nous avons allumé quelques cierges pour l'ambiance. Cependant, quelques baisers plus tard, l'alcool a commencé à me tourner sur le cœur, et je me suis vraiment sentie malade. J'ai voulu m'écarter de Jeff. Mais, en essayant de me retenir, il a déchiré mon corsage — le corsage de Kay…

Elle était morte de honte. Elle avait rendu inutilisable le corsage neuf de son amie. De plus, l'alcool lui tournait la tête, et, avec l'éducation qu'elle avait reçue, la culpabilité la submergeait de s'être aussi mal conduite dans une église.

— Je n'avais plus qu'une idée : échapper à Jeff. Je me suis débattue, et nous avons dû renverser les bougies que nous avions allumées, tout près d'une immense tapisserie ancienne tendue au-dessus du pupitre. Nous ne nous en sommes aperçus qu'en sentant l'odeur de la fumée. Le pupitre était alors déjà la proie des flammes.

Elle s'interrompit, le souffle coupé, comme si la panique l'envahissait de nouveau.

— Il y avait tant de fumée, poursuivit-elle, et il faisait si sombre… J'aurais cru que de si hautes flammes illumineraient tout, mais je n'y voyais rien. Je n'arrêtais pas de tomber et de me cogner contre les murs. Lorsque j'ai enfin réussi à sortir, j'étais au bord de l'hystérie.

En entendant se briser les vitraux au milieu du grondement des flammes, elle avait vomi tout ce qu'elle avait consommé pendant la journée. Elle était persuadée qu'elle irait droit aux enfers.

— Jeff et les autres ados sont partis. Je ne sais pas pourquoi nous sommes restées, Kay et moi. Il n'y avait rien à faire : même les pompiers n'ont rien pu sauver. Mais j'étais comme paralysée. Je me sentais si coupable…

A l'époque, cette église faisait la fierté de la ville. C'était une petite église très ancienne, tout de bois, sertie dans le site le plus pittoresque que l'on puisse imaginer, au bord du lac Wakatipu. Elle figurait sur de nombreuses cartes postales, et des gens venaient de partout s'y marier ou s'y faire photographier.

Les habitants de la ville avaient été scandalisés, mais ce n'était rien en comparaison de la colère de sa mère.

— Nous avons eu de la chance de ne pas être inculpées. Les policiers m'ont seulement déposée devant chez moi, puant l'alcool dans les habits déchirés de Kay saturés de fumée. Ils ont probablement pensé que j'allais être suffisamment punie !

Elle afficha un sourire amer.

— A l'époque, on appelait ma mère la « Dame aux Prêches », acheva-t-elle.

Lewis se pencha sur la table.

— Qu'est-il advenu des autres adolescents ?

Elle haussa les épaules.

— Je pense que la plupart des gens savaient ce qu'il s'était passé, mais les policiers ont laissé tomber l'affaire.

Lewis remit du charbon dans le poêle.

— Cela explique ce qu'il t'est arrivé dans la caverne l'autre jour, dit-il en se dirigeant vers l'évier pour se laver les mains. Un endroit sombre et confiné…

Elle hocha la tête, pensive.

— Peut-être, admit-elle.

Dommage qu'elle n'ait pas pensé aux endroits confinés la semaine dernière dans l'ascenseur !

Il s'essuya les mains et regagna sa chaise.

— Elle t'a jetée dehors, ou c'est toi qui es partie ?

— Je suis partie, répondit-elle en soupirant. Je n'en pouvais plus. Elle ne cessait de dénoncer mes fautes dans ses prêches publics. J'avais fait assez d'économies pour m'enfuir en Australie. C'est ce que j'ai fait.

— Et c'est la première fois que tu reviens chez toi ?

Elle secoua la tête.

— Non. Je lui fais une petite visite tous les ans. Mais je crois qu'elle ne m'a jamais pardonné. L'âge l'a beaucoup adoucie, puis elle a la maladie d'Alzheimer. Tu vas peut-être trouver ça drôle, ajouta-t-elle en souriant tristement, mais j'avais toujours pensé qu'un jour, je reviendrais triomphalement dans cette ville en fille prodigue. Les gens m'acclameraient en disant : « Bon, elle a pris un mauvais départ dans la vie, mais elle a magnifiquement redressé la barre ! »

Elle soupira profondément avant d'ajouter :

— Et maintenant, j'ai tout gâché.

Lewis esquissa un geste d'impatience.

— Allons, Madeline ! D'accord, on s'est embrassés dans l'ascenseur. Ce serait bien plus grave s'ils avaient eu des caméras dans les chambres !

Elle le foudroya du regard.

— Je ne trouve pas ça drôle. Ce qu'il s'est passé

est inimaginable. Cet hôtel est réputé pour sa discrétion.

— J'ai dit ma façon de penser au directeur, tu peux m'en croire, dit-il, retrouvant tout son sérieux. Il s'est excusé aujourd'hui au téléphone, m'assurant qu'il veillerait à ce que le coupable ne retrouve jamais d'emploi dans l'hôtellerie.

Encore une victime de sa poursuite effrénée du plaisir ! pensa-t-elle, rongée de culpabilité. Encore un habitant de Queenstown qu'elle avait réussi à s'aliéner.

Lewis se frotta les yeux avec lassitude.

— Tout ça va passer, dit-il. Sors de chez toi la tête haute, montre-leur que leur opinion ne te concerne pas. Pour ma part, c'est exactement ce que je vais faire.

Elle croisa les bras.

— Si, leur opinion me concerne ! répliqua-t-elle avec apreté.

Puis, se demandant si Lewis avait jamais été impliqué dans un scandale de ce genre, elle demanda :

— Cela a-t-il été publié en Australie ?

— Quelle importance ? De toute façon, là-bas, on parle de moi pour un oui pour un non dans les journaux.

— C'est important, pour moi. Si c'est divulgué, comment pourrai-je me faire respecter de ma nouvelle équipe ? J'aurai perdu toute crédibilité avant même d'avoir pris mon nouveau poste de directrice d'exploitation !

— Tu te feras respecter, répliqua Lewis d'un ton ferme. Parce que tu es au-dessus de tout ça.

Facile à dire, pour un homme. Ces messieurs sortaient grandis de ce genre d'exploit…

— Il est essentiel pour moi de me faire respecter, sans doute à cause de ce que je viens de te dire. Là, je vais être la risée de tous.

Masquant difficilement son impatience, Lewis poussa un soupir.

— Au niveau où tu es, tu n'as pas le droit à la moindre faiblesse. Sinon ils auront ta peau, qu'ils connaissent ou non cette histoire.

— J'ai vu ça si souvent, protesta-t-elle en retenant difficilement ses larmes. Même si je survis à cette humiliation — et quelles que soient mes réussites professionnelles —, ils ressortiront cela dès que je ferai quelque chose. Chaque fois que j'obtiendrai une promotion, que je demanderai un autre poste ou qu'il me faudra procéder à des licenciements, il n'y aura que railleries derrière mon dos et allusions voilées de face. Ce sera toujours parce que j'ai couché avec le patron que j'en serai arrivée là.

Lewis se leva brusquement.

— Un peu de courage, que diable ! dit-il durement. Dépêche-toi d'aller à Sydney si tu ne veux pas entendre bien plus que des allusions voilées. N'oublie pas que le destin des hôtels de Queenstown est entre tes mains.

Sidérée, elle le regarda enfiler son pardessus, profondément blessée qu'il puisse, en plus de tout le reste, la rendre responsable du sort des employés de la ville.

Ainsi, elle avait le choix entre prendre son poste à Sydney en ayant déjà perdu toute crédibilité avant de commencer, ou bien rester affronter les humiliantes insinuations des habitants de Queenstown — sans parler de sa mère — et se trouver ensuite responsable de la mise au chômage de nombreuses personnes, dont sa meilleure amie !

Ce qui lui ôterait définitivement toute chance d'être de nouveau acceptée dans sa ville natale…

Lewis fourra ses mains dans ses poches et lui adressa un regard sévère.

— J'ai un rendez-vous maintenant. Ce soir, nous dînerons ensemble en ville.

— Non ! s'écria-t-elle en secouant la tête. Lewis, je… Dans ma situation, je ne pourrai jamais affronter le regard des gens !

Il se pencha jusqu'à lui effleurer le visage.

— Tu ne peux pas affronter la ville et ta mère ? Tu ne peux pas affronter ton personnel à Sydney ? Décide-toi, Madeline ! Parce qu'il t'est impossible d'éviter les uns *et* les autres.

Il se redressa.

— Je t'attends au restaurant de l'Hhôtel du Port à 19 h 30, dit-il sèchement.

Ignorant les regards appuyés du personnel, Lewis regagna tranquillement la suite présidentielle de l'Hôtel du Port et confia à la douche dernier cri son corps fatigué, laissant le jet bienfaisant compenser l'effet du manque de sommeil.

Il avait passé son temps, depuis qu'il avait quitté Madeline, à essayer de chasser de son esprit le visage inquiet de la jeune femme.

Jamais il ne la laisserait renoncer à une brillante carrière à cause de quelques publications négatives et embarrassantes !

Au fond, il savait bien qu'il pourrait l'aider. Il pourrait arranger tout ça.

Il avait passé sa vie entière à aider et protéger les gens qui ne lui étaient rien, à l'exception de ces deux dernières années, au cours desquelles il n'avait plus songé qu'à prendre sa revanche sur Jacques de Vries. C'était même en partie pour cela qu'il avait été attiré par Madeline : elle ne réclamait rien pour elle-même. Dans son travail, elle se laissait guider par sa raison et non par ses émotions.

Cependant, en embrassant la jeune femme dans l'ascenseur, il s'était rendu responsable de l'air malheureux qui s'affichait aujourd'hui sur son visage…

Le téléphone de la suite retentit.

— Monsieur Goode, je travaille pour *Le Quotidien* de Queenstown. Nous avons entendu dire que vous étiez de retour en ville.

Le téléphone arabe des petites bourgades marchait aussi bien ici qu'ailleurs ! pensa-t-il avec rancœur.

— Qu'est-ce que vous voulez ?

— Avez-vous un commentaire à faire au sujet de l'article que nous avons publié ce matin ? Si vous ne l'avez pas encore lu, je peux vous faire parvenir un exemp…

— Pourquoi diable ferais-je un commentaire ?

— Monsieur, il est parfois utile de faire connaître son point de vue sur des questions de ce genre. Vous n'êtes pas l'homme le plus populaire de la région. Nous pourrions montrer de vous un visage plus humain.

— Je n'appelle pas ça un article ! vitupéra-t-il. Vous ne savez rien que ce qu'il y a sur cette photo, et cela vous suffit pour essayer de traîner quelqu'un dans la boue !

— Je vous assure que nous avons essayé de contacter Mlle Holland pour avoir sa version des faits, mais elle ne semble pas disposée à nous répondre.

« Laissez-la donc tranquille ! » aurait-il voulu crier. Mais cela n'aurait fait empirer les choses, alors qu'il voulait l'aider.

Ainsi, il n'était pas l'homme le plus populaire de la région… Etait-ce donc à cause de lui que l'enregistrement de la caméra de sécurité avait atterri dans les bureaux de la feuille de chou locale ?

En y repensant, il fallait avouer qu'il avait fait une arrivée fracassante dans cette ville, en annonçant des changements radicaux, en ordonnant des bilans, en procédant à des inspections surprise, en n'excluant pas de recourir à des licenciements…

Effectivement, tout ceci était acceptable dans les grandes villes, mais peut-être pas dans une ville de province dont un pourcentage non négligeable de la population travaillait pour les hôtels Premier. Il aurait dû prendre quelques précautions oratoires.

— Nous pourrions peut-être boire un verre ensemble au bar de l'hôtel, proposa le journaliste. Nous pourrions parler de l'intérêt que vous portez à notre région. Cela empêcherait peut-être les gens de se focaliser sur la jeune dame…

Lewis prit une profonde inspiration, se demandant s'il pourrait s'asseoir en face de cet homme sans lui asséner un maître coup de poing en plein visage.

Il savait Madeline capable de supporter les ragots de son personnel à Sydney, même si aujourd'hui, dans l'émotion, elle prétendait le contraire. Mais ici, ne pourrait-il pas l'aider à arrondir les angles avec sa mère et à restaurer sa réputation ternie ?

Soudain bouillant d'ardeur à l'idée de protéger la seule femme au monde dont il admirait la force de caractère, il promit au journaliste de le rencontrer au bar cinq minutes plus tard.

En fin d'après-midi, après son rendez-vous en ville, il retourna au bar de l'Hôtel du Port afin d'attendre Madeline.

A 19 h 40, craignant qu'elle ne vienne pas, il se surprit à éprouver quelques prémices de déception et de colère. A 20 heures, il était devenu carrément furieux.

Après ce qu'il avait fait pour elle aujourd'hui, malgré les conseils que lui soufflait sa raison, allait-elle se montrer sous son vrai jour en s'avérant indigne d'intérêt par son manque de courage ?

Il l'appela sur son portable.

Elle répondit immédiatement et eut le toupet de paraître surprise de l'entendre.

— Tu es en retard, grinça-t-il aussitôt, afin de couper court à toute excuse.

— Oh, Lewis ! Je suis au village de retraite. Ma mère a disparu.

# - 7 -

Lewis se rendit au pas de course au village de retraite.

Près de l'entrée, Madeline s'entretenait avec deux policiers. De loin, la calotte sombre qu'elle portait contrastait vivement avec la tache blême de son visage. Kay se tenait à côté d'elle, frottant l'une contre l'autre ses mains gantées.

Tous les regards se portèrent sur lui dès qu'il émergea de la foule.

L'inquiétude qu'il lut dans les yeux de Madeline lui transperça le cœur. Cependant, en raison des événements de la journée, il jugea prudent de ne pas la prendre dans ses bras.

— Cela fait deux heures que personne ne l'a vue, lui dit Kay. Elle avait déjà disparu lorsqu'on est venu débarrasser les assiettes et couverts de son dîner.

— On a fait l'inventaire de ses vêtements, dit Madeline, au bord des larmes. Elle n'a rien d'autre sur elle que sa chemise de nuit et ses pantoufles !

Il s'éclaircit la gorge pour ne pas laisser entendre qu'il claquait des dents. Sur le sol, la neige tombée la veille au soir n'avait pas encore totalement fondu.

— A votre avis, s'enquit l'un des policiers, y a-t-il

des endroits particuliers où elle serait susceptible de se rendre ? Par exemple, une amie ou un lieu qu'elle aimait plus que les autres ?

Hochant tristement la tête, Madeline se mordit la lèvre sans répondre.

— La ferme, dit un homme vêtu d'un ciré de couleur foncée. Elle a peut-être essayé de rentrer chez elle.

Ayant ôté ses gants très épais, il tapota le bras de la jeune femme.

— Bonjour, Madeline. Je ne t'avais pas revue depuis tes cinq ans.

Madeline scruta son visage.

— Je suis désolée, je…

— Tu ne me reconnaîtras pas. Brian Cornélius, un ami de longue date de ta mère.

Une femme en blouse blanche approuva vivement de la tête.

— En effet. Brian rend souvent visite à Adèle.

— Qu'est-ce qui vous fait croire qu'elle serait retournée à la ferme ? murmura Madeline.

Gêné, le vieil homme se mit à danser d'un pied sur l'autre.

— Sa maison lui manquait. Sa fille et son mari aussi. Enfin, pas constamment, vous comprenez…

Lewis regarda Madeline.

— Tu devrais peut-être retourner à la ferme, dit-il.

Elle secoua la tête.

— Non. Je… Je sens que je dois rester ici.

Quelle distance pouvait parcourir en deux heures, par

une nuit glaciale, une vieille dame à peine habillée ? Tout le monde se le demandait, mais personne ne voulait poser la question.

— J'y vais, dit Brian Cornélius.

Madeline lui étreignit chaleureusement la main.

— Merci mille fois. La clé est sous le paillasson. Entrez et faites du feu. Je vous appellerai s'il y a du nouveau.

Tout le monde se sépara afin de passer la ville au crible, et le nom d'Adèle Holland se mit à résonner partout dans la nuit.

Lewis se sentait coupable d'avoir monopolisé Madeline pendant une semaine, alors que sa mère allait si mal.

Au bout de quelques heures, Madeline semblait épuisée. Il lui demanda si elle ne préférait pas rentrer à la ferme, mais elle lui répondit qu'elle deviendrait folle si elle ne pouvait rien faire, sinon attendre.

Il considéra la centaine de chercheurs qui s'activaient autour d'eux.

— Tu vois bien qu'on ne se fait pas bannir pour un simple baiser, murmura-t-il à l'oreille de la jeune femme.

Pour toute réponse, celle-ci se mordit de nouveau les lèvres, l'air angoissé.

— Lewis, je ne peux pas m'empêcher d'y penser. Et si… si elle nous avait vus à la télé ?

Il savait qu'elle lui demanderait cela, tôt ou tard. D'ailleurs, il s'était posé la même question.

Il prit les mains de Madeline dans les siennes et les serra très fort.

— Elle a la maladie d'Alzheimer, dit-il avec fermeté. N'importe quoi a pu lui troubler l'esprit.

Madeline ne parut guère convaincue.

Le besoin de la réconforter le submergea, impérieux et profond. Sans se préoccuper de savoir si on pouvait les voir, il la serra contre lui.

Malheureusement, quelqu'un s'approcha à cet instant, et Madeline s'écarta d'un geste vif.

Il laissa retomber ses bras avec fatalisme.

Il aurait dû se douter que la jeune femme n'accepterait pas qu'il la console en public — d'autant plus qu'à cause de lui, la ville entière savait à présent qu'elle était une femme de chair et de sang.

Ils poursuivaient leurs recherches depuis trois heures dans la nuit noire, par une température de zéro degré, lorsqu'un cri retentit. La nouvelle se répandit comme une traînée de poudre : Adèle Holland était saine et sauve.

On venait de la trouver sur l'un des petits chemins verglacés qui sortaient de la ville. Son vieil ami avait raison : elle avait voulu rentrer chez elle.

Elle ne présentait aucune blessure mais souffrait d'hypothermie, et probablement d'une infection pulmonaire.

Sans les innombrables volontaires qui avaient parcouru toutes les rues et tous les parcs, sans oublier les bords du lac, elle n'aurait sans doute pas survécu.

Madeline et Kay, ainsi que Lewis, l'accompagnèrent aux urgences, mais la vieille dame ne reconnut personne. Elle ne tarda guère à s'endormir sans avoir fait la moindre allusion à son aventure.

Il était 1 heure du matin lorsque Lewis ramena Madeline à la ferme.

Le vieil ami d'Adèle Holland était parti lorsqu'on lui avait téléphoné que les recherches avaient pris fin. Heureusement, il avait laissé le fourneau de la cuisine allumé !

Madeline se laissa tomber sur une chaise, épuisée, à bout de nerfs.

— As-tu quelque chose à manger ? demanda Lewis en ouvrant quelques placards.

Elle haussa les épaules, beaucoup trop fatiguée pour songer à se nourrir. Puis elle lui lança un coup d'œil empreint de culpabilité.

Lui non plus n'avait sans doute pas dîné, puisqu'elle lui avait posé un lapin au restaurant.

Malgré la honte qu'elle ne cessait d'éprouver, les ordres qu'il lui avait donnés cet après-midi continuaient à l'emplir de colère : après lui avoir obéi en tout pendant la conférence et participé à tant d'ateliers et de distractions imposées, après s'être jetée d'une haute falaise dans un profond canyon, c'était vraiment la goutte d'eau qui faisait déborder le vase ! D'autant plus qu'il venait de lui faire remarquer qu'elle était toujours responsable de l'avenir des hôtels.

Tandis qu'elle laissait ainsi vagabonder son esprit, Lewis était sorti de la cuisine. Lorsqu'il revint, il lui prit les mains et la conduisit dans le salon.

Il avait fait le feu dans la cheminée.

— Je vais te préparer quelque chose à manger, dit-il en la faisant s'asseoir sur le divan.

Goûtant la douce chaleur des flammes sur son visage, elle se cala confortablement contre le dossier du divan et s'abîma dans la contemplation des flammes.

Enfin, elle se permettait de laisser vagabonder son esprit, songeant avec reconnaissance à l'aide que ses amis et voisins lui avaient prodiguée.

Pour la première fois, elle se demandait si elle avait raison de quitter sa ville natale…

En dépit de tout, sa mère semblait appréciée dans la communauté urbaine de Queenstown. Ce soir, elle n'avait entendu aucune allusion au scandale. Au contraire, beaucoup lui avaient exprimé à quel point ils étaient fiers de ce qu'elle avait fait de sa vie, et combien il serait juste qu'une Holland continue à habiter la vieille ferme familiale. Leur réserve à l'égard de Lewis était visible, cependant personne n'avait soufflé mot de l'épisode de l'ascenseur… Et personne ne l'avait interrogée sur ses intentions au sujet des hôtels.

Serait-il légalement possible d'annuler le contrat de vente de la ferme ? Peut-être devrait-elle rappeler l'agent le lendemain…

Lewis entra avec une pleine assiette de toasts beurrés qu'il posa sur la petite table devant elle, en même temps que deux grands bols fumants.

— Ce n'est qu'une soupe instantanée, dit-il, mais ça va te réconforter.

Ce fut le cas, en effet. Et la présence chaleureuse

de Lewis, qui fit honneur sans façons à ce modeste en-cas, n'y fut pas pour rien.

Touchée, elle le regarda repartir vers la cuisine avec les bols vides.

Cet homme savait être tellement gentil quand il voulait ! Ce soir, il avait été pour elle un support inébranlable. Elle aimerait tant le connaître mieux… Avait-il été marié, avait-il déjà connu un véritable amour ? Pourquoi travaillait-il si dur ? Qu'est-ce qui pouvait le détendre et lui faire plaisir ?

Elle se lova sur le divan, sentant monter en elle une chaleur qui ne devait rien au feu de bois.

Lui avait-on jamais prodigué autant d'attentions ? se demanda-t-elle, rêveuse.

En tout cas, jamais un homme n'avait produit un tel effet sur elle. Ne serait-ce pas merveilleux, si elle-même pouvait toucher cet homme en retour plus profondément qu'aucune autre femme ?

Elle s'assoupit.

Puis, soudain, elle se rendit compte que Lewis la portait dans ses bras.

Heureuse de sentir la chaleur de son corps, elle se serra contre lui, étreignant ses épaules.

Elle ne doutait pas que ce soit Lewis, car elle se souvenait de son parfum et de ses cheveux plutôt longs qui s'égaraient parfois sur son visage. Pourtant, ils ne devaient pas se trouver au Refuge alpin, il faisait bien trop froid…

Puis elle reconnut le couloir qu'ils longeaient et, encore à moitié endormie, elle lui indiqua le chemin.

La chambre était glaciale. Des cartons contenant tout ce qu'elle avait aimé et abandonné étaient alignés le long du mur.

Lewis fit quelques pas, et, sans la lâcher, tira les couvertures du lit à une place, tandis qu'elle nichait son visage dans le creux de son épaule.

Bizarrement, la présence de Lewis dans sa chambre d'enfant la mettait mal à l'aise.

Peut-être parce que rien dans ce lieu ne pouvait rappeler à Lewis le luxe auquel il était accoutumé ?

Lorsqu'il l'étendit sur le lit, elle crut sentir sur sa joue l'effleurement de ses lèvres…

Aurait-elle jamais cru possible une telle tendresse de sa part ?

Mais sans doute n'en avait-elle jamais eu besoin.

Doucement, Lewis s'assit sur le bord du lit, tout près d'elle.

— Lève les bras, dit-il.

Elle s'exécuta, et il la débarrassa de son pull.

De nouveau, elle se laissa tomber sur le lit, tandis qu'il entreprenait d'ôter ses bottes.

— Je pourrais facilement aimer ton côté doux et prévenant, murmura-t-elle, s'apercevant un peu tard qu'elle avait parlé à haute voix.

Lewis posa les bottes sur le sol. Un mince sourire se dessina sur ses lèvres.

— J'ai une longue pratique, dit-il.

Elle fronça les sourcils.

— Une longue pratique ? répéta-t-elle.

Il lui remonta les couvertures jusqu'au menton.

— Ma mère était alcoolique. Je l'ai mise au lit des centaines de fois.

Enfin un renseignement biographique ! Jusque-là, il en avait été particulièrement avare.

Des questions se bousculèrent dans l'esprit de Madeline, mais le mot « mère » les arrêta, et l'histoire personnelle de Lewis fit place à ses propres préoccupations.

— Lewis, je crois que je ne peux pas quitter ma mère, murmura-t-elle en se glissant sous les couvertures, les yeux fermés.

Comme il ne répondait pas, ses pensées se mirent de nouveau à vagabonder.

Quelque part, il y avait longtemps de cela, elle avait rêvé que Lewis Goode se penchait sur elle et l'embrassait sur la joue… Comme elle aurait aimé qu'il fasse exactement cela, à présent !

— Je crois que tu es beaucoup trop fatiguée et sur les nerfs pour prendre une décision tout de suite, murmura-t-il enfin, comme s'il s'était glissé dans son rêve. Fais d'abord un bon somme.

Pour ça, elle était totalement d'accord. A moins qu'il ne l'embrasse…

— Peux-tu me dire où je peux trouver une ou deux couvertures ? ajouta-t-il. Je vais dormir sur le divan.

Elle remua affirmativement la tête.

— Dans la pièce à côté, marmonna-t-elle avec effort. Elles sont dans…

Elle s'endormit avant de pouvoir finir sa phrase.

*
* *

Madeline dormit neuf heures d'affilée.

Lorsqu'elle se réveilla dans la maison silencieuse, le poêle rallumé répandait une chaleur minimum, ainsi que le feu dans la cheminée du salon. Deux couvertures se trouvaient soigneusement pliées à l'extrémité du divan, les rideaux étaient tirés, et la voiture de Lewis ne stationnait plus dans l'allée.

Elle téléphona à l'hôpital.

Ayant fort bien récupéré, sa mère avait quitté les urgences, mais on préférait la garder encore un jour ou deux pour surveiller son infection des bronches.

Soulagée, Madeline déplia presque sans réticence le journal qui avait été déposé sur le pas de la porte.

Les événements de la veille avaient, semblait-il, relégué le scandale à l'arrière-plan des préoccupations.

« Lewis Goode
et notre Madeline font la une ! »

Tel était le gros titre en première page.

Le côté rationnel de Madeline s'étonna qu'un tel ragot soit considéré comme une information par le seul quotidien soi-disant sérieux de la région. Mais son côté féminin, beaucoup plus concerné, poussa un profond soupir et lut avidement l'article.

« Si nous n'avons pu obtenir de commentaire de la part de Mlle Holland sur l'affaire du baiser dans l'ascenseur que votre journal préféré avait révélée hier, en revanche M. Lewis Goode — P.-D.G. de

Pacific Star Airlines et, depuis peu, du groupe des hôtels Premier — est sorti de son silence.

» “*Madeline Holland et moi entretenons une relation durable*”, a-t-il précisé, ajoutant qu’il avait demandé à ce cadre de haut niveau de travailler en Australie pour se trouver plus près de lui. Il nie avoir eu connaissance de la candidature et de la nomination de Madeline Holland au poste de directrice d’exploitation des hôtels Premier lorsqu’il a pris le contrôle de cette compagnie, ici à Queenstown, la semaine dernière.

» La population locale sera certainement soulagée de prendre connaissance de la déclaration suivante de M. Goode : selon lui, Mlle Holland l’a persuadé de reconsidérer ses projets de fermeture des trois hôtels Premier de la ville [...] »

Elle emporta sa tasse de café devant le feu de bois afin de relire l’article.

« Madeline Holland et moi entretenons une relation durable »...

Cette formule semblait voleter dans son esprit comme un papillon insaisissable.

Qu’est-ce qui avait poussé Lewis à déclarer cela ? Se pouvait-il qu’il éprouve vraiment des sentiments à son égard ? Désirait-il vraiment entretenir avec elle une relation « durable », ou la prenait-il seulement en pitié à cause de la fugue de sa mère ?

Pourtant, il avait dû faire cette déclaration au journal avant cet événement, puisque l’article avait été publié dans la première édition du matin.

Elle se sentait touchée par l'attention de Lewis à son égard. Il avait voulu la soulager, apaiser la honte qu'elle avait ressentie à la publication de ces images grotesques. Et il fallait bien reconnaître qu'elle éprouvait un certain soulagement, d'autant plus qu'une telle déclaration réussirait peut-être à adoucir quelque peu l'indignation de sa mère.

Trois minutes plus tard, son moral recommença à baisser.

Cette déclaration n'était évidemment qu'un gros mensonge, et les mensonges finissaient toujours par être révélés. Les journalistes continueraient à la traquer afin d'obtenir des commentaires, ils la harcèleraient de questions : « Où vous êtes-vous rencontrés ? » « Il y a combien de temps ? » etc.

Comment ferait-elle pour trouver des réponses ayant une apparence de vérité ?

A sa grande surprise, l'association des Femmes d'affaires lui confirma son invitation par téléphone. Elle irait donc leur parler le lendemain soir.

Cela suscita en elle un regain d'optimisme, et elle appela l'agent immobilier dans la foulée.

— Supposons que je ne veuille plus vendre la ferme, comment devrais-je m'y prendre ?

— On ne peut résilier un contrat de vente signé sans verser de lourdes compensations financières à l'acheteur et à l'organisme intermédiaire, répondit l'agent avec une pointe d'agacement.

— Ce n'était qu'une hypothèse, répliqua-t-elle, avant de raccrocher, le front plissé.

Elle n'avait encore pris aucune décision, mais

pourrait-elle envisager de rester à Queenstown sans vivre dans la ferme familiale ?

Regardant par la fenêtre, elle admira une nouvelle fois le lac aux reflets étincelants et les montagnes boisées qui le surplombaient.

De toute évidence, la réponse était : non. Si elle décidait de rester à Queenstown, elle paierait donc les compensations. Elle en avait les moyens.

L'après-midi, Adèle Holland avait retrouvé toute sa vigueur et en faisait voir de toutes les couleurs au personnel de l'hôpital.

— Dieu soit loué, te voilà ! s'écria-t-elle lorsque Madeline entra dans sa chambre. Il faut absolument que tu me ramènes à la maison !

Madeline prit les mains de la vieille femme dans les siennes et s'assit au bord du lit.

Elle n'avait jamais remarqué à quel point sa mère paraissait frêle. Jusqu'à ce jour, c'était le dernier adjectif qui lui serait venu à l'esprit pour la qualifier !

— Un peu de patience, maman. Tu as une infection pulmonaire. Les médecins veulent te garder quelques jours de plus bien au chaud.

Pour une fois, sa mère paraissait tirer quelque réconfort de sa présence. Elles parlèrent de la ferme, ainsi que des chiens qu'elles avaient possédés.

— Madeline, dit soudain Adèle d'un ton parfaitement calme et lucide — ce qui ne lui arrivait plus que très rarement depuis quelque temps. J'ai quelque chose d'extrêmement important à te dire.

Sa mère avait donc bien regardé la télévision la veille au soir !

Madeline la regarda d'un air coupable, se préparant à subir un savon mémorable dont tout l'hôpital entendrait les échos.

A sa grande surprise, il n'en fut rien. En fait, elle reçut enfin l'explication de l'attitude bizarre de sa mère.

Après la mort de John Holland, tout le monde croyait que le chagrin avait transformé Adèle Holland en bigote fanatique. Mais il y avait bien plus que cela !

Celle-ci lui confessa qu'elle avait eu un amant pendant plusieurs années. Comprenant qu'elle aimait trop son mari et sa fille pour continuer ainsi, elle avait enfin rompu… Le jour même où le père de Madeline avait été tué dans un accident !

— Tu comprends ? murmura-t-elle. Il ne m'a pas laissé le temps de me faire pardonner. Je me sentais la plus grande pécheresse du royaume de Dieu. C'est pourquoi j'ai été si horrible avec toi pendant tant d'années. C'est pourquoi je punissais tout le monde autour de moi — toi, surtout.

Madeline vacilla sous l'impact de ces révélations.

Quand cette série de chocs émotionnels allait-elle s'interrompre ? Et à présent, sa mère n'en finissait pas de lui demander pardon de l'avoir repoussée !

Elle fit tout son possible pour la calmer et essayer de la faire taire.

Plusieurs heures plus tard, lorsqu'elle parvint enfin

à quitter l'hôpital, elle avait le triste pressentiment qu'il ne restait plus guère de temps à sa mère et à elle-même pour se pardonner.

N'avait-elle pas une part de responsabilité dans tout ceci ? Au lieu de fuir la maison familiale et les punitions de sa mère, elle aurait pu faire preuve d'un peu d'amour et de compréhension à son égard. Cela aurait peut-être resserré leurs liens, et sa mère se serait peut-être pardonnée.

Se garant près de la ferme, elle vit les lumières allumées, la fumée qui s'enroulait hors de la cheminée…

Sa décision était prise : elle était définitivement rentrée chez elle.

# - 8 -

Désormais, Lewis avait renoncé à se leurrer : il devait cesser de se répéter qu'il n'aiderait plus jamais personne…

Assise en face de lui à la table de la cuisine et visiblement au bord des larmes, Madeline repoussa au bord de son assiette la plus grande partie du steak et des frites qu'il lui avait préparés.

Elle venait de lui raconter sa dernière entrevue avec sa mère.

Il le savait, le comportement des parents influençait leurs enfants, déterminait toute leur vie à venir. S'il avait la chance d'avoir un jour des enfants, il veillerait à leur avouer immédiatement toute erreur à leur égard et à la réparer sur-le-champ, sans attendre qu'ils soient marqués à jamais.

— Dure journée, pas vrai ? observa-t-il avec douceur.

Madeline sourit tristement.

— Cela fait plusieurs jours que c'est comme cela.

Lui non plus n'avait pas passé une bonne journée.

Sa déclaration au journal local avait causé quelque

agitation au sein du conseil d'administration. A en croire les appels qu'il avait reçus, personne ne voyait d'inconvénient à ce qu'il couche avec la nouvelle directrice d'exploitation. Par contre, tout le monde craignait qu'on les soupçonne de délit d'initiés et de favoritisme : Madeline Holland était-elle au courant du projet de rachat de la chaîne d'hôtels Premier ? Avait-il pesé sur la nomination de la jeune femme ?

Avec l'aide de Kay, il avait passé la journée à organiser une vidéoconférence pour le lendemain avec tous les membres du conseil. La plupart d'entre eux ayant regagné leur pays d'origine, certains en Australie, d'autres dans des lieux aussi éloignés que Paris ou les Etats-Unis, il avait fallu tenir compte des décalages horaires. Il avait fini par fixer le début de la conférence au lendemain midi.

Certes, il s'attendait à se faire passer un savon, mais il ne s'excuserait pas. Madeline n'avait rien à se reprocher. Elle avait obtenu le poste uniquement grâce à ses propres mérites. Et en ce qui les concernait tous les deux, il ne voyait ni favoritisme ni délit d'initié.

Madeline finit par écarter son assiette, posa les coudes sur la table et joignit les doigts en forme de clocher.

— A propos de cette déclaration que tu as faite…

Il ne regrettait pas de s'être donné toute cette peine pour elle. S'ils évitaient de se contredire, ils emporteraient certainement l'adhésion des directeurs.

— Elle devrait rendre les choses plus faciles pour toi. Je l'espère, en tout cas.

— Cela m'aide bien, et je t'en remercie...

Elle s'interrompit quelques instants avant d'ajouter :

— Mais c'est un mensonge.

— En tout cas, il n'y a rien de contraignant pour toi, répliqua-t-il vivement. Cela ne nécessite qu'une convergence de déclarations jusqu'à ce que toute cette agitation se calme.

Elle prit une profonde inspiration.

— Cela m'oblige à confirmer un mensonge.

A son tour, il joignit ses deux mains devant lui.

— C'est tout de même mieux que ce que tout le monde croyait : après avoir bu un ou deux verres de trop, nous aurions décidé de nous envoyer en l'air dans un ascenseur public !

Madeline battit des paupières.

— Comme je te l'ai dit, je t'en suis reconnaissante. Ce que tu as fait est très... gentil. Mais d'ordinaire, ce genre de mensonge finit par être découvert. Les gens vont vouloir tout savoir. Nous nous sommes mis dans un drôle de pétrin.

Peut-être, mais ils y étaient ensemble.

— Allons, répliqua-t-il, je pense que tout ça sera vite oublié, maintenant. Et quand les gens verront comment tu travailles...

Elle se mordit la lèvre.

— Cela pourrait tout de même affecter ma situation au sein de la société.

Il aurait dû se douter qu'elle connaissait la mentalité qui prévalait dans toute entreprise.

Il haussa les épaules.

— J'ai organisé une vidéoconférence demain avec le conseil d'administration. Ne t'inquiète pas, je vais les rassurer entièrement.

Elle haussa les sourcils.

— Ils craignent qu'il n'y ait eu favoritisme et délit d'initiés, poursuivit-il. Si tu étais au courant du rachat et ce genre de chose. Fais-moi confiance. Il n'y a pas lieu de s'inquiéter tant que nous resterons sur la même longueur d'ondes.

— Sur la même longueur d'ondes ? s'étonna-t-elle.

Faisant appel à toute sa patience, il poussa un soupir.

— Si on te le demande, nous nous sommes rencontrés aux Etats-Unis, et je t'ai demandé de venir vivre en Australie. Tu ne savais rien de l'offre d'achat puisque tu vivais aux Etats-Unis depuis des années, et nous ne perdions pas notre précieux temps à parler affaires.

Elle haussa les sourcils encore davantage.

— Tu as gardé le secret sur ta nomination au sein des hôtels Premier et tu es venue ici, à Queenstown, pour assister à la conférence et régler quelques affaires personnelles. Nous soulignerons bien que j'ai été autant surpris de te voir à la réunion du comité de direction que toi en me voyant entrer.

Il sourit, désabusé.

— Au moins, ça, c'est la vérité, conclut-il.

Madeline soutint calmement son regard.

— J'ai l'impression qu'il nous faudrait un scénariste professionnel pour combiner tout ça, riposta-t-elle.

Cette remarque fit à Lewis l'effet d'une douche froide. Lui qui croyait avoir tout arrangé…

— Les journalistes me harcèlent, poursuivit Madeline. Cela fait beaucoup de mensonges à retenir et à leur répéter. Que dois-je dire s'ils me demandent des dates et des lieux précis ? Où nous nous sommes rencontrés, et quand ?

— Refuse de répondre. Ils se lasseront plus vite que tu ne le crois. Et ne t'inquiète pas pour les directeurs, je me charge d'eux ! ajouta-t-il, très sûr de lui.

— Tu n'aurais pas à te charger des directeurs si tu en avais parlé d'abord avec moi ! lui reprocha-t-elle froidement.

Se croisant les mains derrière la nuque, il se cala contre le dossier de sa chaise.

— Quelque chose d'autre te tracasse, dit-il.

Madeline détourna le regard.

— C'est ma mère, admit-elle. Je ne sais pas combien de temps il lui reste à vivre.

— Que disent les médecins ?

— Il ne s'agit pas des médecins, il s'agit de ce que je ressens. Je crois que je devrais rester auprès d'elle, à présent.

Il poussa un soupir.

— Eh bien, prends un congé. Une quinzaine de jours. Et puis, quand son état se sera stabilisé…

Madeline fit passer le contenu de son assiette dans la sienne.

— Je veux me réconcilier avec elle, pour qu'elle ne se sente pas coupable envers moi, en plus de mon père ! l'interrompit-elle comme si elle ne l'avait pas entendu.

— Laisse cela ! lança-t-il. Je te le dis une fois encore, prends un peu de temps pour toi !

— Mes priorités ont changé, expliqua-t-elle.

Allons, c'était une simple lubie de sa part. Vraiment pas de quoi s'inquiéter.

— Réfléchis, Madeline. Que diable ferais-tu ici ? Tu n'as rien d'une petite provinciale. Tu es une femme d'affaires !

Elle prit les assiettes et se dirigea vers l'évier.

— C'est ce que je croyais, moi aussi. Mais…

— Tu ne crois pas que tu te laisses dominer par tes émotions, en l'occurrence ?

Les assiettes atterrirent sans douceur dans l'évier.

— Il s'agit de ma mère, pour l'amour du ciel ! Et j'ai bien le droit d'écouter mes émotions ! s'écria madeline sans se retourner, le dos saturé de tensions.

Il se sentit perdre patience.

— Il y a d'excellentes maisons de retraite à Sydney ! Je vais demander à mon assistante de te fournir des informations à ce sujet.

Madeline fit volte-face. Ses yeux lançaient des éclairs.

— Elle ne peut pas quitter sa maison. C'est là qu'elle a toujours vécu.

Quelque chose avait changé en elle, c'était évident. Pendant toute la durée de la conférence, il avait fait son possible pour la faire sortir de ses gongs. En vain. A présent, c'était carrément le contraire.

Il prit une profonde inspiration.

— Ta mère a la maladie d'Alzheimer, Madeline. La plupart du temps, elle ne sait pas où elle se trouve, et, crois-moi, elle n'en a cure !

La jeune femme sursauta comme s'il l'avait frappée. Ses yeux reflétèrent une profonde déception, et elle se détourna, le laissant douloureusement vide.

Comme si une flèche l'avait touché en plein cœur…

Il n'avait pourtant pas eu l'intention de se montrer dur avec elle !

Se dirigeant vers le salon, elle quitta la cuisine.

Mais il n'était pas homme à abandonner ainsi la partie !

Il la suivit, puis s'arrêta net en la trouvant assise sur le divan, les coudes posés sur les genoux, la tête entre les mains.

Quelle était la Madeline qui comptait le plus pour lui ? Sa remarquable directrice d'exploitation, ou son ardente et séduisante amante ?

Son jugement se brouillait. Tout ce qu'il savait, c'était qu'il la voulait avec lui à Sydney, afin de découvrir la réponse à cette question. Pendant deux ans, Jacques de Vries avait été sa seule raison de vivre. Maintenant qu'il avait extirpé de son flanc cette épine vénéneuse, il lui fallait se fixer d'autres objectifs s'il ne voulait pas tomber désespérément amoureux d'une blonde aux yeux aussi bleus qu'un ciel d'été.

Sentant qu'il l'observait, la jeune femme leva les yeux.

— Tu n'as pas de cœur, marmonna-t-elle, l'air absent.

S'il ne lui donnait pas tout de suite quelque chose de lui-même, il allait la perdre, c'était clair.

Il s'assit à côté d'elle.

Madeline tourna la tête vers lui, le regard sombre toujours empreint de déception.

— Qu'est-ce qui t'a rendu si dur ?

— Les circonstances m'ont forcé à l'être, répliqua-t-il.

Elle haussa les sourcils, attendant qu'il lui dévoile son passé.

Il n'avait jamais décrit à qui que ce soit les vicissitudes de son enfance. Alors pourquoi, à présent, se sentirait-il obligé d'en parler à Madeline ?

Se cachant à lui-même la vraie raison, il préféra se dire qu'il fallait mettre des gants avec elle : puisqu'il voulait la faire travailler avec lui à Sydney, ce n'était pas le moment de la frustrer.

— Jacques de Vries a tué mon père, lâcha-t-il.

Les lèvres entrouvertes, Madeline rejeta lentement l'air de ses poumons.

— Tu ne t'attendais pas à cela, pas vrai ? dit-il d'un ton léger. J'ai découvert cette charmante information il y a environ deux ans, en identifiant le corps de mon frère, que de Vries avait également contribué à assassiner.

Sans le quitter des yeux, Madeline se cala sur le divan.

— Au début des années 80, mon père et Jacques étaient associés à la tête d'une compagnie de transport livrant des vivres et de l'aide dans tout le continent africain. Mes parents et moi habitions tout près de Nairobi…

C'était une vie passionnante pour un garçon de son âge. Le Kenya était si pittoresque, ses habitants si chaleureux… Sans être riches, ses parents vivaient néanmoins dans une grande maison coloniale, avec une gouvernante et un cuisinier. Il allait à l'école à Nairobi. Tout le reste du temps, la vie était belle, pleine d'aventures.

— Mais un jour — je n'avais que sept ans —, la police vint arrêter mon père et le jeta en prison, l'accusant de voler les fournitures qu'il devait transporter et de les écouler au marché noir. Pendant ce temps, Jacques était parti rendre visite à sa femme en France. Pendant une dizaine de jours, ma mère a remué ciel et terre, cherché en vain de l'aide, des réponses… Puis elle m'a ramené en Australie.

Il avait lutté avec acharnement pour rester près de son père bien-aimé. Les autorités ne lui avaient jamais permis de le voir, même pour lui dire au revoir.

— Elle m'a laissé chez mes grands-parents, à Sydney, et elle est retournée à Nairobi afin d'essayer par tous les moyens de faire libérer mon père. Je ne l'ai plus revue pendant des mois.

Cette période avait été la pire de sa vie. Ses grands-parents étaient des gens austères qui avaient toujours désapprouvé leur gendre. Ils pensaient qu'il s'était conduit de façon extrêmement irresponsable en emmenant sa jeune épouse et son enfant en Afrique. Ils lui avaient interdit de prononcer le nom de son père. Comme il détestait leur grande maison froide empestant la cire, ses meubles luisants, son silence compassé !

— Quand ma mère est revenue enfin en Australie, elle était enceinte et souffrait d'une sévère dépression. Elle n'avait pas pu sortir mon père de prison et n'avait qu'un seul espoir : que Jacques fasse un miracle. Elle a essayé de me préparer au pire. En Afrique, la justice était si lente qu'il pouvait s'écouler des années avant que nous puissions le revoir.

Comme tout son argent se trouvait retenu par l'entreprise, sa mère, sans le sou, s'était vue contrainte de vivre avec lui chez ses parents — qui étaient plus réprobateurs que jamais. Il la suppliait sans cesse de les quitter. Cependant, à la différence de l'enfant de huit ans qu'il était alors, elle savait à quel point il était difficile pour une femme enceinte d'élever seule un enfant.

— Lorsque mon frère Ed a eu deux ans, ma mère a touché des allocations, et nous sommes allés vivre dans un petit studio. Je crois que ses parents étaient aussi heureux que nous de notre départ.

Sa mère n'avait jamais guéri de sa dépression. Pire : dès qu'ils eurent quitté ses parents, elle s'était mise à boire. Souvent, il manquait l'école pour surveiller son petit frère, pendant que sa mère errait dans les rues de la ville à la recherche d'argent pour boire — quand elle n'était pas incapable de quitter son lit.

— Mon père est mort du choléra, mais nous ne

l'avons su que beaucoup plus tard. Il était toujours en prison dans l'attente de son procès. Comme si tout le monde l'avait oublié. Le pauvre Ed ne l'a jamais connu. Les années suivantes ont aussi été très difficiles. Maman confiait Ed à la garderie et faisait des ménages. Quant à moi, je distribuais des journaux. Malheureusement, ma mère dépensait en boisson presque tout l'argent que nous gagnions. Et pendant ce temps, Ed devenait de plus en plus difficile.

Il sourit affectueusement avant de poursuivre.

— Il voulait toujours ce qu'il ne pouvait pas avoir ! Dès qu'il a commencé à fréquenter l'école, il s'est retrouvé le souffre-douleur de ses camarades, et j'ai eu les poings écorchés en permanence à force d'essayer d'éloigner de lui les enfants qui le persécutaient, même en dehors de la classe. Tout le monde disait qu'il était bizarre. Il avait une tête ronde comme un ballon de football… Mais surtout, je pense qu'il avait hérité de la dépression de maman, conclut-il d'une voix lasse.

Lorsqu'il fréquentait tout de même les bancs de l'école, il ne savait jamais ce qu'il trouverait en rentrant à la maison. Un jour, son frère s'était soûlé avec le fond d'une bouteille de whisky que sa mère n'avait pas achevée la veille. Il n'avait pas huit ans. Parfois, sa mère était avec un homme, aussi imbibé d'alcool qu'elle. Souvent, elle avait vomi. Alors, Ed et lui la traînaient jusqu'à sa chambre, puis il la lavait, lui mettait un oreiller sous la tête, la couvrait d'une couverture et la laissait dormir à même le sol.

Bien sûr, dès qu'il avait été assez fort, il parvenait à la hisser sur le lit.

Il leva les yeux.

Madeline fixait sur lui un regard empli d'intensité.

— Il fallait bien que je prenne soin d'eux, dit-il. Qui d'autre l'aurait fait ? J'ai quitté l'école à seize ans, puis j'ai trouvé un travail de manutentionnaire dans une entreprise de transports. Malheureusement, comme j'étais parti toute la journée, Ed n'allait presque jamais à l'école, et maman ne se préoccupait plus de chercher du travail. Malgré tout, à l'âge de dix-huit ans, j'ai fondé ma propre entreprise de transports, en franchise, avec l'aide de mon patron. Nous n'avons cessé de nous agrandir, et bientôt, l'argent a afflué dans les caisses. J'ai gagné mon premier million avant d'avoir vingt-trois ans.

Bien sûr, il n'était pas question pour lui de laisser seuls son frère et sa mère. Bien que mieux habillée et mieux logée, cette dernière buvait toujours.

— Quant à Ed, dit-il tristement, il s'est drogué toute son adolescence.

Il avait passé des centaines de nuits à sillonner les rues de la ville à la recherche de son frère cadet. Dans ces conditions, comment aurait-il pu les laisser vivre seuls ?

Pendant de nombreuses années, cela avait gravement handicapé sa vie amoureuse. Comme il ne savait jamais comment il allait les retrouver en rentrant à la maison, il lui était impossible d'inviter une petite amie chez lui !

Ensuite, l'horizon s'est éclairci pendant quelque temps.

— A vingt ans, Ed a soudain décidé qu'il en avait fini avec la drogue. Je l'ai encouragé autant que j'ai pu. Maman continuait à boire, mais elle se rendait aux réunions des Alcooliques anonymes, et, à l'âge de trente ans, pour la première fois de ma vie, j'ai pu avoir mon propre logement. Ma mère s'était trouvé un ami, alcoolique comme elle. Ils sont toujours ensemble, toujours alcooliques, mais je leur ai offert une belle maison où ils peuvent s'enivrer à loisir.

Madeline sourit faiblement.

Il aurait parié qu'elle comparait à la sienne sa propre enfance collet monté.

Comment deux familles si différentes avaient-elles pu s'avérer aussi peu favorables l'une que l'autre à l'épanouissement de leurs enfants ?

— Il y a environ deux ans, j'ai reçu un appel des flics — Interpol, ou quelque chose de ce genre — me convoquant à Singapour pour identifier le corps de mon frère, mort d'une overdose. Je n'en croyais pas mes oreilles. Il ne se droguait plus depuis trois ans.

A cet instant, il sentit que le pied de Madeline lui caressait la cuisse, et il le couvrit de sa main.

— Que s'était-il passé ? murmura-t-elle.

Il haussa les épaules.

— A l'époque, je n'y ai rien compris. Il m'a fallu des semaines pour remplir les formalités, rapatrier le corps, subir les interrogatoires des flics, aussi bien en Australie que là-bas.

— Quel calvaire pour ta pauvre mère, dit lentement Madeline. Et pour toi.

Il hocha la tête.

Son sentiment de culpabilité le consumait autant que son chagrin : il avait l'impression de n'avoir pas su éduquer son frère. Malgré cela, il devait se montrer fort pour soutenir sa mère, qui s'adonnait plus que jamais à la boisson, au point qu'à un certain moment il avait même envisagé de la faire mettre sous tutelle ou en cure de réhabilitation !

— Une femme, Natasha, a assisté aux funérailles et s'est présentée comme une amie de mon frère. Je… J'ai fait sa connaissance.

Il ne se sentait pas fier de s'être conduit de la sorte. Natasha était belle, impétueuse… Après le stress des semaines précédentes, il avait succombé à l'intensité de la passion qu'elle manifestait à son égard. Ils avaient passé une semaine entière au lit avant de commencer à se parler.

C'était alors qu'elle lui avait avoué être la fille de Jacques de Vries.

— Elle m'a affirmé avoir la preuve que c'était Jacques, et non mon père, qui avait détourné des millions de dollars d'aide. Par ailleurs, elle le soupçonnait d'avoir corrompu la police et les agents d'assurance, car il avait reçu d'énormes indemnités lorsque la compagnie avait fait faillite. Elle possédait même des documents qui l'attestaient. C'était avec tout cet argent — s'ajoutant probablement à des revenus issus du marché noir — qu'il avait créé sa chaîne d'hôtels. Cette fripouille avait laissé traîner plusieurs documents dans sa maison familiale. Ed s'en était emparé quelques mois avant sa mort, alors qu'il s'était rendu chez Jacques à l'improviste en compagnie de Natasha.

— Voilà pourquoi, fit Madeline, tu possèdes à présent ces documents. Crois-tu pouvoir t'en servir pour blanchir la mémoire de ton père ?

Il prit une profonde inspiration.

C'était depuis longtemps son plus cher désir. Son pauvre père avait croupi des années en prison tandis que son associé et meilleur ami menait la belle vie ! S'il y parvenait à présent, il serait un homme heureux.

— C'est… plus compliqué qu'il n'y paraît, répondit-il. J'ai engagé des détectives. Leurs découvertes, ainsi que plusieurs documents apportés par Natasha, auraient sans doute suffi à prouver la culpabilité de Jacques. Mais certains des documents portaient la signature de ma mère. Elle jure qu'elle n'avait aucune idée des malversations de Jacques. Ce dernier lui avait fait croire qu'il s'agissait de certificats de donations qui faciliteraient la libération de papa. En tout cas, elle n'a en rien profité des versements de l'assurance ni de la liquidation de l'entreprise. Jacques lui avait juré qu'il avait lui aussi tout perdu.

Il eut un petit rire nerveux.

— En fait, ajouta-t-il, je n'aimerais rien tant que le voir dépérir derrière les barreaux d'une cellule.

Le jour de l'assemblée générale, avant de démettre publiquement cette ordure de ses fonctions, il avait déployé des efforts surhumains pour s'empêcher de se ruer sur lui et de le rouer de coups jusqu'à ce qu'il crie grâce.

— Mais les autorités s'en prendraient peut-être aussi à ma mère, si je le traînais devant les tribunaux.

Madeline se blottit tout contre lui.

— Au lieu de cela, tu t'en es pris à son entreprise, dit-elle, tandis qu'il l'étreignait.

— C'est *mon* entreprise ! grinça-t-il. Née de la destruction de ma famille !

Il posa le menton sur les cheveux de Madeline, et tous deux demeurèrent immobiles et pensifs. De longues minutes s'écoulèrent ainsi. Un doux parfum d'abricot emplissait les narines de Lewis.

Enfin, Madeline rompit le silence.

— Je ne comprends pas encore tout à fait ce qui a poussé Ed à se droguer de nouveau.

— Je suis sûr qu'il avait compris tout ce qu'il s'était passé. Peut-être s'en est-il pris à Jacques. Si les choses se sont mal passées pour lui, il a dû avoir un gros coup de déprime, au point de replonger dans la drogue. Mais ce n'est qu'une hypothèse. Il a pu se passer bien d'autres choses… Jacques nie l'avoir rencontré en personne. Toutefois, il reconnaît que mon frère l'a contacté par téléphone. En tout cas, quelles qu'en soient les raisons, Ed a pris une dose massive d'héroïne, et il avait assez d'expérience pour savoir qu'elle risquait de le tuer.

— Comment Jacques de Vries a-t-il réagi quand tu lui as dit que tu savais tout sur lui ?

Une bouffée de haine serra l'estomac de Lewis,

mais il se reprit, jugeant indigne de se laisser dominer par elle.

— Il m'a ri au nez. Puis il m'a souhaité bonne chance si j'essayais de le prouver.

— Pourquoi ne l'as-tu pas fait chanter, avec les preuves que tu avais ?

Il avait passé des mois à examiner cette option avant de la rejeter. Mieux valait s'emparer de son entreprise.

Il secoua la tête avec un petit rire.

— Jacques se croyait intouchable. S'il avait chuté, il aurait été capable d'entraîner tout le monde avec lui, y compris ma mère. Mon chemin a peut-être pris davantage de temps, mais j'ai gagné. Et sans faire courir de risque à quiconque.

Une bûche éclata dans l'âtre, faisant jaillir une gerbe d'étincelles.

Madeline caressa doucement sa main qui lui enserrait la taille.

— Me pardonnes-tu d'avoir parlé durement de ta mère ? murmura-t-il dans le parfum de ses cheveux.

Les mains de Madeline s'immobilisèrent. Elle prit une longue inspiration.

Tandis qu'elle hochait la tête, il sentit sur son menton la caresse de sa chevelure.

— Je te pardonne, dit-elle simplement.

# - 9 -

Lorsque Madeline s'éveilla dans les bras de Lewis, il lui fallut deux ou trois secondes pour comprendre qu'elle se trouvait à la ferme, sur le divan du salon. Et quelques secondes de plus pour se souvenir des raisons de leur présence à cet endroit.

Petit à petit, l'histoire de Lewis lui revint à la mémoire.

Le sentiment de culpabilité de sa mère avait évidemment façonné la vie de ses enfants, tout comme celui de sa propre mère ! A présent, elle comprenait parfaitement le besoin qu'avait Lewis de se venger, la dureté dont il faisait preuve envers tout ce qui pourrait l'écarter de ses objectifs, et la cinglante antipathie qu'il manifestait à l'égard des faibles.

Une telle responsabilité sur les épaules d'un si jeune enfant… Il lui avait fallu cacher aux yeux de tous ce qui se passait chez lui, gagner sa vie pour éviter l'assistance publique à sa famille et la sortir de son misérable petit studio — sans oublier la dépression et l'alcoolisme permanents de sa mère, ni la mort de son frère sous l'effet de la drogue.

Tandis que Lewis achevait de lui raconter l'histoire

de sa vie, elle s'était blottie contre lui. Cependant, elle avait gardé le silence.

Qu'aurait-elle pu dire pour le soulager ?

Elle s'était contentée de lui donner sa chaleur, espérant ainsi le réconforter quelque peu. Ils avaient dû s'endormir, épuisés par leurs nombreuses nuits trop courtes. La dernière chose dont elle se souvenait, c'était que Lewis lui-même semblait surpris. Il lui avait affirmé n'avoir jamais avoué à quiconque ce qu'il venait de lui confesser.

Derrière elle, Lewis poussa un profond soupir et se cambra de telle sorte qu'il plaqua entièrement son corps contre le sien. Ses doigts écartés se coulèrent le long de son torse, juste sous ses seins.

Des seins soudain très, très éveillés !

C'était une impression bien étrange que de se réveiller avec un homme à côté d'elle — techniquement, *derrière* elle. Cela ne lui était pas arrivé plus de trois fois dans sa vie.

Et elle n'avait aucune envie de s'écarter de lui — d'autant moins qu'elle venait de sentir tout contre elle son excitation…

Un désir inaccoutumé surgit en elle, et ses tétons durcirent, se pressant contre son soutien-gorge et son pull.

Elle n'y pensait pas ! Ils avaient déjà vécu leur dernière nuit. Un homme et une femme pouvaient-ils espérer une perfection au-delà de la perfection ? Ç'aurait été tenter le diable que d'envisager une troisième fois.

— Tu as bien dormi ? murmura Lewis contre son oreille.

Elle ferma les yeux de toutes ses forces pour s'empêcher de gémir.

Lewis venait de lui faire découvrir que ses oreilles aussi faisaient partie de ses zones érogènes !

Bravement, elle s'efforça de ne pas réagir, de feindre le sommeil. Tout faire pour ne pas céder à une chose qui, pourtant, ne pourrait être que sensationnelle !

Mais comment ignorer plus longtemps son érection magistrale ? Et comment aurait-elle pu s'empêcher de se presser contre cette dernière ?

Seulement pour vérifier, bien entendu…

Lewis continua d'éveiller doucement ses sens, tandis qu'elle feignait de vivre un rêve — un rêve brûlant qui obligeait son amant à glisser les mains sous ses vêtements afin de prendre ses seins, pendant qu'elle faisait son possible pour l'acculer contre le dossier du divan.

Enfin, lorsque Lewis passa aux caresses les plus intimes, elle sut que son rêve se réalisait. Et lorsqu'elle sentit ses allers et retours passionnés et brûlants entre ses cuisses mystérieusement dépourvues de sous-vêtements, elle comprit que la réalité avait — de loin — dépassé le rêve.

Lewis glissait en elle d'avant en arrière, si parfaitement adapté à elle qu'une extase frénétique et désordonnée l'envahit bientôt… Et ne tarda pas à les projeter avec un bruit sourd au pied du divan ! Le tout dans une débauche d'éclats de rire et de jurons, tandis qu'elle luttait contre son pantalon qui lui entravait les jambes.

Dans les yeux de Lewis, la tendresse avait fait place à l'amusement. Il entremêla ses doigts aux siens et se glissa de nouveau en elle, l'embrassant langoureusement. Puis il reprit son lent mouvement de va-et-vient, toujours plus profond…

Pourvu que ce soit toujours un rêve !

Elle avait peur de reconnaître dans les yeux de Lewis ce qu'elle éprouvait elle-même : tendresse, amour, respect, besoin de le soutenir et de l'être par lui…

Au nom du ciel, si elle pouvait arrêter de penser, se contenter de sentir !

Par exemple, le besoin d'un mouvement juste un peu plus rapide pour caresser ce point délicieux là, là-bas, et encore là… Ooh !

La tête lui tourna presque quand elle atteignit le nirvana.

Lewis la serra très fort contre lui, l'écrasant presque, et atteignit lui aussi l'apogée dans un puissant soupir de plaisir et de soulagement.

Elle demeura étendue à côté de lui, à l'écoute des battements de son cœur.

Elle ne voulait pas le regarder de nouveau dans les yeux. Quelque chose lui disait que, si elle ne gardait pas quelque chose en réserve, elle y perdrait son propre cœur !

Mais elle l'avait déjà perdu.

Sinon, elle n'aurait pas éprouvé un tel déchirement lorsqu'il s'était retiré d'elle, lorsque son corps s'était écarté du sien. Cette fois, c'était vraiment la dernière — tout aussi exquise que les autres, mais avec, en plus, ce sentiment réel et réciproque qui les unissait. Or, elle ne voulait pas devenir l'une de ses maîtresses à qui il rendrait visite en cas de manque !

Souriant, Lewis s'étendit sur le dos.

Soucieuse de lui cacher les larmes qui s'amoncelaient derrière ses paupières, elle détourna la tête.

Il réagit vivement.

— Ne fais pas ça, dit-il en plaçant son visage en face du sien. Plus jamais tu ne dois regretter les nuits que nous avons passées ensemble !

Secouant la tête, elle baissa les paupières.

— Il est trop tard pour avoir des regrets, murmura-t-elle, sachant qu'il ne comprendrait pas le véritable sens de ses paroles.

Comment pourrait-il savoir qu'en lui faisant l'amour aujourd'hui, elle était tombée amoureuse pour la première fois de sa vie ?

A présent, elle se trouvait bien trop vulnérable, bien trop désireuse de rester avec lui… Peut-être un jour sortirait-elle enfin du tourbillon émotionnel qui la tenait captive depuis leur rencontre. Elle redeviendrait alors la femme forte, compétente et pratique qu'elle savait être, la collaboratrice solide dont Lewis avait besoin pour s'appuyer sur elle.

Mais en attendant, elle était pétrie d'émotions.

Entendant sonner son téléphone, Lewis bondit, emportant avec lui couvertures et vêtements disparates — ce qui eut pour effet de la dénuder entièrement.

Les directeurs de Premier qui travaillaient en Nouvelle-Zélande venaient d'arriver et tenaient à le voir avant la vidéoconférence.

Lui, au moins, songea-t-elle en regardant le café couler goutte à goutte, il allait retrouver le confort de sa vie habituelle, son appartement, sa ville, son bureau. Il sortirait avec toutes les femmes qu'il aurait envie de courtiser, pourrait rendre visite à sa mère.

Pendant ce temps, elle-même repartirait de zéro, et dans de bien mauvaises conditions. Elle avait quitté un emploi magnifique et s'apprêtait à renoncer à un poste qui l'était encore davantage. Pire, elle était devenue la risée de la ville. En outre, elle avait découvert la vulnérabilité psychologique et physique de sa mère, et elle ne ferait plus l'amour avec Lewis que dans son souvenir. Heureusement, le divan et la cheminée seraient toujours là pour raviver ce souvenir.

A moins que…

En effet — et c'était le plus terrifiant —, elle risquait de perdre aussi la maison familiale remplie de chers souvenirs si elle ne pouvait pas résilier ce maudit contrat de vente !

Lewis entra dans la cuisine, frais et dispos au sortir de la douche. Il avala d'un coup la moitié de sa tasse de café.

— Lewis, à propos de cette vidéoconférence…, commença-t-elle.

Elle n'avait plus aucune raison de l'y accompagner, puisqu'elle ne travaillerait jamais pour lui.

Il l'interrompit.

— Inutile d'en parler maintenant, dit-il vivement. J'y vais seul, et lorsque je serai de retour, ayant obtenu le résultat souhaité, je te tiendrai au courant. D'accord ?

Comme s'il lui en laissait le choix ! Il était déjà en train d'ouvrir la porte.

Cependant, il se ravisa et retourna vers elle. Lui passant le bras autour de la taille, il la souleva et l'embrassa passionnément, avant de la reposer dans le fauteuil, hors d'haleine après un tel baiser.

Son regard se fit sérieux.

— Nous parlerons de nous deux, promit-il. N'éteins pas ton portable.

Sans doute parleraient-ils de sa mère, supputa-t-elle quand il fut parti. Puis Lewis lui demanderait pourquoi elle hésitait soudain à devenir le numéro deux de l'une des plus prestigieuses entreprises australiennes. Il soulignerait qu'elle ne serait jamais heureuse dans une petite ville, lui rappellerait à quel point leurs relations sexuelles les avaient comblés tous les deux.

Mais ils laisseraient le plus important de côté : elle devait rester, et lui devait partir.

Le travail et la vie de Lewis se trouvaient là-bas, à Sydney, où il avait besoin d'une collaboratrice à la fois forte et compétente. Et elle, manifestement, elle ne faisait pas l'affaire.

Elle en souffrait atrocement. Car, dans la vie anarchique qu'était devenue la sienne, elle possédait une autre certitude : elle était amoureuse de lui.

Son téléphone sonna.

C'était le journaliste de la feuille locale. Il voulait « lui donner l'occasion » d'exposer sa version des faits et de commenter la déclaration de Lewis au sujet de leur relation.

Elle s'était si peu préparée à cela ! C'était pourtant le moment de vérité.

Soudain, elle se représenta ce qu'il se passerait si elle réfutait les affirmations de Lewis et disait la vérité.

Lewis serait fou de rage, parce qu'elle aurait ainsi fait échouer sa tentative de l'aider et l'aurait désavoué en public. Il supporterait difficilement d'être intervenu en vain pour elle auprès des directeurs. Il ne voudrait plus d'elle comme directrice d'exploitation.

Il ne voudrait plus d'elle tout court.

D'une voix mal assurée, elle accepta de rencontrer le journaliste le jour même, dans un cybercafé de la ville.

— Désolé, mademoiselle Holland.

L'agent immobilier la regardait d'un air contrit.

— Le notaire assure que tout est réglé. On ne peut plus revenir en arrière.

Bouche bée, elle le fixa.

— Mais… Je n'ai signé le contrat qu'hier !

A moins que ce ne soit avant-hier. Comment en

être certaine ? Il s'était passé tant de choses, en un jour ou deux !

— Comment a-t-on pu le valider si vite ?

— L'accord de vente que vous avez signé hier acceptait toutes les conditions de l'acheteur. Comme je vous l'ai déjà dit, seul l'acheteur a le pouvoir de rompre ce contrat, et seulement s'il se trouve dans l'incapacité d'honorer ses propres engagements !

Evitant soigneusement de la regarder, l'agent immobilier rassembla quelques documents sur son bureau.

De toute évidence, elle se voyait signifier un refus poli mais catégorique.

— A qui pourrais-je exposer mon cas ? Au directeur de la compagnie de développement immobilier ?

L'agent jeta un coup d'œil sur le contrat posé devant lui.

— Le signataire est un agent désigné par la compagnie en question, PacAsia. C'est elle que vous pouvez contacter, si vous y tenez. Mais je préfère vous prévenir, ajouta-t-il : les occasions d'acquérir de grandes propriétés magnifiquement exposées ne sont pas si fréquentes par ici. Franchement, aucune compagnie de développement immobilier ne renoncerait à une telle aubaine.

Il se leva, signifiant ainsi clairement que l'entretien avait pris fin.

*
* *

Le cœur lourd, Madeline se mit à errer dans les rues de la ville, jusqu'à ce qu'elle se retrouve devant le cybercafé où elle était censée se faire interviewer.

Elle était en avance, mais après tout, ce n'était pas un inconvénient.

Elle but un café, s'installa devant un ordinateur et tapa le nom de la compagnie de développement immobilier.

Le chargement lui parut interminable, ses doigts se mirent à tambouriner nerveusement sur la table.

Depuis qu'elle avait enfin pris la décision de rester à Queenstown, tout semblait conspirer contre elle. Où allait-elle emménager ? De toute façon, cela lui briserait le cœur de quitter la maison familiale.

« PacAsia Entreprises » s'inscrivit enfin sur l'écran.

Elle nota l'adresse.

Pas de téléphone, trois directeurs…

Elle fit défiler le texte jusqu'aux détenteurs des actions. En fait, une seule entreprise les détenait toutes !

Elle en lut le nom, vérifia, lut de nouveau.

Toutes les actions de PacAsia Entreprises étaient détenues par Pacific Star Entreprises !

Une fois de plus, elle relut ce nom. Très, très lentement. Puis, le cœur pris dans un étau, elle porta le regard sur la liste des directeurs.

« Goode, Lewis Jay ».

Les conversations animées du café firent place à un silence glacé.

C'était Lewis qui lui avait dérobé sa ferme.

*
* *

Lewis et les deux directeurs basés en Nouvelle-Zélande se trouvaient réunis dans la salle de conférences. La vidéoconférence avait été reportée plusieurs fois, mais elle démarrait enfin. Il s'attendait à subir une interrogation en règle.

Comme il l'avait prévu, c'était la possibilité d'un délit d'initié qui semblait préoccuper surtout les directeurs : dans quelle mesure Madeline était-elle au courant de l'OPA de Lewis lorsqu'elle s'était portée candidate au poste de directrice d'exploitation ?

L'explication qu'il leur fournit ressemblait en tout point à celle qu'il avait suggérée à Madeline la nuit précédente.

La plupart des directeurs se montrèrent conciliants. Ceux de Nouvelle-Zélande étaient venus le soutenir, sachant qu'il devrait faire face à au moins deux partisans inconditionnels de Jacques. Effectivement, ces deux directeurs émirent l'opinion que, si Madeline avait eu l'étoffe d'une directrice d'exploitation, elle ne se serait pas compromise de la sorte.

— Oh, pour l'amour du ciel ! grommela-t-il, nous étions deux dans cet ascenseur ! Comment se fait-il que ma moralité n'ait jamais été mise en cause ?

A cet instant, la porte s'ouvrit à la volée, et Madeline entra, essoufflée.

— Salaud ! s'écria-t-elle entre deux expirations bruyantes, les yeux striés d'éclairs. Tu vas me le payer !

Il coupa immédiatement le son et jeta un rapide coup d'œil aux deux hommes assis à ses côtés.

— Je vous prie de m'excuser, dit-il en se levant d'un bond.

Les lèvres serrées, tous les muscles de son corps vibrant de colère, il rejoignit la jeune femme à grandes enjambées. Il la prit par le bras et s'éclipsa vivement avec elle.

Il s'arrêta à peine pour claquer la porte derrière lui, et, emportés par leur élan, ils se retrouvèrent plaqués contre la cloison qui leur faisait face.

Avant que Madeline ait pu esquisser un geste, il plaça les mains contre le mur, de chaque côté de sa tête.

Jamais de sa vie il n'avait éprouvé une telle colère. En tout cas, pas depuis l'instant où il avait découvert le rôle joué par Jacques de Vries dans la mort de son père et celle de son frère.

Les yeux de la jeune femme lançaient des myriades d'étincelles bleues. Elle ouvrit la bouche, mais il ne lui permit pas de prononcer la moindre syllabe.

— Je *ne tolère pas* que l'on m'interrompe, compris ? dit-il, d'une voix si basse et si menaçante qu'il en fut lui-même surpris.

Madeline ouvrit de grands yeux, mais il n'y lut que détermination. Sans une once de crainte ou de timidité.

— *Tu as acheté ma ferme !*

Elle lui lança chacun de ces mots avec une force égale à la sienne, et, tels cinq gifles cinglantes, ils percutèrent les oreilles de Lewis.

— Personne n'a le droit de m'interrompre pendant une réunion où l'on veut ma peau parce que je défends ton intégrité !

Madeline battit des paupières. Pendant une fraction de seconde, il vit une minuscule hésitation dans son regard, aussitôt remplacée par une colère froide et maîtrisée.

— Je n'ai pas besoin de votre dévouement, *monsieur* Goode. Je veux récupérer ma propriété, et vous allez me le garantir sur-le-champ !

Quelle autorité !

En dépit de sa propre colère, il se sentit une fois de plus submergé d'admiration. Madeline Holland était bien la directrice d'exploitation idéale, et il n'aurait pu s'en trouver plus heureux.

Pour l'heure, il n'avait cependant aucune intention de le lui signifier.

— Nous discuterons de cette affaire privée à un moment plus opportun, *Madeline*.

Il étira les syllabes de son nom afin de lui rappeler que c'était lui le patron. Et que c'était bien elle qui lui était subordonnée.

Elle ouvrit la bouche pour protester, mais, une fois encore, il fut plus rapide qu'elle.

— Rentre à la maison. Je t'y rejoindrai plus tard.

S'écartant du mur, il continua à la fixer d'un œil furieux, comme pour la décider à partir. Il était prêt à appeler les agents de sécurité si elle s'avisait de l'agresser de nouveau, ne serait-ce que verbalement.

Madeline se redressa fièrement. Jamais il n'avait eu tout à fait autant envie de l'embrasser qu'à cet instant. Cependant, il se garda soigneusement d'en rien laisser paraître.

— Tu ne trouveras pas d'échappatoire, Lewis ! lança-t-elle en avançant le menton. Tu vas annuler ce contrat, et tu vas le faire aujourd'hui même !

Il baissa les yeux vers elle.

— Nous verrons. Ne t'avise plus jamais de m'interrompre ainsi !

Ils continuèrent un bon moment à se défier du regard. Puis elle hocha brusquement la tête, tourna vivement les talons et se dirigea vers la sortie, à l'extrémité du hall.

Il la suivit des yeux jusqu'à ce qu'elle quitte le bâtiment. Non par crainte qu'elle revienne l'agresser dès qu'il aurait le dos tourné, mais parce que le sang circulait plus vivement dans ses veines à cette vue.

Surtout celle du bas de son corps : la jupe-trapèze de la jeune femme soulignait une féminité que même son pas vif et furieux était incapable de dissimuler.

S'il n'avait pas été impératif qu'il regagne au plus vite la salle de conférences, il l'aurait rattrapée et prise à même le mur du couloir.

Cet intermède œuvra davantage en faveur de leur cause que tous les arguments qu'il avait exposés jusque-là.

En effet, il retourna à la vidéoconférence consumé d'admiration et plus que jamais persuadé que

Madeline Holland s'avérerait la meilleure directrice d'exploitation que Premier ait jamais eu le privilège d'employer ! Dans ces conditions, il n'eut aucun mal à convaincre l'ensemble des directeurs, et la réunion s'acheva peu après.

A présent, il ne lui restait plus qu'à convaincre Madeline en personne !

Il avait acheté la ferme — à un prix très avantageux —, le jour même où le journal avait révélé ce qui s'était passé dans l'ascenseur entre Madeline et lui. Ainsi, plus rien ne s'opposerait à la venue de Madeline à Sydney, hormis le scandale, auquel il n'accordait que peu d'importance. Il n'y avait eu là aucune duperie, puisque la propriété était à vendre. Ensuite, il s'était félicité de sa décision lorsque la jeune femme avait commencé à envisager de rester à Queenstown avec sa mère : sans sa ferme il ne lui restait plus qu'à faire ses bagages.

Certes, il aurait dû la mettre au courant. Surtout avant de lui faire l'amour ce matin.

Car, ce matin, quelque chose avait changé : cela n'avait ressemblé en rien à un dernier écart de conduite qu'ils se seraient autorisé avant de retrousser leurs manches et de se mettre au travail. Cette fois, leurs ébats avaient libéré en lui une pléiade d'émotions, bien au-delà du simple désir ou de l'admiration professionnelle. Madeline l'avait imprégné de sa chaleur. La veille, il était allé se coucher en pensant à elle, et il s'était réveillé dans les mêmes dispositions. Pire, il n'avait pas peur que cela se reproduise ! Encore et encore.

Justement, puisqu'il commençait à l'aimer, il n'allait pas tout gâcher en lui apprenant qu'il avait acheté sa ferme sans rien lui dire !

Maintenant qu'il était parvenu à ses fins, il était temps de faire amende honorable. Madeline avait été lavée de tout soupçon, elle pouvait donc à présent prendre son poste à Sydney. Certes, elle aurait à essuyer quelques ragots de bureau, mais il ne doutait pas qu'elle en viendrait aisément à bout. Dans ce cas, quel besoin avait-elle d'une ferme ? D'autant que sa mère, évidemment, ne pouvait plus en faire le moindre usage.

Il appela Madeline dès que ses deux directeurs de Nouvelle-Zélande eurent quitté la salle de conférences.

Il composa plusieurs fois son numéro, sans succès : soit elle était toujours en ligne, soit elle avait fermé son portable.

Qu'à cela ne tienne. Il décida de ne pas lui laisser de message et de s'offrir un déjeuner au restaurant de l'hôtel pour célébrer sa victoire.

Tandis qu'il achevait son repas, des bruits de pas lui firent lever la tête.

— Essaieriez-vous encore de nous prendre en défaut ?

Souriant largement, Kay s'assit en face de lui.

Il écarta son assiette vide et lui rendit son sourire.

— Le saumon d'Akaroa était fameux. Voulez-vous prendre un dessert avec moi ?

— J'ai déjà mangé, répondit-elle en faisant signe

à la serveuse. Je me contenterai d'un café, si cela ne vous dérange pas.

Ils bavardèrent quelques minutes, puis il demanda à la jeune femme si elle savait où se trouvait Madeline.

— J'ai essayé pendant une heure de la joindre au téléphone. Sans résultat.

Kay détourna le regard en direction de la serveuse qui s'approchait. Lorsqu'ils eurent passé commande, elle s'éclaircit la gorge.

— Elle est venue me voir après vous avoir… surpris dans la salle de conférences, dit-elle avec tact.

Il hocha la tête, un sourire satisfait aux lèvres.

— Elle ne recommencera pas de sitôt à me surprendre pendant une conférence, soyez-en certaine. Avez-vous une idée de l'endroit où elle se trouve à présent ?

— Eh bien, elle avait rendez-vous avec un journaliste. Mais il y a déjà environ une heure de cela.

Il la transperça du regard.

— Pourquoi diable voulait-elle parler à un journaliste ? s'indigna-t-il.

— Au cas où vous ne l'auriez pas remarqué, murmura Kay, tout le monde parle de vous deux, en ce moment. C'est le journaliste qui l'a contactée. Il lui a expliqué que les médias s'étaient exprimés, que vous vous étiez exprimé, et qu'il était donc temps qu'elle expose à son tour son point de vue.

Soucieux de dissimuler le soupçon de malaise qu'il éprouvait, il se croisa les bras et considéra pensivement son interlocutrice.

Il n'avait pas oublié que Madeline détestait mentir. Que se passerait-il si elle disait la vérité au journaliste ? A savoir qu'ils n'entretenaient pas de liaison sérieuse, qu'il n'y avait entre eux que ce que montrait le film de la caméra de sécurité et ce que racontaient les ragots : des relations torrides dans des résidences hôtelières de luxe. De la concupiscence pure et simple, sans plus.

Qu'elle le veuille ou non, elle lancerait ainsi une belle pierre dans son jardin…

— N'ayez crainte, dit Kay d'une voix apaisante. Madeline est la discrétion incarnée, même si elle vous en veut un peu en ce moment.

Il cessa de se tracasser : Kay était la meilleure amie de Madeline, et son visage n'exprimait aucune inquiétude.

# - 10 -

Trois heures plus tard, Lewis posait le pied sur le tarmac de l'aéroport de Christchurch. Son avion pour Sydney devait décoller quatre-vingt-dix minutes plus tard.

Cette fois-ci, il n'adressa aucun sourire à l'hôtesse de la salle d'attente. Et il ne gratifia pas le buffet d'un seul coup d'œil. Il demeura debout près de la baie vitrée, les yeux fixés sur les pistes.

Comment les choses avaient-elles pu si mal tourner ?

Il se sentait horriblement trahi. Comme il avait été malavisé de vouloir que Madeline le comprenne ! Jusqu'à la veille au soir, jamais il n'avait éprouvé le besoin de faire connaître sa propre histoire à quiconque.

Cependant, en agissant ainsi, il avait cru faire oublier à la jeune femme sa propre détresse et ses tourments.

C'était seulement lorsqu'il avait pu vivre seul chez lui qu'il avait envisagé pour la première fois d'entretenir des relations avec des femmes. Il avait alors passé deux ou trois ans à repousser celles qui n'en voulaient qu'à son argent. Puis Ed était mort, et à partir de ce moment, il n'avait plus vécu que pour se venger.

Lors de son arrivée à Queenstown, il était loin de chercher une aventure galante. Mais il avait rencontré Madeline Holland, l'avait désirée…

Et maintenant, comme un idiot, il pourrait bien en être tombé amoureux !

La nuit obscurcissait l'aéroport, aussi grise que les doutes qui s'insinuaient dans son esprit.

Et s'il s'était trompé ? Si Madeline n'était pas coupable ? Etait-il vraiment homme à confondre cruauté froide et calculatrice avec compétence et rigueur professionnelle ?

Bien sûr que si, elle était coupable ! Elle lui avait dit devant ses collègues qu'il regretterait d'avoir racheté sa ferme. Puis elle avait rencontré un journaliste en tête à tête.

Tout s'était ensuite enchaîné à une allure folle.

Lorsque le numéro de sa mère s'était inscrit sur son téléphone, il avait pensé que celle-ci l'appelait à cause des reportages scandaleux parus dans les médias.

En réalité, elle voulait l'informer qu'on l'avait arrêtée pour escroquerie à l'assurance, grâce aux confidences sur l'oreiller de son fils.

En l'occurrence, le journaliste et la police avaient battu des records de vitesse. Mais n'en allait-il pas toujours de même dès qu'une personnalité publique se trouvait mise en cause ?

Madeline s'était montrée si habile à trouver le chemin de son cœur ! Elle lui rappelait cruellement que le « chacun pour soi » était la seule devise valable en ce monde.

L'appel à l'embarquement étant en cours, son téléphone sonna dans sa poche.

Il coupa la sonnerie dès qu'elle retentit.

— Où es-tu ? s'enquit la voix de Madeline.

— A l'aéroport de Christchurch.

Madeline garda le silence.

— Christchurch ? dit-elle enfin. Je ne comprends pas.

Il tapota sur sa jambe à l'aide de son passeport et de sa carte d'embarquement. De nouveau, le doute le saisissait.

Etait-il complètement absurde de se demander si la coupable ne pourrait pas être Natasha de Vries ? Bien que celle-ci déteste son père, elle avait supplié Lewis de se venger de lui en toute discrétion.

Ou bien Jacques de Vries lui-même aurait-il eu un sursaut de malfaisance ?

Non, toutes ces hypothèses étaient caduques. Il ne pouvait y avoir qu'une seule coupable : Madeline.

— Lewis, je croyais que tu rentrais ce soir. Moi, je dois sortir pour aller parler aux Femmes d'affaires.

— Tu as bien aimé ta petite conversation avec le journaliste ? demanda-t-il d'un ton acide.

Un autre silence. Plus long, cette fois.

Il s'efforça d'imaginer que la culpabilité obscurcissait les traits de son joli visage en forme de cœur.

— Tu ne dis plus rien ? insista-t-il.

— Lewis…

La voix de Madeline était à peine audible.

— Je suis désolée. J'ai fait ce que j'avais à faire. La vérité finit toujours par se savoir.

Il eut un petit rire métallique.

— Dans ce cas, pourtant, l'imaginaire était bien préférable à la réalité !

Il entendit qu'elle retenait son souffle, et cela lui fit mal. Cependant, puisqu'elle venait de confirmer sa trahison, il l'effacerait sans pitié de sa vie, comme si elle n'avait jamais existé.

— J'ai un scoop pour vous, mademoiselle Holland. Vous êtes virée.

Il se tut, espérant l'entendre trahir son dépit. Après quelques secondes de silence, il poursuivit.

— Le Front de Lac sera vendu, et les deux autres hôtels rasés dès que j'aurai trouvé un acheteur pour le terrain.

Un gémissement de détresse parvint à ses oreilles, mais il l'ignora.

— De plus…

Il s'interrompit une dernière fois, pour le plaisir.

— Vous avez un mois pour quitter ma ferme !

Frappée d'étourdissement, Madeline se laissa glisser sur le sol.

Les paroles de Lewis n'auraient pas pu la blesser davantage. En l'espace de deux minutes, sa juste indignation s'était muée en trouble, puis en crainte, en déchirement, en sentiment de total abandon, au point d'effacer la culpabilité qu'elle éprouvait pour avoir réfuté publiquement la déclaration qu'il avait faite.

Elle trouvait la réaction de ce dernier à la fois imméritée et totalement exagérée : elle avait tout perdu. Son travail, le respect des habitants de la ville — dont certains la haïraient de leur avoir fait perdre leur emploi —, sa maison…

Et son amour.

Jamais elle ne s'était senti la gorge aussi nouée. Les larmes s'amoncelaient derrière ses paupières.

Mais elle se refusait à pleurer. Elle n'en avait pas le droit. Dans une demi-heure, elle ferait face à un rassemblement de femmes d'affaires aux dents longues, avides de savoir comment elle avait tout obtenu de la vie. Elle qui avait tout perdu !

Il ne pouvait plus rien arriver de pire.

A moins que…

Deux jours plus tard, Madeline vit Kay entrer dans le salon de la ferme, se frayer un chemin à travers la foule qui l'emplissait, et poser sur la table qui débordait déjà de victuailles un panier de petits pains.

Des sympathisants venus des quatre coins de la ville et de la campagne avoisinante s'affairaient en devisant.

Pourtant réconfortée par leur gentillesse et leur affection, elle-même demeurait plantée comme un piquet au milieu d'eux.

Sa mère avait perdu le matin même son combat

contre son brutal accès de pneumonie — ce qui s'était avéré plutôt une chance, à la réflexion, car la radio venait de révéler une grosse tumeur inopérable au niveau des poumons.

Par une cruelle ironie du sort, Madeline avait entendu davantage de paroles réconfortantes en une seule journée que pendant les vingt-huit années précédentes…

Dire qu'elle s'était crue rejetée de tous ! Elle était ici chez elle — pas dans cette ferme, malheureusement, mais dans cette ville. Avec ces gens au voisinage desquels elle avait grandi, tout comme ses parents avant elle.

Ils se trouvaient partout. Dans le vestibule, autour de la table, sur le divan où Lewis et elle avaient…

Elle ne voulait pas penser à cela maintenant.

— Non, et croyez bien que je le regrette, répondit-elle à Mme Lucan, une vieille dame qui habitait au bout de la rue. Je ne pourrai pas demeurer ici. Mais je resterai à Queenstown.

Mme Lucan hocha la tête.

— Je comprends, dit-elle, cette ferme est trop grosse pour vous seule.

— Je l'ai vendue quand je me croyais sur le point de quitter la ville. J'ai ensuite essayé d'arrêter la vente, mais il était déjà trop tard.

Elle se retourna, car quelqu'un lui avait touché le bras.

C'était Brian Cornélius, l'ami de sa mère.

Cette dernière lui avait révélé le prénom de son amant : Brian. De plus, l'infirmière lui avait confié que Brian Cornélius avait rendu visite tous les dimanches à Adèle. Les pièces du puzzle avaient donc toutes trouvé leur place.

Madeline tenait à remercier Brian d'avoir régulièrement rendu visite à sa mère, de lui être resté fidèle, et d'avoir essayé de lui démontrer qu'elle n'était pas une mauvaise femme.

Elle passa le bras autour de son épaule et déposa un baiser sur sa joue.

— Vous pourriez peut-être venir un de ces dimanches, Brian. Nous pourrions alors disperser ensemble les cendres de maman.

Incapable de parler, le vieil homme serra longuement ses mains dans les siennes. Un sourire tremblant lui plissait le visage.

— J'en serais très heureux, dit-il enfin. Vraiment très heureux.

A son tour, elle pressa les mains de Brian entre les siennes.

— Je pense que maman en sera très heureuse, elle aussi.

A cet instant, Kay s'approcha d'eux, brandissant le téléphone.

— C'est Lewis, lui murmura celle-ci à l'oreille. Tu veux que je l'envoie promener ?

Pendant de longues secondes, elle garda les paupières baissées.

Elle n'avait guère eu le temps de s'appesantir sur ses propres souffrances. Kay lui avait appris que la mère de Lewis, soupçonnée de fraude à l'assurance, avait été arrêtée. Madeline en avait été peinée pour lui et souhaitait à sa pauvre mère de trouver la force de survivre. Cependant, chaque fois qu'elle pensait à la mère de Lewis, cela ravivait aussitôt chez elle le souvenir de la sienne propre.

Enfin, elle s'empara du téléphone.

— Allô ! Lewis.

— Madeline ?

Contrairement à la dernière fois qu'elle l'avait entendu, il n'y avait ni haine ni froideur dans sa voix.

— D'après ce que j'entends, tu n'es pas toute seule à la maison.

Il téléphonait pour se moquer d'elle, ou pour lui présenter ses condoléances ?

— Madeline, je suis désolé. Vraiment.

Non, il ne s'amusait pas à ses dépens. Kay avait dû le mettre au courant.

Heureusement, car elle-même se demandait encore quelle formule employer : « ma mère est décédée », « n'est plus avec nous », « est passée dans l'autre monde »… ?

— Merci, Lewis. Comment va ta propre mère ?

Lewis s'éclaircit la gorge.

— C'est dur pour elle, mais elle tiendra le coup tant qu'il lui restera du Scotch.

— Prends bien soin d'elle. On ne sait jamais ce qui peut…

Elle s'interrompit, incapable d'achever sa phrase.

— Madeline, les choses que je t'ai dites, c'était

seulement… Je… Je ne sais pas comment me racheter…

Tout en s'efforçant de contrôler ses émotions, elle fit quelques pas pour s'écarter de Brian.

Elle non plus. Elle ne voulait même pas y penser. Pour l'instant, son système nerveux était saturé d'émotions.

— Au revoir, ma chérie, lui dit une femme en lui faisant une bise sur la joue.

— Merci pour tout, répliqua-t-elle en la serrant dans ses bras. A mercredi.

— Oui, dit Lewis. Je viendrai mercredi. Auparavant, il faut que je mette les avocats de ma mère au courant de tout.

Elle lui était reconnaissante de lui avoir adressé par téléphone un message de sympathie, mais elle ne s'attendait vraiment pas à ce qu'il vienne !

— Tu vas venir mercredi ? demanda-t-elle, stupéfaite. Pour les obsèques ?

Il y eut un long silence.

— Lewis ? appela-t-elle, croyant avoir perdu la connexion.

— Les obsèques ? Les obsèques de ta mère ? demanda-t-il d'une voix posée.

— Oui.

Remarquant qu'une voiture remplie de sympathisants s'arrêtait au bout de l'allée, elle ajouta :

— Lewis, je dois aller accueillir de nouveaux visiteurs. Merci de ton coup de fil.

***

— Aux obsèques d'Adèle Holland ! lança Lewis en prenant place dans l'un des taxis de l'aéroport.

— Vous êtes en retard, fit remarquer le chauffeur en mettant promptement le contact.

En retard. Bien trop en retard… Pour reconnaître qu'il aimait Madeline Holland.

Il n'avait aucune idée de la manière dont elle réagirait à sa présence aux funérailles de sa mère. Il ne lui avait pas parlé depuis le jour du décès. Il n'était pas exclu qu'elle le fasse chasser de l'église.

Les problèmes de sa mère avec la justice focalisaient toute son attention depuis quelques jours. Heureusement, la compagnie d'assurance ne s'était pas opposée à ce qu'elle soit libérée sous caution, à condition qu'elle remette son passeport aux autorités. La bataille juridique n'était pas encore gagnée, loin de là, mais au moins, il pouvait la laisser boire en compagnie de son ami afin d'oublier les horreurs de la semaine écoulée.

La jolie petite église, bondée, n'avait pu accueillir tous les assistants.

Il se joignit donc à la centaine de personnes qui, debout dans la cour, suivaient la fin du service religieux grâce à un haut-parleur grésillant.

Lorsque retentirent les orgues, tous s'écartèrent pour laisser passer les privilégiés qui avaient pu entrer.

Il se rendit compte alors que, dominant la plupart des gens de la tête et des épaules, il focalisait de nombreux regards curieux.

Il y en aurait encore davantage si Madeline l'ignorait ou lui ordonnait de quitter les lieux !

De toute façon, son comportement consternant ne méritait rien de plus.

Enfin, la femme de ses pensées apparut, fragile, comme prête à s'envoler au moindre coup de vent. Heureusement, Kay la tenait fermement par le bras. Son long manteau noir, contrastait avec la pâleur de son visage, la faisant paraître plus petite qu'elle ne l'était. Une bise glacée soulevait les mèches dorées de ses cheveux. Elle semblait si triste…

Il se surprit à espérer qu'elle avait eu le temps de faire la paix avec sa mère avant que celle-ci ne quitte ce monde.

Lorsque Madeline leva la tête, leurs yeux se rencontrèrent aussitôt, et elle soutint son regard.

Elle hésita un instant, et il se demanda si elle allait se détourner de lui ou lui adresser seulement quelques paroles polies et vagues, comme lors de leur précédente conversation téléphonique.

S'il la connaissait un tant soit peu, elle ne tolèrerait aucun épanchement en public.

Toutefois, elle continua à se diriger vers lui, sans le quitter des yeux.

En fait, elle se retrouva directement dans ses bras.

Le menton dans ses cheveux, il la serra contre lui. Il n'avait pas la moindre envie de la laisser s'échapper !

Et, loin de vouloir lui résister, Madeline lui passa les bras autour de la taille.

Ensemble, ils suivirent le cortège, en compagnie, semblait-il, de toute la ville de Queenstown — et ce, malgré le temps maussade et la bruine glaciale. Puis il demeura aux côtés de Madeline dans la salle communale où les employées s'affairaient à servir des centaines de tasses de thé et autant d'assiettes de nourriture.

Lorsque presque tout le monde fut parti, Kay demanda à Madeline si elle souhaitait qu'elle reste avec elle pendant la soirée.

Celle-ci secoua la tête.

— Non. Tout ce que je demande, c'est de rentrer à la maison.

La pluie s'arrêta pendant le trajet. Tandis que le taxi remontait l'allée de la ferme, un soleil encore transi transperça les nuages.

— Il y aura un beau coucher de soleil ce soir, fit remarquer le chauffeur alors qu'ils descendaient.

Lewis se mit en devoir d'allumer le feu dans la cheminée du salon, puis le poêle de la cuisine.

Il ne savait toujours pas si Madeline souhaitait qu'il parte ou qu'il reste. Ni, dans cette dernière hypothèse, si elle désirait lui parler.

Il vit la jeune femme sortir de sa chambre, vêtue d'un jean et d'un pull noir à col montant sous un cardigan blanc.

Gardant le silence, ils se fixèrent longuement dans les yeux.

Enfin, sans cesser de soutenir son regard, elle lui adressa un timide sourire.

— Merci, Lewis.

Il haussa les sourcils.

Pour quelle raison le remerciait-elle ? Pour l'avoir accusée d'une chose dont elle était incapable ? Pour ne pas l'avoir écoutée et avoir agi à son insu ? Ou encore pour avoir tu les sentiments qu'il éprouvait pour elle après lui avoir fait l'amour sur le divan ?

Qui aurait pu imaginer qu'un simple canapé et un bout de plancher devant un maigre feu allaient totalement éclipser les ameublements luxueux dont ils avaient profité auparavant ?

— Si tu n'y vois pas d'inconvénients, dit Madeline en dirigeant le regard vers la véranda, j'aimerais m'asseoir dehors un moment, afin de contempler le coucher du soleil.

Il voulut prendre son manteau, mais la jeune femme le retint par le bras.

— Seule, s'il te plaît. J'ai des adieux à faire.

Hochant la tête, il lui posa néanmoins son propre manteau sur les épaules, soucieux de demeurer auprès d'elle, au moins symboliquement.

— Veux-tu que je t'apporte à boire ?

— Merci. Un verre de vin me ferait plaisir.

Il s'exécuta puis retourna dans le salon et s'assit près du poêle à charbon. Cependant, ses yeux ne cessaient de se porter vers la véranda.

Madeline lui tournait le dos, se balançant doucement dans le rocking-chair. Son visage demeurait levé vers le ciel tumultueux tandis que le soleil s'abîmait lentement derrière les cimes enneigées.

Comme Adèle venait de le faire, le soleil allait se coucher.

Madeline dit adieu à sa mère.

Elle savait qu'il lui faudrait encore beaucoup de temps et de solitude pour renouveler ces adieux. Autant de fois qu'il le faudrait.

Elle s'enveloppa dans le manteau de Lewis, le remontant jusqu'aux oreilles, humant le parfum de son amant.

Les larmes qu'elle retenait lui faisaient mal.

— Nous sommes tous fiers de toi, maman, dit-elle, sachant combien sa mère aurait été ravie de voir la foule qui s'était rassemblée pour elle, elle qui aimait tant les grands rassemblements.

— Pense au nombre de pécheurs que tu aurais pu réprimander aujourd'hui !

Le vieux fauteuil à bascule grinçait doucement.

Se sentant un peu stupide, elle ne put toutefois s'empêcher de passer quelques noms en revue.

Echappant un instant aux nuages, le soleil projeta sur le sol un rayon jaune depuis les marches de la véranda jusqu'à ses pieds.

De nouveau, les larmes gonflèrent ses paupières, et sa poitrine s'emplit de chagrin.

— Au revoir, maman, murmura-t-elle. Je t'aime, et je regrette ce que je t'ai fait. Je te remercie de m'avoir dit que toi aussi, tu regrettais ce que tu m'avais fait. Peut-être pouvons-nous à présent devenir amies.

Elle ne quitta pas des yeux la flamme orange qui embrasait l'horizon jusqu'à sa totale disparition derrière les cimes.

Partie… Définitivement.

Serrant ses propres bras autour d'elle, elle s'abandonna enfin aux larmes.

Plus tard, Lewis apparut auprès d'elle et s'accroupit, posant les mains sur ses genoux.

— Laisse-moi seulement te tenir dans mes bras, dit-il.

Sans attendre sa réponse, il se redressa, la souleva, et l'assit sur ses genoux sans cesser de la serrer contre lui.

Ses pleurs s'intensifièrent.

Sensation inaccoutumée des larmes sur sa joue et de l'étreinte de Lewis, qui l'enveloppait d'une impression de sécurité et de force…

Avait-elle droit à un tel réconfort ?

Peut-être.

Elle se blottit contre le torse chaleureux de son amant et versa toutes les larmes qu'elle avait si souvent retenues au cours de son existence — toutes les fois où sa maison lui avait manqué, ou bien ses parents, toutes les fois où elle s'était demandé en quoi elle était si horrible, au point que sa propre mère semblait la détester !

Elle avait cru qu'il lui resterait suffisamment de temps pour restaurer des liens avec sa mère… Quelle erreur !

Ses pleurs durèrent longtemps. Bien plus longtemps que la somme de ceux qu'elle avait versés dans sa vie jusqu'à ce jour.

Lewis ne cessa de la serrer dans ses bras et de la

bercer doucement, sans mot dire… Et c'était exactement ce dont elle avait besoin.

Bien plus tard, ils rentrèrent dans la maison.

Lewis emplit de nouveau les verres tandis qu'elle se tamponnait le visage avec un mouchoir en papier.

— Je suis désolée, lui dit-elle lorsqu'il vint s'asseoir à côté d'elle.

— Pourquoi ? Parce que tu réagis en être humain ?

Le petit mal de tête tenace qui lui tenaillait le front s'amplifia soudain.

— Je suis certaine que tu n'avais pas besoin de cela après les journées que tu viens de passer.

Lewis avait supporté ses pleurs, mais c'était précisément la raison pour laquelle ils ne pouvaient pas vivre ensemble : il devait pouvoir compter sur quelqu'un de fort, ce qui était loin d'être le cas en ce qui la concernait.

Elle lança le mouchoir dans le feu.

— Comment va ta mère ?

— La police a acquis la conviction qu'elle n'avait aucune intention de frauder. Pourtant, la compagnie d'assurance n'a pas encore indiqué si elle voulait ou non arrêter les poursuites.

— Mais *elle*, comment va-t-elle ?

Lewis lui sourit faiblement.

— Soulagée. Mais très marquée.

Sans quitter l'âtre des yeux, Madeline afficha un sourire de soulagement.

— Qui aurait pu imaginer, fit remarquer Lewis,

que ce vieux renard de Jacques aurait des remords de conscience à cette époque de sa vie ?

— Jacques ?

— Il s'est livré à la police. Je suppose que tu n'as guère eu le temps de lire les journaux ?

Elle secoua la tête.

— Il a avoué qu'il avait soudoyé les juges pour que ton père reste en prison ?

— Pas seulement cela. Il a également avoué la fraude à l'assurance, la mise en faillite de l'entreprise et les ventes au marché noir. Je n'aurais jamais pensé cela de Jacques. Sur le moment, j'ai cru que, si maman avait été arrêtée, c'était parce que tu avais tout raconté à ce reporter.

Elle se tourna vivement vers lui.

— Tu as cru que j'avais dénoncé ta mère ?

Lewis écarta les bras en signe d'impuissance.

— Tu étais la seule personne à connaître toute l'histoire, exception faite de Natasha, et je ne la voyais pas en parler après tant d'années.

Il s'interrompit, secouant la tête.

— Et puis, souviens-toi, tu me détestais à ce moment-là. J'avais acheté ta ferme…

Elle eut un petit rire désabusé.

— Et moi qui te croyais furieux parce que j'avais dit au journaliste la vérité au sujet de notre relation !

En fait, avec le décès de sa mère et l'afflux des sympathisants, elle n'était même pas sûre que son interview avait été publiée. De toute façon, tout ceci paraissait bien dérisoire, à présent.

Elle prit une profonde inspiration.

— Lewis, je veux que tu me revendes la ferme.

— Je l'ai achetée parce que j'avais besoin de toi à Sydney, protesta Lewis. Tu veux vraiment la récupérer ?

— Oui, répondit-elle en secouant vigoureusement la tête et en soutenant son regard.

Pourtant, elle avait l'air horrible, elle le savait. Les pleurs produisaient toujours des yeux bouffis et des joues marbrées de mascara.

A sa grande surprise, elle ne décela pourtant pas la moindre trace de dégoût dans les yeux de Lewis. Elle n'y vit que sérieux et réflexion.

Elle avait apprécié le soutien qu'il lui avait prodigué aujourd'hui. Mais, comme il le lui avait dit un jour, il avait été entraîné à cela…

— C'est demain que je dois confirmer le contrat, dit-il enfin. Je ne vais pas le faire. Ainsi, il sera annulé.

— Merci, répondit-elle avec soulagement.

A présent, elle se sentait capable de tout supporter.

— N'y a-t-il aucun espoir que tu viennes vivre et travailler à Sydney ? demanda Lewis. Les choses que je t'ai dites ne l'ont été que sur l'impulsion du moment, tu sais. Tu n'es pas virée, je ne vais pas fermer les hôtels.

Elle tressaillit, puis se détourna et contempla longuement les flammes.

Peu à peu, elle sentait remonter en elle une partie de la confiance et de l'assurance qu'elle avait eu tant de mal à acquérir.

— Non, je ne veux plus être cadre dans l'industrie, déclara-t-elle avec force. Je sais, cela a sûrement l'air d'un gaspillage… Mais j'en ai assez d'être sans racines. De vivre dans des hôtels. Et d'avoir à prendre de grandes décisions concernant des centaines de personnes, alors que je suis incapable de prendre celles qui concernent ma propre vie !

Lewis paraissait terriblement frustré.

Elle pressa sa main entre les siennes afin de lui montrer qu'elle, par contre, était heureuse.

— Lewis, je veux habiter ici, entreprendre quelque chose. Créer une pension de famille, par exemple, ou un hôtel avec boutiques, je ne sais pas exactement. Peut-être une sorte de résidence de week-end… Ou encore apprendre aux gens à gérer leur vie. Ne ris pas !

Cette idée paraissait effectivement ridicule, de la part d'une femme qui avait fait de sa vie un tel gâchis !

— Si je souris, répliqua Lewis, c'est parce que cela te conviendrait parfaitement. Tu te souviens de notre première nuit au Refuge alpin ? Tu m'avais dit alors que tu voulais enseigner — pas à des enfants, cependant.

Le visage de Madeline s'éclaira.

— Vraiment ?

Elle ne se souvenait guère des détails de cette nuit — à l'exception des détails physiques !

— Je veux connaître les habitants de la ville, dit-elle, partager des commérages avec mes voisins, peut-être avoir un jardin… En tout cas, vivre avec ces gens qui ont aimé ma mère en dépit de tout.

Elle soupira et réfléchit un instant, avant d'ajouter :

— Je pourrais aussi contribuer financièrement à la restauration de la vieille église…

Elle était tellement soulagée de posséder de nouveau la ferme où elle avait vécu les seize premières années de sa vie ! Ses nouveaux projets l'enthousiasmaient à un point incroyable, et elle parla longtemps avant de remarquer l'air pensif de Lewis.

Pourquoi paraissait-il si préoccupé ? Les cadres d'entreprises ne manquaient pas sur le marché, que diable ! Il n'aurait aucune peine à trouver quelqu'un pour diriger ses hôtels.

— Et moi, est-ce que j'ai une place dans tous ces projets ? demanda-t-il en lui prenant la main.

Elle leva la main de Lewis avec la sienne, et leurs doigts s'enlacèrent.

— Ma vie a été tellement folle ces derniers temps ! dit-elle. Je ne sais que deux choses. Premièrement, c'est ici que je suis chez moi — peut-être pas pour toujours, mais, pour l'instant, j'ai besoin de vivre ici.

Elle embrassa le bout de ses doigts puis lui adressa un regard complice.

— Tu pourras toujours me rendre visite. Figure-toi que je connais une résidence formidable dans les montagnes.

A son tour, il lui embrassa les doigts l'un après l'autre, le regard brûlant.

Elle sut alors qu'il pensait lit à baldaquin, chandelles et probablement porte-jarretelles, et une chaleur torride monta en elle.

Il sourit.

— Cela ferait jaser toute la ville, dit-il.

Reprenant son sérieux, il demanda :

— Quelle est donc cette deuxième chose que tu sais ?

Oh là là ! Pourquoi cela lui avait-il échappé ?

Comment lui dirait-elle qu'elle l'aimait de tout son cœur, alors qu'ils ne pourraient jamais vivre ensemble ?

Ou bien occasionnellement seulement. En tout cas, pas sérieusement.

De toute façon, ils ne tarderaient pas à se lasser de parcourir de longs trajets pour se retrouver, et chacun finirait par trouver quelqu'un d'autre pour bâtir son avenir.

Elle et Lewis avaient vécu ensemble un rêve merveilleux, mais impossible à transposer dans la réalité.

Il n'y avait d'ailleurs aucun mal à s'adonner à l'imaginaire une fois de temps en temps, et elle se promettait mentalement d'être un peu plus discrète les autres fois. A présent, cependant, elle aspirait à la réalité, même si celle-ci était douloureuse.

Plongeant les yeux dans ceux de Lewis, elle fit un saut dans l'inconnu.

— Simplement que je t'aime, dit-elle.

Elle vit quelque chose vaciller dans le regard de

son amant, comme si une alarme intérieure venait de sonner en lui.

— Ne t'inquiète pas, dit-elle vivement. Cela ne t'engage à rien.

Il poussa un énorme soupir.

— Essaieras-tu donc toujours de me battre de vitesse dans tous les domaines ? demanda-t-il en lui serrant les doigts. Le ski, la luge…

Heureuse d'avoir passé le moment difficile, elle afficha un large sourire.

— Je ne t'ai jamais battu à quoi que ce soit, répliqua-t-elle.

— Tu aurais fait une merveilleuse directrice d'exploitation, assura-t-il.

— Merci.

Elle l'aurait été naguère. Mais elle avait changé.

Lewis lui secoua doucement la main pour obtenir son attention.

— Veux-tu m'épouser ? demanda-t-il.

Elle sentit bondir son cœur, comme s'il voulait s'échapper de sa poitrine.

A sa grande surprise, le visage de Lewis demeurait parfaitement sérieux.

— Que dis-tu ?

A son tour, il plongea les yeux dans les siens.

— Eh bien, tu viens de me devancer. Moi aussi, j'allais te dire que je t'aimais. Alors, je me dépêche de prendre ma revanche en te demandant le premier en mariage !

— C'est donc que… Que tu m'aimes ? bégayat-elle, tandis que son cœur lui martelait les côtes de grands coups sourds.

— Absolument, répliqua-t-il sans détour. Dès que je t'ai vue au Refuge alpin, j'ai su que tu étais la femme la plus merveilleuse sur laquelle j'avais jamais posé les yeux. J'avais l'impression de vivre un rêve éveillé. Toi, ce cadre enchanteur, les circonstances de notre rencontre, la manière dont nous avons fait l'amour… Tout était sensationnel. La perfection même.

Il se tut un instant. Tous deux affichaient un large sourire.

— C'était comme un rêve, poursuivit-il. Rien n'aurait pu l'égaler.

Elle hocha la tête.

Cette nuit lui avait laissé exactement la même impression.

— Mais une nuit de félicité, cela ne pouvait pas suffire, reprit Lewis. J'ai vu comment tu travaillais, comment tu faisais face à l'adversité. Nous avons su nous réconforter mutuellement, et je tombais de plus en plus amoureux. Mais les événements nous ont séparés… Je suis tellement désolé de t'avoir quittée sans te laisser une chance d'infirmer mes soupçons… Ma chérie, je ne veux plus te perdre une seule minute !

De nouveau, les yeux de Madeline se remplirent de larmes.

Elle qui n'avait jamais pleuré de sa vie…

— Mais je ne fais pas partie de ton projet de vie, murmura-t-elle. Ce n'est pas possible. Tu veux seulement m'aider parce que je viens de passer quelques jours très difficiles, n'est-ce pas ?

Il secoua lentement la tête, et elle reconnut dans ses yeux la lueur qui y brillait le matin où elle s'était enfin avoué qu'elle l'aimait.

Ils venaient de franchir ensemble la ligne d'arrivée, semblait-il !

— Je me suis si peu sentie à la hauteur, ces derniers jours, avec tout ce qui est arrivé. Je ne pourrais jamais supporter que tu me considères comme un poids. D'ordinaire, je suis forte et très capable, et je le redeviendrai…

— Madeline, tu as toujours été à la hauteur de tout ce qu'un homme peut attendre d'une femme — et d'une directrice d'exploitation.

De nouveau, il déposa un baiser sur ses doigts.

— Dis oui, et nous nous installerons ici. Nous ferons de cet endroit ce que tu voudras.

Elle porta les mains à son visage inondé de larmes.

Ce rêve était vraiment plus beau que tout ce qu'elle avait imaginé jusque-là !

Déjà débordant de joie après la déclaration d'amour de Lewis et sa proposition de mariage, son cœur sembla s'enfler par-dessus les océans et les montagnes lorsqu'elle comprit qu'il voulait vivre dans la ferme de son enfance avec elle.

— Comment pourrons-nous vivre ici ? Et ton travail ?

— Avec les moyens modernes de communication,

je peux diriger presque entièrement mes entreprises à partir d'ici. Ce sera facile de s'organiser.

Il essuya les larmes qui continuaient de couler sur ses joues.

— Comme je possède une compagnie d'aviation, cela ne me posera aucun problème de faire à l'occasion un petit aller et retour à Sydney.

— Tu fais de moi la femme la plus heureuse du monde ! murmura-t-elle à travers ses larmes en l'embrassant.

Puis elle l'entraîna vers la baie vitrée, où ils contemplèrent sur le lac le reflet scintillant de la lune quasiment pleine, et les cimes déchiquetées des montagnes qui s'y projetaient en ombres menaçantes.

— Quel panorama unique ! dit Lewis en la serrant davantage contre lui.

— C'est encore plus que cela, répliqua-t-elle doucement. C'est l'endroit où le rêve rejoint la réalité.

# Passions

## — Le 1er décembre —

Passions n°176

**L'amant du désert** - Susan Stephens

Mise à l'épreuve par le sheikh Rafik al Rafar dans le désert d'A'Qaban, Casey Michaels désire plus que tout prouver à cet homme impitoyable qu'elle est à la hauteur de la tâche qu'il souhaite lui confier. Même si les nuits passées à ses côtés sont une véritable torture...

**Une délicieuse méprise** - Barbara Dunlop

Persuadé que Kristy Mahoney est la nouvelle fiancée de son grand-père, une jeune femme qu'il soupçonne de n'être qu'une croqueuse de diamants, Jack Osland est prêt à tout pour la séduire et l'empêcher ainsi de nuire au vieil homme. Il va même jusqu'à l'épouser à Las Vegas, avant de comprendre qu'il s'est trompé de personne...

Passions n°177

**Au cœur de la passion** - Kristin Hardy

Alors qu'elle effectue une croisière de luxe en Alaska, Larkin fait la connaissance de Christopher Trask, un homme au charme troublant. Entre eux l'attraction est immédiate, violente, impérieuse. Cependant, Larkin n'ignore pas que cette rencontre n'est qu'une parenthèse enchantée. De retour sur terre, en effet, leurs différences reprendront le dessus...

**La femme d'un autre** - Diana Palmer

En apprenant que son frère est sur le point d'épouser Keely Welsh, Boone Sinclair sent une immense colère l'envahir. Pas question de laisser cette jeune femme irresponsable gâcher la vie de son petit frère ! Décidé à faire échouer ce mariage, il ne voit qu'une solution : séduire lui-même Keely et fournir ainsi la preuve de son inconstance...

Passions n°178

**L'héritier des Sandrelli** - Yvonne Lindsay

Après une aventure italienne avec Draco Sandrelli, Julia espère reprendre le cours de sa vie en rentrant à Auckland et oublier cet amant incroyable. Mais elle découvre qu'elle est enceinte, et comprend que Draco n'acceptera jamais que l'héritier des Sandrelli naisse loin des terres familiales...

**Liaison sous tension** - Kimberly Lang

Embauchée par Will Harrison pour parfaire l'éducation de sa jeune sœur, Gwen tombe immédiatement sous le charme de son nouveau patron. L'attirance est réciproque, et ils partagent plusieurs nuits de passion. Jusqu'à ce que l'orage éclate et que Will l'accuse de coucher avec lui pour faire avancer sa carrière...

Passions n°179

**Un Noël pour deux** - Susan Crosby

Denise sait bien que son mariage avec Gideon Falcon n'est qu'une simple fiction, un arrangement professionnel destiné à ne durer que quelques semaines. Mais alors, quel est donc cet étrange vertige qui s'empare d'elle dès qu'elle croise l'envoûtant regard sombre de Gideon ? Et pourquoi ne peut-elle s'empêcher d'espérer plus ?

**Il suffit d'un regard** - Marie Ferarrella

Fasciné, Travis Marlowe est incapable de détourner les yeux de Shana O'Reilly. Avec ses cheveux longs et lisses comme des fils d'or et son visage d'ange, elle est tout simplement la plus belle femme qu'il ait jamais vue. Une femme sexy, désirable, qu'il n'a pourtant pas le droit de séduire...

Passions n°180

**Le retour d'Anna** - Ann Major

Quand elle découvre que Connor Storm, le rancher qu'elle vient d'épouser, est en réalité un détective à sa recherche, Anna est folle de rage et s'enfuit à l'autre bout du pays. Où Connor la retrouve, dix-huit mois plus tard. Pour apprendre qu'elle a eu un enfant de lui...

**Fiancée d'un jour** - Kate Hardy

Incapable de refuser quoi que ce soit à son voisin et ami, Adam McRae, Kerry accepte de se faire passer pour sa petite amie et de l'accompagner chez ses parents pour Noël. Mais lorsque, une fois sur place, Adam l'embrasse sous le houx, Kerry est stupéfaite par la force du désir qui déferle alors en elle...

## BestSellers

*A paraître le 1er janvier 2010*

*Best-Sellers n° 406 • suspense*

**Dans l'ombre du bayou** - Lisa Jackson

Lorsque Eve Renner accepte en pleine nuit le mystérieux rendez-vous fixé par Roy, son ami d'enfance, elle n'imagine pas qu'elle met le pied dans un véritable guet-apens. Car elle découvre son ami poignardé, le chiffre 212 tracé sur un mur en lettres de sang. Pis encore : Cole, son fiancé, se trouve sur les lieux du crime et tente de la tuer elle aussi. Trois mois se sont écoulés depuis, et Eve se remet difficilement de la trahison de Cole, mais aussi de ses blessures : devenue amnésique, elle ne parvient pas à comprendre ce qui a pu se passer lors de cette nuit de cauchemar. Jusqu'à ce qu'un mystérieux courrier l'incite à chercher dans ses souvenirs…

*Best-Sellers n°407 • paranormal*

**Les griffes de la nuit** - Rachel Vincent

En apparence, Faythe Sanders ressemble à n'importe quelle étudiante américaine. Qui pourrait croire qu'elle est tout autre et qu'à certains moments, elle se transforme en panthère noire ? Mais Faythe rêve de vivre comme tout le monde et elle refuse de se plier aux exigences de ses parents et de sa caste de félins. Pourtant, son destin est d'être une féline et d'assurer la descendance de sa lignée comme toutes les femelles de son âge. Mais peut-elle aspirer à la liberté sans renoncer à ce qu'elle est profondément ?

*Best-Sellers n°408 • suspense*

**Passé obscur** - Suzanne Forster

Au sommet de la gloire, Lane Chandler, fondatrice de *The Private Concierge*, une société de services très prisée par les célébrités de Los Angeles, est soudainement éclaboussée par le scandale : l'un de ses clients est retrouvé mort dans des circonstances suspectes. Prête à tout pour sauver sa réputation et celle de son entreprise, Lane fait face à ceux qui la montrent du doigt. En particulier Rick Bayless, un ancien officier de la police obstiné et charismatique qui connaît son passé sombre et honteux. Un passé qui la poursuit impitoyablement et qu'elle aurait préféré oublier.

*Best-Sellers n°409 • suspense*

**L'île des ténèbres** - Heather Graham

Caer Cavannaugh, une jeune infirmière, quitte son Irlande natale pour raccompagner à Rhode Island Sean O'Riley, un riche armateur frappé d'une mystérieuse maladie lors de ses vacances. La tâche se révèle plus difficile que prévu quand elle découvre la tension malsaine qui règne dans la luxueuse maison familiale où vit l'entourage de son patient. Et lorsque s'ajoute à ce climat de menace insidieuse une étrange disparition, Caer, avec la complicité du détective privé Zach Flynn, va devoir se fier à ses dons de prémonition pour protéger la vie de Sean.

*Best-Sellers n°410 • roman*

**La maison de la baie** - Sherryl Woods

Par une belle journée de printemps, Abby O'Brien reçoit un appel paniqué de Jess, sa sœur cadette : l'auberge qu'elle a presque achevé de restaurer et qui doit ouvrir ses portes quelques semaines plus tard est menacée de saisie. De retour à Chesapeake Shores pour venir en aide à sa sœur, Abby retrouve Trace Riley, son premier amour. L'homme à qui elle avait dû renoncer dix ans auparavant en fuyant sa douloureuse histoire familiale.

*Best-Sellers n°411 • roman*

**L'écho de la rivière** - Emilie Richards

Artiste peintre mariée à un avocat et mère d'une petite fille, Julia Warwick est un pur produit de l'aristocratie de Ridge's Race. Cette femme à qui tout semble sourire voit pourtant son monde s'écrouler lorsqu'elle perd la vue de manière inexpliquée. Les médecins ayant conclu à une cécité psychosomatique, Julia entreprend de fouiller son passé à la recherche d'un traumatisme qu'elle aurait pu enfouir au plus profond de sa mémoire. Ce faisant, elle ouvre peu à peu les yeux sur son mari, sa famille, et surtout sur elle-même. Faisant bientôt émerger, avec l'aide de Christian Carver, son amour de jeunesse, des secrets que beaucoup ont intérêt à ne jamais voir divulgués.

*Best-Sellers n°412 • historique*

**L'alliance scandaleuse** - Brenda Joyce

*Derbyshire, 1838*

A l'âge où toutes les jeunes femmes songent à fonder une famille, Ariella de Warenne ne rêve que de voyages, d'indépendance. Le mariage ne figure pas dans ses projets… et l'amour peut attendre. Du moins le croit-elle, jusqu'au jour où elle rencontre Emilian St Xavier, richissime vicomte de Woodland. Un homme ténébreux dont la bonne société anglaise se méfie en raison de ses origines bohémiennes et de ses mœurs dissolues. Qui est cet Emilian et pourquoi l'attire-t-il autant ? Fascinée, Ariella est déterminée à satisfaire sa curiosité. Au risque de traîner sa réputation et son nom dans la boue…

Composé et édité par les

*éditions* Harlequin

Achevé d'imprimer en France (Malesherbes)
par Maury-Imprimeur
en octobre 2009

Dépôt légal en novembre 2009
N° d'imprimeur : 150047 — N° d'éditeur : 14575